투명인간

투명인간

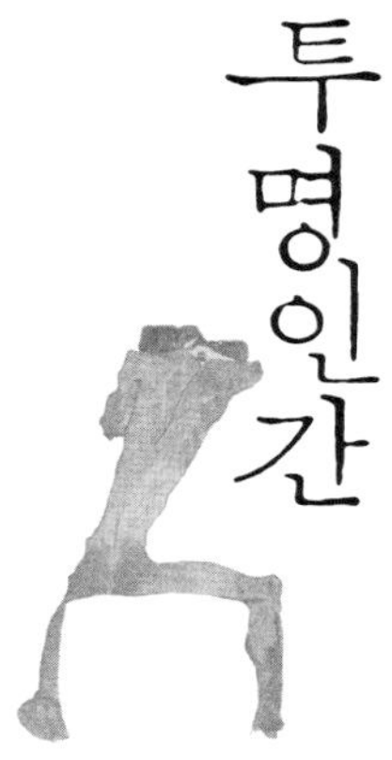

성석제 장편소설

창비
Changbi Publishers

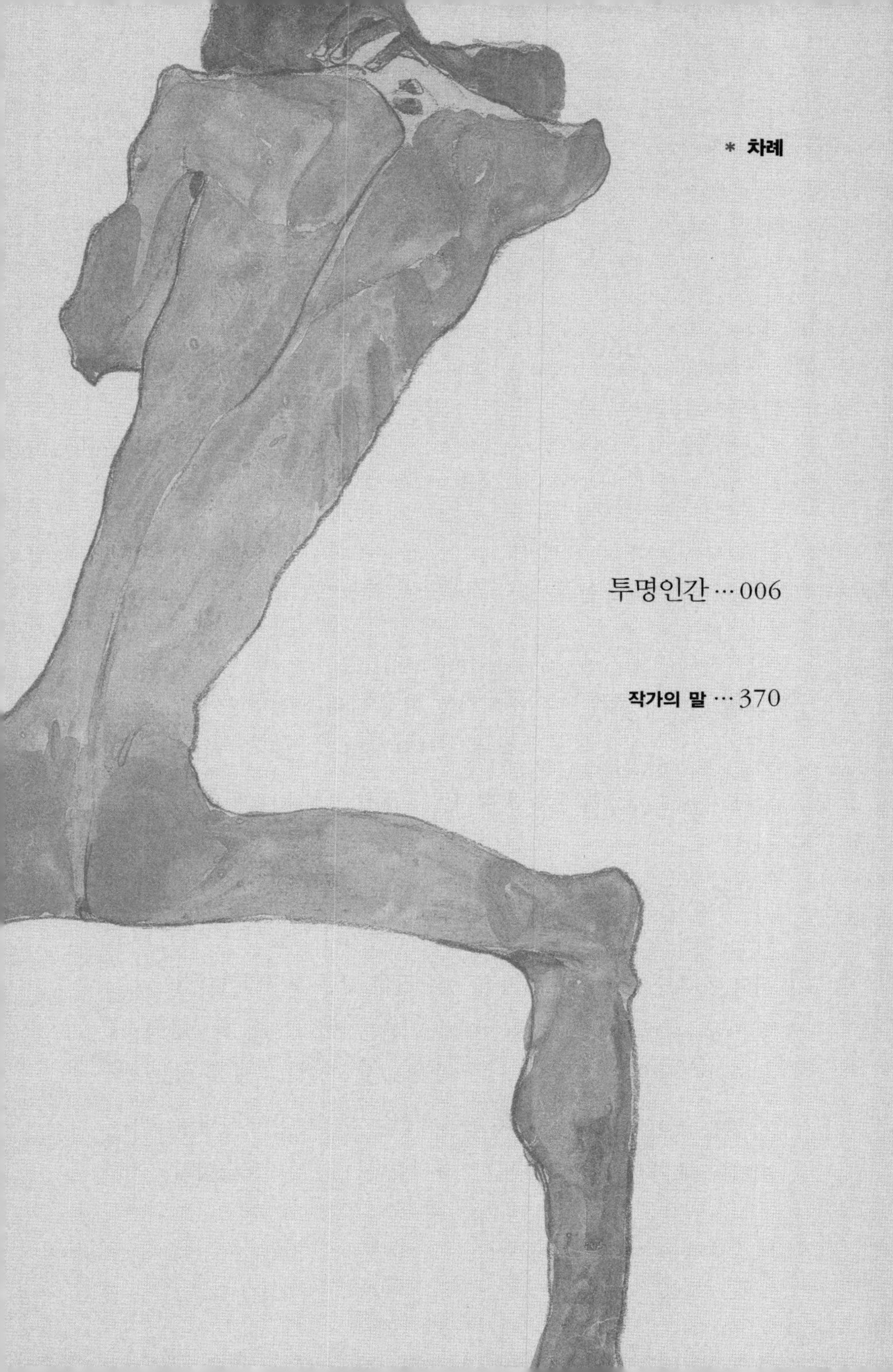

* 차례

5월 초순이 되면 자전거를 타고 한강 다리를 건너는 사람들이 꽤나 많이 등장한다. 그들 중에는 만에 하나쯤, 그러니까 0.01퍼센트의 확률로 대단히 드물긴 하지만 투명인간도 있다. 나부터 그러니까.

내가 입는 일상복은 일반 사람 눈에도 보이지만 옷 밖으로 드러나는 신체의 일부분, 그러니까 손이나 목이나 얼굴이나 머리카락이나 귀때기 같은 건 보이지 않는다. 물론 같은 투명인간끼리는 서로를 볼 수 있다. 하지만 나는 내가 투명인간이라는 게 사람들에게 알려지는 것을 바라지 않는다. 특이하게 보이거나 눈에 확 띄고 싶지 않은 것이다. 사람들 눈에 보이지 않는 투명인간이 사람들 눈에 띄기 위해 자신이 투명인간임을 과시한다는 건 자기모순이기도 하다. 자전거 타는 사람들의 복장을 빌려 투명한 몸을 감추는 이유는 그 때문이다.

자전거를 타는 사람, 라이더들은 바람과 급격한 외기 변화, 햇빛 등등에 몸을 노출하지 않기 위해 걷거나 뛰는 일반 사람에 비해 훨씬 더 복잡하고 다양한 복장을 갖춘다. 자전거는 빠른 속도로 인도와 차도를 달리기 때문에 사고 위험이 높아 머리를 보호하는 헬멧은 필수품이다. 넘어졌을 때 손을 다치지 않기 위해서는 장갑을 끼어야 한다. 거기다 눈을 가리는 고글을 쓰고 마스크와 버프로 얼굴의 대부분을 가린다.

나는 최근에 자전거 인구가 급증한 데 대해 고마워하는 사람, 투명인간이다. 자전거 라이더 복장을 하면 일반인처럼 보이기가 쉽기 때문이다. 나 자신이 자전거 타는 것을 좋아하기도 한다. 말이 난 김에 더 하자면 자전거는 호모 파베르(Homo faber), 도구를 만드는 존재인 인류가 발명한 것 중 최고의 도구다. 경제적이고 건강에 도움이 되고 인간적이고 자연친화적이며 아름답다. 자전거를 발명한 사람은 전혀 의도하지 않았겠지만 자전거는 투명인간의 역사, 실생활에도 엄청난 기여를 하고 있다. 영화나 드라마, 텔레비전 쇼가 투명인간에 대한 사람들의 적의나 불안감을 줄여준 것처럼.

나는 여느 때처럼 자전거를 좀 타는 사람들이라면 약간의 질투심을 느낄 정도로 머리끝부터 발끝까지 복장을 제대로 차려입고, 피부를 가릴 수 없는 부분에는 자외선 차단 크림을 덕지덕지 바른 채 부품을 따로 주문해 조립한 8.24킬로그램짜리 MTB 카본 자전거의 클리트 페달을 밟으며 한강 다리를 건너고 있었다.

자전거를 타고 한강 다리를 통행할 때는 빠르게 달리는 차를 피해 인도로 가야 하는데 인도가 좁은 경우 다리를 걸어서 건너는 보행자, 특히 손을 잡고 걷는 연인들에게는 눈엣가시 같은 존재가 되어버린다. 그들이 마주 쥔 손을 놓고 일렬로 서서 자전거를 피해주어야 하기 때문이다. 자전거를 탄 사람들끼리 서로 지나갈 때에도 불편하긴 마찬가지다. 자전거를 탄 사람이 남의 주목을 끌기 쉽다는 뜻이다. 그래서 나는 가능하면 인도가 넓은 마포대교나 한강대교를 자주 이용하는 편이다.

마포대교는 한강의 서른한개 다리 가운데 가장 투신자가 많아 한때 '자살대교'라는 오명을 가지고 있었고 이에 따라 서울시에서 민간 생명보험회사와 함께 마련한 '생명의 다리'라는 이름의 자살예방 캠페인이 펼쳐지기도 했다. 대표적으로 다리 남단과 북단에서 각 두개씩 총 네 구간에 보행자의 움직임을 감지하는 쎈서를 설치하고 보행자의 움직임에 따라 간판에 쓰인 메시지가 밝혀지게 만든 장치가 있다. '한강 다리에서의 투신자살을 방지하기 위해 인간의 감성에 호소하여 생명의 소중함을 일깨우기 위한 희망 메시지'로 '세계 최초의 쌍방향 스토리텔링 교각을 조성하여 서울의 대표적인 힐링 공간으로 자리매김하는 데 앞장선다'는 빵빵한 취지란다. 메시지는 배우, 스포츠 스타나 종교인 같은 유명인사가 쓴 것도 있고 일반인들의 글이나 사연, 사진을 모집해 실은 것도 있다. 예컨대 긴 띠처럼 다리를 따라가며 글자가 나타나는 대화형 메시지는 이런 식이다.

—밥은 먹었어? 잘 지내지? 별일 없지? 무슨 고민 있어? 음……

삼년 전에 제일 힘들었던 게 뭐였는지 기억나?

연약하고 다정하다가 극악무도해지기도 하고 그런 채로 사랑에 빠지는가 하면 나르시시즘과 자기환멸 사이를 널뛰기하면서 바퀴벌레처럼 강인하게 생존을 이어가는 인간, 인간들. 메시지는 내가 겪어본 그런 인간들을 생각나게 한다. 이따금 내가 짜증을 내고 잡념을 품는 걸 보면 나 역시 어떤 식으로든 반응하는 것이다. 이런 유치찬란한 장치며 문구에.

다리 한가운데에 '한번만 더' 동상이라는 것도 있다. (자살을 하기 전에) '한번만 더 생각해보자'는 거다. 다리 양방향에 각각 네개씩 여덟개의 폴에 지능형 감시 카메라와 열 감지 카메라, 비상호출벨과 언제든 상담원과 통화 가능한 '생명의 전화'를 설치해두기도 했다. 감시 씨스템은 다리에서 보행자가 난간 앞에 오랫동안 머무르거나 차량이 주행 중 갑자기 난간 옆에 정차하는 등의 이상 징후가 포착되면 자동으로 가장 가까운 수난구조대에 일차 경고신호를 보내고, 실제로 투신하면 구조대가 삼분 안에 긴급 출동하도록 하는 방식으로 이루어져 있다.

내가 다리 위에 올라선 뒤에 건너편 인도에 있던 보행자 중 눈에 띈 남자가 있었다. 그는 나와는 반대로 마포대교 남단에서 출발해 다리 위를 걸어온 듯했다. 자살 예방 캠페인의 문구를 읽기도 하고 멍하니 선 채로 강물을 보기도 하고 '한번만 더' 동상을 잠시 살피기도 했다. 감시 카메라와 비상호출 벨, 스피커가 달린 폴 앞에서는 중간에 매달린 'CCTV 설치 안내'의 내용이 뭔지 자세히 알아보려는 듯 한참을 서서 읽었다. 누가 봐도 저 사람 저러다 투신자살을 하려는 게 아닌가 하는 생각을 하게 만드는 모습이었다. 일단 그게 내 시선을 끌었다는 것을 부인하지는 않겠다.

나는 맹자의 성선설을 신봉하는 사람도 아니고 누가 우물에 빠져 죽든 홍수에 집이 떠내려가든 구경거리가 있으면 재미있어하는 사람이다. 문제는 그 남자에 대해서 지능형 감시 카메라와 '생명의 다리' 캠페인의 보행자 감지 쎈서 같은 게 제대로 작동하지 않았다는 것이다. 그가 감시 씨스템에 포착되지 않는 사람이거나 감시 씨스템에 문제가 생긴 게 분명했다. 평균에 비해 훨씬 큰 그의 머리를 쎈서, 지능형 카메라, 열 감지 카메라가 식별하지 못했다는 건 있을 수 없는 일이었다.

마포대교 남쪽 여의도를 돌아가며 뻗어 있는 윤중제에서 벚꽃축제가 끝난 지 며칠도 되지 않았음에도 여름 저녁처럼 날씨는 푸근했다. 성급한 사람은 반팔 소매의 옷을 입고 나왔고 그 위에 얇은 바람막이 재킷을 걸친 사람이 많이 보였다. 내 눈에 띈 도로 맞은편 남자는 모직의 긴소매 옷을 입고 회색 줄무늬 점퍼까지 걸치고 있던 터였고 몸피도 평균 이상으로 커 보였다. 그럼에도 그의 존재는 그의 곁을 스쳐가는 행인이며 자전거를 탄 사람, 차량 운전자 수천명에게 있으나 마나 한 것처럼 여겨지고 있는 것 같았다. 마치 그가 보이지 않기라도 하는 것처럼.

나는 다리를 완전히 건너가서 여의도에서 횡단보도를 세번 건넜다. 자동차로 치면 유턴을 한 셈이다. 자전거를 다리 반대편 인도에, 내가 왔던 방향으로 올려놓았다. 그러고는 그가 있을 북쪽으로 나아갔다. 마치 시골서 자전거 타고 상경해서 한강 다리 구경을 처음 해보는 사람처럼 두리번거리면서 천천히 페달을 밟았다. 다리 중간을 넘어서자 그가 보였다. 다른 사람들이 지나갈 때 센서등이 켜지면서 드러난 흰 아크릴판의 '다 그런 거지 뭐'라는 문구와 순대 사진을 유심히 보고 있었다. 그와 이십여 미터 떨어진 곳에 자전거를 완전히 세웠다.

그는 내 존재를 몰랐다. 지나는 시선으로라도 나를 보지 않았다. 그래봐야 내가 걸치고 있는 복장과 장비밖에는 볼 수 없었을 것이지만. 그의 나이는 쉰살이 넘어 보였으나 막 산골에서 걸어내려온 소년 같은 인상이었다. 내 예상이 맞았다. 그는 내가 아는 사람이었다. 내가 투명인간이 되기 전부터 알았다. 그것도 아주 잘, 속속들이, 머리부터 뱃속, 발끝까지.

뇌리에서 '김만수'라는 이름이 야구장 전광판의 1번 타자 이름처럼 번쩍 떠올랐다. 전광판을 장식하는 불꽃이 싸리비처럼 옆에 솟구쳤다가 스러졌다.

나는 알았다. 그 또한 투명인간이라는 것을.

나는 모른다. 그가 왜, 어떻게, 언제부터 투명인간이 되었는지를.

만수가 태어날 때 난 정말 죽는 줄 알았다. 만수는 머리가 유난히 컸다. 나는 스무살 때 결혼을 해 이듬해에 맏아들을 낳았고 세 해 터울로 두 딸을 낳았다. 애를 셋쯤 낳아보면 태어날 아기가 배 속에 있을 때 어떤 앤지 대충은 짐작이라도 하는 법이다. 그런데 만수는 하도 커서 쌍둥이가 아닌가 싶을 정도였다. 결국 무지막지한 산통 끝에 배 속에서 나올 때 머리통이 수세미처럼 길쭉하게 늘어져서 나왔다. 여기가 이승인가 저승인가 하는 중에 시어머니가 하는 말이 들려왔다.

"뭔 아가 대가리만 절구통겉이 크고 팔다리는 쇠꼬챙이겉이 빌빌 돌아가고 저카나. 저기 지대로 커서 인간이 될랑가 걱정이구마."

그 무슨 청천벽력 같은 소리던가. 정신을 바짝 차리고 눈앞의 아기를 봤다. 빨간 얼굴로 주먹을 쥐고 울고 있었다. 사지가 멀쩡하고 눈, 코, 귀, 입이 달릴 데 다 달려 있었다. 손가락, 발가락도 열개씩이었다. 아기는 큰 머리에 비해 가느다란 몸통에 유난히 길어 보이는 팔다리를 달고 있었다. 그런 채로 늦여름 모기마냥 애앵애앵하고 힘없이 울고 있었다. 아무리 아기가 그렇다고는 해도 '인간이 안될 바에는 차라리 포기하라'는 식의 말이 사람으로서 할 소린가. 눈물이 쏟아졌다. 내가 잘못한 게 아닌데 내 눈에서 눈물이 나는 게 억울하고 천불이 났다. 짜디짠 간장이 든 종지와 밥, 미역국이 놓여 있는 밥상을 걷어차버리고 싶었다. 당신이나 많이 드시라고 소리소리 지르고 싶었다.

내가 다른 건 몰라도 그 말만은 평생을 잊지 못한다. 당신은 사대독자로 내 남편 하나 열아홉살에 똑 떨어뜨려놓았더니 당신 시부모가 침모 찬모 유모 다 붙여서 키워주더라고 그렇게 자랑을 하더라만, 평생 공자님 부처님같이 훌륭한 시아버지 곁에 붙어서 사랑스러운 마님 노릇을 하느라고 아무리 세상 물정 모르고 철이 안 났다 해도 그게 사람 입에서 나올 소리던가. 같은 여자 입장에서도 그런 말은 절대 못한다. 천벌 벼락 맞을 소리다. 아기가 돌 지나고 나서도 안 죽고 그냥저냥 크니까 나한테 '아가 탈 없이 잘 커주니 고맙다, 내가 아를 처음에 잘못 보고 함부래 공연한 소리를 했다' 하긴 하더라. 애를 하나밖에 안 낳아본 당신이 뭘 알겠느냐고, 알겠다고는 했다. 그래도 나는 그 말만은 잊고 싶어도 잊혀지지 않는다. 그 말이 생각날 때마다 내가 이를 갈아붙였다. 말은 안했지만 정말 피눈물 나게 힘들게 만수를 키웠다. 다른 사람들은 모른다.

이상하게 만수를 낳고 나서는 젖이 많이 안 돌았다. 아기가 워낙 허약한 몸을 하고 태어난데다 다른 아기들처럼 제대로 먹이지 못하니 살이 오르지를 않는 것이었다. 산후 몸조리가 끝나기도 전에 무릎걸음으로 밖에 벌벌 기어나가 산에서 밤톨도 줍고 추자(楸子, 호두)도 흔들어 따고 멧대추, 칡뿌리, 고욤 할 거 없이 닥치는 대로 구해서는 수수, 고구마, 감자, 좁쌀 같은 걸 넣어 암죽 끓여서 먹였다. 남편 모르게 금싸라기 같은 쌀을 씹어 뱉은 걸 죽으로 쒀서 식혀가지고 먹이기도 했다.

그때는 또 아이들 잡아먹는 전염병은 얼마나 많았는지. 큰마마(천연두) 돌면 태반이 죽었고 살아난다 해도 평생 얽은 얼굴로 사는 사람이 동네에도 수두룩했다. 작은마마(수두)만 해도 동네서 한 애가 걸리면 금방 그 또래 애들이 다 걸려가지고 앓고 백일해, 감기, 소아마비, 천식, 뭐 해서 애들 낳으면 한 절반은 죽었다. 아기가 돌도 못 넘기고 죽으면 아비가 거적때기로 싸서 지게에 지고 산비탈로 가서는 산짐승 못 먹게 나무 위에 올려놓고 오곤 했다. 밤중에 으앙으앙 하고 꼭 늑대 우는 소리 같기도 하고 우훙우훙 부엉이 우는 소리 같은 울음소리가 들리면 나무에 포대기로 걸려 있던 애 중

하나가 황천을 건너가기 직전에 되살아온 거다. 그런 식으로 기적적으로 살아난 애들이 있던 시절이다. 그러니 돌 지날 때까지 살아있으면 출생신고를 하는 경우가 많았고 한 아이가 죽고 다음 아이가 금방 태어나면 먼저 죽은 아이의 호적을 그대로 이어받게 해서 아이들 나이가 고무줄처럼 늘었다 줄었다 하는 일이 예사였다. 내 배 아프게 하고 나온 아이 중에 아기 때 황천에 제일 가까이 갔다 온 애가 만수였다.

시아버지가 한학을 하고 서울에 있는 대학에까지 유학해 모르는 게 없다고 손자들 이름을 다 지어줬는데 맏이는 백살까지 오래 살라고 '일백 백(百)'에 '목숨 수(壽)'를 붙여서 백수고 맏딸은 천금처럼 귀하고 기쁘다 해 '쇠 금(金)'에 '기쁠 희(喜)' 하여 금희고 둘째딸이 해와 달처럼 환하다고 명희(明喜)이다. 막내는 구슬처럼 예쁘다고 옥희(玉喜)다. 둘째아들 이름은 무식한 내 소견에 백 다음이 천(千)이니 천수라 할 줄 알았더니 난데없이 백(百)의 백배인 '만(萬)'을 써서 만수라고 했다. 그게 '복이 많다'는 뜻도 된다고 한다. 셋째아들은 크게 되라고 '클 석(碩)'을 썼다.

만수가 제 손에 숟가락 쥐고 밥을 먹기 시작하니까 바로 다음 애가 섰다. 금계랍(金鷄蠟)을 젖꼭지에 발라서 젖을 떼려 했는데 그때도 야물딱지게 제대로 울지 못하고 맥없이 이히잉이히잉, 했다. 그러고도 자기 전에 젖을 빠는 버릇이 여섯살까지 갔다. 제 할머니의 젖꼭지를 빨 수밖에 없었지만.

만수하고는 정반대로 석수는 울음소리도 우렁차고 몸은 뽀얗고 포동포동했다. 젖이 잘 나오기도 했지만 젖을 빠는 힘도 대단했다.

기운도 셌다. 만수에 비해 성장 속도도 훨씬 빨랐다. 그러니 만수가 동생 젖을 얻어먹을 수도 없었다.

며느리가 평생을 두고 나를 원망하는 말이 손자 만수를 낳을 때 내가 인간 안될 거라고 포기하라고 했다는 거다. 그건 며느리가 밤새도록 동네 떠나가라 소리 질러가며 진통을 하다가 새벽에 애를 낳을 때 구경하러 안방에 들어온 이웃의 망령 든 늙은이가 한 말이다. 어떤 할미가 막 나온 손자를, 그것도 손 귀한 집에서 두번째로 본 손주를 두고 인간이 되니 안되니 못생겼니 말았니 하겠나. 내가 그런 말을 했으면 천벌을 받는다.

만수가 머리는 좀 컸다. 애 낳고 삼칠일커녕 보름도 되지 않아 물동이를 이고 나서는 억센 며느리가 머리 큰 애 낳느라 생고생을 했는지 무슨 헛말을 들은 것 같다. 입만 열면 그 얘기를 해대서 할 수 없이 내가, 늙은이가 헛소리해서 미안하다고 하긴 했다. 만수 때문에 내가 죽을 때까지 평생 며느리 눈치를 봤다.

만수는 걸음마도 늦었다. 어미젖을 많이 못 먹고 배를 곯다가 동생 나오니 며느리가 아무런 대책 없는 내게 만수를 떠안겼다. 만수가 울 때마다 내 마른 젖을 물렸다. 어찌나 세게 빨아대는지 양쪽 젖이 다 헐었다. 아파서 손가락을 입에 물리면 손가락이 퉁퉁 붓도록 빨다가 힘없이 울곤 했다. 나무에서 벌통 따느라 벌에게 쏘여가며 꿀을 가져다 손가락에 묻혀서 먹였다. 그래도 쪽쪽 빨아 먹는 게 젖 빨 때보다 악착같아서 기뻤다. 그렇게 먹이려 해도 꿀이 쉽게 얻어지는 건 아니었다. 먹는 것도 시원찮고 성질도 착하고 하니 만수는 어릴 때부터 동생한테 졌다. 걸핏하면 석수가 만수를 할퀴고 때리고 깨물고 해서 만수 몸이 생채기에 멍으로 성한 데가 없었다.

만수는 어릴 때부터 부스럼이며 버짐, 종기 같은 피부병이 따라다녔다. 거기다가 동생 때문에 생긴 상처가 덧나고 해서 벗겨놓으면 온몸이 울긋불긋한 게 무슨 단풍 든 것 같았다. 내가 보다 못해서 애비한테 장날에 유황을 좀 구해오라 해서 물에 개어가지고 온몸에 발라주었다. 만수가 여섯살 땐가, 겨울에 보니 유황을 바른 노르께한 얼굴로 양지쪽에 앉아서 바람에 몸을 말리다 졸고 있는 게 꼭 병든 병아리 같았다. 팔다리는 비쩍 마르고 뼈가 두드러진 머리통 관자놀이에 제 할아버지처럼 정맥이 파랗게 불거진 걸 보고 있자니 정말 저러다 인간 되겠나 싶고, 아이의 남은 인생이 보이는 듯 서글퍼서 눈물이 쏟아졌다. 그렇다고 심심산골에 화전 일궈 사는 부모가, 늙은 할미 할애비가 대처의 부잣집 아이처럼 인삼 녹용이며 보약을 달여 먹일 형편이 되었겠는가. 만수를 보면 한숨만 나오고 손이 저절로 앞으로 모아졌다. 그저 사람 구실 하도록 살려만 주소서, 하고 빌었다.

만수 할아버지 김용식 씨는 본디 낙동강 유역에서도 손꼽히는 큰 들판을 끼고 있는 상산군의 큰 부잣집 삼대독자였다. 옛날에는 자기 땅에서 쌀이 삼백석만 나오면 천석지기라고 하고 삼천석 나오면 만석꾼이라고 하는데 내 시아버지는 못해도 삼천석은 했으니까 진짜 알부자였다. 곳간에서 인심 난다고 흉년 들면 이웃들에게 이자 안 받고 양식도 빌려주고 해서 나쁜 소리를 듣지 않았다. 시아버지가 나이 마흔 다 되어서 어렵게 낳은 남편은 어릴 때부터 서당 훈장 출신 독선생한테 한문을 배웠다고 한다. 개명한 세상에 집안을 이어갈 장손이라고 해서 신식 학문도 배웠다. 상산군 관내에서는 드물게 서울로 가서 오년제 고등보통학교를 졸업하고는 경성제대 예과에 들어갔다.

내 친정은 조선 중기에 부자 양대에 양관 대제학을 낸 상산 정씨 집안이다. 병약하고 가난했지만 드높은 긍지를 가지고 살던 아버지가 무남독녀인 내가 시집가서 고생이나 하지 말라고 부잣집 도련님한테, 그래도 서울에 유학을 가 있다는 용식씨한테서 중매 들어온 것을 받아들였다. 혼례를 올리고 나서 신랑은 얼마 안 있어 곧바로 공부하러 서울로 떠나고 나는 시아버지와 시어머니 모시고 사대독자 충현이 키우면서 살았는데 집안에 부리는 사람이 수십명이나 되어서 손에 물 하나 묻히지 않았다.

예과를 마친 남편은 전공으로 법문학부 철학과를 택했고 그때 친구들과 어울려 '과학과 사회'라는 독서회를 만들었다. 그런데 독서회 사람 중 한사람이 해외의 독립운동단체에 협력했다고 그 무서운 일본 경찰에 붙들려가고 남편도 『한국독립운동지혈사』 『청년에게 소(訴)함』 같은 책을 소지한 혐의로 체포되면서 온 집안에 엄청난 풍파가 일었다. 불온사상이 뭔지, 독립운동이 뭔지 도통 알지도 못하고 평생 순사하고 말 한번 나눠본 적도 없던 시아버지가 서울로 가서 옥바라지를 시작했다.

내가 뭘 알았겠는가. 호호백발의 시어머니하고 어린 아들 충현이 붙들고 우는 게 일이었다. 소 팔고 땅 팔고 해서 변호를 한 끝에 남편은 이태 만에 풀려나긴 했다. 하지만 집으로 돌아온 남편은 가혹한 고문을 받고 감옥생활을 하느라 심신이 다 성치 못한 상태였다. 감옥 밖에서는 더 큰 괴로움이 기다리고 있었다. 사상범이자 요시찰 인물로 낙인찍혀 독사 같은 특고경찰들이 시도 때도 없이 집으로 쳐들어와서 남편이 누워 있는 이불과 담요까지 뒤집어엎고 여차하면 다시 잡아간다고 을러대는 게 다반사가 되었다. 정신이 온전치 않은 남편이 이상한 대답이라도 하게 되면 남편은 고사하고 집안이 거덜날 판이라 시아버지가 그때마다 그놈들에게 쥐여주고 안겨준 돈이 수월치 않았다. 그들의 악마 같은 등쌀에 시달리다 못해 남은 재산이 또 사탕처럼 녹아 없어졌다. 결국 누가 봐도 부러워할 부잣집 장자였던 시아버지가 속병, 화병을 앓다 세상을 버리고 말았다.

정승댁 개가 죽으면 문상객이 문전성시를 이루지만 정승이 죽으면 개새끼 하나 보이지 않는다는 옛말대로 장례식이 치러지는 중에 문상객은 거의 없었다. 자칫 사찰과 감시의 눈에 띌까 친척들까지 잠시 앉아 있다 도망치듯이 가버렸다. 그런데도 빚쟁이들은 어김없이 몰려왔다. 진짜로 시아버지가 그 사람들한테 돈을 빌렸는지 알 길은 없었지만 그 인간들이 들고 온 빚문서는 견딜 수 있는 한계를 넘어섰다. 그래도 죽으라는 법은 없는지 남편이 그 무렵에 제정신으로 돌아왔다. 집안에 돈 될 만한 것은 모조리 몰래 팔고 남아 있는 땅들은 친척들한테 넘겨 금붙이로 바꾸었다. 장례가 끝나고 나서 백일 탈상도 하지 않은 때였다. 남편은 돈이 든 가방을 메고 늙은 시어머니 모시고 앞장서고 충현이는 걸리고 나는 우선 입는 데 소용될 옷을 챙기고 옥비녀 은수저 옷감으로 둘둘 말아넣고 해 만든 보따리를 이고 안고 하여 온 식구가 야반도주를 감행했다.

얼굴에 숯검댕을 칠하고 수건으로 머리를 싸매어 거지떼처럼 사흘을 꼬박 낯선 길을 골라 걸었다. 아는 사람 마주칠까 차도 수레도 얻어 타지 못하여 온 식구가 발은 물집이 터지고 무릎과 발목은 절뚝거리는데 아이는 온몸에 땀띠가 나서 울고 시어머니는 땡볕 아래를 걷다 넘어져 거진 숨이 넘어가게 된 겨를에 군의 경계를 넘어 문희군으로 들어섰다. 문희군은 강과 넓은 들을 낀 고향 상산군에 비할 수 없는 태산준령의 산골이었는데 그 산골에서도 인적 드문 곳을 찾아 마침내 개운리(開雲里)로 들어갔다. 개운리는 사방이 천길 높은 산으로 둘러싸였고 그중 낮은 산 바깥으로 통하는 유일한 고개의 이름이 운우령(雲雨嶺)이었다. 고개가 하도 높아 구름이 울며 비를 뿌리고 나면 그 동네에서 날이 '개인다 개인다' 하다가 '개운리'가 되었다고 한다. 우리가 들어가기 백몇십년 전에 수십명의 천주교 신자들이 박해를 피해 숨어들어와 화전을 일궈 살기 시작한 이후 무성한 소나무를 베어 숯을 만들어 팔아 살아왔다고 했다. 그 후손들이 사는 이십여가호의 마을에서 남편은 가지고 온 돈과 금붙이, 패물을 흙집과 바꾸고 자리를 잡았다. 농사를 지어본 적이 없고 지게질도 못하던 남편은 양식을 팔고 나뭇짐을 사서 살아갔다.

남편이 무위도식한 것만은 아니었으니 동회를 만들고 상조계를 조직하려 한 것이었다. 남편은 서울서 학교에 다닐 때부터 무슨 일이 생기면 모든 사람이 모여 앉아 토의를 하고 토의 결과에 따라 문제를 해결하는 방식으로 생활해왔다고 했다. 누구나 평등하게 의견을 이야기하고 서로 다른 점을 이해하며 보완하는 게 짐승과 사람이 다른 점이라는 것이었다. 그런데 동네 사람들은 동네 생긴 이래 한번도 없던 동회며 규약을 만들자고 하는 남편을 이상한 사람 취급을 했다. 굳이 안해도 될 일을 왜 하느냐고. 많이 배우고 잘 살았다고 산골에서 화전 일구고 숯이나 팔며 살아온 자기들을 우습게 아는 게 아니냐고. 남편이 동네 아이들에게 공짜로 글을 가르쳐주겠다고 해도 동네 사람들은 고개를 저었다. 공부를 해봐야 화전을 일구거나 숯 굽는 데 쓸 일이 없다고. 농사나 살림에 필요한 책을 빌려가라고 해도 고개를 흔들었다.

당장 당신의 아들, 충현이부터 공부를 하려 들지 않았다. 누구도 아닌 아버지 때문에 집안이 쫄딱 망해 두메산골로 도망치다시피 이사 오게 되었다는 것쯤은 충분히 알 나이였다. 그런 와중에 개운리 깊디깊은 산골짝에서 유일하게 마음에 드는 것이 공부를 전혀 안해도 된다는 것이었는데 그걸 다시 시키려 드니 아버지를 원수 대하듯 했다. 충현이는 태어나면서부터 누구를 닮았는지 기골이 장사 같고 공부 대신 흙장난이며 돌팔매질, 씨름에 나무칼 들고 뛰어다니는 것을 더 좋아했다.

동네 사람들을 설득하는 데 실패한 남편은 가족 간이라도 늘 회의를 통해 뜻을 모은 뒤에 집안일을 처리하자면서 모든 걸 터놓고 시어머니와 내게 이야기했다. 충현이가 열살쯤 된 뒤에는 아이 또한 회의에 끼워주려 했으나 아버지와 같이 앉는 걸 극도로 싫어하고 가족끼리 모여서 이야기를 할 때가 되면 기다렸다는 듯 밖으로 뛰어나가는 바람에 며느리와 손자가 생길 때까지 회의의 구성원은 우리 셋이 다였다. 남편은 가끔 내가 잘 알아들을 수 없는 말도 했다. 그래도 좋았다. 서로 터놓고 이야기를 나누는 한은 내가 가치가 있는 사람이고 존중받고 있다는 느낌을 받았으니까.

—여보, 나는 아침에는 낚시하고 오후에는 사냥을 하고 저녁에는 소를 몰아오고 저녁을 먹은 뒤에는 세상에 대해 이야기를 하면서 살아가고 싶소. 하지만 나는 나일 뿐, 사냥꾼도 되지 않고 어부도 되지 않고 목동도, 사회에 불평불만을 털어놓는 것을 일삼는 사람도 되지 않을 거요. 내 아이들과 손자들, 그 아이들의 후손까지 모두 그렇게 자유롭고 자율적으로 하고 싶은 일을 하며 살 수 있도록 해주고 싶소.

개운리에는 높은 산, 깊은 골짜기와 밭, 울창한 숲, 계곡물이 바위를 깎아 만든 커다란 소(沼)도 있었다. 남편은 아침마다 소에 가서 낚시를 했다. 남편은 당신이 낚시를 자주 하던 장소에 조다곡(釣多谷)이라는 이름을 붙였다. 후일 그 이름은 사람들이 발음하기 쉬운 대로 '조타골'로 바뀌었다. 또한 당신은 세상 밖으로 나가서 사는 것을 포기하고는 스스로의 호를 '조다옹(釣多翁)'이라 했다.

남편은 오후에는 사냥을 하려 했으나 사냥하는 방법도 모르고 도구도 없어서 방향을 식물로 바꾸었다. 봄부터 가을까지 참취, 쑥, 냉이, 칡, 머위, 곰취, 두릅, 참나물, 원추리, 잔대, 더덕, 도라지, 산미나리, 돼지감자, 산마늘 등등 여자인 나는 물론 화전민의 딸인 며느리도 모르는 갖가지 초목의 순과 잎과 뿌리가 밥상에 올랐다.

고향에서 황금이라도 되는 양 짐보따리에 넣어온 외국어와 한문으로 된 책들로 약초를 공부하고 간단한 상비약을 만들어 쓰기도 했다.

어느날 남편은 '저녁에는 소를 몰아오는' 생활을 하기 위해 이웃의 송서방과 함께 장에 나가 송아지를 사서 집으로 돌아왔다. 개운리가 생긴 이래 소가 마을에 들어온 건 처음이었다. 남편은 소를 키우는 방법 또한 외국어로 된 축산전서를 통해 알게 됐다고 했다. 한해쯤 뒤에 남편은 다시 송아지 한마리를 들여왔고 두마리가 짝을 지어서 송아지가 태어났다. 그때부터 우리 집에는 늘 소 한쌍이 있으면서 송아지를 낳았고 송아지가 크면 내다팔아서 양식을 샀다. 소는 큰 재산이기도 했지만 산골짜기에서는 보물이나 다름없는 노동력과 거름의 원천이었다. 소를 가지고 농사를 지으면 화전과는 소출이 달랐다. 그 무렵부터 충현이가 농사를 짓기 시작했는데 손쉽게 개운리에서 상농사꾼으로 인정받은 것은 남편이 들여온 소 덕분이었다.

가장 가까운 읍내 장터가 운우령 고개 너머 이십리 바깥에 있었고 산길 가운데 상당 부분은 소금장수, 나무꾼이나 다니는 좁은 길이었다. 우리 집 소는 마을에서 읍내까지 소나 소가 끄는 우마차가 다닐 수 있는 넓은 길을 마련하는 계기가 되었다. 그 길은 마을 아이들이 학교를 오갈 수 있게 만들었다.

우리 집으로 소를 빌리러 오는 사람들이 늘어나면서 비로소 마을에 형식적으로나마 동회가 만들어졌다. 송서방 지게에 얹혀온 송아지 한마리가 백년간 변치 않던 마을의 역사를 뒤바꾸어놓은 셈이었다. 남편이 개운리에 들어온 이후 소는 당신에게 경제적, 사회적으로 큰 도움을 주었다. 하지만 당신이 늘 가까이하며 읽는 책에 나온 대로 소를 사고 키우기는 했어도 목동은 되지 않았다.

저녁을 먹고 나면 남편은 친정아버지처럼 한시를 짓기도 하고 일기를 쓰기도 했다. 기침이 끊이지 않으면서도 식구들과 무엇이 올바른 삶이고 산간 마을에서 사람답게 살아가는 법도인지 이야기를 나누려고 했다. 손자, 손녀들은 할아버지의 이야기를 좋아했지만 아들만은 종내 그런 자리에 함께하지 않았다.

남편은 해방이 되면서 고향 읍내로 다시 돌아가는 게 어떻겠느냐고 식구들에게 물었다. 시어머니의 의견에 따라 직접 고향 마을에까지 가보기도 했다. 그러나 집으로 돌아온 남편은 세상이 자신의 사상을 용납하지 않는데다 자신과 아버지를 매일 찾아와 괴롭히던 경찰이며 관공리, 사기꾼, 빚쟁이 들이 여전히 힘을 가지고 영화를 누리는 것을 보았노라고 말했다. 그때 시어머니가 돌아가셨다. 남편은 시어머니의 유해를 개운리 양지바른 비탈에 고이 묻어드렸다.

화전민 이웃에서 며느리를 맞은 게 6·25 직전이었고 맏손자 백수를 본 게 바깥세상에서는 전쟁 통이던 여름이었지만 개운리에는 포성조차 잘 들리지 않았다. 전쟁이 발발한 지 여섯달 만에 찾아온 소금장수 덕분에 북한군이 쳐들어왔다 후퇴한 것을 알게 됐을 정도였다. 남편은 전쟁의 참화에서 가족들이 손가락 하나 잃지 않고 살아남게 된 것에 대해, 처음으로 자신이 온 식구를 끌고 개운리로 들어온 선택이 옳았다는 것을 자랑했다.

나는 지천명 이후 고질병으로 대부분의 여생을 자리보전하고 누워 지냈다. 처음에는 굴피로 지붕을 하고 흙벽을 한 방 두개짜리 안채에 기거했다. 집에 소를 들여오면서 마구간을 짓게 되었는데 그 참에 명색 사랑채를 안채와 조금 떨어지게 만든 이후 그곳에서 거의 떠나지 않았다. 워낙 기침병이 있던 약골인데다 젊은 시절 겪은 감옥살이와 고문의 후유증이 죽을 때까지 나를 따라다녔는데 날이 흐리거나 비가 오면 뼛골이 쑤시고 지나치게 춥거나 더우면 경련으로 시달렸다. 잠을 잘 자지 못해 늘 정신이 맑지 않았으며 기운이 없었다. 『백만인의 의학』이라는 가정상비 의학도서를 사다 읽은 것이 내가 내 병을 치료하기 위해 취한 가장 값비싼 처방이었다. 내 병석 주변을 꼬물꼬물 가장 오래도록 기어다니던 게 둘째손자 만수였다. 나는 틈이 나는 대로 만수에게 말을 걸었다.

—만수야, 나는 점쟁이들을 믿지 않고 관상을 보지도 못한다만 그래도 네 얼굴이 유난히 크고 훤해서 멀리서도 잘 보이기는 한다는 건 알겠다. 그러니 너는 웃어라. 소문만복래라, 웃는 집에 만복이 들어오고 일소일소 일노일로(一笑一少 一怒一老)라, 한번 웃을 때마다 하루 젊어지고 한번 화낼 때마다 하루씩 늙어지나니 네가 웃음만 잃지 않으면 평생 없는 복도 받아가며 살리라. 웃는 얼굴에 침 뱉는 사람 없느니라.

아내가 조밥에 간장, 장아찌에 물이 담긴 개다리소반을 가지고 들어오면 밥상머리에 만수를 앉히고 이런 말도 했다.

—모름지기 양반은 아무리 산해진미가 앞에 있다 한들 입맛을

다시며 상에 다가들지 않으며 맨손으로 음식을 집지 않고 수저를 쓰며 국을 한술 뜬 연후에 밥뚜껑을 열며 씹을 때 소리 내지 않으며 뜨겁다고 후후 불지 않는다.

만수는 다른 아이들에 비해 말이 늦었고 매사에 이해가 더뎠다. 잘 모르면 질문을 하라고 했다. 질문과 대답을 통해 어려운 문제도 쉽게 이해할 수 있게 된다. 질문하는 사람도 배우지만 대답하는 사람도 배운다.

—사람이 하루에 필요로 하는 양분은 열여덟에서 스물두가지인데 그중 나물에 열여섯가지가 있느니라. 밥을 비빌 때는 억지로 누르지 말고 살살 돌려서 비빌지니라. 밥은 싱겁고 반찬은 짜게 마련이나 지나치게 맵거나 짜거나 시거나 단 것은 먹지 마라. 밥을 먹는 중에 시끄럽게 떠들거나 밥알을 벌처럼 뿜으며 웃거나 하면 아니된다. 밥을 먹는 중이라도 아버지나 형 같은 어른이 부르면 입에 있는 밥을 뱉고 공손히 대답하고 그 말씀을 끝까지 잘 듣는다. 밥을 다 먹고 나서 배를 두드리며 트림을 하지 않으며 곧바로 눕지 않으며 밥이 제 입에 들어오게끔 수고한 사람들에게 고마운 마음을 가져야 한다.

손자들, 특히 백수와 만수가 내 만년의 주된 대화 상대였다. 나는 내가 아는 것과 흥미를 느낀 것에 대해서 아이들에게 말을 하고 아이들은 제 생각을 이야기함으로써 응답했다. 백수는 명석함을 타고났으나 만수는 그러지 못했다. 하지만 끝까지 듣고 새겨 제 것으로 하려고 애쓰는 근기가 남달랐다.

—사람은 한달을 굶어도 살 수 있지만 물이 없이는 일주일도 못

견딘다. 옛적부터 현명한 어른들이 물만 먹고도 살아오셨으니 그것을 백비탕(白沸湯)이라 하느니라. 신라시대 화랑이나 법사는 호랑이에게 물려갔다 돌아온 사람에게 백비탕을 만들어 먹임으로써 정신을 차리게 했다. 만드는 것은 아주 쉽다. 차갑고 깨끗한 샘물을 준비한 뒤 숯불에 물을 팔팔 끓여 달인다. 그 물 삼분의 이를 그릇에 담고 찬 샘물 삼분의 일을 부어 두가지 다른 성질의 물이 섞이기를 기다렸다가 밥 한끼를 먹을 시간 동안 천천히 마시면 된다. 백비탕은 머리를 맑게 하고 잠을 깨우며 허기와 갈증을 면하게 한다. 하루 한번씩 십년을 꾸준히 마시면 석사, 박사보다도 똑똑해질 수 있다.

이처럼 물 한그릇을 앞에 놓고도 조손이 무릎을 맞추고 앉아서 많은 질문과 대답을 주고받았다.

요점은 물만 가지고도 살 수 있으니 한두끼 굶는다고 걱정하지 말라는 것이다. 음식을 앞에 두고는 검약과 절제를 생각하라는 것이다.

예전에는 흉년이 들었을 때 흰 흙을 가지고 밥을 지어 먹음으로써 기아를 면했다. 그러니 미리 걱정하지 마라.

흙 속에는 지렁이, 굼벵이 같은 고단백질의 음식이 있다. 걱정 마라. 굶어 죽지 않는다.

소나무 껍질 속의 얇은 막도 국수를 만들어 먹을 수 있다. 국수나무는 국수를 만들어 먹어서 생긴 이름이다. 걱정 마라.

소나무 잎을 가루 내고 꽃가루를 섞어 먹으면 천년을 산다. 걱정 마라.

허준의 『동의보감』에 결명자 두되를 찧어 가루를 내고 이를 백일 동안 복용하면 촛불 없이도 어둠속에서 사물을 볼 수 있다 했다. 건강하고 활기차게 오래 살려면 오미자, 구기자와 함께 결명자를 꼭 기억해두어라.

달걀과 깻잎을 많이 먹어라. 철분이 많으니까. 철분이 충분해야 머리가 좋아지고 정신이 건강하다. 달걀에는 고단백질과 좋은 지방, 비타민, 무기질 같은 영양이 듬뿍 들어 있다. 두뇌에 좋고 눈에 좋고 쉽게 구할 수 있어 좋다. 죽는 날까지 날수만큼 먹어도 괜찮다.

물은 샘, 계곡, 강물 순으로 좋다. 물이 있는 한 사람은 쉽게 죽지 않는다. 물만 있으면 언제든 끓여서 백비탕으로 만들 수 있다.

밥을 먹을 때는 모름지기 한술의 밥을 스무번 이상 씹어서 단맛이 나는 것을 느끼고 나서 삼켜야 한다. 그러면 소화도 잘되고 씹는 동작이 그 사람의 두뇌를 발달시키고 얼굴 근육이 균형적으로 발달해 용모를 빛나게 하니 그 사람의 장래도 밝아지는 법이다.

천한 인간이나 무식한 부자는 한술 밥을 오래 씹지 않지만 농부는 농사에 들어간 피땀과 노고를 생각하기 때문에 열번은 씹는다. 선비는 서른번을 씹으며 벼슬아치라면 어릴 때부터 쉰번은 씹어야 숭고한 자리에 이를 수 있다. 밥을 오래 씹을수록 건강해지고 생각이 많아지고 인격이 닦이고 존경을 받게 된다.

— 할아버지, 말씀대로 하니까 밥이 물이 됐어요. 열다섯번 씹었는데 그냥 삼켜졌어요.

만수가 여섯살 되던 해 추석 때 그런 말을 했다. 순전히 쌀로만 된 밥일 경우에 그렇겠지. 살아가면서 지켜야 할 계명에 대해서도 오래 이야기했다.

—천지지간 만물지중 인간이 가장 귀한 이유가 뭔지 아느냐? 염치를 알기 때문이다. 염치는 제 것과 남의 것을 분별하는 데서 생긴다. 염치, 이 두 글자를 평생의 문자로 숭상하여라. 그러면 너는 어디를 가든 사람답게 살 수 있다. 믿을 수 있는 사람으로 인정받으리라. 천분을 넘어서는 것을 욕심내지 마라. 욕심이 과하면 탐심이 생긴다. 탐심은 남의 것을 훔치게 만든다. 도둑질은 절대로, 절대로, 절대로 하면 안된다. 필요한 것을 남이 가지고 있으면 내가 가진 것과 바꾸어라. 돌려줄 것을 약속하고 빌려라. 먼저 말을 하고 구하면 얻으리라. 방법은 얼마든지 있다. 훔치는 건 안된다. 훔치지 마라. 훔치고 나면 너는 네 것을 모두 도둑맞게 된다. 네 삶을 도둑맞는다. 그러면 너에게 무엇이 남겠느냐.

나는 만석꾼 집안에 귀한 사대독자로 태어났다. 평생 고대광실에서 떵떵거리며 호의호식하고 살 팔자였다. 그 모든 복을 빼앗긴 것은 이 세상 누구보다도 훌륭한 아버지 덕분이다. 동서고금을 통틀어 모르는 게 없이 박식하시고 모든 사람이 공평하게 잘살자는 훌륭한 사상도 갖고 있고 소싯적에 독립운동까지 했다는 아버지는 가족들한테만은 모질고 엄하게 대하고 특히 나를 무시했다. 내가 공부를 안했고 무식하다고 말이다. 나는 안다. 아버지가 나를 미워한 이유는 내가 당신과 전혀 닮지 않게 태어났고 자라면서도 당신과 전혀 다른 모습을 보였기 때문이다.

나는 골샌님 아버지하고는 다르게 씨름꾼처럼 튼튼한 몸, 큰 손발, 덩치를 타고났다. 할아버지의 장례를 치르자마자 늙고 힘없는 할머니의 손을 잡고 한밤중에 아흔아홉칸 고래 등 같은 기와집에서 떠나올 때 나 자신은 절대로 아버지처럼 나약하고 두려움에 떠는 존재로 살아가지 않겠다고 결심했다. 인생 망치고 집안 망조 들게 하는 공부나 책 따위와는 담을 쌓았다. 개운리에서는 공자왈 맹자왈 하는 아버지가 보라고 일부러 엉덩이에 뿔 난 송아지처럼 아이들을 끌고 대장 노릇을 하며 산비탈을 쏘다녔다. 개운리는 깊은 골짜기에 사철 마르지 않는 물이 흐르고 있었으나 골짜기에 있는 논은 조금뿐이었고 산 중턱에 있는 밭은 비탈이 심했다. 나무 그루터기와 돌이 많아서 개간을 하는 데도 한계가 있었다. 터는 넓은데 목숨을 의지할 땅은 적으니 집들이 여기저기 흩어져 있었다. 공평한 것은 뼈 빠지게 일을 해봐야 입에 풀칠하기 바쁘다는 것이었다.

나는 열두살 때부터 지게를 졌고 열다섯살에 쟁기를 잡고 밭을 갈았다. 아무도 살지 않는 안쪽 깊은 골짜기까지 들어가 화전을 일구기도 하고 닭과 염소 같은 가축을 길렀다. 그게 재미있었다. 제일 좋았다. 나한테 잘 맞았다. 지게만 지고 일어서면 잡념이 없어졌다. 화전민의 외동딸에게 장가를 들었고 처갓집에서 물려받은 밭을 억척스럽게 일궈서 당당히 상농사꾼으로 인정받았다. 나는 이삼년 농사를 지으면 거름기가 사라지는 화전만 바라보고 살지는 않았다. 쟁기로 깊이 밭을 갈고 가축에게서 나온 거름을 내고 타고난 힘과 부지런함으로 땀의 댓가를 얻었다. 산에서 나무와 갖가지 열매와 버섯을 놓치지 않고 거둬들였고 겨울에는 '홀캐이(그물)'로 참새, 멧비둘기, 꿩을 잡고 올무로 고라니, 토끼며 멧돼지를 거둬들였다. 나는 매일 황소처럼 일했고 늘어나는 식구를 먹여 살렸다. 그런 일들이 나를 나로 만들었다. 헛된 말과 이루지 못할 계획이 아니라.

아버지는 개운리 산골짜기에 소를 들여놓기는 했지만 그 소에게 마구간 지어주고 풀을 뜯게 하고 꼴 베어다 쇠죽 끓여준 건 나였고 아내였고 아이들이었다. 그 소 때문에 개운리에서 읍까지 가는 산길이 넓어지고 그 길로 애들이 학교를 다니게 됐다고 하지만 그것 때문에 달라진 게 뭐 있는가. 아이들이 하루 두끼 조밥, 풀떼기에 감자나 얻어먹는 건 변하지 않았다. 나물 아니면 배를 불리지 못하는 건 같았다. 애들이 학교에 다니는 바람에 일을 못하고 허파에 바람이 들어 헛된 꿈을 꾸게 만드는 바람에 살기가 더 힘들어졌다. 한창 일할 나이에 군대에 끌려가 억울하게 목숨 바치고 하는 빌미가 됐다.

나는 장가를 간 스무살 때부터 가장이었으므로 안방을 차지하고 화로에 혼자 담뱃불을 붙였다. 식구들이 먹고 살 음식을 제하고 내가 먹고 싶은 걸 마음껏 먹을 수 있는 권리가 내게 있었다. 나는 매년 아내에게 누룩을 발로 디뎌 만들게 했다. 그 누룩에 내가 수확한 좁쌀로 고두밥을 지어서 섞고 탁주로 걸러서 마셨다. 무슨 일이 있어도 나는 아내가 탁주를 만드는 일은 절대 그만두지 못하게 했다. 빚을 내서라도 탁주는 빚어 마셔야 했다. 탁주를 마시지 못하면 힘이 나지 않아 일을 할 수가 없고 일을 하지 못하면 아예 온 식구가 굶어야 할 것이기 때문이다. 내가 기른 닭, 내가 잡은 토끼를 지지고 볶고 삶고 쪄서 안주로 먹었다. 그러지 않으면 일도 사는 것도 흥이 나지 않았다. 아버지는 어차피 술 같은 건 마실 줄도 모르고 마시지도 못한다. 무엇이 문제란 말인가.

내가 술에 취해 아버지가 사시사철 밤낮으로 누워 있는 사랑방 쪽에 대고 옛날에 아버지가 집안 들어먹고 할아버지 화병으로 돌아가시고 난 다음에 온 식구가 야반도주를 한 이야기를 하면 다들 슬금슬금 도망을 가던데 그게 다 잘난 아버지에게서 비롯된 일임을 왜 모르는가. 흉년이 들거나 집에 불이 나거나 하는 불상사가 생기면 의지할 일가붙이 하나 없게 만든 아버지라는 사람은 아프다고 누워서 책이나 읽고 있을 뿐이었다. 내 한 몸 부서지게 일해 온 식구 먹여 살리고 장에 가서 옷 사다 입혀 사람 꼴로 살게 하는데 잘한다 고맙다 인사는 왜 못하는가. 내가 무식한 원인이 또 잘난 아버지에게 있다는 건 왜 모르는가.

아버지 기준으로 보면 낫 놓고 기역 자도 모르는 불학무식한 화전민 집안에서 나한테 시집온 아내는 대대로 손이 귀하던 우리 김씨 집안에 아들 셋, 딸 셋을 쑥쑥 낳아주었다. 애들이 하나도 어디 그른 데 없이 자랐으니 죽고 없는 조상부터 조부모, 부모를 기쁘게 만들기는 충분했다. 특히 내가 장가들고 일년 만에 낳은 맏아들은 생김새부터 나보다는 제 할아버지를 꼭 빼닮았다. 닮은 건 대를 건너뛴다는데 사진 한장 없이 돌아가신 할아버지 생김새가 가물가물 기억이 잘 안 나는 게 안타까웠다. 아버지한테 내가 처음으로 부탁을 했는데 그게 당신 손자 이름을 지어달라는 것이었다. 항렬이고 작명법이고 다 집어치우고 튼튼하고 오래 살 이름을 지어달라고 했다. 그래서 지어진 이름이 백살까지 살라는 '백수(百壽)'다. 기분이 아주 좋았다.

백수가 태어난 뒤로 개, 돼지, 토끼, 소 할 것 없이 집안의 가축이 새끼를 경쟁하듯 많이 낳는 바람에 그 수가 몇배로 늘었다. 백수가 걸음마를 시작하고 또 여동생을 보고 하던 1950년대는 날씨까지 도와주어서 거의 해마다 풍년이 들었다. 그래 우리 집이 개운리 제일가는 부잣집이라는 말을 들었다.

백수는 세살 때부터 제 할아버지한테 글자를 배우기 시작했고 학교도 들어가기 전에 한자투성이인 책을 줄줄 읽었다. 나나 제 어미가 글을 알지 못하니 백수가 무슨 책을 읽는지 알 수가 없었고 읽어라 마라 간섭할 수도 없었다. 그래서인지 몰라도 백수는 아들이라도 좀 어려웠다. 대여섯살 때부터 나한테 이런저런 일을 따지고 들기 시작했는데 처음에는 그저 귀엽고 기특해서 오냐오냐 하고 다 받아주었다. 같은 말도 아버지가 하면 쪽박이라도 집어던져 깨야 속이 가라앉는데 백수가 하면 들어줄 수밖에 없었다. 나이가 조금 더 들자 말로는 내가 당할 수 없게 되었다. 그게 다 책 때문이고 백수의 타고난 영특함 때문이었다. 할 수 있다면 무리를 해서라도 고등학교는 보낼 생각이었다. 내가 그런 이야기를 하자 제 어미도 매끼마다 좁쌀을 한홉씩 덜어놓았다가 모아 팔아서 학비에 보탰다. 알 받는 닭을 스무마리로 늘리고 돼지를 키우기 시작한 것도 그때였다. 그래서 백수는 잔뼈가 굵기도 전인 중학교 때부터 집을 떠나 유학을 했다.

나무해다 팔고 농사밖에 지을 게 없는 두메산골에서 중학생 하나를 다른 도시에 유학 보내는 게 쉬운 일은 아니었다. 제가 신문배달을 한다, 제 동급생들을 가르친다 해서 학비에 보태기는 했다. 백수가 유학을 간 뒤부터 젖먹이를 제외한 온 가족이 나물을 뜯고 열매를 따고 나무하고 가축 기르는 일에 동원되었다. 백수 하나만을 위해 나머지 다섯 남매는 허리띠를 졸라매고 희생을 감내해야 했다.

그러니 만수는 말이 둘째아들이지 백수에 비하면 장작불 앞의 반딧불만도 못했다. 태어났을 때부터 머리만 크고 손발이 배배 꼬인 새끼줄처럼 돌아가길래 큰 기대는 아예 하지도 않았다. 아이가 늦되고 자라면서도 어리숙하고 바보 같은 걸 두고 동네 사람들은 '어비'라고 했는데 만수가 바로 그 짝이 났다. 아이가 비실비실 허약하고 주눅이 들어 매사에 자신이 없으며 경쟁에 뒤처지는 것을 두고 '지실이 든다'고 하는데 만수가 바로 지실이 든 아이였다. 그래도 젖이 마른 에미 대신 마른 젖까지 물리던 할머니의 지극정성에 유식한 할아버지 발밑을 기어다니면서 주워들은 게 있어서 그런지 대여섯살이 되니 애 꼴은 갖춰졌다.

제 할아버지가 백수 본을 따서 젖 떼자마자 글부터 가르치려고 했지만 이번에는 나도 호락호락 그냥 넘어가지 않았다. 똑똑한 놈은 하나면 충분하다. 누군가는 농사짓고 식구 먹여 살리고 집을 지켜야 할 게 아니냐 말이다. 글자 배우는 것보다 아침에 소고삐 잡고 낮에는 지게 지고 나무하고 저녁에 닭 몰아 닭장에 넣는 것을 가르쳤다.

농촌에서 아이들을 여럿 낳는 것은 많이 죽어서이기도 하지만 농사에 사람 힘이 많이 필요해서이기도 하다. 만수는 몸은 제 할아버지를 닮아 빌빌거리는데 내가 닦달해서 어디 데려다놔도 굶어 죽지 않게 만들었다. 그 덕분에 일찍부터 일은 많이 배웠다.

나는 틈이 나는 대로 육남매를 불러다 앉혀놓고 이야기했다.

—너희와 가장 가까운 사람은 부모 형제, 식구다. 일가친척은 촌수가 있지만 식구끼리는 촌수가 없다. 식구는 너의 분신이고 너의 뿌리이고 울타리이다. 식구를 살리고 부양하는 것은 너희를 살리고 부양하는 것이다. 식구가 죽으면 네가 죽는 것이다. 식구를 이리저리 끌고 다니며 골탕 먹이고 제대로 건사하지 못하면 사내가 아니다. 구들장 베고 누워서 손도 까딱 안하면서 입만 놀리는 건 사람이 아니다. 온전한 사람, 사내대장부라면 제 식구, 형제를 끝까지 책임진다.

백수는 제 할아버지 빼닮아 천재 소리를 들을 정도로 똑똑하고 석수는 나 닮아 제 먹을 것 찾는 데는 영리하고 악착같았다. 중간에 낀 만수는 이도 저도 아니었다. 물에 물 탄 듯, 술에 술 탄 듯. 어쩌겠는가. 저 생긴 대로 생겨난 팔자대로 살아야 하는 것을.

국민학교에 다니는 동안 내내 성적이 전교 1등이었다는 죄로, 나는 담임선생님의 강권에 의해 집에서 백 킬로미터쯤 떨어진 금릉중학교에 시험을 쳤다. 교통 요지인 금릉시와 주변 네댓개 군의 영재들이 응시하는 금릉중학교 입시에는 문희군 전체를 통틀어 합격생이 한해 다섯명이 나올까 말까 했는데 내가 덜커덕 수석으로 합격을 하는 바람에 문제가 커졌다. 금릉중학교 진학을 포기하고 가까운 문희중학교로 간다니까 교장선생님이 6학년 담임선생님들을 다 데리고 가정방문을 하겠다고 했다. 아버지는 네가 저지른 일이니 난 모르겠다고 하고는 지게를 지고 산으로 올라가버렸다. 그때 할아버지가 자리를 떨치고 일어나 나를 앞세워 읍내로 갔다. 빳빳이 풀 먹인 두루마기 소매로 바람을 일으키며 읍내를 활보하는 할아버지가 그렇게 기운차고 위엄있게 보인 적이 없었다. 그게 내가 할아버지와 함께한 마지막 나들이가 되었다.

할아버지는 교장실에서 선생님들과 만나 집을 팔든 소를 팔든 간에 무슨 일이 있어도 나를 금릉중학교에 보내겠다고 약속했다. 그 자리에서 선생님들이 박봉에서 얼마씩을 떼어 입학금을 마련했고 교장선생님 주선으로 함께 합격한 읍내 제재소집 아들 이동훈하고 같이 삼년간 하숙을 공짜로 하게 되었다. 그렇게 많은 사람들에게 폐를 끼쳐가며 금릉중학교에 가게 되었다.

어릴 때부터 나는 책과 떨어진 적이 없지만, 실상 과학과 실험에 관심이 많았다. 내가 대학에 갈 때까지도 전기가 들어오지 않던 개운리 사람들은 읍내서 석유를 사다가 호롱이며 남포에 담아서 썼다. 송진이나 콩기름, 들기름 같은 식물성 기름은 그을음이 많았고 오래 쓸 수 없었다. 양초는 제사 지낼 때나 가끔 썼을 뿐이었다. 소주병 됫병에 석유 한되를 채워오면 두달을 쓸 수 있었다. 국민학교 다닐 때부터 중학생 시절까지 석유를 사오는 일은 거의 내가 맡았다.

그 무렵 장날마다 장터에 약장수가 와서 묘기를 보이곤 했다. 석유를 사러 간 길에 약장수가 보여주는 공짜 구경을 놓칠 까닭이 없었다. 원숭이에게 재롱을 피우게도 하고 마술도 보여주고 아코디

언 반주로 노래도 불렀다. 그중에서도 맨주먹으로 차돌을 깨고 이로 쇠사슬에 매단 트럭을 끄는 차력술이 최고의 인기를 끌었다. 그런데 차력사들이 입에 맹꽁이처럼 잔뜩 석유를 머금었다 화염방사기처럼 불을 뿜는 것이 못 견디게 나의 호기심을 자극했다. 불 뿜는 묘기 공연을 보기를 수십번, 완벽하게 그 기술을 따라 할 수 있겠다고 확신하게 되었다. 어느날 나는 석유를 사가지고 오던 길에 산자락 아래 밭에 모여 불장난을 하고 있던 아이들 가운데서 만수를 발견했다.

—만수야, 추운데 뭐 하고 있냐?

내가 부르자 만수가 나를 향해 맨날 하는 대로 토끼 같은 앞니를 드러내며 웃어 보였다. 멀찌감치 금희와 명희가 '전우의 시체를 넘고 넘어' 같은 노래를 부르며 고무줄놀이에 빠져 있는 것을 보고 나는 만수를 잡아끌었다.

—너, 형아가 멋진 거 보여줄 테니까 아무한테도 이야기하면 안 된다.

만수는 아무것도 모른 채 웃으며 나를 따라 마을 뒤에 있는 큰 밤나무 앞으로 왔다. 밤나무는 가운데 큰 구멍이 뚫려 있었고 거기에 귀신 도깨비가 산다, 동네를 지키는 신령한 뱀들이 떼를 지어 산다는 소문이 있었다. 나는 밤나무 앞에 석유가 든 됫병과 책가방을 내려놓고 만수의 주머니를 뒤졌다. 땟국물이 조르르 흐르는 만수의 윗도리 주머니에는 부엌의 성냥에서 찢어낸 인이 발린 종잇조각과 성냥개비가 들어 있었다. 만수가 아니라 여동생들 가운데 누군가 집에서 훔쳐낸 것이 분명했다. 불장난을 하다가 어른들에게 들키기라도 하면 애초에 불을 지른 범인을 색출하게 될 테니 가장 강력한 물증을 가장 혐의가 가지 않을 어린 만수에게 숨겨놓은 것이다. 나 자신이 같은 장난을 해봤으므로 그런 사정을 너무도 잘 알고 있었다.

—너 이거 들고 가만히 서 있어보아라.

나는 석유가 든 됫병의 마개를 열어서 만수에게 건넸다. 아무것도 모르는 만수는 헤벌쭉 웃으며 마개를 받아들었다. 나는 먼저 병을 들어서 입에 석유를 한모금 머금었다. 이어 성냥에 불을 붙이려고 했는데 성냥개비에 불이 잘 붙지 않는다는 게 문제였다. 결국 입에 들어 있던 석유를 뱉고 나서야 불을 붙일 수 있었다. 이번에는 그 불을 꺼뜨리지 않은 채 다시 석유를 입에 머금고 뿜는 게 쉽지 않았다. 약장수며 차력사를 아무나 하는 게 아님을 실감했다. 나는 나뭇가지에 석유를 조금 뱉어서 불을 붙인 뒤 그 나뭇가지를 만수에게 들고 있게 했다. 그러고는 석유를 듬뿍 입속에 집어넣어 볼따구니를 맹꽁이처럼 부풀렸다. 만수는 두려움 반 호기심 반인 표정으로 계속 웃고 있었다. 마침 바람이 거세게 불어오며 불이 꺼지려 했다. 입가로 석유가 삐져나오려고 한다는 느낌이 왔다. 나는 엎어질 듯 만수가 들고 있는 나뭇가지로 다가가 푸슉, 하고 석유를 내뿜었다. 마침내 인간 화염방사기가 제대로 작동했다. 그런데 사고가 터졌다. 불이 제대로 붙긴 했지만 그 불길이 바람을 타고 만수의 얼굴로 달려든 것이다. 내가 이룩한 성과를 감상하는 일은 일이초 만에 끝났고 나는 만수를 감싸안고 뒹굴면서 불을 껐다. 부하들을 살리기 위해 자신의 몸을 던져 수류탄을 덮쳤다가 장렬하게 산화했다고 신문에 나고 영화까지 만들어진 강재구 소령처럼. 하지만 이미 만수의 눈썹은 타버렸고 얼굴은 까맣게 그을려버린 상태였다. 나는 얼이 나가버린 만수의 빰을 때려 정신을 차리게 하고는 비밀을 지키도록 단단히 다짐을 받은 뒤 집에 들어섰다. 이미 날은 어둑어둑해져 있었다.

—왜 이렇게 늦은 거냐?

석유가 없어 호롱불을 켜지 못한 채 저녁을 먹던 아버지가 소리를 질렀다.

—아, 석유부터 호야에 부어라. 뭐가 보여야 밥이 코로 들어가는지 입으로 들어가는지 알지.

재촉을 하던 아버지는 불이 켜지자 이번에는 만수를 보더니 "니 뒤에 있는 가는 누 집 애고? 니 동생은 어데 까마구 집에 놀러 갔는동 저물도록 보이지를 않고 웬 새카만 콩알 겉은 기 너를 따라 굼불라오노?" 하고 물었다. 내가 불장난을 하던 만수를 붙잡아서 데리고 왔노라고 하자 엄마가 부엌에서부터 부지깽이를 들고 내달아 만수를 사정없이 패기 시작했다. 어린놈이 벌써부터 불장난을 해서 옷이야 머리야 다 태워먹으니 어쩌겠다는 것이냐고. 만수한테 좀 미안했다. 동생들도 전부 다 가만히 있었다.

만수가 다른 아이들이 가지고 노는 장난감 칼을 가지고 싶어하길래 나는 칼보다 훨씬 유용한 활을 만들어주기로 했다. 활은 대나무를 구부려 양 끝에 고무줄을 매면 될 것 같았다. 숲에 흔히 자라는 푸른 대나무의 가운데에 불을 쬐서 굽히자 갈라져버리거나 탄력이 없어져서 쓸 수가 없었다. 변소에 나무로 만든 똥장군이 기대져 있었는데 똥장군의 테두리를 싸고 있는 게 잘 마른 넓적한 왕대나무였다. 그걸 떼어내서 적당한 크기로 잘라 고무줄을 매자 냄새는 좀 나지만 훌륭한 활 모양이 되었다. 나는 만수에게 그 활과 산죽 끝에 대못을 박아 만든 화살을 주면서 참새나 토끼를 잡을 수 있지만 사람한테 겨눠서는 안된다고 일러주었다. 만수는 신이 나서 활과 화살을 가지고 밖으로 뛰어나갔다.

얼마 뒤에 아버지가 거름을 내기 위해 똥장군에 변소의 묵은 똥물을 가득 채우고 지게에 얹어 밭으로 향했다. 나무쪽을 잡아주던 왕대나무 테두리가 없고 보니 아버지가 밭에 가는 중간부터 똥물이 새기 시작했다. 결국 아버지가 밭에 도착했을 때에는 똥장군은 어디로 가버리고 나무쪽만 남았다. 화가 머리끝까지 난 아버지의 눈에 마침 만수가 활을 들고 멧비둘기를 쫓아가는 광경이 들어왔다. 아버지는 산이 쩌릉 울릴 정도의 호랑이 울음소리로 만수를 불렀고 만수의 활이 똥장군의 부품이었다는 것을 확인하자마자 솥뚜껑 같은 손으로 만수의 귓방망이를 올려붙였다. 그 펀치를 맞고 공중에 두 발이 들렸다 떨어지면서 구르기 시작한 만수가 집 뒤꼍까지 굴러왔다. 물론 만수가 활과 화살을 만들 재주가 없다는 것은 전혀 고려되지 않았다. 그때도 만수에게 무척 미안했다.

만수가 학교에 가기 전에 한글을 가르치려고 해본 적이 있었다. 아침을 먹고 달력 뒷장에 한글 기본 자모음과 숫자를 쓰고 연필을 주면서 반복해서 따라 쓰게 했다. 만수는 저녁이 다 되도록 달력 한장을 다 채우지 못하고 끙끙거리며 상형문자나 우주선 같은 이상한 그림을 그려대고 있었다. 소질이 없는 건 할 수 없는 일이나 만수는 성의가 있었다.

만수는 남보다 머리가 커서 뇌세포도 남보다 많은 줄 알았더니 공부는 잘 못했다. 하지만 백지처럼 순수했다. 어른들이 하는 말을 잘 들었다. 내가 시키는 대로 열심히 하려 애썼다. 나는 만수에게 이런 말을 해주었다.

—만수야, 너는 아직 재주가 다 드러나지 않은 망아지, 덜 벼려진 칼과 같구나. 천리마는 하루에 천리를 가지만 돈 끼호떼의 로시난떼처럼 비루먹고 약한 말도 열흘을 부지런히 가면 천리를 간다고 했다. 또 천리마의 꼬랑지에 붙어 있는 쇠파리 또한 천리를 간단다. 네가 하루 천리를 가는 명마가 아니라고 실망하지 마라. 뭐든지 잘 보고 기술을 배워 하루하루 열심히 하면 너는 전기기사, 시계 수리공, 운전기사 등등의 기술자가 될 수 있다. 구두닦이, 지게꾼도 열심히만 하면 얼마든지 성공할 수 있다. 직업에는 귀천이 없다 했으니 너는 귀를 크게 열고 입은 꼭 다물고 네 길을 걸어가기만 하면 된다.

나의 유일한 오빠, 여섯살 많던 오빠는 공부도 누구보다 잘했지만 그림도 잘 그렸고 노래도 잘했다. 내가 국민학교 3학년 때던가 여름방학에 오빠가 다니던 중학교 앞 하숙집에서 집으로 돌아왔다. 길쭉한 종이갑에서 노란 비로드에 싸인 이상한 물건을 꺼냈다. 천을 벗기자 고래 이빨처럼 기다랗고 번쩍거리는 물건이 나왔다. 오빠는 조심스럽게 그것을 꺼내들고 옥수수를 먹을 때처럼 훑었다. "우루루루룻" 하고 엄마가 아기를 어를 때 나는 소리가 났다.

오빠는 그 물건의 구멍난 부분을 손바닥에 탁탁 치고 나서 다시 비로드로 조심스럽게 감싸더니 갑에 다시 집어넣었다.

—하모니카는 반주악기이면서 연주도 된다. 아주 작다. 가볍다. 들고 다니기에도 좋다. 하모니카를 부는 동안 하모니카 속에 침이 많이 고인다. 그 침이 다음에 하모니카를 부는 사람 입으로 들어갈 수 있다. 그러니 하모니카는 혼자만 불거나 아주 친한 사이에만 빌려주어야 한다. 또 하모니카를 자주 털어서 침을 빼주는 게 좋다. 그래야 결핵 같은 무서운 병에 걸리지 않는다.

오빠는 자신이 아는 노래 가운데 좋은 노래를 우리에게 불러주기도 하고 가르쳐주기도 했다. 그 여름 나와 언니, 만수가 나란히 나물 바구니를 옆에 끼고 집에 들어서는 것을 보고 오빠가 가르쳐준 노래를 잊을 수 없다.

바구니 끼고서 도라지 캐러 간
누나는 웬일로 안 오실까요.
바둑이 데리고 찾아갈까.

은하수 별들이 물결을 치는데
마을 간 언니는 왜 안 올까요.
큰언니 손 잡고 찾아갈까.

오빠가 먼저 노래를 하모니카로 연주했다. 나물 캘 때 쓰는 창칼을 잘 갈아서 새 알루미늄 쟁반에 문지르는 것 같은 소리가 무척 아름다웠다. 멜로디를 익히고 난 뒤에 오빠가 노래를 한 소절씩 하면 우리가 따라 불렀다. 노래가 참 쉬웠다. 세 남매를 나란히 앉혀 놓고 오빠가 앞에서 지휘를 했다. 어쩐지 슬펐다. 슬픈 내용이 아닌데. 우리가 금방 헤어질 것도 아닌데.

—어디 보자, 우리 만수 도령이 일절, 명희 아가씨가 이절의 주인공이네. 도라지 캐러 간 누나는 웬일로 안 올까. 마을 간 언니는 왜 아니 올까.

오빠는 내 단발머리를 쓰다듬어주면서 한 소절씩 노래를 가르쳐주었다. 가랑이에 둥근 구멍을 낸 반바지를 입은 석수도 마루 위에서 가만히 앉아 있고 옥희도 언니의 등에 업혀 노래를 들었다. 할아버지의 기침 소리도 잦아들었다. 엄마는 물동이를 내려놓고 부엌 바닥에 앉았다. 할머니는 벌레 먹은 콩을 골라내면서 귀를 기울였다. 아버지만이 지게 지고 장에 가고 없었다. 「섬집 아기」「나뭇잎 배」 같은 노래는 학교에서보다 오빠에게 먼저 배웠다.

—오빠, 우리 노래 말고 오빠 노래를 듣고 싶어요. 오빠가 중학교에서 배운 노래를 불러주셔요. 어려워도 괜찮아요.

우리가 조르자 오빠는 내 공책을 가지고 오게 해서 맨 뒷장에 '클레멘타인'이라고 제목을 쓰고 가사를 적었다. 그 뒤에 영어로 'Oh, My Darling Clementine'이라고 쓰고 영어 가사를 썼다. 영어를 모르는 우리를 위해 영어 가사 바로 아래에는 한글 발음을 붙였다. 그러고 나서 하모니카를 입에 댔다. 「클레멘타인」이 평생 우리의 가슴을 울리는 노래가 된 건 바로 그때 오빠가 그 노래를 직접 부르고 내용이 뭔지 가르쳐주었기 때문이다.

넓고 넓은 바닷가에 오막살이 집 한채
고기 잡는 아버지와 철모르는 딸 있네
내 사랑아 내 사랑아 나의 사랑 클레멘타인
늙은 아비 혼자 두고 영영 어디 갔느냐

바람 부는 하루날에 아버지를 찾으러
바닷가에 나가더니 해가 져도 안 오네
내 사랑아 내 사랑아 나의 사랑 클레멘타인
늙은 아비 혼자 두고 영영 어디 갔느냐

한글 가사로 된 노래는 따라 부르기가 쉬워서 금방 배웠다. 오빠는 우리들에게 노래를 참 예쁘게 잘한다고, 서울에 있는 '작은 천사들'이라는 이름의 유명한 어린이 합창단처럼 꼬마 합창단을 만들어도 되겠다고 했다. 할머니는 효녀 심청이 공양미 삼백석에 팔려갈 때 부르는 노래 같다고 했다. 엄마도 심청이라는 이름을 들어봐서 안다고 고개를 끄덕거렸다. 오빠는 할머니 말씀대로 클레멘타인과 심청 이야기가 늙은 아버지와 딸 사이에 있었던 일이라는 점에서 많이 닮았다고 했다. 원래 미국에도 심청이 같은 사랑스러운 소녀가 있었는데 그 소녀의 이름이 클레멘타인이라고. 오빠는 영어로 가사를 읽고 해석을 해주었다. 그러고 나서 영어로 천천히 노래를 부르기 시작했다. 우리는 모두 정신없이 그 노래에 빠져들었다.

깊은 계곡, 깊은 동굴에 황금을 캐려고 온 광부가 살았네. 그의 딸이 클레멘타인이라네. 오 내 사랑 클레멘타인, 오 내 사랑 클레멘타인. 나는 너를 잃었구나. 너는 영영 어디론가 가버렸구나. 너 없는 세상은 무섭고도 끔찍하여라, 클레멘타인.

오리떼를 몰고 매일 아침 물가로 가더니 어느날 네 작은 발이 나뭇조각에 걸리고 너는 거품이 일어나는 바닷물에 빠졌구나. 오 내 사랑 클레멘타인, 오 내 사랑 클레멘타인. 나는 너를 잃었구나. 너는 영영 어디론가 가버렸구나. 너 없는 세상은 무섭고도 끔찍하여라, 클레멘타인.

꿈속에서 너는 바닷물에 젖은 옷을 입은 채 나를 찾아오고 나는 아직 네가 살았을 때처럼 끌어안을 수 있을 것 같은데, 너는 죽었고 나는 네 모습을 그려볼 뿐이구나. 내가 너를 얼마나 그리워하는지, 내가 클레멘타인, 너를 얼마나 그리워하는지. 나는 지금 네 귀여운 동생에게 입 맞추고 너를 잊으려 한단다. 오 내 사랑 클레멘타인, 오 내 사랑 클레멘타인. 나는 너를 잃었구나. 너는 영영 어디론가 가버렸구나. 너 없는 세상은 무섭고도 끔찍하여라, 클레멘타인.

노래는 너무나 슬펐다. 우리는 모두 울고 말았다. 할머니, 어머니까지 코를 훌쩍거리고 치마로 눈물을 닦아냈다. 노래를 듣고 눈물을 흘리며 엉엉 울 수 있다는 걸 처음 알았다.

오빠의 얼굴, 오빠의 목소리, 오빠의 표정, 오빠의 눈, 오빠의 떨리던 입술과 속눈썹이 모두 영원히 내게 남았다. 우리에게 남아 있다. 우리가 다시 만날 때까지. 오, 오빠, 오빠. 나는 오빠를 너무도 사랑합니다.

만수는 오빠가 가르쳐준 가사 때문에 한글을 배우려고 애썼다. 나중에는 영어로 적어준 가사를 익히려다 영어 알파벳까지 배우게 되었다. 오빠가 가르쳐준 노래, 불러준 노래를 정말 좋아했다. 우리 모두 오빠처럼 오빠의 노래를, 함께 노래하던 때를 사랑했다.

이처럼 오빠는 우리가 진심으로 존경하고 사랑하고 그리워하고 늘 우러러보던 사람이었다. 세상 누구보다 소중하고 훌륭한 오빠는 그러나 유리잔처럼 몸이 약했다. 특히 신장 기능이 약해서 몸의 독소를 제대로 걸러내지 못하고 그 때문에 자주 아파 방학 때면 집에 누워 있을 때가 많았다.

겨울방학 때였다. 오빠는 비단이 스쳐도 온몸이 저려오는 아픔 때문에 신음 소리를 내며 누워 있었고 언니, 나, 만수 세 남매는 오빠에게 뭐든 캐고 잡고 따서 가져다주려고 아침부터 하루 종일 산과 골짜기와 밭을 돌아다녔다. 겨울에는 나물이 없었다. 칡이나 돼지감자, 더덕은 뿌리가 땅속에서 잠자고 있어서 캘 수 있었다. 집을 나서서 십분도 되지 않아 나뭇가지에 걸려 있는 마른 칡 줄기를 보고 우리는 다 함께 환성을 질렀다. 눈을 헤치고 언 땅을 파야 했다. 우리가 가지고 있는 호미로는 꽁꽁 언 땅거죽을 뚫을 수가 없어 불을 피워서 땅을 녹인 뒤에 파기 시작했다. 점심을 걸러가며 파고 또 팠지만 나온 건 알이 밴 암칡이 아니라 비쩍 마르고 어린 수칡이었다. 먹을 수가 없게 질기고 써서 완전히 헛수고를 한 꼴이었다. 너무 추워졌고 배가 고픈데다 더이상 찾아볼 힘도 없어 결국 집으로 돌아왔다. 언니가 처마에 달린 고드름을 보고는 그걸 따다가 깨끗한 접시에 얹어서 오빠 머리맡에 가져다두고는 말했다.

—오빠, 오빠한테 드릴 게 이거밖에 없어요. 미안합니다.

오빠는 자리에서 일어나 앉아 고드름을 따느라고 얼마나 손이 시렸겠느냐고 언니의 빨간 손을 잡아주었다. 만수가 그 광경을 보고는 밖에 나가서 대나무 아래의 깨끗한 눈을 스테인리스 그릇에 가득 담아왔다. 만수의 얼어터진 손 이곳저곳에 피가 묻어 있었다. 오빠는 만수의 손을 쥐어 이불 속에 넣고 엄마를 불렀다. 엄마가 큰일 아니면 절대로 꺼내는 일이 없는 귀한 설탕을 가져왔다. 고드름과 눈 위에 설탕을 살살 뿌려서 세상에 하나밖에 없는 빙수를 만들어 함께 먹었다. 눈으로 서로를 마주 보며 울다 웃다 했었다.

그날 저녁부터 오빠는 엄마의 낡은 스웨터를 풀어서 나온 털실이며 장날 사와서 쓰고 남은 색실을 주전자의 뜨거운 김에 쐰 뒤 뭉쳐가지고는 털장갑을 뜨기 시작했다. 오빠는 자리에 누워 있는 채로 털장갑을 세개 떠서 나와 언니, 만수에게 주었다. 나물 캘 때 손 시리게 다니지 말라고. 겨울에 손 트지 말라고.

붉은 색실에 노란 색실, 파란 색실, 보라색 색실을 넣어서 예쁘기도 했다. 사람마다 색깔이 다 달랐다.

—털장갑 하나도 색이 이렇게 조화를 이루니까 아주 아름답구나. 우리 여섯 남매도 이렇게 조화롭고 다정하게 살아가도록 하자.

나는 그 장갑을 겨울은 물론 한여름에까지 한시도 몸에서 떼어 놓지 않았다. 아무도 모르게.

개운리 소녀들은 학교에 가기도 전에 저마다 바구니를 하나씩 가지게 되었다. 장난감을 담아두라는 게 아니고 소꿉놀이를 하라는 것도 아니었다. 집 바깥에 있는 먹을 것, 특히 산나물과 열매며 추수하고 남은 감자나 고구마, 콩이나 밀 이삭 등속을 주워오라는 의미에서였다. 우리 집 자매들은 어릴 때부터 나물 캐는 선수로 유명했다. 막내인 옥희가 나와 열두살이나 차이가 나서 세 자매가 다 함께 실력 발휘를 할 기회는 없었다. 나와 명희에, 명희의 바로 아래인 만수가 나물을 캘 때 자매처럼 바구니 대신 소쿠리를 메고 따라다녔다. 한때 소쿠리가 보이면 만수가 있었고 만수가 있으면 소쿠리를 메고 있어서 만수를 "소쿨아, 소쿨아" 하고 불렀다. 만수 때문에 엄마는 한때 '소쿨네'로 불렸다.

나물 캐는 법은 엄마한테 배웠지만 바구니에 담아온 나물이 뭔지 엄마가 모르는 게 있으면 할아버지에게 갔다.

—그건 미나리하고 비슷하게 생겼어도 독미나리다. 독미나리는 미나리에 없는 대나무 같은 뿌리가 있어. 잘 모르겠으면 뿌리 부분을 들어올려보면 알 수 있다. 미나리하고 독미나리하고 같은 물에 자라는 경우가 많아서 같이 먹기 쉽다. 미나리는 봄철에 제일 맛있는 나물이지만 독미나리는 잘못 먹으면 구토, 복통에 정신머리가 없어지고 숨을 못 쉬게 된다. 그러다 결국 죽게 되지. 사마귀 대가리 같은 잎이 있는 이 천남성은 흉악하게도 생겼지만 입에 대

기만 하면 화상을 입은 것처럼 따갑고 심각한 염증이 생긴다. 옥수수처럼 달려 있는 열매도 독이 강하고 뿌리는 씁쓸한 맛이 나는데 이 또한 많이 먹으면 죽고 만다.

할아버지는 식물이 가지고 있는 대부분의 독성은 끓는 물에 데친 뒤에 잘 헹구면 사라진다고 했다. 그래서 나물을 캐오면 으레 끓는 물에 데쳐서 말려 먹곤 했다. 할아버지는 독초와 뿌리, 열매를 따로 모아두었다가 토사곽란과 배앓이, 감기, 머리 아픈 데, 기침하는 데 쓰게 했다.

신장이 약한 오빠에게는 여러 나무에 기생하는 덩굴식물인 새삼의 씨를 받아와서 달여 먹게 했다. 어디나 흔한 질경이를 캐와서 나물로 무쳐 먹어도 신장에 아주 좋다고 했다. 새삼씨는 토사자라고 하고 질경이씨는 차전자라고 했는데 두가지를 섞어서 공복에 먹게 했더니 확실히 오빠의 증세가 나아졌다. 차전자는 할아버지의 기침약으로도 썼다. 우리 모두 신이 났다. 할아버지 기침 소리, 오빠의 신음 소리 한번에 온 집안이 먹구름에 덮이곤 했는데 그런 일을 다시 겪고 싶지 않았다. 눈만 뜨면 토사자, 차전자를 찾아다녔고 만나면 보물을 발견한 것처럼 기뻤다.

피부가 좋지 않은 만수에게는 잎이 종지 모양으로 생겨서 종지나물로 불리는 풀의 잎을 많이 썼다. 종기며 피부가 헐어 생긴 발진, 살갗이 벌겋게 되면서 화끈거리고 열이 나는 병에 풀 전체를 찧어서 붙이면 효과가 있었다.

피마자는 기름을 내서 버짐, 종아리 헌데, 허벅지 종기, 옴에 발랐다. 어린잎은 데쳐서 찬물에 헹구고 말렸다가 나물로 먹었는데

각기병, 가래, 기침에 효과가 있고 만수 같은 사내아이들 고추가 붓고 아픈 데도 쓰인다고 했다.

만수는 풀과 버섯, 약초, 독초, 곤충, 열매, 나무, 별, 식물, 동물, 곡식 같은 것에 관한 이야기라면 덮어놓고 좋아했다. 옛날이야기나 동화책보다 그런 걸 더 좋아해서 이야기를 해달라고 조르고 또 졸랐다. 묻고 또 물었다.

엄마는 음식 솜씨가 좋았다. 같은 콩으로 담근 장이라도 엄마가 담근 간장, 된장, 고추장은 온 마을에서 맛있기로 소문났다. 우리가 캐간 나물을 그 장으로 무치거나 고추장 발라 굽거나 된장을 넣어 국으로 끓이거나 간장, 고추장에 넣어 장아찌를 만들거나 해서 반찬으로 먹으면 어떤 부잣집 진수성찬도 부럽지 않게 맛있었다. 김장을 할 때 우리 집은 무를 넣은 독을 땅에 여럿 묻었다. 동치미가 아니라 짠지였다. 무를 깨끗이 씻고 소금 간을 했을 뿐인데 그게 잘 익으면 그렇게 맛있을 수가 없었다. 한겨울 밤에 그 무를 쫑쫑 채 썰어 양푼에 담고 밥에 고추장을 넣어 썩썩 비벼서 식구들이 둘러앉아 먹으면 어떤 고생도 같이 견뎌나갈 만한 것처럼 생각되곤 했다. 처마 밑 그늘에 매달아 겨울 찬바람에 얼었다 녹았다 하며 잘 마른 무시래기에 된장을 풀어 끓인 국은 겨울 저녁의 추위를 달래주었다. 김치를 잘게 썰고 참기름에 살짝 볶은 뒤 남은 밥을 넣고 끓인 뜨끈한 김치죽은 겨울 아니면 맛볼 수 없는 별미였다.

땅속에 묻은 김장독 김치에서 군내가 나기 시작하고 골마지가 끼면 늦봄이었다. 엄마는 독에 남은 짠지를 꺼내 물에 살살 씻었다. 아껴 먹으려고 워낙 짜게 김장을 담가서 배추는 원형이 거의 남아 있었다. 그걸 도마에 얹고 대충 썰었다. 연말에 온 마을 사람들이 추렴을 해 돼지를 잡았을 때 남은 비계를 녹여 만들어둔 돼지기름을 가마솥에 넣고 짠지를 달달 볶았다. 그리고 묵은 밥을 넣고 소금 간을 더해 주걱으로 헤쳐가며 볶으면 볶음밥이 완성되었다. 만수는 그 볶음밥 냄새를 십리 밖에서도 맡았다. 허겁지겁 집에 돌아오면 곧바로 부엌으로 뛰어들었다. 주걱에 붙은 밥알부터 먼저 핥아 먹고는 부뚜막에 올라앉았다. 쪼그려 앉아서 솥에 곧 빠질 듯 말 듯 하면서 볶음밥을 먹었다. 이십년 뒤, 삼십년 뒤에 다른 건 몰라도 김치볶음밥은 아무리 좋은 재료를 쓰고 잘 만들어도 그때 그 맛이 나지 않는다고 만수는 말하곤 했다.

먹을 게 귀한 봄철에 우리 집 남매들을 키워준 건 쑥이었다. 엄마는 쑥은 흉년에도 쑥쑥 잘 커서 쑥이라고 했다. 쑥을 몇바구니씩 캐오면 삶든지 뜨거운 물에 담가뒀다가 국거리로 썼다. 쑥떡을 만들 때는 좁쌀, 피, 수수에 쑥을 넣고 절구에 찧어서 가루를 내서 썼다. 밀가루, 보릿가루를 내고 남은 속껍질을 반죽해 쑥을 푹 삶아 찧은 것과 함께 다시 삶아서 개떡으로 만들어 먹기도 했다. 그게 얼마나 귀하고 맛있었는지. 밀가루와 함께 쑥을 쪄 먹을 때도 있는데 그건 범벅이라고 했다.

만수가 제일 좋아한 건 쑥이 들어간 콩죽이었다. 생콩을 물에 담가두었다가 절구로 찧고 물을 부었다. 거기다가 있는 대로 곡식 가루를 넣고 흔한 쑥을 넣어 죽을 끓였다. 콩의 구수한 맛에 쑥의 향긋한 맛이 어울려 아무리 먹어도 질리지 않았다. 만수는 콩죽 끓인 솥을 혓바닥으로 싹싹 핥아 먹을 정도로 좋아했다. 그래서 만수는 어릴 때 별명이 쑥맥이었다.

내가 가장 좋아한 간식은 술빵이었다. 밥 짓는 가마솥에 밀가루에 소다수를 부어 반죽한 것을 안치고 살짝 불을 때서 구워냈다. 가마솥 반쯤 되게 부풀어오른 것을 부엌칼로 먹기 좋은 크기로 잘라서 내놓으면 학교에 다녀온 만수, 석수는 물론이고 아버지까지 별말 없이 잘 먹었다. 꼭 그것 때문은 아니지만 아버지가 장날 지게 지고 나가면 밀가루 한 포대 사오는 걸 잊지 말라고 하는 게 버릇이 되었다. 엄마가 나한테 말하도록 시키면 아버지 기분 좋아 보일 때를 보아 조심스레 부탁하곤 했다.

밥을 지어 먹을 때는 좁쌀과 보리가 떨어질 것을 늘 걱정했지만 밀가루는 밀농사를 안 지어도 장에 가서 미국에서 구호양곡으로 나온 것이나 수입한 것을 싸게 사올 수 있으니까 그런 걱정이 훨씬 덜했다. 밀가루는 수제비로, 칼국수로도 많이 끓여 먹었다. 푯나물과 채소만 나면 뜯어다 씻어가지고 솥에 던져넣고 물을 끓인 뒤 밀가루를 반죽해 어른 아이 할 것 없이 너도나도 둘러앉아 뚝뚝 떼서 물 끓는 솥에 집어던지면 수제비가 완성되었다. 간장과 고춧가루, 마늘로 양념간장을 만들어서 놓으면 다들 배가 터지도록 먹었다. 양푼 그득히 칼국수를 퍼놓고 식구들이 둘러앉아서 벌겋게 고추장을 풀고 간장을 넣은 뒤에 숟가락으로 퍼 먹는 것도 맛있었다. 밀가루 음식을 자주 먹으면 생목이 오르고 신트림이 나며 소화가 잘 안됐는데 그럴 때마다 엄마는 할아버지한테서 소다 가루를 얻어와서 먹였다. 할머니도 어머니도 모두 소다 가루를 먹었다.

평소에는 묵묵히 일만 하던 아버지는 술만 마시면 취했고 취하면 폭군으로 변했다.

—너희들이 밥그릇과 수저를 하늘에서 받아가지고 태어난 게 아닌 이상은, 내가 피땀 흘려서 농사지은 곡식이 너희 입에 들어갈 때 고마운 줄 알아야 할 것이다. 그러지 않으면 짐승이다. 개돼지도 제 밥그릇 채워주는 주인한테 고마워하는 법이다. 나무에서 떨어진 꿀밤 먹고 농사짓는 고구마나 훔쳐 캐 먹는 무도한 멧돼지 같은 것이나 사람한테 덤벼든다. 너희가 일을 하지 않으면 먹을 것도 없다. 일하지 않으면서 배부르게 먹고 따뜻한 방에서 자고 몸에 옷을 걸치려는 건 도둑질이다. 도둑은 내 집에서 키우지 않는다.

밖에서 술을 마시고 들어오든, 집에서 엄마가 사철 만드는 탁주를 마시든 간에 아버지는 살림살이를 집어던지고 엄마를 때리고 할아버지 누워 계신 사랑방으로 고함을 치지 않으면 우리 남매를 불러모아 무릎을 꿇고 앉게 했다. 그게 살림 부서지는 것보다, 엄마가 맞고 이리저리 소리도 없이 구르는 것보다, 할아버지와 할머니의 깊고 긴 침묵보다 훨씬 나았기 때문에 우리는 아버지가 술 취한 목소리로 부르기만 하면 앞다투어 아버지 앞으로 몰려들었다. 그러면 잔소리인지 가르침인지 잠꼬대인지 주정인지 모를 아버지의 이야기가 두시간도 좋고 세시간도 좋게 이어졌다. 우리는 아버지가 어서 잠이 들거나 지쳐 이야기가 조금이라도 빨리 끝나기를 기도했다. 이야기를 그렇게도 좋아하는 만수마저 술 취한 아버지 앞에서는 졸았다. 그러다가 그 큰 머리통이 아버지의 표적이 되는 경우가 많았다. 아버지의 호된 꿀밤에 만수의 머리통이 동네북처럼 쿵쿵 소리를 낼 때마다 당사자는 물론 우리도 깜짝 놀라 잠에서 깨곤 했다. 아버지는 고릴라처럼 가슴을 쾅쾅 치며 말했다.

—나를 봐라. 내가 사나이 대장부다. 사내가 되어가지고 사철 구들장 지고 누워서 식구들을 굶길 것이라면 나가 죽어라. 처음부터 고추를 떼버려라.

만수가 고추가 여물기도 전에 아버지한테 제일 자주 들은 말이 그걸 떼라는 말이었다. 우리 집에서 만수의 고추를 가장 많이 본 사람은 나다. 어린 시절 만수의 목욕을 도맡았기 때문이다.

종일 불장난하다 연기 냄새를 풍기며 만수가 곁에 오면 나는 찢어진 옷을 꿰매야 한다면서 바늘에 실을 꿰고 만수를 앞에 세웠다.

—만수야, 너 헌 옷을 입은 채로 옷 째진 데를 꿰매면 나중에 새 옷 못 얻어 입는다.

그러면 만수는 옷을 벗으려고 고개를 자라처럼 옷 속으로 집어넣고 팔을 빼느라 "오옹오옹" 소리를 내가며 용을 썼다.

—오늘 장날에 가서 삼월 삼일에 만수가 학교 입학할 때 입고 갈 새 옷을 아버지가 사올 거니까 바지도 마저 벗어라.

만수는 구멍이 숭숭 난 바지를 벗고 내복 차림으로 앉았다.

—큰누나, 정말이다?

—그럼, 정말이지. 세상에서 제일 사랑하는 내 동생 만수한테 내가 왜 거짓말을 할꼬.

만수는 콧물을 후루룩 들이마시고 있고 오빠는 영어로 된 소설을 중얼중얼 소리 내어 읽었다.

—거짓말하면 형님한테 일러준다. 형님이 큰누나 혼꾸멍 내줄 거다.

—아이고, 무섭다. 내가 우리 도련님 무서워 거짓말을 못하겠네요.

마구간에 딸린 사랑방 부엌의 아궁이에는 장작이 타들어가고 있었다. 쇠죽 끓이는 가마솥에는 김이 올랐다. 나는 물의 온도가 알맞게 올라갔을 즈음에 만수를 마구간으로 끌어넣었다. 막상 안에 들어가면 앙탈을 부렸다.

—싫어. 춥다. 나 목욕 안한다.

—너 지나가던 까마귀가 형님아 인마, 같이 우리 집 가자, 나하고 살자 하고 네 쑥대머리를 입으로 꼭 물어가지고 공중을 훨훨 날아 데려가버린다. 개미들이 형님아 하면서 때가 켜로 낀 등짝에 집을 짓는다. 너 아버지가 오늘 설 대목 장 봐가지고 오실 건데 그때 이렇게 검둥개 꼬라지를 하고 있으면 새 옷 안 준다.

위협과 설득에 만수는 알몸으로 가마솥에 조심스럽게 발을 들여놓았다. 가마솥에는 빨래판으로 쓰는 넓적한 판때기가 가로로 걸쳐져 있었다.

—앗 뜨거워, 뜨거워, 뜨거워!

만수는 솥 안에서 겅중겅중 뛰고 나는 미리 가져다놓은 찬물을 가마솥에 부어 온도를 맞추었다.

—뜨겁긴 뭐가 그렇게 뜨겁다고? 안 뜨거우면 때가 안 붇는다. 때가 안 불면 어떻게 때를 벗기나.

소가 되새김질을 하면서 우리의 실랑이를 지켜보고 있었다. 이따금 고개를 젖히고 웃는지 소 목에 달린 워낭이 떨그렁 소리를 냈다. 가마솥 아래 아궁이에서 소나무 장작이 타며 이따금 한숨처럼 내는 쉬잇, 하는 소리와 향긋한 송진 냄새가 났다. 밖으로 나와 닭을 불러모아 철사망을 한 닭장에 들여놓았다. 양동이에 찬물을 담아 들어가면 만수가 엄살떨며 부러 우는 소리를 냈다.

—빨리 와라, 빨리. 큰누나야, 무섭다. 나 울 거다. 운다.

마구간에 고개를 들이밀고 보면 김이 서린 공기 속에 희미한 남폿불이 비치고 만수는 가마솥 위에 앉아 고추를 가리고 있었다.

—아이구, 누가 그 고추 떼간다고, 우리 도련님.

마구간 부엌 안은 후끈한 김과 만수가 뜨겁다고 물을 튀기는 소리, 아프다고 살살 밀라고 애원하는 소리로 가득 찼다.

—숨차! 숨을 못 쉬겠어!

하도 만수가 법석을 부리는 바람에 가장 살이 많은 엉덩짝을 쳤는데도 뼈가 닿는 느낌이 들었다. 손이 아팠다. 눈물이 다 나오려고 했다.

—하이구, 일년에 한번이나 씻을까 말까 하니 껍데기가 꼭 미륵돼지 비계같이 두껍구나.

언젠가는 돼지저금통의 황금 돼지처럼 부유하고 걱정 없이 살게 되기를, 착한 너는 꼭 그렇게 복을 받으리라. 나는 남몰래 손을 모았다.

목욕을 마친 후에 만수는 수건으로 대충 몸을 말린 뒤 아무것도 입지 않은 맨몸으로 눈 쌓인 마당을 가로질러 달려가서 안방 이불 속으로 뛰어들었다.

호롱불 심지를 돋우고 만수에게서 벗긴 옷의 솔기를 불에 갖다 댔다. 이와 서캐가 타며 빠지지직, 하고 소리를 냈다. 매캐하고 기름진 연기에 재채기를 하면서도 만수는 몸을 배배 꼬아댔다. 참빗으로 머리를 빗어서 이를 잡아냈다. 이 사냥을 하는 식구들과 그 사이에 피어오르는 연기로 방 안은 늘 흐릿했다. 메주를 띄우는 냄새, 낮으로 구덩이에서 꺼내온 무를 베어 먹은 아버지가 뀌는 방귀로 퀴퀴하고 쿰쿰한 냄새가 났다. 문풍지가 푸르릑푸르릑 우는 밤에 밖에서는 몇년 묵은 이처럼 굵은 별들이 빛났고 잎이 다 떨어진 미루나무 가지가 춤을 추었다.

—너희들 한눈팔면 놔두고 우리끼리 가버린다. 학교 정문에 갈 때까지 형님 누나들 놓치지 말고 뛰어.

개운리에서 읍내 남쪽 외곽에 있는 학교까지 가는 등굣길은 절반이 산길이고 나머지 절반은 신작로와 들길이었다. 개운리 입구에 모인 학생은 서른명이 넘었다. 석유 냄새가 나는 새 옷을 입고 반짝반짝 윤기가 나는 새 고무신을 신은 만수처럼 처음 학교에 입학하는 아이가 남자 넷, 여자 둘이고 나머지도 남학생이 여학생보다 두배쯤 많았다.

학교에서는 교실 수에 비해 학생들이 너무 많아서 2부제 수업을 했다. 오전 수업만 하는 1, 2학년이 쓰던 교실을 3, 4, 5학년이 물려서 쓰는 식이었다. 6학년은 입시 준비를 하느라 교실을 종일 독차지했다. 입학식 같은 주요 행사가 있는 날은 예외였다. 날이 따뜻해지면 운동장 이곳저곳에서 수업을 하면서 교실이 비기를 기다리기도 했다. 모두 차림새는 비슷했다. 저학년은 자신의 몸에 비해 헐렁한 옷을 입고 바싹 깎은 머리에 고무신을 신었으며 광목이며 무명으로 만든 책보를 허리에 맸다. 고학년은 몸에 비해 작은 옷을 입고 찢어져서 실로 꿰맨 고무신을 신었다. 삼분의 일은 맨발이었다. 처음부터 아이들은 뛰기 시작했다. 지루함과 추위를 이기려면 뛰는 편이 나았다. 1학년이 간신히 따라올 수 있을 정도의 속도였다. 그러면서도 챙길 것은 다 챙겼다.

—여기 쑥이다. 저기 냉이다. 저기가 달래다. 씀바귀다.

여자아이들의 대장인 6학년 이수원이 땅바닥의 풀을 하나씩 가리키며 말했다.

—계집애들, 그거 계속 붙잡고 있으면 지각이다. 지각생은 놔두고 간다.

남자 대장 박상주는 여자들을 무시했다. 저는 계곡에서 버드나무 가지를 꺾어 피리를 만들어 불기까지 하면서. 아이들은 뛰고 뛰었다. 살피고 뽑고 먹어보고 건드려보고 꺾었다.

—아직 개구리는 안 보인다. 개구리알은 있다.

내가 말하자 4학년 김청송이 대꾸했다.

—알도 먹을 수는 있다.

—어딜? 그러다가 배 속에 올챙이가 생기면 배 아파 죽고 난리난다.

한해 뒤에 대장이 될 5학년 정달구가 반박했다.

—손에 떠서 후루룩 삼키면 시원하고 고소한데. 배가 아픈 건 다이아찡 먹으면 낫는다.

—아니다, 소다 가루가 최고다. 소다 가루 먹고 물 먹고 누워 있으면 깨객, 트림이 나고 다 넘어간다.

—배에다 아까징끼 바르니까 직빵이더라.

남자아이들은 서너살 차이까지는 서로 반말을 하는 게 보통이었다. 저수지를 지나 신작로에 내려서자 상주가 책보에서 칡을 꺼냈다. 봄방학 때 산에서 아이들과 같이 알이 통통하게 밴 암칡을 골라 캐와서 작두로 먹기 좋은 크기로 자른 것이었다. 너도나도 손을 내밀었으나 학년별로 제 마음에 드는 아이에게 하나씩 주고 마지막으로 1학년을 훑어보다가 만수에게 절반을 쪼개서 내밀었다. 그러고는 시범을 보이듯 껍질을 앞니로 물어뜯은 뒤 드러난 속줄기를 찢어서 씹기 시작했다. 다른 아이들도 따라 했다. 칡 한토막을 혼자만 먹는 건 아니었고 하나가 먹을 만큼 찢어서 먹고 나면 옆으로 돌아갔다. 개운리 아이들은 모두 껌처럼 칡을 씹으며 신작로를 걸어갔다. 처음에는 씁쓸하지만 씹을수록 녹말이 배어나와 결국 단맛이 나는 게 칡이었다. 칡을 먹는 아이들은 입부터 옷까지 칡색깔로 물이 들어 바둑이처럼 얼룩덜룩했다.

학교의 담은 측백나무 울타리와 기울어져가는 철조망이었고 벽돌 담장은 높은 철대문을 중심으로 조금만 쌓여 있었다. 운동장은 우리 동네 논밭 모두를 합친 것처럼 넓어 보였으며 만국기가 바람에 연처럼 날리며 파라락파라락 소리를 냈다. 등교하는 아이들과 입학식에 참관하러 오는 학부형을 맞는 행진곡이 우렁차게 울려퍼지고 있었다. 여럿이 함께 부르는 휘파람 소리가 들어 있는 행진곡 「콰이 강의 다리」가 나왔다. 그 모든 것이 처음 학교에 오는 아이들의 넋을 빼놓았다.

개학식과 입학식을 겸하는 자리라 '세상 만물이 생동하고 만화가 방창하는 화창한 봄날을 맞이하야'로 시작하는 교장선생님의 훈화는 다리가 꼬이다 못해 부러지도록 길었다. 난생처음 '앞으로 나란히'라는 구령에 따라 줄을 맞춰 선 신입생들의 코에서 콧물이 흘러내렸다. 4학년 옆줄에 있는 1학년 아이들의 가슴에는 콧물을 닦으라고 손수건이 달려 있었다. 아이들은 짭짤한 콧물을 혀로 핥을 뿐 손수건을 거의 쓰지 않았다. 아예 손수건을 달지 않은 만수의 콧구멍에서는 시퍼렇고 끈적한 코가 코 아래로 나왔다. 입 위를 슬쩍 지나 바람에 흔들흔들 끊어질 듯 말 듯 여행을 계속한 뒤 턱 아래에 고드름처럼 매달렸다. 잠시 뒤 믿을 수 없게도 기다란 그 콧물이 한꺼번에 빠르게 출발한 자리로 되돌아갔다. 곧이어 다시 슬금슬금 시퍼런 코가 콧구멍에서 기어나왔다.

아이들 엄마가 있었으면 줄 안으로 들어가 엄지와 검지로 가래떡처럼 긴 콧물을 싹둑 자르고 치마로 닦아주었을 것이지만 개운리에서는 학부형은 한사람도 오지 않았다. 그때까지 입학식에 온 적이 없었다. 개운리 아이들이 개운리 아이들의 학부형이었다. 만수가 코를 열번째쯤 들이마셨을 때 신입생 입학식 겸 1학기 개학식은 끝났다. 1학년은 교실까지 담임선생님을 따라갔다 집으로 갈 것이라고 했다. 같은 반인 명희가 만수를 따라가야 해서 나도 같이 갔다.

초칠로 윤을 내서 미끄러운 마루가 깔린 넓은 교실에 만수의 담임선생님이 기다리고 있었다. 젊고 예쁜 선생님이 한사람씩 이름을 불러 자리를 배정해주었다. 만수는 담임선생님의 행동과 말 하나하나에 고개를 끄덕거리고 입을 벌리고 침을 흘리고 웃었다 찌

푸렸다 하며 제정신이 아니었다. 그럴 만도 했다. 만수는 화장하고 양장을 한 여자는 처음 봤을 것이었다. 내가 학교에 입학할 때도 그랬으니까. 선생님한테서는 꽃향기 같은 좋은 냄새가 났다. 다 끝났는데도 미련이 남아 머뭇거리는 만수의 목덜미를 잡고 끌고 나오자 개운리 아이들이 학교 정문 곁에서 기다리고 있었다.

학교에서 나오자 문방구와 구멍가게, 노점상이 진을 치고 있었다. 번데기 장수가 뺑뺑이판을 돌리면서 송곳을 들고 염소 울음 같은 소리를 내며 아이들을 불러댔다. 시멘트 냄새가 배어 있는 푸대 종이를 잘라 고깔 모양으로 만들어 그 안에 번데기를 담아 팔았다. 풀빵, 뻥튀기, 호떡, 맛탕도 안 빠지고 다 있었고 다슬기를 삶아서 뾰족한 쪽을 펜치로 잘라서 팔기도 했다. 읍내 아이들은 그걸 사서 쪽쪽 소리 내며 빨아 먹었다. 알사탕이 줄줄이 비닐에 담겨 가게 앞 처마에 매달려 있었다. 남자아이들은 '월남 방망이'라고 불리는, 알사탕에 손잡이가 달린 걸 입에 넣고 볼을 부풀린 채 다른 아이들의 부러워하는 시선을 받고 있었다. 어떤 아이들은 풍선껌을 사서 입에 맹꽁이처럼 큰 풍선을 만들었다 터뜨리곤 했다. 전에 못 보던 '쫀드기'라는 것도 있었다. 삘기처럼 길쭉한 걸 갈라서 먹는데 껌처럼 질겼고 달았다. 오렌지, 파인애플처럼 구경한 적도 없는 과일의 맛이 나는 분말이 담긴 비닐 막대도 있었다. 물에 타 먹을 수도 그냥 빨아 먹을 수도 있었다.

내가 가장 해보고 싶은 것은 '뽑기'였다. 돈을 내면 1에서 100까지 쓰인 동전만 한 종이를 떼낼 수 있는 권리가 생겼고 종이 뒤에 적힌 내용에 따라서 큰 풍선도 막대풍선도 탈 수 있었다. 재수가 좋으면 낸 돈의 몇배가 넘는 좋은 상품을 받았다. 비슷한 방식으로 설탕을 녹여서 만든 칼이며 물고기에 당첨되면 그것을 가질 수도 있고 돈으로 바꿀 수도 있는 것이 '뽑기'였다. 아무것도 당첨되지 않는 '꽝' 또는 '다음 기회에' 표시가 나오면 망하는 것이었다. 양지쪽에서는 읍내 아이들이 옹기종기 모여 앉아 설탕을 작은 국자에 넣고 연탄불 위에서 녹이다가 소다를 넣어주고 부풀게 한 다음 납작한 별 모양의 판에 부어 만든 '또뽑기'를 사 먹고 있었다. 침을 발라가며 살살 떼내고 조심스럽게 자르고 핀으로 찔러서 별 모양 그대로 가져가면 또 하나를 공짜로 준다고 했다. 엿장수가 목판에 가래엿을 가득 담고는 가위를 치고 있었다.

그 모든 것이 개운리 아이들에게는 그림의 떡이었다. 돈이 없었으니까. 개운리 아이들은 모두 눈을 크게 뜨고 두리번거리며 침을 삼키는 일밖에 할 게 없었다. 돈은 고사하고 엿장수가 받는 빈 병이며 철사줄 같은 것도 가지고 있지 않았다. 그나마 돈으로 쳐주는 게 달걀이지만 이십리나 떨어진 집의 뒤꼍, 닭이 알을 낳는 곳에나 있었다.

상주는 아이들의 관심을 오일장이 열리는 장터로 돌렸다.

—저기에서 독립군하고 왜놈 무라까미 순사 나오는 연극을 한다. 노래도 하고 마술도 보여주고 차력도 한다. 장풍으로 촛불을 끄고 손가락으로 자갈을 쪼갠다. 약을 팔아먹으려고 하는 거니까 공짜다.

하지만 그날은 장날이 아니어서 공연도 마술도 약장수도 보이지 않았다.

—저런 건 오래 봤자 입하고 눈만 버린다. 우리는 출발한다. 자, 뛰어!

아이들은 다시 오던 때처럼 신작로를 뛰기 시작했다. 명희가 내 앞에서 단발머리를 날리며 뛰었다. 흰 저고리에 검정 치마, 그 아래로 붉은색 내복을 입고 있었다. 앙큼하게 내복이 새거라고 자랑하려고 일부러 저고리 고름을 헐겁게 묶었다. 명희만 그런 건 아니고 여자아이들은 기회가 오면 다 그랬다.

—시계는 아침부터 똑딱똑딱 시계는 아침부터 똑딱똑딱 시계는 아침부터 똑딱똑딱 쉬지 않고 일해요.

뛰면서 부르는 돌림노래는 노래를 모르는 아이들도 금방 따라 배웠다.

—무찌르자 오랑캐 몇백만이냐.

고무줄놀이 할 때 부르는 노래도 나왔다.

—월남의 하늘 아래 대한 해병대 얼룩무늬 번쩍이며 청룡은 간다.

형이나 삼촌이 맹호부대에 가 있는 아이들은 더 큰 소리로 맹호부대 노래를 불렀다.

—그 이름 맹호부대 맹호부대 용사들아 가시는 곳 월남 땅 하늘은 멀더라도.

내가 맹호부대를 '맹꽁이부대'로 바꿔 부르자 해병대가 센지 육군이 센지를 가지고 말싸움이 붙었다. 여자아이들은 남자아이들이 서로 싸우는 동안 자기들끼리 노래를 불렀다.

—동무들아 오너라 봄맞이 가자 너도나도 바구니 옆에 끼고서.

주변 풍경이 바뀌면 거기에 어울리는 노래가 나왔다.

—시냇물은 졸졸졸졸 고기들은 왔다 갔다.

—산산산 산에서 나무들이 자라고 들들들 들에서 곡식들이 자란다.

집에 도착하자마자 책보를 풀어 집어던졌다. 남자아이들은 산으로 나무를 하러 가거나 부모님 일하는 밭에 거들러 가고 여자아이들은 나물을 캐러 갔다. 놀든 나무를 하든 배가 고팠다. 새들이 알을 낳기 전, 찔레 순도 나오기 전, 열매가 달리지 않고 곡식은 아직 싹밖에 나지 않은 봄은 언제나 허기졌다. 토끼와 고라니는 보이지 않고 겨울 눈 속에서는 쉽게 잡히던 꿩이 숲에서 "꿩꿩" 하고 울기만 할 뿐이었다. 달걀은 병아리를 까기 위해 모아야 해서 먹을 수 없었다. 여전히 얼음장 같은 물속에 들어가봤자 메기, 붕어, 미꾸라지는 가을, 겨울에 다 잡아먹어 없고 맛이 하도 없어 똥고기라고 부르는 중고기밖에 남지 않았다. 먹지도 못하는 아지랑이가 피어나는 봄, 하늘이 노래 보이고 어지러웠다. 배가 아팠다. 말간 침이 나오고 구역질이 났다.

학교에서 제일 무서웠던 건 예방주사를 맞는 일이었다. 우두, 소아마비, 디프테리아, 콜레라, 장티푸스, 뇌염 예방주사를 수시로 맞았다. 하얀 가운을 입은 의사와 간호사가 와서 주사를 놔줬는데 그들이 오기도 전부터 소독약 냄새가 났다. 그중에서도 불주사라고 부르는 결핵 예방주사를 맞을 때는 반 아이들이 거의 다 울었다.

주사로 치료나 예방이 안되는 것도 있었다. 이나 벼룩 같은 기생충이었다. 날씨가 따뜻해지고 나서 쉬는 시간이 되면 아이들은 나무로 지어진 교사 벽에 기대어 서서 몸을 긁다 말고 옷을 벗어서 이를 잡기도 했다. 옷 솔기를 잘 펴보면 희거나 잿빛에 가까운 이가 기어가는 게 보였다. 손가락으로 그걸 튕겨내는 게 보통이었다. 그러면 땅바닥에 먹을 게 없으니 굶어 죽을 것이었다. 큰 이는 느려서 잘 잡혔다. 특별히 큰 놈은 특별히 큰 형벌을 주어야 했으므로 잡아서 두 손 엄지손톱 사이에 끼워 눌렀다. 어떤 녀석은 딱 소리가 나면서 피가 튀기도 했다. 그래도 이는 한없이 나왔다. 몸이 작고 마른 아이, 집이 가난한 아이, 시골 아이일수록 이가 많았다. 먹을 게 뭐 있다고.

내 짝이었던 만수는 이보다는 빈대가 더 징그럽고 빈대보다 벼룩이 더 귀찮다고 말했다.

—빈대는 캄캄한 밤중에 나온다. 밤중에 호롱불을 켜는 데 시간이 걸리기 때문에 그사이 빈대가 사라져버려서 잡을 수가 없다. 할머니는 빈대가 넓적한 게 사람 얼굴을 제일 많이 닮았다고 한다. 형님은 빈대 잡으려다 초가삼간을 태운다는 말이 있을 정도로 빈대가 지독하다고 한다. 더 귀찮은 건 벼룩이다. 잡을 수가 없으니까. 벼룩 사촌에 쥐벼룩이라고 있다. 그건 눈에 보이지도 않는데 벼룩보다 몇배 더 가렵다.

만수는 옷을 벗고 빈대한테 물린 자국을 보여주기도 했다. 빈대가 문 자국은 하나가 아니고 여러개가 잇달아 있어서 빈대가 단체행동을 잘한다는 것을 알게 됐다. 우리 집처럼 읍내에 있는 집들에는 빈대, 벼룩은 별로 없었다. 집 안이고 마당이고 수챗구멍이고 도랑이고 할 것 없이 벌레가 발생할 수 있는 데는 모두 DDT라고 부르는 하얀 가루를 뿌려댔기 때문이었다. 그래서인지 모기, 파리 같은 기생충도 훨씬 적었다. 구더기도 기생충인지 변소에도 DDT를 허옇게 뿌렸다. 아이들은 길에서 옷을 벗게 하고 머리부터 발끝까지 DDT 가루를 뿌려줬다. 옷에도 골고루 뿌리고 나서 막대기로 털었다. 그러면 한동안은 이가 생기지 않았다.

기생충은 몸속에도 있었다. 채변검사를 해야 어떤 기생충이 몸속에 있는지 알 수 있다고 했다.

—지금 한국 사람 열명 가운데 아홉명이 기생충에 감염돼 있다. 감염율이 구십 퍼센트란 말이다. 간디스토마, 폐디스토마, 회충, 요충, 편충, 십이지장충, 촌충 등등 기생충은 정말 종류도 많다. 기생충은 음식, 배설물, 거름, 채소 이런 걸 통해 옮는다. 내가 아무리 깨끗해도 옆사람 앞사람 뒷사람이 다 기생충에 감염되어 있는데 안 옮을 수가 있겠나. 그러니까 누구나 예외 없이 기생충 검사를 하고 약을 먹어야만 기생충을 박멸할 수 있다. 기생충을 그냥 놔두면 영양을 빼앗길 뿐만 아니라 기생충이 혈관을 타고 뇌로 올라가서 사람이 죽는 수도 있다.

채변검사를 하기 전날 담임선생님은 그런 설명을 하고 작은 비닐봉투하고 면봉, 종이봉투를 나눠주었다. 다음 날까지 각자의 대변에서 면봉으로 일부를 채취한 뒤 비닐봉투에 넣고 종이봉투로 싸서 풀로 붙여 가져오라는 것이었다. 만수는 평소에도 얼굴색이 누렇고 군데군데 허연 버짐이 피었는데 그게 다 기생충에게 영양을 빼앗겨서 그런 것 같았다.

엄마한테 채변검사 이야기를 하자 신문지를 주면서 변소 바닥에 신문지를 깔아놓고 거기다 변을 보라고 했다. 변소에서 빨간 보자기 파란 보자기를 골라주는 귀신 이야기가 생각나는 바람에 똥이 잘 나오지 않아서 혼났다. 엄마가 변을 비닐봉투에 담아주었다. 종이봉투에 반, 번호, 이름을 쓰고 풀로 붙였다.

선생님은 아침 수업 시작 전에 채변봉투를 내라고 했다. 아이들이 채변봉투를 꺼내니까 교실에 똥 냄새가 퍼졌다. 속이 메슥거렸다. 주변에 있는 아이들 몇이 코를 막고 입으로 숨을 쉬었다. 창문을 열어도 소용이 없었다. 만수는 아무렇지도 않은 듯 가만히 앉아 있었다. 며칠 뒤 선생님이 검사 결과를 알려주었다.

—우리 반 오십명 중 여덟명 빼고는 다 회충이 있다. 요충이 같이 있는 사람도 열세명. 내일 약을 먹어야 하니까 아침은 굶고 와라.

왜 아침을 굶고 와야 되느냐 하면, 배 속에 있는 회충이 밥이 들어오기를 기다리고 있다가 밥을 못 훔쳐 먹고 허기져 있을 때 약을 먹어야 효과가 있다는 것이었다. 다음 날 아침 아이들은 선생님이 서 있는 교단 앞으로 나가서 싼토닌이라는 약을 두 손으로 받아서 먹었다. 약을 다 먹었다는 표시로 손바닥을 들고 입을 열어 보여야 했다.

—약을 먹은 사람들은 회충이 몸 밖으로 나올 거다. 똥을 눌 때 바닥이 깊은 변소에다 누지 말고 변 속에 회충이 몇마리 있는지 셀 수 있게 바깥에 누도록. 숫자를 세어서 내일 선생님한테 알려줘야 한다. 그게 숙제다.

약을 먹고 나서 만수는 하늘이 노래 보이고 어지럽다고 했다. 수업시간에도 침을 질질 흘리며 졸았다. 볼록 나온 배 속에 회충이 단체로 살고 있는 것 같았다. 배가 끊어질 것처럼 아프다고 눈물을 흘렸다. 그러더니 점심시간이 되기 전에 노란 물과 옥수수 같은 걸 한숟가락쯤 토했다. 근처에 있던 아이들이 폭탄이 터진 것처럼 달아났다.

—선생님, 만수가 토했어요.

선생님은 만수의 머리를 짚어보고는 조퇴를 하라며 가방을 싸게 했다. 만수에게는 가방이 없고 책보뿐이어서 책보를 허리에 묶을 줄 아는 최영덕이 매줬다. 한시간 더 수업을 하고 나서 나는 집으로 가기 위해 밖으로 나왔다. 길가의 키 큰 아카시아 나무 그늘에 누군가 책보를 머리에 베고 누워 있었다.

말갛게 씻긴 아기 얼굴처럼 세상은 햇빛에 빛나고 있는데 아이는 잠결에 입에서 무언가 길쭉한 것을 뽑아내고 있었다. 길고 질긴 쫀드기 같은 것을 자꾸만 뽑아올리고 있었다. 먼 데서도 나는 그게 뭔지 알아볼 수 있었다. 내 배 속에서도 쫀드기처럼 길고 스멀스멀한 무언가가 치밀어오르는 것 같았다. 토해버렸다. 토하고 또 토했다. 초보다 신 시큼한 물이 나오고 이어 더이상 쓸 수 없는 노란 물이 나올 때까지. 더이상 올라오는 게 없어 헛구역질만 나왔다. 목이 꽉 막힌 것처럼 아팠다. 눈물이 났다.

만수가 학교에 갈 때가 되었을 때 나는 학교를 졸업하게 되었다. 나는 명문 금릉중을 수석으로 졸업하고 금릉고에 수석 입학한 오빠처럼 공부를 아주 잘하지는 못했지만 그렇게 못하지도 않았다.

하지만 아버지가 "지집아들은 국민학교만 나와도 집안일 거들고 살림 배왔다가 낭중에 시집가서 아 나서 키우고 살림하는 데 아무 문제 없다. 돈이 썩어나가도 지집아꺼정 중학교 보낼 수는 없다"라고 단칼에 뜻을 꺾는 바람에 중학교 진학을 단념하고 동생들 키우는 것부터 살림과 농사일을 거들거나 도맡게 되었다. 엄마의 일을 나눠서 해보니 몸은 둘째 치고 마음이 너무 고달팠다.

개운리에서는 제일 잘산다고 했지만 우리 집에서도 쌀로만 지은 하얀 밥을 먹는 일은 일년에 두번의 명절과 할아버지, 아버지의 생신 때 말고는 드물었다. 산에서 나무를 지게 높이의 두배는 더 되게 해가지고 걸어서 이십리 넘는 장터까지 나가서 팔면 쌀 두되 정도 받는 게 고작이라고 했다. 쌀은 그만큼 비쌌다. 논에서 나는 쌀 삼년치를 모으면 논을 살 수 있다고 했을 정도였다.

개운리 산골짝에는 논이 많지 않았고 계곡물이 차고 그늘이 깊어서 벼농사가 잘되지 않았다. 마을에 가장 늦게 들어온 우리 집에 원래 논은 한뼘도 없었는데 송아지를 키워 팔아서 논을 사고부터 일년에 몇번 쌀밥을 먹게 되었다고 했다. 할아버지는 책에 나오는 대로 마당에 굴을 파고 그 속에 토관을 설치한 뒤 추수하고 논에서 나온 볏짚을 차곡차곡 쌓아서 잘 덮어두었다가 풀이 귀한 겨울철에 소의 사료로 쓰게 했다. '싸일로'라고 하는 그 저장시설은 읍내에도 없는 과학적이고 선진적인 것이라고 해서 농촌지도소에서 참관을 하러 오기도 했다. 볏짚은 지붕을 이고 새끼를 꼬고 가마니를 짜는 데도 썼으므로 언제나 모자랐다.

예전에는 그렇게 나무가 흔하던 개운리에서도 해가 갈수록 나무가 점점 귀해져서 산등성이 높은 곳까지 멀리 가야 했다. 오빠는 유학 중이고 있다 해도 몸이 약해서 으레 빠지고 석수는 이 핑계 저 핑계를 대며 도망쳤다. 결국 아버지를 따라가는 건 만만한 만수였다. 꿈지럭거린다, 걸음이 늦다, 힘이 그것뿐이냐 하는 식으로 아버지에게 꾸중을 듣고 알밤을 맞으면서 나무하러 다녀올 때마다 만수는 제 몫을 찾아가는 것처럼 보였다. 만수는 아버지가 만들어 준 작은 지게에 얹힌 바작에 상수리나무 가지와 솔가지, 갈퀴로 바닥을 닥닥 긁어가지고 온 솔방울, 솔잎 갈비, 가랑잎 같은 걸 담아와서 부엌에 들여놓았다.

안방 부엌에는 무쇠솥이 두개 걸려 있었다. 그러니까 아궁이도 둘이었다. 부엌 바닥은 마당보다 두걸음쯤 내려오게 낮았고 컴컴한 구석에 수숫단이며 나뭇단이 쌓여 있었다. 벽에는 얇은 판자로 만든 찬장이 매달려 있었다. 떡판 넓이 선반이 가로로 길게 걸려 있고 거기에 자주 소용되는 부엌 물건들—칼, 도마, 바가지, 양념통, 행주 등이 놓였다. 나무기둥에 박혀 있는 못에는 냄비, 국자 등속이 걸렸다. 아궁이에서 날아오른 연기와 그을음, 먼지와 재로 선반이고 찬장이고 간에 부엌이 깨끗해질 날이 없었다. 밖에서 길어온 물에 쌀과 보리, 좁쌀을 씻어서 안치고 불을 땠다. 쌀 씻은 물은 버리지 않고 국물로 쓰거나 하다못해 쇠죽이나 돼지구유에라도 넣어서 약간의 영양분이라도 아끼려 했다.

밥을 지을 때 장작으로 불을 때면 불 조절이 어려웠을 뿐 아니라 아까워서 쉽게 쓰지를 못했다. 그러니 아궁이 연료는 북데기나 검불, 솔가지처럼 매운 연기가 많이 나는 것이기 쉬웠다. 내가 부엌에서 연기에 눈물을 흘리면서 밥을 짓다보면 방 안에서는 갈라진 구들 사이로 연기가 솟아올라 동생들이 울고 굴뚝에서 나온 연기에 무슨 밥 냄새라도 숨어 있는지 소와 돼지가 밥 달라고 울었다.

밥을 짓는 한편 남는 솥에는 국도 끓여야 했으니 나물을 넣어 끓인 된장국이 대부분이었다. 밥상을 방에 들여보내고 나면 엄마와 나는 부엌 바닥에 앉아서 그릇도 아닌 바가지에다 밥과 국을 한데 넣고 말아서 먹곤 했다.

음식을 먹고 나면 설거지를 했다. 저녁나절에는 캄캄해서 손가락도 안 보이는 부엌에서 질그릇 함지에 그릇을 부시고 솥을 헹군 개숫물을 담아서 끙끙거리면서 마당 바깥까지 들고 나와서 버려야 했다. 가축도 거둬 먹여야 하고 네명이나 되는 애들 중에 빠진 애는 없는지 수를 세고, 아픈 애는 없는지 살피고 나서는 어두운 호롱불에 대고 찢어진 옷 꿰매고 목도리도 뜨고 양말도 만들고 했다. 겨울이 오기 전에 이불 홑청을 빨고 솜을 새로 타고 모자라는 솜을 채워넣고 하는 일도 엄마와 내가 할 일이었다. 도배를 하고 문에 창호지와 문풍지를 붙이고 하는 일 역시 여자들의 일이었다. 여름에도 얼음처럼 차가운 계곡물을 길어다 식수로 쓰고 빨래를 했다. 겨울에 홑저고리 바람으로 계곡에 내려가 얼음을 깨고 한 빨래를 광주리에 넣고 머리에 이고 돌아오면 도중에 빨래가 얼음덩어리가 되었다. 길은 왜 그리 미끄럽고 춥고 가파른지 몰랐다. 그래도 나는 다른 세상으로 시집가면 그런 일을 모면할 희망이라도 있다지만 우리 엄마는 무슨 팔자를 타고났길래, 무슨 큰 죄를 졌길래 죽을 때까지 살림에 농사에 애들 키우는 일까지 죽도록 일만 하며 짐승처럼 힘들게 살아야 한단 말인가. 눈물이 났다. 그 눈물도 곧 얼어버렸다.

그나마 신통한 것은 바로 아래 여동생 명희도 아니고 더 어린 남동생 만수였다. 아침에 일어나면 요강이라도 부시고 할아버지한테 가서 잘 주무셨는지 손 모아 인사를 하고 와서 돼지며 닭이 제 먹을 것 찾아 밖으로 가도록 문도 열어주고 제 손으로 세수하고 아침을 먹고는 설거지물 버리는 것도 도와주고 비 오면 빨래도 같이 걷었다. 아버지 따라다니며 나무도 하고 농사도 거들고 온갖 심부름을 다 하고 소 끌고 나가 풀을 뜯기고 소꼴을 베어오고 뱀이든 개구리든 잡아다 돼지우리에 던져넣었다. 나보다 더 나물을 잘 알고 잘 찾고 잘 캐고 했다. 삘기, 오디, 망개, 까마중, 깨곰(개암), 산딸기, 머루, 밤, 도토리, 더덕, 도라지 등등 만수가 집으로 가지고 오는 건 누구보다, 심지어 아버지보다 더 다양했다. 만수는 손재주도 좋아서 동생들한테 새총이나 종이비행기, 바람개비 같은 장난감도 많이 만들어주고 그랬다. 마음이 착하고 순하고 무슨 일에든 제 맡은 몫을 다하려고 애를 쓰고 그렇게 신통할 수가 없었다.

힘들어 다 때려치우고 싶다가도 어린 만수가 가느다란 목으로 큰 머리를 가눠가며 철사 같은 몸뚱이를 놀려 무슨 일을 하는 걸 보면, 넓은 이마에 쪼륵쪼륵 땀이 흘러내리는 걸 보면 내가 지금 무슨 팔자 좋은 소리를, 생각을 하나 싶어 없던 힘도 생겼다. 하지만 그러는 저나 나나 엄마나 일복만 타고났지 싶었다. 이름이 만수인데 그 많은 복, 그래서 만복이라고 하는 복이 다 어디로 가고 만분의 일인 '일복' 하나만 터졌느냐 말이다.

만수가 나보다 앞서 태어났으니까 형은 형이다. 어릴 때부터 나는 만수를 부를 때 이름 뒤에 '형'이라는 단어를 절대로 붙이지 않았다. 덩치가 나보다 작았고 머리가 나빴다. 나와 만수 둘 중 하나는 다리 밑에서 주워온 것처럼 생김새가 달랐고(내 눈에는 만수가 우리 집안 누구와도 닮지 않은 것으로 보였다) 습관이나 태도, 말투 등 여러 면에서 대조를 보였다. 수준이 안 맞고 마음에 들지 않았다. 형이 형 같지 않았으니까 형이라고 부르고 싶지 않은 게 당연했다.

언젠가 우리 둘이 산에서 나물을 캐서 가져왔을 때 할아버지가 그랬다. "우애 두 형제 녀석이 뜯어서 들고 온 나물이 저희를 그대로 닮아 뺐구나." 그때 만수가 들고 있던 건 참당귀였고 내가 들고 있던 건 개당귀였다. 만수가 가져온 참당귀는 맛있는 나물이지만 아주 구하기 힘들고 내가 들고 온 개당귀는 흔하지만 독이 있어서 잘못 먹었다가는 죽을 수도 있는 것이라 했다. 결론적으로 할아버지는 나에게 개당귀 같은 독종이라고 한 것이다.

우리 중 한사람에게는 참당귀가, 또 한사람에게는 독초인 개당귀가 손에 들리게 된 건 사실 우연이었다. 우리에게는 참당귀와 개당귀를 구별할 수 있는 능력이 없었다. 전에 내가 참당귀를 가지고 오고 만수가 개당귀를 들고 온 적도 있었다. 그때 할아버지는 아무런 말도 하지 않았다. 형이 형답지 않아서 형 대접 안한다는 이유 말고는 할아버지에게서 그런 차별을 당할 만한 일이 없었다. 아니다. 만수가 워낙 착하고 순진하기 때문에 평범한 내가 독종으로 보인 것이다. 만수가 돌대가리고 멍청하니 나는 똑똑하고 영악해 보이는 것이다. 떨어져 있으면 모를 일인데 형제라고 묶여 있으니 사람들은 만수에게서 선량함을 보고 내게서는 악랄함을 보았다. 그러니 내가 만수를 좋아할 수가 없었다.

하지만 처음부터 무조건 내가 만수를 싫어하고 우습게 본 건 아니다. 그렇게 되기까지 우리 둘 말고는 누구도 모르는 계기가 있다.

내가 학교 들어가기 직전 겨울, 동네 형들이 겨울방학 때 계곡물을 모아두는 저수지에 스케이트장, 아니 썰매장을 만들었다. 저수지는 내가 태어나기 몇년 전 운우령 아래쪽에 읍내의 넓은 들에 물을 대주기 위해 만든 것인데 계곡 상류의 개운리 사람들한테는 아무런 쓸모가 없었다.

읍내에는 넓은 논에 물을 대 얼린 뒤에 새끼줄을 둘러쳐 만든 썰매장이 이미 몇개나 생겨나 있었다. 만국기를 달고 스피커로 팝송, 유행가까지 틀어주면서 스케이트와 썰매 타는 어른, 아이들을 불러모았다. 물론 입장료를 받았고 군고구마와 오뎅 같은 것까지 만들어 팔았다. 솜사탕, 뻥튀기, 번데기 파는 장수에 야바위꾼까지 몰려들어 장터나 운동회를 연상케 했다.

썰매장이 인기가 있었던 가장 큰 이유는 스케이트를 타러 여학생이 오기 때문이었다. 그 여학생을 따라 스케이트가 없는 친구들까지 오고 여학생과 그 친구들을 보러 남학생들이 몰려왔다. 결국 스케이트를 타는 데는 별로 관심이 없지만 '이성교제'에는 목을 맨 청춘남녀들이 몰려들어 썰매장은 인산인해를 이루었다. 개운리 계곡의 썰매장은 그걸 모방해 만든 것이었다.

하지만 개운리 깊은 산골짝 아래의 저수지 썰매장까지 찾아올, 찾아온 여학생은 단 한명도 없었다. 아무리 눈 쌓인 숲을 배경으로 한 아름다운 풍경 속에 여학생 입장료 면제인 썰매장이 있다 한들 오가는 길이 너무 멀었고 버스 같은 교통수단도 없었다. 가장 중요한 건 읍내 사는 여학생 중에 운우령 썰매장이 있다는 것을 아는 사람이 거의 없었다는 것이다. 그때 개운리에 사는 읍내 여학생 또래의 처녀들은 집안일에서 자유롭지 못했고 남자애들이 득시글대는 썰매장에 가는 것 자체를 금기시했다. 그러니까 여학생, 혹은 여학생 친구들과의 이성교제를 염두에 두고 썰매장을 만들자고 최초로 제안한 우리 동네 형이나 그에 동조해 삽과 곡괭이를 들고 나가 말뚝을 박고 새끼줄을 친 형들이나 제정신이라고 할 수는 없다. 그게 당시 개운리에 거주하는 청소년들의 지적 수준이었다. 물론 나는 그런 사정을 전혀 몰랐다.

여학생커녕 여자애 하나 볼 수 없는 저수지 썰매장이 개장한 이후 나는 아침이면 무조건 썰매장으로 갔다. 남자애들은 걸음만 걸을 수 있으면 운우령 너머에 있는 썰매장으로 향했다. 가서는 미끄럼을 타고 얼음판 위에서 서로를 자빠지게 하는 것만으로도 재미있었다. 썰매도 타고 팽이를 치고 연을 날렸다. 그냥 잔치 마당 같은 그 분위기가 좋았다.

나는 혼자 썰매를 타기에 너무 어렸고 썰매도 없어서 누가 태워주어야만 탈 수 있었다. 만수는 썰매를 타며 노느라 바빠 내게 신경도 쓰지 않았다. 나 역시 만수가 거기 있는지 없는지 관심을 두지 않았다. 그때 나는 불장난이 무엇보다 재미있다는 것을 알았다.

불장난에도 난이도와 경험에 따르는 등급이 있다. 깡통에 못으로 구멍을 뚫고 끈을 매단 뒤 안에 불을 넣어서 빙빙 돌리며 자유롭게 이동하는 불깡통 놀이가 가장 고난도의 고급 불장난이었다. 그건 그런 깡통을 만들 수 있는 나이의 형들만 했다. 결정적인 순간에 불깡통을 공중에 던져올리는데 그 때문에 제 머리칼과 옷에 불똥이 쏟아져 들씌워지는 불상사를 예방할 수 있을 민첩함과 판단력이 있어야 했다. 나뭇가지, 풀에 불을 붙여서 들고 다니며 썰매장 주변의 풀이나 억새 같은 데 불을 지르는 것도 있었지만 그건 가장 하급의 불장난에 속했다. 이미 남들이 다 태워먹고 난 뒤여서 재미가 없었다.

보통은 돌을 둥그렇게 쌓아 아궁이를 만들고 그 속에 불을 피우는 방식으로 불장난을 했다. 돌을 얼마나 정교하게 쌓는지, 어떤 나무로 연료를 만들고 얼마나 오래도록 꺼뜨리지 않고 불을 지피는지에 따라 각자의 기술과 재능과 성격이 드러났다. 불이 타고 난 뒤에 나오는 숯까지 있으면 최고로 쳤다. 어른들이 진짜로 숯가마에 나무를 넣고 태워서 숯을 만드는 것을 흉내 내는 것이었다. 여자아이들이 소꿉장난을 하면서 살림살이를 흉내 내는 것처럼. 그날도 나는 작은 돌로 나만의 아궁이를 만들고 불을 피우기 시작했다.

썰매장에서 얼음을 지칠 수 있는 도구는 썰매와 스케이트였다. 개운리 같은 산골에 스케이트가 생긴 것은 군에 입대해 베트남전에 파병된 청년들이 목숨 수당을 받아 집으로 송금하면서 가능해진 일이었다. 부모들은 그 돈을 일단 장롱 깊숙한 곳에 감춰두었다.

그런데 평소에 스케이트 타는 여학생을 사모하던 어떤 철없는 작은아들이 그 돈을 훔쳐가지고 읍내로 가서 스케이트를 샀다. 무슨 자랑이라고 읍내에서부터 개운리까지 스테인리스 날을 번쩍거리며 스케이트를 목에 걸고 걸어왔다. 그러자 동계올림픽에 나가서 한국 역사상 처음으로 메달을 따고 온 스케이트 선수가 공항에서 시내까지 카퍼레이드를 한 것이나 마찬가지의 효과가 개운리의 사춘기 청소년들에게 나타났다. 스케이트가 낫, 호미 같은 유용한 농기구가 아니라 한겨울에 제한된 장소에서나 탈 수 있는 놀이기구라는 것을 부모들이 깨닫기 전까지 그와 비슷한 일이 서너번이나 되풀이되었다. 어쨌든 썰매장에는 부모의 몽둥이세례에도 목숨을 부지하고 그 스케이트를 타는 형들이 몇 어슬렁거리기도 했다. 하지만 시합이 벌어질 수 있을 정도의 수준은 아니었다. 시합은 수십명의 썰매 주자 사이에 벌어졌다.

썰매 시합에 참가한 썰매는 쇠 날이 달린 것과 철사로 된 것으로 나눌 수 있었다. 만수가 타고 있는 썰매는 백수 형이 일부러 대장간까지 가서 사온, 스케이트 날과 비슷한 모양을 한 무쇠 날을 장착하고 있었다. 거기다가 단단하고 가벼운 소나무에 대못을 박아 만든 송곳 한쌍까지 갖추었다. 대부분의 썰매는 굵은 철사를 바닥에 대고 못을 박아 고정했고 철사조차 없이 나무로만 된 것도 있었다. 그런 썰매들로는 무쇠 날을 장착한 썰매와 경주한다는 것 자체가 말도 안되는 일이었다. 개운리의 부모들은 아이들이 타고 놀 썰매를 만드는 데에 돈을 들인다는 것은 상상도 하지 못했다.

나는 아무것도 모르고 썰매 수십대가 출발하는 곳의 반대편 둔

덕에서 불장난에 열중해 있었을 뿐이었다. 썰매에 탄 선수들은 맨 처음 썰매장을 만들자고 제안한 유태백의 출발 신호에 따라서 시합을 개시했다. 우승자는 군고구마 세개를 상으로 받게 돼 있었다. 그것보다 더 중요한 것은 우승자라는 영예였다. 만수는 저학년이었고 힘이 부족했다. 그렇지만 개운리 최고의 과학자이자 기술자인 백수 형이 만들어준 썰매와 송곳 덕분에 속도는 빨랐다. 썰매 날이 투트트트특 하는 소리를 내며 얼음 위를 지나가고 난 다음 철사줄을 댄 썰매들이 끵끵거리는 신음을 내며 뒤를 따랐다. 송곳에 찍혀 얼음이 하얗게 가루 져 공중에 날렸다.

6학년 한경주와 만수가 선두에서 치열한 각축을 벌이고 있었다. 경주는 외발 썰매를 타고 있었다. 학교의 교사 신축현장에서 철근을 훔쳐서 대장간에 가져다주면 도둑에게 썰매 날을 한쌍 만들어주고 남는 쇠는 공임으로 제했는데 경주는 날을 하나씩 달아 두대의 썰매를 만들고 하나는 동생 성주에게 주었다. 외발 썰매는 상당한 기술이 필요해 만수 동갑인 성주는 아직 제대로 타지를 못하고 있었다. 경주는 역시 학교 공사판에서 훔쳐온 각목으로 송곳을 만들기도 했다. 각목 송곳은 손에 쥐기에 너무 두껍고 무거웠다. 그 썰매, 그 송곳을 가지고 경주는 치열한 선두 다툼을 벌이던 중에 한번 넘어지기까지 했다. 그러지 않았더라면 경주가 여유있게 우승했을 것이었다. 나는 물론 불장난에 빠져 있었을 뿐 이런 사정을 몰랐다.

만수는 무릎을 꿇고 썰매를 타던 평소의 자세가 아니라 속도를 내기 위해 일어서서 기마자세를 취했다. 썰매는 천리마처럼 힘차

게 달렸고 송곳은 채찍처럼 공중을 가르며 얼음을 찍어 속력을 가했다. 오합지졸 같은 다른 썰매들이 뒤따르고 있었다. 나는 불길에서 솟아오르는 연기를 피하려다 썰매장으로 눈을 돌렸다. 그제야 무슨 일인가 벌어지고 있다는 것을 깨달았다. 그런데 만수가 나를 향해 송곳을 들고 춤을 추듯 하며 뭐라고 소리를 치는 것 같았다.

—뭐? 뭐?

나는 귀에다 손을 댔다. 무슨 말을 하는지 알고 싶어서. 하지만 만수의 말은 들리지 않고 썰매는 철기병 군단처럼 무섭게 다가들었다. 경주는 입을 꾹 다물고 사력을 다해 달리고 있었는데 만수 혼자 썰매 위에서 계속 떠들어대고 있었다. 왜 저러는 거지, 왜?

—뭐라고?

얼음이 썰매에 갈리고 눌리고 송곳에 부서지며 차차착 하고 숨가쁜 소리가 울려퍼졌다. 아이들의 입에서는 김이 솟아올랐다. 구경을 하던 아이들이 응원하는 소리가 커졌고 썰매들은 점점 가까이 왔다.

—왜? 왜?

말하는 순간 만수가 나를 덮쳤다. 눈 밑이 따끔하더니 순식간에 불로 달군 송곳으로 지진 것처럼 뜨거워졌다.

—아까부터 비키라고 했잖아.

그렇게 말하는 만수의 썰매 송곳 끝에 달린 못이 내 오른쪽 눈 아래를 정통으로 찔렀다. 조금만 옆으로 갔어도 눈알이 찔렸을 거다, 눈알 속에 골(뇌)이 있는데 거기까지 찔릴 수도 있었다, 그러면 넌 죽었을 거다, 살아도 애꾸눈을 면치 못했을 거다, 하고 나를 둘러싼 형들이 돌아가면서 한마디씩 했다. 피가 펑펑 솟아나왔다. 나는 불붙은 막대기를 든 채 우와앙, 하고 울음을 터뜨렸다.

—비키라니까, 그렇게 말해도 모르고 서 있냐……

만수는 내 얼굴의 상처를 손가락으로 눌렀다가 제 눈물을 닦다가 하면서 중얼중얼 말했다. 나는 계속 울고 또 울었다.

—너 있잖아, 집에 가서는 그냥 나뭇가지에 찔렸다고 해. 안 그러면 알지?

상처에서 피가 멎고 나서 만수는 시커먼 주먹을 내 눈에 들이대며 그렇게 말했다. 나는 그러겠다고 했다. 그럴 수밖에 없었다. 만수는 상으로 탄 군고구마를 내게 전부 다 주고 보는 앞에서 먹게 했다. 그걸 먹으면 입을 다물어야 하는 것이었다. 먹지 않으면 나를 죽일 것 같았다. 나는 군고구마를 꾸역꾸역 먹었다. 볼이 맹꽁이처럼 부풀고 목이 미어지고 배가 터지도록 부풀어오르게 먹고 또 먹었다. 내가 만수를 무서워한 것은 그때뿐이었다. 그때의 두려움과 수치심은 만수와 단둘이 있을 때의 어느 순간에 우연히 되살아나곤 했다. 그외의 시간에 내가 만수를 괴롭힐 수밖에 없는 이유는 그 때문이었다.

사범학교를 졸업하고 교단에 서기 시작한 지 십년 만에 나는 고향인 문희읍 북쪽에 있는 국민학교로 전근을 갔다. 그때는 너 나 할 것 없이 어렵게 살았다. 교사들도 예외는 아니었다. 사람들이 '선생님'이라는 존칭으로 부르는 교사라면 국가가 신분을 보장하는 교육공무원이고 중산층인데 실상은 겨우 밥이나 먹고 사는 수준이었다. 치맛바람이며 촌지라는 것을 보기 힘든 시골에서 쥐꼬리만 한 월급을 모아 집 장만하고 살림하고 애 키우는 게 거의 불가능했다. 그나마 고향에는 도움을 받을 집안 어른들과 친척이 있고 쌀이며 채소 같은 농산물을 거저 가져다 먹을 수 있어서 살 것 같았다. 그와 함께 교육자로서 제대로 아이들을 가르쳐보자는 의욕이 생겼다.

하지만 그런 의욕을 꺾는 게 교사들에게 부과된 잡무였다. 학업과 관련 없이 시키는 일이 끝없이 이어졌다. 새마을운동이니 근면저축운동이며 혼분식운동, 독서생활화운동처럼 전국적으로 벌어지는 것도 있었고 송충이 잡아오기, 곡식 이삭 주워오기, 잔디씨 훑어오기, 코스모스 모종 마을 길에 심기처럼 지역 특성에 따라 학교장 재량으로 벌어지는 일도 있었다.

'용의검사'라는 것도 수시로 실시되었다. 대부분의 아이들이 손이 트거나 갈라져 있었고 콧물 묻은 소매는 때로 반질반질했다. 손톱은 시커멓고 옷 또한 빨래를 자주 하지 않아 더러웠다. 머리는 기계충으로 허연 분칠을 하고 있는 아이들이 많았으니 용의검사를 하면 안 걸리는 아이들이 별로 없었다. 다른 교사들과 의논해서 날이 따뜻해지던 날 아이들을 데리고 인근의 냇가나 도랑으로 가서 옷을 벗게 한 뒤 물속으로 밀어넣었다. 때를 벗기기 위해서였다. 평생 처음 온몸을 물에 적신다는 아이들도 여럿이었다.

그런 중에도 반백년 교사생활에 잊지 못할 일이 하나 있다. 혼분식운동이 한창이던 때였다. 학교에서 점심으로 먹을 도시락을 흰쌀밥으로 싸오지 못하게 했고 음식점에서도 흰쌀밥을 파는 것이 금지됐다. 교장은 읍내 네개 국민학교에서 맨 먼저 혼분식운동 참여율 백 퍼센트에 도달해야 한다고 아침마다 교사들을 닦달해댔다.

점심시간마다 담임교사가 교실로 가서 아이들의 도시락을 일일이 검사했다. 일제히 도시락 뚜껑을 열게 하고 지침에 맞게 보리와 콩 같은 잡곡이 밥에 섞여 있는지 보는데 맨 위만 보리밥으로 살짝 덮어서 오는 아이들이 있어서 도시락을 뒤집어보라고 하기도 하고 숟가락으로 파보기도 했다. 나는 검사 결과 기준에 미달된 아이들의 손바닥을 회초리로 따끔하게 세대씩 때렸다. 아이들이 미워서가 아니라 경각심을 돋우는 의미에서 약간의 매질은 교육적 효과가 좋은 것이라고 나는 지금도 믿고 있다. 손바닥을 맞은 아이들은 다시는 쌀밥을 싸오지 않았다. 나는 남들에게 지고는 못 사는 성격이라 어떤 분야에서도 내가 담임하는 반이 가장 높은 성적을 기록하기를 바랐고 그건 혼분식운동에서도 마찬가지였다.

그런데 반 아이들의 삼분의 일가량이 아예 도시락을 싸오지 못한다는 게 문제였다. 보릿고개 때가 되면 집에서 먹을 양식이 떨어져버리는 이른바 절량농가(絶糧農家)의 자식들이었다. 그보다 형편이 나은 집 아이들 중에 감자밥, 고구마밥을 싸와서는 쌀밥 도시락을 싸온 아이들이 볼까 부끄러워하면서 뚜껑으로 가려가며 먹는 경우가 많았는데 나는 그런 아이들을 칭찬하면서 당당하게 먹게 했다. 단순히 도시락 싸오는 아이들을 기준으로 혼분식운동 참여율을 따지면 우리 4학년 6반이 제일 먼저 백 퍼센트에 도달했으나 절대적인 수치로는 칠십 퍼센트를 넘을 수가 없었다. 왜 우리 반만 도시락을 못 싸오도록 집이 가난한 아이가 다른 반보다 많은지 알

수 없었다.

신문을 보니 전국에서 서울의 초중고등학교가 제일 먼저 혼분식운동 참여율 백 퍼센트에 도달했다. 서울에서 쌀이 많이 나는 것도, 밀과 보리가 생산되는 것도 아니고 서울의 부모들이 가난하지 않거나 바쁘지 않거나 한 것도 아닌데. 교감은 교무실에서 제일 잘 보이는 자리에 게시판을 세워놓고 학년별 반별로 그래프를 그려서 매일 혼분식운동 참여율을 체크했다. 4학년 전체에서 우리 반만 빼고 참여율 구십 퍼센트를 넘던 날, 동료 교사들이 사환을 시켜 학교 앞 식당에 냄비우동을 제대로 팔팔 끓여 가져다달라고 주문을 하고 있을 때 나는 회초리가 아닌 몽둥이와 도시락을 들고 교실로 갔다. 머리가 팔팔 끓는 기분이었다. 도시락을 싸온 아이든 못 싸온 아이든 한명도 밖에 나갈 수 없다고 선포하고 앞뒤 문을 잠갔다. 유리창까지 잠그게 했다.

—혼분식운동은 단순히 쌀에 다른 곡식을 섞어서 먹자는 운동이 아니다. 나라에서 범국민적으로 시행하는 국민성 개조 운동이다. 우리나라는 국토의 칠십 퍼센트가 산이다. 어차피 쌀만 먹고 살 수는 없는 것이다. 이런 환경을 가진 나라에 사는 국민이라면 부지런하게 열심히 살라는 취지를 가지고 있는 게 혼분식운동이란 말이다. 너희나 너희의 부모가 혼분식운동에 동참하지 않는다는 것은 애국심이 부족하다는 증거다. 그런 썩어빠진 정신머리를 가지고서는 단군 이래 반만년을 물려온 가난을 면할 수 없다. 보리밥도 못 싸오겠다는 사람이 있으면 보리개떡이라도 싸오라는 말이다. 성의를 보여라, 성의를.

때는 4월 초순이었고 보리도 밀도 익지 않고 고구마, 감자 역시 수확 전이었다. 읍내서 나고 자란 나는 그런저런 사정을 자세히 알지 못했다. 아니, 알 것까지 없었다. 쌀도 지난가을에 생산한 게 아닌가. 묵은 밀, 보리, 고구마, 감자라고 없겠는가.

도시락을 혼분식운동의 취지에 맞춰 제대로 싸오지 않은 아이들은 전과 같이 손바닥 세대, 도시락을 싸오지 않은 아이들은 손등을 세대씩 때렸다. 회초리가 아닌 몽둥이로.

맞은 아이들이 훌쩍이며 소리 죽여 우는 가운데 도시락을 싸온 아이들이 뚜껑을 열자 교실 안은 반찬 냄새로 가득 찼다. 도시락을 못 싸온 아이들은 평소처럼 밖에 나가서 쭈그러진 공을 차거나 수도꼭지에 입을 대고 배가 터지도록 물을 마시거나 플라타너스 그늘에 앉아 꼬박꼬박 조는 짓을 할 수 없었다. 배에서 아무리 꼬르륵꼬르륵 무서운 소리가 나도 도시락을 싸온 친구가 밥을 먹는 것을 보며 앉아 있어야 했다. 혼분식운동의 취지에 맞는 도시락이 어떻게 생겼는지 잘 봐두어야 했다. 나도 인간일진대 감정이 실리지 않을 수 없었다.

아내가 흰쌀밥 위에 보리밥을 최대한 얇게 덮어 쌀알은 하나도 보이지 않게 하고 만일에 대비해 달걀 프라이까지 맨 위에 얹어 모범적인 보리밥으로 위장한 도시락은 정말 맛이 없었다. 하얀 쌀밥에 기름이 둥둥 뜨는 고깃국을 찾는 이유를 알 것만 같았다. 교실은 밥 먹는 소리 외에는 떠드는 아이들 하나 없이 조용했다. 도시락을 못 싸온 아이들은 숙제를 해오지 못한 아이들처럼 고개를 푹 숙이고 자리에 앉아 있었다. 장마철에 쓰러진 모를 보는 것 같았다.

한심하고 갑갑했다.

효과는 다음 날 즉각 나타났다. 도시락을 못 싸오던 아이들 가운데 절반이 도시락을 가져왔다. 몇명만 더하면 구십 퍼센트를 넘을 수 있었다. 그러면 아예 백 퍼센트 달성이라고 교장에게 보고할 생각이었다. 그걸 가지고 누가 뭐라고 하면 멱살잡이라도 할 수 있을 것 같았다. 남은 아이들에 대한 손등 때리기는 계속됐다.

그러던 어느날 어떤 아이가 구운 옥수수를 도시락이라며 가져왔다. 학교에서 제일 멀리 떨어진 동네인 산촌 개운리에 사는 김만수였다. 수건도 아닌 책보 속에 책과 공책, 몽당연필과 함께 구운 옥수수를 그냥 넣어왔다. 옥수수는 찐 것도 아니고 불에 넣어서 구웠는데 바싹 타서 시커멨다. 비쩍 마르고 길쭉하던 만수처럼 옥수수도 마르고 비틀어질 듯했다. 그건 지난가을에 수확해 처마 밑에 매달아뒀던 씨옥수수였다. 내가 아무리 농사에 무지해도 농부는 종자가 든 자루를 끌어안고 굶어 죽을지언정 먹지 않는다는 것 정도는 알고 있었다. 그것을 훔쳐간 사람이 자식이라 해도 때려죽이려 들 것이다. 만수는 내가 기가 막혀 웃는 것을 노란 눈동자로 보면서 마주 웃었다.

내가 우리 반의 혼분식운동 참여율이 백 퍼센트라고 보고한 그날, 미국에서 수입한 옥수수 가루로 만든 빵을 학교에서 배급하게 되었다고 교장이 자랑스럽게 발표했다. 가난한 집 아이들은 무상으로, 좀 사는 집 아이들은 유상으로 빵을 먹게 되었다. 나는 만수의 이름을 무상배급 대상자의 맨 앞자리에 써넣었다.

일주일쯤 뒤에 미국에서 왔다는 신품종 옥수수 종자를 학생들에게 다섯알씩 나누어주라고 했다. 달나라로 유인우주선을 보낼 수 있는 미국의 첨단과학기술로 새로 개량한 옥수수 품종이었다. 심기만 하면 단시간에 엄청난 양의 옥수수가 달리고 알도 우리 토종 옥수수의 두배는 되게 굵을 것이라 했다. 나는 교장이 침을 튀기면서 한 말 그대로 아이들에게 들려주었다. 읍내 사는 아이들 중에는 기적을 일으키는 옥수수가 필요 없는 아이들도 있었다. 나는 만수를 따로 불러 남는 옥수수 종자 수십알을 모두 주었다.

그런데 그날 저녁 만수가 어둑할 무렵 집으로 찾아왔다. 저녁상을 잠시 물려놓고 밖으로 나오자 만수는 내게 짚으로 싼 뭔가를 두 손으로 쳐들어 공손히 내밀었다.

—그게 뭐냐?

—달걀입니다.

—달걀을 왜?

—집에서 키우는 닭들이 낳았습니다. 그걸 모아서 이렇게 가져왔습니다. 할아버지가 선생님한테 갖다드리라고 하셔서요.

—달걀은 사 먹으면 된다. 너희 집에서 먹을 것도 없을 텐데. 이걸 왜 여기까지 가져온 거냐.

그러니까 만수는 하교를 하고 집에 갔다가 제 할아버지 심부름으로 다시 온 것이었다. 엎어지면 깨질까 짚으로 달걀 열개를 꽁꽁 싸가지고 이십리 길을 달려왔다.

—할아버지가 사람이 은혜를 알아야 한다, 염치가 있어야 한다고 선생님께 갖다드리라고 하셨습니다.

—됐다, 너나 먹어라. 구워 먹든 삶아 먹든.

내가 달걀 꾸러미를 도로 내밀자 만수는 손을 감추며 잽싸게 두어걸음 뒤로 물러났다.

—닭을 드리고 싶지만 암탉은 알을 낳아야 해서요, 선생님. 장닭이 없으면 병아리를 못 깝니다. 아침에 일어날 시간도 모르고요. 그래서 달걀만 가지고 왔습니다. 그거 도로 가지고 갔다가 아버지한테 걸리면 저는 맞아 죽습니다.

내가 어이가 없어 머뭇거리고 있는데 만수가 고개를 꾸벅하고는 말했다.

—맞아 죽지 않게 해주셔서 고맙습니다, 선생님.

만수는 곧 어둠속으로 사라져갔다. 나는 짚신보다 약간 더 길쭉한 달걀 꾸러미를 들고 한동안 어둠을 향해 서 있었다. 고향의 학부형으로부터 생전 처음 받아보는 진심 어린 촌지였다. 들고 있는 손을 한없이 부끄럽게 하는.

—아빠, 뭐 해?

아이가 불렀다. 하얀 형광등 불빛 아래로 날파리가 어지럽게 날아들던 그 저녁을 잊을 수 없었다.

—석수야, 미안하다. 형아가 잘못했다. 형아가 다시는 안 그럴게. 용서해다오.

학교에서 집으로 가는 신작로 길가에 플라타너스 한그루를 거느린 벽돌 건물이 서 있었다. 아이들이 '수도'라고 부르는 상수도 가압장으로 우웅우웅 하고 사시사철 모터가 돌아가는 소리가 났다. 수도 뒤에서는 읍에 사는 힘센 아이가 촌에 사는 아이들의 돈을 뺏기도 하고 거지가 잠을 자기도 했으며 아이들이 똥을 누기도 했다. 만수는 바로 그곳에서 손을 머리 위로 올리고 파리처럼 싹싹 비비며 나한테 빌었다.

—싫어. 용서 못해. 너는 형아 아니야. 빨리 내 빵 내놔, 내놓으라고.

만수가 처음으로 급식빵을 받는 날이었다. 만수는 한달 전부터 내가 배고프다고 할 때마다 급식빵 이야기를 하면서 나를 달래는 척했다. 사실은 자랑이었다. 급식은 점심시간 전에 수업이 끝나 집에 가는 1, 2학년한테는 안 나왔으니까.

—이제 다섯 밤만 지나면 학교에서 급식빵 나눠주거든. 내가 우리 선생님한테 잘 보여서 일등으로 무상급식 대상자가 됐단 말이다. 급식빵은 노오랗고 부들부들하고 따뜻한 속살이 있어. 바깥은 고소한 갈색 껍데기가 싸고 있고 옥수수 가루가 잔뜩 묻어 있다고. 그거 받거든 하나도 안 건드리고 그대로 너한테 가지고 올게. 급식빵이 우리 손바닥 세배만 하다니까 우리 둘이서 나눠 먹어도 배 터질 거야. 우리 먹고 남으면 옥희도 주자.

나는 도리질을 했다. 옥희는 빵이 어떻게 생겼는지도 모르기 때문에 줄 필요가 없었다. 그런데 만수는 빵을 가지고 오지 않았다. 나는 오전 수업이 끝나자마자 우리가 만나기로 한 수도까지 가서 바람이 덜 부는 뒤쪽에 앉아서 만수를 기다렸다. 기다리는 동안 그곳이 수백개의 똥 무더기가 또아리를 틀고 있는 똥의 본산이라는 것을 알게 됐다. 내가 견디다 못해 수도 앞으로 뛰쳐나와서 보니 만수가 허리를 구십도로 꺾고 땅을 보며 느릿느릿 걸어오고 있었다. 배가 고파 다 죽어가게 생겨 그렇다는 것이었다. "니가 나 모르기 혼자 빵 다 처먹고 엉그락 씨우는 기(거짓으로 엄살을 떠는 게) 아이라?" 하고 추궁하자 만수는 이렇게 변명했다.

점심시간이 되자 선생님이 미리 지명해둔 급식당번에게 새로 지급된 플라스틱 바구니를 들고 가서 급식빵을 타오라고 했다. 만수는 첫번째 급식당번으로 지명받은 참이었다. 빵을 나눠주는 서무실 앞 복도에는 이미 빵을 받으러 온 당번 수십명이 줄을 서 있었다. 처음 맡아보는 신선한 빵 냄새가 났다. 트럭으로 실어와 나무상자째 내려놓은 빵에서는 김이 무럭무럭 피어오르고 있었다. 4학년은 학년별 순서에서도 가장 늦었고(6학년이 먼저이고 5학년이 그다음, 귀여운 3학년이 세번째이며 마지막이 아무것도 아닌 4학년) 만수가 속한 6반은 4학년 중에서도 제일 늦었다. 급식당번이 빵을 타가지고 반으로 돌아왔을 때는 점심시간이 절반가량 지난 뒤였다. 빵을 기다리던 아이들이 빵 바구니에 덤벼들었다. 돈을 내고 빵을 먹는 읍내 아이들이 더 빨랐다. 도시락을 먼저 먹었으면서도.

—야, 안돼! 줄 서. 줄 안 서면 이름 적을 거다!

반장인 최이천이 소리쳤지만 아이들은 들은 척도 하지 않았다. 이천은 제 몫의 빵을 챙겨서 잽싸게 도망치면서 "야, 나는 인제 모른다. 용인이, 만수, 느덜이 급식당번인께로 책임도 지라 카이!" 하고 외쳤다. 같은 무료급식 대상자인 용인은 만수를 버려두고 자신의 빵을 가지고 밖으로 뛰어나갔다. 만수가 정신을 차리고 보니 바구니에는 빵이 하나도 남아 있지 않았다. 아이들 사이에 벌어진 아귀다툼에 반쪼가리 빵, 가루가 된 빵이 먼지 구덩이인 교실 바닥에 떨어져 있었다. 그때 담임선생님이 고무 슬리퍼를 끌며 교실로 들어왔다.

—조선 종자들은 이래서 좋게 좋게 해줘가지고는 인간이 안되는 거야. 모조리 주워, 하나도 남김 없이! 남은 부스러기가 조금이라도 있으면 혀로 핥아 먹게 할 거다.

이어 담임은 교실을 난장판으로 만든 책임을 물어 급식당번에게 먼지 묻은 빵 쪼가리를 입에 문 채 복도에서 손을 들고 있게 했다. 벌칙에는 빵 조각을 삼키면 안된다는 것도 있었다. 그게 가장 큰 고역이었다. 빵은 입에 들어가면서 침 때문에 녹아서 흥건해졌고 저절로 목구멍으로 넘어갈 판이었다. 또한 배 속에서는 그 빵 부스러기를 내려보내지 않는다고 안달을 하는 듯 끄륵끄륵 시큼한 트림이 넘어왔다. 결국 침의 홍수를 당할 수가 없었다. 목구멍, 식도를 거쳐 배 속으로 빵 조각은 흘러가버렸다. 결국 만수가 빵을 처먹었다는 말이었다.

나는 만수의 허리를 꼬집고 팔을 깨물고 머리칼을 잡아뜯고 배를 때리고 정강이를 발로 찼다. 내가 태어나서 처음 맛볼 빵을 혼자 다 처먹고 왔다고. 만수는 다시는 안 그러겠다며 빌었다.

그날 저녁 만수는 아버지에게도 맞았다. 어린 동생을 속이고 동생 몫의 빵을 가로챈 비겁한 놈이니까. 그날 햇감자가 저녁으로 나왔다. 만수는 아버지의 명령으로 제 몫의 뜨거운 감자를 내게 모두 주어야 했다. 껍질을 벗기고 왕소금에 찍어 먹는 폭신폭신한 감자는 그때까지 내가 먹어본 감자 중에 최고로 맛이 있었다. 만수는 엄지손가락이 퉁퉁 붓도록 손만 빨다가 잠이 들었다. 나는 다음 날

아침 식은 감자를 껍질과 함께 돼지에게 던져주었다.

개운리에서 태어난 사람 중 서울 소재의 사년제 대학에 간 사람은 오빠가 처음이었다. 일제 때 만석꾼 외동아들로 서울에 유학을 한 적이 있다는 할아버지도 대학생 한사람에게 학비, 생활비가 얼마나 드는지 잘 몰랐다. 아버지는 개운리 같은 산골짝에서 대학생 하나를 뒷받침한다는 게 가능하기나 한지 계산해본 적도 없었다. 하지만 집안의 장손으로, 또 어떤 집 아들보다 훌륭하고 똑똑한 자식으로 중고등학교를 수석으로 졸업하고 서울의 명문 대학에 당당히 합격한 오빠가 대학을 졸업할 때까지 뒷바라지하겠다는 데는 온 가족이 한마음이었다. 우리 집이 해바라기 한그루라고 한다면 오빠는 맨 꼭대기에 활짝 피어난 꽃 같았다. 오빠를 위해서 우리 집 세 자매들은 어떤 희생이라도 감수하려고 했지만 결국 나에 이어 명희마저 중학교에 못 가게 되니 가슴이 무척 아팠다.

해마다 설날이 다가오면 동네 집집마다 형편껏 돈을 내서 어느 집 돼지를 잡아 나눠 먹곤 했는데 오빠가 대학에 합격했다는 소식이 전해진 그해에는 우리 집 돼지를 잡았다. 평소 같으면 다리 하나만큼만 우리가 먹고 나머지는 돈으로 환산해서 받을 것인데 그해에는 돈을 받지 않았다. 돼지를 잡던 날 아버지는 도끼로 돼지의 머리를 때려 기절시키고 목을 찔러 피를 받고 가마솥에 끓인 물을 부어 털을 뽑고 배를 갈라 창자를 꺼내고 몸을 해체하는 일을 도맡았다. 만수가 아버지의 뒤를 따라다니며 거들었는데 돼지 멱을 따고 피를 받을 때 스테인리스 그릇 그득히 따른 피를 만수에게도 마시게 했다. 만수는 인상을 찡그리면서도 코를 막고 피를 마셨다. 피를 마시고 난 뒤 비린내를 가시게 하려고 술에 따라가는 안주처럼 왕소금을 주었다.

원래 돼지 잡는 날은 온 동네가 잔치라도 난 듯 시끌벅적하지만 그날은 진짜 잔치가 벌어졌다. 아이들까지 뜰에다 숯불을 피워 돼지고기를 맘껏 구워 먹게 했다. 이웃집에서 돼지고기값 대신 가져온 소주를 마신 아버지는 오빠의 대학 합격증을 상 위에 올려놓고 마당을 빙글빙글 돌아가며 난생처음으로 꽹과리를 쳤다. 어머니는 동네 사람들이 권하는 대로 그 장단에 맞춰 두 팔을 들어 양쪽으로 흔들며 춤을 추었다. 할아버지도 방문을 열게 하고 반쯤 누운 채로 몸을 내밀어 마당에서 벌어지는 잔치를 지켜보았다.

—백수는 우리 동네의 자랑일세. 아니, 우리 군 전체에서 서울에 있는 대학에 딱 두명이 합격했다니까 백수는 우리 고을의 보물이야. 될성부른 나무는 떡잎부터 알아본다고 백수가 어릴 때부터 얼마나 영특했는가. 이제 백수가 대학 나와서 고시를 패스하면 판검사에 군수, 도지사를 못하겠는가. 이제 이 집에도 햇빛이 훤하게 들 걸세. 우리 동네가 다 유명해질 거야.

평소에 그리 사이가 좋지 않던 마을 어귀 달성이 아버지까지 오빠 칭찬을 했다. 어머니는 그 말에 기분이 좋아서 아버지가 마시던 좁쌀 탁주를 독째 들어 내놓았다.

설이 지나고 나서야 오빠가 대학에 들어가는 데 치러야 할 비용이 얼마인지 밝혀졌다. 입학금과 책값, 교복값, 한 학기분 하숙비로 황소가 한마리 들어간다는 것이었다. 문제는 그다음 학기에도 소가 한마리 더 필요하리라는 것이었다. 우리 집에는 두번에 한번은 송아지를 두마리 낳는 특별한 암소가 있었다. 하지만 그 암소도 오빠가 계속 대학에 다닌다면 이삼년 안에 팔아야 한다는 게 누구의 계산으로도 분명했다.

—입학만 하고 나면 그다음부터는 제가 죽어라 공부해서 장학금을 받든지 고학을 하든지 해서 학비를 책임지겠습니다.

장사꾼이 집에까지 와서 황소를 가지고 가던 날, 오빠는 아버지 앞에 무릎을 꿇고 앉아 입술을 깨물며 다짐했다. 아버지는 무슨 말을 할 듯 말 듯 하다가 입을 다물었다. 생전 처음 보는 시퍼런 지폐 다발을 가방에 챙겨넣고 오빠는 긴 한숨을 내쉬었다.

며칠 뒤 오빠가 서울로 떠났다. 할아버지, 할머니 앞에 가서 오빠는 절을 했다. 할머니는 오빠의 어깨를 부여잡고 눈물을 흘렸다. 할아버지는 앙상한 손을 내밀어 오빠의 머리를 쓰다듬었다.

—우리 장손, 세상 누구보다 귀하고 장한 백수, 조심해서 다녀오너라. 나는 우리 백수가 수단 방법 가리지 않고 출세하여 남 위에 서는 것을 바라지 않느니라. 네가 가고 싶은 길을 초지일관하여 가되 심신을 보중하거라. 늘 강건하여라.

아버지는 포마이카 밥상을 보자기로 싸서 수레에 싣고 오빠는 책 보따리와 가방을 손에 들었다. 어머니는 이불과 옷을 보따리로 싸서 나와 명희에게 지고 들게 했다. 할아버지와 할머니만 집에 남고 온 식구가 소가 끄는 수레를 타고 읍내까지 전송을 하러 나갔다. 겨울 끄트머리인 개운리 산골짝 길에 싸라기눈이 펄펄 날렸다. 얼음이 반쯤 녹은 저수지 옆길에 심어져 있는 수양버드나무 가지가 바람에 어지럽게 흔들렸다. 옥희와 석수는 오빠가 떠준 털장갑을 끼고 빵모자를 썼다. 나와 명희는 보자기를 머플러처럼 덮어쓰고 어머니는 밭일할 때 쓰는 수건을 두르고 있었다. 만수는 아버지 곁에 앉아 아버지가 담배 연기를 날릴 때마다 허연 입김을 내뿜었다. 얼마 못 가 남의 손에 넘어갈지도 모르는 암소는 터벅터벅 수레를 끌고 갔다.

—이불 보따리에 가방에 쌀자루에…… 우리 식구 전쟁 나서 피난 떠나는 것 같다.

오빠가 애써 웃으며 말했다. 명희는 오빠의 손을 꼭 잡고 놓으려 들지 않았다. 옥희는 오빠의 대학생 교복이 신기한지 킁킁대며 냄새를 맡았다. 석수는 읍에서 눈깔사탕을 사준다는 말에 기대에 차 있었다. 아버지는 내내 앞만 보고 있었다.

—백수야, 내 아들아. 잘 가거라. 잘 가거라.

버스 차부에서 어머니는 딱 한마디 그 말만 했다. 그 말에 왜 모두들 울음보가 터졌는지 모르겠다. 오빠는 눈이 빨갛게 충혈되어 버스 안에서 손을 흔들었다. 만수는 버스가 출발할 때까지 차에 이마를 대고 울었다. 땟국물이 낀 얼굴에 눈물이 길을 만들고 그 길을 타고 흘러내렸다. 명희는 내 가슴에 얼굴을 대고 흑흑 흐느끼며 울고 어머니는 돌아서서 치마로 눈물을 찍어냈다. 아버지는 수레에 걸터앉아 소고삐를 잡고 공중을 쳐다보며 눈물을 참으려 애썼다. 석수는 사탕을 언제 사줄 건지 걱정하며 잉잉 우는 시늉을 하고 옥희는 앙앙 하고 울음보를 터뜨렸다.

돌아오는 길에 아버지는 "내 당장 오늘부터 술을 끊겠다"라고 말했다.

사랑하는 벗, 금희에게.

안녕, 나 갑순이야. 안갑순.

고향 마을 산 중턱에 서 있는 키 큰 미루나무들이 지금쯤 바람에 흔들리고 있겠구나. 그 많은 나뭇잎이 차르르 하고 흔들리는 소리를 듣다보면 여기가 천국이 아닌가 싶기도 했지.

그동안 잘 있었니?

내가 그리운 고향 개운리를 떠나온 지도 어언 이년이 넘어가는구나.

보고 싶은 친구야! 나는 너의 염려 덕분으로 잘 있단다. 내 하루 일과를 소개해주고 싶어.

아침이면 연탄으로 난방이 된 따뜻한 방에서 기상음악에 맞춰서 기분 좋게 일어나. 연탄은 하루 저녁에 한번만 갈면 OK란다. 매운 연기에 기침을 하면서 아궁이에 불을 때도 아침이면 냉골이 되는 시골 구들장 집하고는 천지 차이지. 우리는 회사에서 나눠준 체육복을 입고 보건체조를 한 뒤에 기숙사 식당으로 간단다. 하얀 가운을 입은 아주머니들이 김이 오르는 밥을 퍼서 맛있는 반찬과 함께 배급을 해줘. 하얀 쌀밥에 기름이 잘잘 흐르고 고깃국에는 기름이 둥둥 떠 있어 밥맛이 늘 꿀맛이란다. 설거지하러 찬물에 손을 담글 필요 없어. 식당에서 일하는 아주머니들이 다 알아서 하니까.

세수를 하러 공동욕실로 가면 샤워기에서 뜨거운 물이 펑펑 쏟아져나오지. 화장실은 모두 수세식이라서 냄새도 없고 벌레도 전혀 없어. 근무복으로 갈아입고 출근을 하면 수백대의 미싱이 줄 맞춰 놓여 있는 우리의 일터가 나온단다. 우리 공장에서는 섬유원단을 가지고 최신 모드의 고급 의상을 만들어 미국과 구라파 등으로 수출하는데 원단이 얼마나 좋은지 만질 때마다 보드랍고 질긴 게 옷으로 만들면 평생을 입어도 될 것 같단다. 나도 월급을 모아 이 옷을 사서 부모님께 보내드리려고 해.

점심시간에 또 맛있게 식사를 하고 나면 커피 타임이 있어. 모두들 향기로운 커피를 들고 양지쪽에 모여서 도란도란 대화를 나누지. 다시 오후 일과가 시작되면 각자의 미싱 앞에 앉아서 옷을 만들어. 간부사원들이 친절하게 가르쳐주고 조장 언니들이 시키는 대로만 하면 하나도 어렵지 않아. 간식시간이 되면 라면이라는 걸 줘. 물이 팔팔 끓는 냄비에 꼬불거리는 국수를 넣고 진한 소고기 국물 맛을 내는 스프를 넣은 음식이야. 처음 그 맛을 보고서는 어찌나 맛있던지 까무러칠 뻔했단다. 국물 한방울 남기지 않고 싹싹 다 비웠어.

근무가 끝나면 우리들의 자유시간이야. 각자 책도 읽고 지금처럼 라디오 음악 프로그램을 들으면서 편지도 써. 나는 통신으로 중학교 과정을 시작했는데 이 과정이 끝나면 검정고시를 볼 거야. 그러면 시골에서 하루 네시간씩 발에 물집 나게 걸어서 다니던 중학교를 이년 만에도 마칠 수 있는 거지.

그뿐이야? 회사에서 만들어놓은 산업체 야간고등학교 과정에 입학을 할 수 있단다. 자기만 열심히 하면 야간고등학교 다니는 동안 낮에 일해서 받은 월급으로 대학도 갈 수 있어. 이렇게 우리는 낮에는 일을 하고 밤에는 공부를 하면서 각자 자신의 행복한 인생을 열심히 개척하고 있단다.

보고 싶은 나의 친구, 금희야.

우리에게는 아름답고 찬란한 미래가 있어. 시골 구석에 파묻혀서 농사일이나 거들고 산나물이나 뜯다가 시집을 가면 우리의 미래가 저절로 밝혀지겠니? 그리고 또 아니? 여기에는 전국 팔도에서 모인 사람들로 북적거리는데 평생의 천정배필을 찾을 수 있을지도. 일이 없는 일요일이면 깨끗한 사복을 차려입고 교회에 갔다가 공단 사거리에 있는 음악다방에서 한잔의 커피와 함께 신청곡으로 클리프 리차아드의 노래를 듣고 있노라면 잘생긴 청년들이 쪽지를 보내 만나달라고 하는 일이 한두번이 아니란다. 구로수출산업공단, 이곳은 한마디로 젖과 꿀이 흐르는 땅이나 다름없단다.

그리운 나의 친구, 금희야.

너도 나만큼 여자 형제가 많은 집에서 맏딸로 태어나 남자 형제들 뒷바라지나 하다가 시집갈 팔자가 아니겠니? 그렇고 그런 시골 농사꾼한테 시집을 가서 죽자고 일만 하고 애들 낳고 기르고 하다가 꼬부랑 할머니가 되어서 지나간 세월을 후회하겠지. 그게 네가 원하는 삶일까? 나는 아닐 거라고 생각해.

너도 어서 이리로 와서 나와 함께, 우리와 함께 주어진 이 시대의 행복을 맘껏 누리지 않으련? 자랑스러운 수출역군으로서 나라에 애국하고 열심히 공부해 대학까지 갈 수 있으며 월급을 모아서 시골 부모님한테 옷도 사드리고 가전제품도 사서 보내면 얼마나 보람이 있겠니?

사랑하는 나의 친구, 금희야. 너를 만날 날을 손꼽아 기다리고 있을게.

너의 영원한 벗, 갑순이가.

대학에 입학하니 모든 게 얼떨떨했다. 배지가 달린 군청색 교복을 입고 다니는 건 고등학교와 비슷했다. 물론 사복을 입어도 되었지만 입고 다닐 만한 사복이 내겐 별로 없었다. 서울이 집인 친구들은 청바지를 입고 머리를 길게 기르고 통기타를 들고 다니면서 생맥주가 나오는 술집을 출입했다. 그들은 대학 등록금을 대기 위해 시골집의 소를 팔았으며 하숙집에서 대학을 오가는 게 고작인 나 같은 사람을 우골탑(牛骨塔)의 모범생이라고 불렀다. 내게는 그들처럼 풍족한 용돈을 주는 부모도 없었고 연줄도 없었다. 내 경제 사정은 고향 겨울의 산짐승처럼 너무도 궁핍했다. 생전 처음으로 여대생과 미팅을 하게 되었는데 그때 마신 커피 한잔 값이 내 하루치 식비에 해당했다. 남들에게는 아무것도 아닌 돈인지 몰라도 내게는 어마어마한 돈이었다. 그래도 나는 운이 좋았다. 첫번째 미팅에서 만난 상대가 이보은이었기 때문이다.

—저는 사실 시골하고도 아직 전기도 안 들어오는 심심산골에서 태어났습니다. 스땅달이 쓴 『적과 흑』의 쥘리앵 쏘렐처럼 말이지요. 집에는 늙으신 조부모님, 부모님, 다섯명의 동생이 있습니다. 제가 대학에 입학할 때 아버지는 평생 즐겨오던 술을 끊으셨는데 술 끊는 약인 줄로 잘못 알고 벽에 걸려 있던 소주병에 들어 있던 등유를 마셨다가 돌아가실 뻔했다고도 합니다. 저는 가족들의 기

대에 부응하기 위해서라도 어서 빨리 대학을 졸업하고 고시에 패스하든지 은행 같은 안정된 직장에 취직해야 합니다. 저는 집안의 희망일 뿐만 아니라 우리 동네, 아니 우리 군 전체가 주목하는 희망의 별이지요. 그러나 저는 그런 모든 기대를 저버리고 문학과 철학에 사로잡혀 제 인생을 거기에 던지려 하고 있습니다. 이런 갈등 때문에 죽을 것 같은 괴로움을 겪고 있지만 저도 이 운명을 어쩔 수 없을 것 같네요. 이런 저와 만나는 것이 대단히 부담스럽고 힘드실 겁니다. 저는 당장 눈앞에 놓인 커피값도 제 것밖에는 낼 능력이 없습니다.

내 말을 들은 보은은 첫번째 미팅 때만 커피값을 더치페이로 계산하자고 한 이후 우리가 만나는 동안 내내 데이트 비용을 부담했다. 그녀의 아버지는 의사였는데 아버지의 절친한 친구인 큰 기업체 사장의 자제와 정혼을 해둔 사이이고 대학을 졸업하면 곧바로 결혼에 골인할 거라고도 했다. 우리 둘은 교양과 지성을 갖춘 청춘남녀로서 건전한 교제를 하는 것으로 충분하지 않겠느냐고 말했다.

—나는 서울에서 태어나고 자라서 백수씨 같은 산골 동네 출신은 처음 봐요. 그리고 자기처럼 솔직하게 말해주는 사람도 못 봤어요. 칸트가 어쩌고 셰익스피어가 어쨌네 하고 자기도 잘 모르는 거짓말을 할 뿐이지요. 그렇지만 나는 『적과 흑』에 나오는 마띨드나 레날 부인처럼 그쪽과 맹목적이고 열정적인 사랑에 빠질 생각은 전혀 없어요. 그냥 다른 사람들의 위선에 염증이 난 것뿐이야.

그녀는 부잣집 대학생과 생맥줏집에도 가고 나이트클럽 데이트도 즐겼다. 하지만 이따금 주말에 몸에 붙는 청바지를 입고 나타나

내 상대가 되어주었다. 나는 보은 덕분에 나와 비슷한 처지인 다른 친구들의 부러운 시선을 받으며 하숙집 밖으로 나가 고궁이며 한강, 남산, 팝송이 나오는 무교동의 음악다방 같은 데를 다닐 수 있게 되었다. 그녀는 집에서 못 먹고 다른 대학생과의 데이트에서도 못 먹는 낙지, 순대 같은 음식을 나와 함께 먹었다. 길을 걸을 때 뻥튀기와 오징어 다리를 사서 씹으며 가기도 했다. 그녀는 데이트를 시작하기 전에 몇장의 지폐가 든 봉투를 내게 넘겨줌으로써 언제나 내가 계산을 하게끔 했다. 물론 쓰고 남은 돈은 그녀를 집 앞까지 데려다주고 나서 하숙집에 돌아갈 때의 교통비로 충당되었다.

그녀는 어느날 집에서 아버지의 대를 이어 의사가 될 공부를 하고 있는 오빠가 치다가 버린 기타와 기타 교본, 악보집을 내게 가져다주었다. 댓가로 자신을 위해 노래를 하나 배워서 불러주면 족하다는 것이었다. 「하얀 손수건」이라는 노래였다. 자신이 여고생일 때에 '트윈 폴리오'라는 듀엣이 학교에 와서 공연할 적에 들은 노래로 영원히 잊을 수 없는 곡이라고 했다. 가사를 읽어보니 이별의 노래임이 분명했는데 내게는 그 노래가 고향에 두고 온 동생들의 이야기처럼 여겨졌다.

하숙집에서 두문불출하며 기타와 노래를 공부한 끝에 열흘 만에 기타 반주로 간단한 노래를 부를 수 있게 되었다. 그러면서 기타의 마력에 흠뻑 빠져버렸다. 작은 오케스트라라고 일컬어지는 기타는 자체로 훌륭한 독주악기이면서 팝송이며 가곡 같은 노래를 부를 때 반주를 하는 악기이기도 했다. 피아노 같은 멜로디, 드럼 같은 리듬감을 동시에 표현할 수 있어 야유회에 없어서는 안되는 놀이도구였으니 활용 분야가 무궁무진했다. 알면 알수록 궁금한 것과 배워야 할 게 늘었다. 스리 핑거 피킹, 아르페지오, 트레몰로, 해머링 등의 주법에 「라리아느의 축제」「빗방울 연주곡」「알함브라의 추억」 같은 연주곡, 팝송과 포크송의 폭포에 정신을 차릴 수 없었다. 밤중에 천장에서 오선지 같은 기타의 지판이 나타났고 나도 모르게 손가락을 짚고 있었다. 그야말로 나는 기타에 몇달을 미쳐 있었다. 그녀가 찾아와도 건성으로 대하기까지 했다.

기타 때문에 공부를 거의 하지 못했으므로 대학 들어와서 맞은 첫번째 학기말 시험을 엉망진창으로 치렀다. 낙제를 면할 수 있을지 자신이 없었다. 하지만 걱정과 후회, 될 대로 되라는 심정과 사랑과 노래가 결부된 그 느낌은 거부할 수 없이 달콤했다.

노래를 불러주기로 한 날 나는 그녀와 함께 기타를 들고 대학 캠퍼스로 올라갔다. 잔디밭을 지나 대학 뒤편 인적이 드문 숲속에 가서 기타를 꺼냈다. 장마가 지나가면서 벤치에는 흙물이 튀었다 마른 흔적이 남아 있었다. 우윳빛 투피스를 입은 보은은 분홍색 꽃잎 무늬가 든 손수건을 꺼내 벤치에 깐 뒤 그 위에 앉았다.

나는 시험을 보는 학생처럼 눈을 감고 노래를 불렀다. 그건 내가 좋아한 첫번째 팝송이었다. 「어느 소녀에게 바친 사랑」으로 번역된 「All for the love of a girl」, 조니 호턴이 불렀던.

오늘 나는 너무나 피곤하고 우울해요. 슬프고 마음이 아파요. 모두 당신 때문이에요. 지나간 삶은 너무나 달콤했어요. 삶은 하나의 노래였어요. 지금 당신은 떠나가고 나만 남았어요. 나는 어디에다 마음을 맡겨야 할까요. 이 모두 아름다운 소녀의 사랑을 위한 것. 그 사랑은 당신의 마음을 흔들어놓는 사랑. 나는 한 소녀와의 사랑을 위해 스스로의 삶을, 세상의 기쁨을 바칠 수 있는 남자.

나의 모든 진심을 담아 노래를 불렀다. 수백번을 연습했던 노래라 가사의 내용이 뭔지 완벽하게 파악하고 있었다. 내용에 따라 음조가 변하는 게 자연스럽게 느껴졌다. 내가 불렀던 어떤 노래도 그 노래만큼 정성과 애정을 담고 있지 못했다. 내가 노래에 실은 감정이, 열정과 두려움이 그녀에게 제대로 전달이 되었을지 궁금했다. 내가 노래를 부르고 나자 그녀는 오래도록 침묵했다. 그러더니 마침내 대답했다.

—이제 우리 그만 만나야 할 때가 되었나보네요.

목이 메다 눈물이 솟았다. 결국 나는 그녀에게 어울리지 않는 부담스러운 존재임을 노래로 증명했다. 아쉬움은 없었다. 그녀 덕분에 나는 어느 때보다 빛나는 인생의 한때를 누렸다. 하지만 이별의 슬픔이 나를 강습해 개처럼 바닥에 쓰러뜨리는 데 대해 나는 아무런 준비도 하지 못했다. 나는 그녀가 원하던 노래를 불러주었다. 떨리는 목소리로, 천천히 오래도록.

헤어지자 보내온 그녀의 편지 속에
곱게 접어 함께 부친 하얀 손수건
고향을 떠나올 때 언덕에 홀로 서서

눈물로 흔들어주던 하얀 손수건
그때의 눈물 자위 사라져버리고
흐르는 내 눈물이 그 위를 적시네

노래를 부르는 동안 고향 차부에서 버스를 향해 울며 손을 흔들던 동생 금희, 명희가 보였다. 부르튼 손으로 눈자위의 눈물을 닦던 만수가 나타났다. 아무것도 모르고 어머니의 품속에서 잠들어 있는 옥희, 그리고 어머니의 치맛자락을 붙들고 뭔가를 조르고 있는 석수. 소를 팔아 학비를 마련해준 아버지. 합격 소식에 기뻐서 웃고 있는 할아버지, 할머니. 나는 당신들의 기대를 저버린 배덕자입니다. 죽어 마땅합니다. 저는 여기서 어느 여대생에게 사랑을 구걸하며 노래를 부르고 있습니다. 그 여대생이 하사한 기타로. 부탁드립니다. 저를 용서하지 마세요.

그녀가 먼저 떠나갔고 나의 청춘 역시 끝났다. 그걸 느끼는 순간 기타의 6번 줄이 팅, 하고 끊어졌다. 숲의 배수관 앞에는 누군가 오래전에 누고 간 똥이 굳어 있었다.

학교에서 돌아오면 제일 하기 싫은 일이 농사와 집안일을 돕는 것이었다. 아버지, 어머니는 겨울 한 철을 제외하고는 늘 무슨 일이든 하고 있었다. 벼, 밀, 보리, 찹쌀, 콩, 조, 수수, 옥수수, 감자, 고구마 농사를 짓고 배추, 무, 파, 마늘, 호박, 깨, 고추 같은 채소도 심어 가꿨다. 소, 돼지, 닭 같은 가축을 키우자니 일년 삼백육십오일 하루도 빼놓을 수 없이 먹이를 마련해줘야 했다. 소는 풀이 있는 곳에 데리고 나가면 풀을 뜯어 먹고 닭은 풀어놓으면 산과 마을을 돌아다니면서 제 먹이를 찾아 먹지만 돼지는 먹이를 갖다주어야 했다. 모든 가축 중에서 가장 먹성이 좋고 냄새나고 미련해서 싫은 돼지가 하필 내게 맡겨졌다.

돼지 때문에 온 마을을 다니면서 구정물을 얻어와야 했다. 날은 춥고 길은 미끄러운데 구정물을 얻으러 양동이를 들고 다니기 싫어서 한끼라도 건너뛰면 돼지들은 목이 터져라 "꿔이욱꿔욱" 울며 아버지에게 고자질을 했다. "돼지 밥을 안 얻어오면 니 처먹을 밥도 없다"라고 한 아버지의 말이 하늘 높은 곳에서 천둥처럼 자나 깨나 들려왔다. 만수에게 시키려고 해도 소를 끌고 나가면 날이 저물도록 어디서 뭘 하는지 꼴을 볼 수 없었다. 그대로 만수가 없어졌으면 정말 좋을 것 같았다. 절벽에서 떨어지든지 독사에게 물리든지.

작은누나가 구정물 얻으러 갈 때 같이 가주었다. 이상하게 딱 붙어 있는 큰누나와 작은누나, 작은누나와 만수, 만수와 나는 사이가 나빴고 한걸음 떨어져 있는 큰누나와 만수, 작은누나와 나는 사이가 좋았다.

—나 정말 우리 집 싫다. 동네 싫다. 돼지도 싫다. 농사가 원수다. 돼지가 원수다. 우리 농사짓지 말고 돼지 안 키우고 딴 데로 이사 가면 안되나. 읍내로 이사 가면 이런 짓 안해도 되잖아. 작은누나가 이야기 좀 해봐라.

작은누나는 큰누나가 할아버지 방 앞에 곱게 접은 편지를 놔두고 서울로 가출해버리고 난 뒤에 큰 충격을 받아서 한동안 말도 하지 않았다. 작은누나 또한 고향 산골을 떠나서 서울로 가고 싶어한다는 것을 알 수 있었다. 나는 가족들을 도와 일하는 게 너무 싫어서 학교가 끝나는 것도 싫고 일요일도 싫고 방학도 싫었다. 그런데 만수는 전혀 그런 기색이 없었다. 소를 끌고 나갈 때도 뭐가 좋은지 싱글벙글하고 옥수수나 감자 심으러 갈 때도 싱글벙글하고 나무를 하러 갈 때도 싱글벙글이었다. 그러니 만수가 싫었다. 지게처럼 삐죽하고 마른 몸에, 간장 달일 때 나는 냄새에, 늘 지저분하고 허름한 옷에, 까치집 같은 머리에, 원숭이같이 깩깩거리는 목소리에, 소금쟁이처럼 재빠른 걸음걸이까지 다 싫었다. 큰누나가 우리를 버리고 집을 나갔다고 했을 때 제 딴에는 놀랐는지 "깨엑?" 하고 눈을 크게 떴는데 그러다 뒤로 자빠져서 뒤통수가 깨지거나 엎어져 토끼처럼 생긴 앞니가 똑 부러졌으면 싶었다.

—북한서 무장공비들이 내려와가지고 대통령 사는 청와대를 습격했단다. 무장공비들이 산줄기를 타고 들어왔는데 그러다 산동네 사는 화전민들이 많이 죽기도 하고 이승복 같은 애들도 입을 찢어 죽이고 했다지. 무장공비들이 화전민들 해놓은 밥을 얻어먹고 하니까 화전민은 다 산에서 쫓아낸다고 읍사무소에서 공무원들이 왔나보더라. 할아버지가 그 사람들 불러 앉혀놓고 개운리 역사가 이백년이 되는데 지금 와서 무슨 화전민이냐고 동네 역사하고 집집마다의 족보를 기록한 걸 보여줬단다. 또 우리 집 소나 동네 이집 저 집 가축을 봐라, 어디 떠돌아다니는 화전민이 소 돼지를 키우고 벼농사를 짓느냐고 큰소리를 쳐서 쫓아보냈단다. 그러니까 우리 집 소하고 돼지 때문에 온 동네 사람들이 여기에서 안 쫓겨난

거다.

할아버지가 약속했다. 그냥 그 사람들이 하라는 대로 했으면 내가 죽도록 하기 싫은 농사일, 돼지 키우는 일을 거들지 않아도 될 게 아닌가. 그렇게 개운리가 좋으면 할아버지, 할머니는 있고 우리만이라도 밖에 내보내주면 되지 않는가.

—너도 남자니까 그렇게 여기가 싫거든 오빠처럼 공부를 잘해 보여라. 그러면 여기를 빠져나갈 수 있지. 아직 소가 남았잖니.

만수가 소를 열심히 끌고 다니며 풀을 뜯게 하고 정성을 들이는 게 그 소를 잘 키워가지고 팔아서 그걸 학비로 삼아 서울서 공부하려는 건 아닐까. 그런 생각이 들었다.

—만수는 공부를 못하니까 그럴 일이 없다. 옛날처럼 시험을 쳐서 가면 중학교에도 못 갈 거다. 무시험 뺑뺑이가 됐으니 가는 거지. 대학은 턱도 없고 고등학교도 가기 힘들 거다.

작은누나가 언제부터 그렇게 내 편을 들게 되었는지 모르지만 그 말은 맞는 말이었다. 누가 봐도 만수가 내 상대가 안되게 멍청하다는 건 분명했다. 줏대가 없이 남이 시키면 시키는 대로 다 했다. 그런 식으로 하면 아무리 잘해봤자 중간밖에 안된다.

동네 제일 위쪽에 사는 양안성네 집에 가서 구정물을 받아가지고 나니까(평소에는 우습게 알던 양안성, 장성 형제가 구정물 하나 가지고 얼마나 배와 턱주가리를 내밀고 잘난 체하던지, 쥐구멍에 볕 들 날 있다는 말이 무슨 뜻인지 새삼 깨달았다) 양동이가 다 찼다. 가위바위보를 해서 진 작은누나가 먼저 들고 스무걸음 가고 다시 가위바위보를 해서 진 내가 스무걸음을 갔다. 양동이 손잡이인

철사줄 때문에 손바닥에 줄이 파였다. 두사람이 같이 들고 갈 수도 있지만 그러면 둘 다 힘들다. 한사람이 계속 가위바위보를 해서 이기면 한사람은 편하고 한사람만 힘들면 된다. 그러는 편이 힘들어도 재미있다. 집에 도착했을 때는 양동이의 구정물이 삼분의 일쯤 쏟아져 있었다. 힘들어서 미끄러지는 척하면서 조금 버렸다. 집에 다 와서 물을 탈 생각이었다. 돼지새끼가 덜 먹는 게 내가 힘든 것보다는 나으니까.

만수가 콩대로 불을 때서 쇠죽을 끓이다 말고 불이 붙은 부지깽이를 들고 나오더니 왜 이제 오느냐고 물었다. 작은누나는 구정물에 젖은 치마를 말린다면서 부엌으로 들어가버렸다. 나는 네가 무슨 상관이냐고 했다. 저는 아궁이 앞에 편하게 앉아서 재미있게 불이나 때다가 힘들게 구정물을 모아오니까 트집이나 잡고, 이게 무슨 형이냐. 만수는 제가 나를 도와주려고 했는데 아버지가 시킨 일이 많아서 못 갔다고 했다.

—너도 이제 돼지 구정물을 다 얻어오고 하니까 어른 대접 받게 되고, 기분이 좋지?

—이게 뭐가 좋아? 그렇게 좋으면 네가 해라, 바보 멍청아.

—나는 돼지우리 똥도 치워봤어.

—등신아, 거짓말하지 마라.

나는 양동이를 빙빙 돌리면서 구정물을 뒤집어씌우는 시늉을 했다. 만수가 뒤로 물러섰다. 그런데 거기가 하필이면 돼지우리 앞에 쌓여 있는 풀짚가리였다. 부지깽이에 있던 불이 바싹 말라 있던 풀에 옮겨붙었다. 불은 삽시간에 짚가리를 타오르더니 돼지우리와 닭장이 붙어 있는 헛간 지붕으로 날아갔다. 우리는 둘 다 무슨 일이 벌어졌는지 몰라 어리둥절한 채 서 있었다. 먼저 정신을 차린 건 만수였다. 만수는 내가 들고 있는 양동이를 빼앗으려고 했다. 나중에는 그걸로 물을 떠다 불을 끄려고 했다고 말했다. 나는 물론 빼앗기지 않았고 만수에게 구정물을 제대로 덮어씌웠다. 콩나물 대가리, 무 껍데기, 배추 줄거리 같은 걸 머리에 얹은 채 구정물을 뚝뚝 흘리고 있는 게 볼 만했다. 한참 만에 할머니가 뛰어왔다.

—불이야! 불이야!

그제야 큰일이 났다는 걸 알 수 있었다. 나는 양동이를 집어던지고 안방으로 뛰어들어갔다. 무서웠다. 동네 사람들이 달려와서 불을 끈다고 난리를 쳐댔다. 불은 동네의 마른 풀숲에도 옮겨붙었다. 계곡에서 불난 곳까지 동네 사람들이 죽 늘어서고 집집마다 가지고 온 양동이며 고무통 같은 데다 물을 담아서 손에서 손으로 건네주기 시작했다. 마지막 사람이 그 물을 퍼부어 불을 껐다. 불이 다른 집에 옮겨붙을까 싶어 미리 물을 축여놓는 게 낫겠다고 해서 소가 들어 있는 마구간과 안채의 지붕에 물이 퍼부어졌다. 마당과 마루가 물바다가 됐고 처마에서 물이 뚝뚝 떨어졌다. 그러고 나서도 산으로 불이 옮겨붙어 가까운 산소의 잔디가 한시간 넘게 탔다.

결국 우리 집에서는 돼지우리와 닭장이 들어 있던 헛간이 홀랑 다 타버렸다. 닭은 닭장에 들여놓기 전이라 타 죽지 않았지만 돼지 두마리는 우리에 들어 있다 저희가 싼 똥과 오줌으로 축축해진 배수구에 코를 박은 채 질식해 죽어버렸다.

사람들이 돼지를 어떻게 할까 의논을 하고 있는 사이에 갑자기 소방차가 시끄러운 싸이렌 소리를 내며 동네에 들어섰다. 소방서의 빨간 불자동차는 우리 동네가 생긴 이래 처음 들어온 것이었다. 읍내 소방서 망루에서 우리 동네에 연기가 나는 것을 보고는 화전민이 불을 지르다 산불이 난 줄 알고 출동했다는 것이었다. 산불방지 강조기간인데다가 날씨가 건조해서 작은 연기라도 놓치지 말라는 지시가 있었다고 했다. 하지만 죽은 돼지와 타버린 돼지우리, 산소와 헛간 말고는 별 피해가 없다는 것을 알고는 헛걸음을 하게 했다고 짜증을 냈다. 할머니와 어머니는 무조건 잘못했다고 삼신할미한테 빌듯 두 손바닥을 비비며 빌었다.

—방화범이 누구요? 불을 낸 사람 말이야.

소방차를 타고 온 사람 중 제일 높은 사람이 물었다. 나는 불을 낸 게 만수라고 일러주려고 했다. 어머니가 불낸 사람을 잡아가느냐고 물었다.

—당장 잡아가지야 않지만 벌금은 내야지. 소방차가 이런 산골 촌동네까지 출동하게 만들었으니까. 방화범은 전과자가 되는 거지.

아버지는 이웃집에 있으면서 코끝도 비치지 않았고 어머니는 와들와들 떨었다.

—벌금이 뭡니까? 돈이 없어 못 내면 감옥 가나요?

—그거야 나중에 가서 재판 받을 때 계산해봐야 알 일이고. 아, 범인이 누구냐니까!

갑자기 할머니가 작은누나의 등짝을 떠밀어 앞으로 나가게 했다.

—여기 둘째손녀 명희가 불을 냈소. 부지깽이를 들고 불장난을

하다가 불이 붙었소.

거짓말, 거짓말.

—이리 나오라고 하시오!

작은누나는 벌벌 떨면서 소방관 앞으로 갔다. 소방관은 장갑을 낀 손으로 누나의 이마에 알밤을 먹이면서 "이 문디 가시나, 니가 불냈나? 니 앞으로 시집은 다 갔다. 누가 호적에 빨간 줄 간 지집아를 마누라로 딜고 갈라 칼 기가" 했다. 누나는 축축한 땅바닥에 털썩 주저앉았다.

—계집애는 얼굴만 이쁘면 상관없어. 식모살이를 해도 시집만 잘 가더라.

소방관과 소방차가 가고 난 뒤에야 숨어 있던 아버지가 나와서 경험해본 사람처럼 말했다. 작은누나는 자기는 이제 어떻게 하느냐, 중학교도 못 갔는데 사회생활까지 못할 거라고 하면서 엉엉 울었다. 불을 낸 건 남자애들인데 왜 여자인 자기한테 죄를 덮어씌우느냐고. 하지만 벌금은 나오지 않았다. 호적에 빨간 줄이 쳐졌는지는 모르겠다. 내가 알 게 뭐냐 말이다.

그날 죽은 돼지 두마리는 동네 사람들이 나눠 먹었다. 돼지가 죽는 바람에 피를 뽑지 못해서 고기는 질기고 냄새가 많이 난다고 했다. 원래 돼지값의 반밖에 받지 못해 아버지는 무척 화가 났다. 덜 익은 돼지고기를 먹고 동네 사람들 중 절반 가까이가 토사곽란에 시달렸다. 그래도 워낙 싸게 먹은 것이라 돈을 돌려달라고 온 사람은 없었다. 설사도 할아버지가 준 약을 먹고 나았다고 했다. 내 알 바 아니었다.

읽고 또 읽어 나달나달해진 갑순의 편지가 든 보따리를 품에 안고 버스, 기차, 버스를 갈아타며 구로공단까지 찾아갔을 때 나는 편지 속의 장밋빛 사연이 모두 과장되었거나 거짓임을 알 수 있었다. 공장은 많았다. 공장 굴뚝에서 뿜어내는 연기로 하늘은 잿빛이었다. 땅은 수챗물로 젖어 있었다. 생전 처음 보는 이상한 쓰레기들이 곳곳에 버려져 있었고, 끊임없이 뭔가를 태우는지 안개 같은 연기와 냄새가 거리를 스멀스멀 기어다녔다. 사람들이 벌레처럼 많았다.

대낮에도 불을 켜야 할 정도로 어두운 가게 속에 사람들이 앉아 있었다. 그들은 가게 안에 들어서는 내게 가식적인 웃음을 지으며 반기다가 편지를 내밀고 주소를 묻자 퉁명스럽게 모른다고 대답했다. 그러고는 비료포대 종이처럼 무표정한 얼굴로 돌아갔다. 갑자기 벽에서 뻘겋고 검은 손이 튀어나와서 나를 잡아끌 것 같아 무서웠다. 파출소에 가서 주소를 내밀고 사정을 하자 피곤한 표정의 젊은 경찰관이 그나마 갑순이 다닌다는 공장이 어디 있는지 가르쳐 주었다.

갑순이 다니는 공장은 구로공단에서 손꼽히는 큰 의류제조업체였다. 거기에는 갑순이 말한 대로 기숙사가 있었고 산업체 부설학교도 있다고 했다. 하지만 나처럼 시골에서 무턱대고 상경한 처녀가 그런 공장에 들어가려면 특별한 연줄이 있어야 했다. 갑순은 외가로 당숙이 그 공장의 경비관리자였다.

갑순은 내가 기숙사로 찾아가자 당황한 기색으로 내가 진짜로 올 줄 몰랐다고 했다. 그냥 자랑을 하고 싶었던 것이었다. 자신이 지금 얼마나 잘 살고 있는지, 행복한지, 좋은 선택을 했는지. 사실 갑순의 처지도 그리 좋아 보이지 않았다. 얼굴은 피곤에 절어 있었고 세탁을 제때 하지 못해 소매에 때가 반질반질한 제복 속의 몸은 금방이라도 부러질 듯 허약해 보였다. 갑순의 편지와 현실 사이에는 까마득한 거리가 있었다.

결국 나 같은 처지의 오갈 데 없는 무작정 상경 처녀들이 갈 수 있는 곳은 둘 중 하나였다. 밥만 먹여주고 재워주는 조건으로 큰 공장에 넣어줄 힘을 가진 사람 집에서 한두해 식모 노릇을 하는 것이 첫번째였다. 갑순은 자신이 그렇게 했다고 말했을 뿐 나를 자신의 외가 친척에게 소개해줄 마음은 없어 보였다. 그다음으로는 먹여주고 재워주긴 하지만 월급이 있으나 마나 한 작은 가내수공업 공장에 취직을 하고 경력을 쌓다 본인이 죽어라 열심히 하고 실력이 좋으면 자신에게 맞는 조건으로 다른 일자리를 찾아 자립하는 길이 있었다. 그렇게 성공할 확률은 열에 하나 정도로 아주 낮았다.

이도 저도 아니면 전봇대에 다닥다닥 붙은 전단지로 연락해 술집이나 다방 같은 데로 빠지는 것이었는데 나이와 생김새만 받쳐준다면 그럴 확률은 아주 높았다. 나는 거기에도 해당되지 않았다. 갑순이 같은 공장 친구라는 이곱단이라는 사람에게 나를 소개해줘서 며칠간은 그곳에서 신세를 지게 되었다.

대개의 여공들은 하루 2교대, 열두시간씩 일하는 게 보통이었다. 곱단의 자취방은 한평 반쯤 되는 작은 방과 부엌으로 구성되어 있었다. 세명이 합숙하면서 월세를 분담하고 있었는데 방 안에 있는

간이옷장과 책상 겸 화장대를 빼면 세명이 간신히 누울 수 있는 공간이 되었다. 한사람은 밤, 두사람이 낮에 근무하는 바람에 나는 그들 사이에 끼어 밤잠을 거기서 잘 수 있었다. 낮에는 공단을 쏘다니며 전봇대나 담벼락에 붙어 있는 구인광고를 보면서 시간을 보냈다. 그러다 오빠를 찾아갈 생각을 했다.

오빠는 방학이 되어도 집으로 오지 않았었다. 오빠로부터 아무런 말이 없었기 때문에 집에서는 소를 팔아야 할지 말아야 할지 결정을 하지 못한 상태였다. 오빠가 애초에 입학만 시켜주면 나머지는 알아서 하겠다고 했으니 방학 동안 열심히 학비를 벌고 있을지도 몰랐다. 나에게는 오빠의 하숙집 주소가 없었다. 나는 난생처음 오빠가 다니는 대학에 가서 학적과라는 곳에서 오빠의 주소를 알아냈다. 오빠의 하숙집에 가보니 오빠는 아직 오지 않았다. 하숙방은 방학이라 그런지 대부분 비어 있었다. 오빠의 옆방에 사는 사람이 요즘 오빠가 건축현장에 나가는 모양이라고 말했다. 나는 불을 켜지도 않은 채 줄 끊어진 기타와 함께 포마이카 상 옆에 우두커니 앉아 오빠가 돌아오기를 기다렸다. 벽에는 대학생 교복과 모자 외에는 변변한 수건 하나 걸려 있지 않았다.

— 오오, 금희야, 네가 여기까지 웬일이냐.

어두워지고 나서 들어온 오빠는 무척 지쳐 보였다. 생각보다 오빠는 작아 보였다. 어깨는 처졌고 가슴은 짜부라져 있었다. 방에 보이지 않던 수건은 오빠의 목에 걸려 있었다. 후줄근하게 늘어진 수건에서는 지독한 땀 냄새가 풍겼다. 나는 편지를 써두고 집을 나왔노라고, 구로수출산업공단에서 가장 큰 공장에 취직을 할 준비를 하고 있다고 일부러 밝게 말했다.

—그래? 정말 잘됐구나. 큰 회사라면 월급은 꼬박꼬박 잘 나오겠지. 서울 같은 대도시에서는 돈만큼 중요한 게 없다. 월급은 바로 생명줄이란다. 월급을 잘 모아서 저축도 하고 월부로 책도 사서 읽고 해서 교양 있는 현대 여성이 되어야 한다. 요즘은 여대생들도 무식한 애들이 너무 많아. 싸르트르, 김수영도 안 읽는다. 그러나저러나 저녁을 먹어야겠구나. 나는 오다가 빵을 너무 많이 먹어서 배가 더부룩한데, 어쩌나. 하숙집 아주머니에게 부탁을 해보마.

오빠는 밖에 나가서 주인에게 무슨 말인가를 조심스럽게 건넸다. 오빠에게 대답을 한 사람이 말한 단어 중에 내가 알아들은 말은 하숙비가 밀렸다는 것이었다. 그래도 잠시 뒤에 밥과 콩자반, 콩나물국, 단무지 장아찌가 놓인 쟁반이 하숙집 딸에 의해 날라져왔다. 집에 있으면서도 화장을 한 그녀는 나를 잠깐 날카로운 눈으로 살펴보았다.

—오빠도 같이 드세요. 혼자 먹기가 부끄럽네요.

이상하게 오빠한테 말을 꺼내는 게 어려웠다. 오빠는 그만큼 옛날의 오빠에서 멀게 느껴졌다.

—아니다. 나는 빵을 많이 먹었다니까 그런다. 네가 먹는 사이에 좀 씻고 들어오마.

말을 하고 오빠는 밖으로 나갔다. 열린 문으로 하숙집 주인이 마루에서 러닝셔츠 바람으로 누워 참외를 먹으며 텔레비전으로 고등학교 야구중계를 보는 게 보였다. 수돗가에서 오빠가 손발을 씻고 세수를 했으나 주인은 고개조차 돌리지 않았다. 어쩐지 목이 메어 밥이 잘 넘어가지 않았다. 국물을 자꾸 떠넣던 참이었다.

—어어어, 저 학생 왜 저래?

주인집 남자의 목소리에 내다보니 마당에 오빠가 쓰러져 있었다. 시멘트 바닥에 얼굴을 대고 쓰러져 있는 오빠의 모습은 언젠가 아버지가 올무를 놓아 잡아온 고라니 같았다. 고라니의 벌어진 입 속에 보이던 이빨처럼 오빠 역시 이를 드러내고 눈을 감고 있었다.

—이거야 원, 한두번도 아니고. 몸이 약한 사람이 공사판에서 일을 하고 피까지 뽑아대니 어떻게 견뎌. 대학 공부를 아무나 하나. 하숙비에 사립대 등록금이 얼마인지도 모르고 와서는. 부모는 참 뭘 하는 사람들인지, 한심하네. 촌놈이 주제를 알아야지 말이야.

반바지 모양의 속옷 바람으로 오빠를 떠메고 와서 방에 눕힌 뒤 집주인은 들으라는 듯 말을 하고는 다시 마루로 가서 눕더니 참외를 먹기 시작했다. 알고 보니 오빠는 차마 집에다 등록금을 달라는 말을 할 수 없어 휴학을 하고 공사판에 나가는 한편으로 피를 뽑아 팔아 돈을 모으고 있었던 것이었다. 피를 뽑고 나면 빵과 우유를 주는데 오빠는 사정을 해서 빵을 두개 받아먹었다. 그렇게 해서 하숙집 저녁을 건너뜀으로써 하숙비를 못 내는 데 대한 미안함을 표시하려고 했던 것이었다. 그런데 내가 난데없이 나타나는 바람에 그날 오빠의 계산은 어긋나고 체면은 완전히 구겨진 셈이었다. 오빠, 가엾은 우리 오빠. 세상 누구보다 다정하고 마음이 여렸던 분.

—금희야, 공부만 하고 살고 싶은데 그것마저 쉽지는 않구나. 그래도 걱정 마라. 이제 피를 두번만 더 뽑아 팔면 등록금이 마련이 돼. 가난한 대학생들은 다 그렇게 한다. 일단 등록을 하고 나면

친구들이 가정교사 자리를 알아봐주기로 했다. 이제 두번 남았다. 두번만 피를 팔면 돼. 그러고 나면 모든 게 잘될 거야.

그날밤 오빠의 손을 잡고 나는 내내 울며 지새웠다. 오빠는 헛소리처럼 잠꼬대처럼 두번, 두번을 외쳤다.

사랑하는 동생 만수에게.

지금 그리운 고국의 내 고향 땅 개운리는 한겨울이겠지. 처마에는 고드름이 꽁꽁 얼고 북풍한설 찬바람이 귀를 시리게 만들고 있겠지. 겨울을 따뜻하게 지낼 수 있게 나무는 충분히 해놨을 거라 믿는다. 저녁 짓는 연기가 굴뚝에서 피어오를 때 네가 석수의 손을 잡고 썰매를 멘 채 집으로 들어서는 모습이 그려지는구나.

만수야, 형은 지금 고향 땅에서 아득히 멀리 떨어진, 사철 더운 나라 월남에 와 있다. 너도 자주 부르던 노래 「맹호는 간다」에 나오는 그 용맹스러운 맹호부대 소속이다. 너도 그 노래는 잘 알고 있겠지.

'자유통일 위해서 조국을 지키시다 조국의 이름으로 님들은 뽑혔으니 그 이름 맹호부대 맹호부대 용사들아 가시는 월남 땅 하늘은 멀더라도 한결같은 겨레 마음 님의 뒤를 따르리라.'

하늘은 아득히 멀더라도 내 마음은 한결같이 고국과 고향의 가족들을 생각한단다.

부모님께 편지 한통 보내고 서울서 눈물로 큰절을 올린 뒤 군에 입대한 나는 소정의 엄격한 훈련을 받고 이곳 월남 땅으로 배를 타고 왔다. 동봉한 사진을 보면 알겠지만 여기는 야자수 잎이 휘날리는 평화로운 마을과 정글, 풍족한 농산물과 과일이 있는 곳이다. 전 세계에서 가장 막강한 미군이 우리와 함께 주둔하면서 베트콩들을 무찌르고 있단다. 하루빨리 월남이 멸공 통일을 하는 날까지 우리는 싸우고 또 싸울 것이다.

만수야!

할아버지, 할머니는 잘 계시느냐. 내가 매일 아침저녁으로 할아버지, 할머니를 뵐 때까지 건강하게 오래 사시기를 빌고 또 빌고 있다는 걸 알려드려라. 우리 귀중한 소도 귀여운 닭들도 잘 있겠지. 돼지우리가 타버렸다는 가슴 아픈 이야기는 전해들었다. 여러번 생각해봤지만 그건 너의 잘못이 아니다. 살다보면 일어날 수 있는 사고일 뿐이다.

만수야, 부디 동생들을 잘 보살펴주어라. 석수는 남자 형제 중 막내라고 귀엽게 커서 좀 제멋대로이고 이기적인 생각을 할 때가 많지만 근본적으로 착한 아이이다. 우리 모두의 귀엽고 소중한 막내 옥희 또한 네가 나인 것처럼, 누나들 몫까지 다해서 잘 돌봐주기를 바란다.

나의 사랑하는 동생 만수야!

내가 사준 하모니카는 아직도 잘 불고 있느냐. 여기서도 좋은 하모니카를 살 수가 있어. 하모니카를 불 때마다 내 고향 개운리, 소를 타고 하모니카를 불며 가던 너를 그린단다. 강철 같은 나의 전우들도 내가 하모니카를 불면 고향 노래를 따라 부르곤 한단다.

'고향 땅이 여기서 얼마나 되나 푸른 하늘 끝닿은 저기가 거긴가. 아카시아 흰 꽃이 바람에 날리니 고향에도 지금쯤 뻐꾹새 울겠

네.'

여기는 아카시아꽃이 피지 않는 정글이지만 순박하고 착한 베트남 아이들의 얼굴, 눈망울을 볼 때마다 너를, 내 고향을, 내 조국을 떠올리지 않을 수가 없구나.

만수야.

너는 우리 가족과 집과 고향을 지켜라. 나는 자유민주주의와 조국을 지키기 위해 오늘도 월남에서 두 눈을 부릅뜨고 정글을 노려본다.

사랑하고 존경하는 할아버지 할머님 그리고 부모님, 이 불효자식의 큰절을 받으십시오. 어떤 말로도 사죄할 길이 없으나 꼭 몸성히 돌아가서 엎드려 용서를 빌겠습니다. 저는 건강하게 잘 있으니 조금도 걱정하지 마시고 우리 명희와 만수, 석수, 옥희를 잘 부탁드립니다.

불초한 자식, 백수 꿇어 엎드려 올림.

졸업식은 우리가 그랬던 것처럼 6학년 교실 세개를 트고 책상을 치워 임시로 만든 강당에서 열렸다. 졸업생 삼백여명이 들어차고 재학생 대표로 합창단이 참석했다. 학부형들은 강당 밖 복도와 바깥에서 창문을 통해 식장 안을 들여다보았다. 얼음처럼 맑은 겨울 햇빛은 교정을 내리비추고 바람도 거의 없는 따뜻한 날씨였다. 졸업생 가운데 중학교로 진학하는 아이들은 중학생 교복을 입고 오기도 했지만 대부분은 입던 옷을 깨끗하게 차려입었다. 토끼털로 만든 귀마개를 하고 벙어리장갑을 끼고 온 아이들은 학교에서 제일 먼 동네의 아이들이었는데 중학교에 진학하지 못하는 아이들의 어깨는 유난히 처져 있었다.

풍금 소리가 울려퍼지면서 졸업식은 시작되었다. 6학년 때 반장, 부반장 같은 학급 간부를 지낸 아이들 대부분은 성적과 관계없이 군수상, 읍장상, 교육장상, 경찰서장상, 세무서장상, 우체국장상 같은 큰 상을 탔다. 그런 상에는 영어사전이나 만년필 같은 부상이 있어서 아이들의 부러움을 샀다. 성적이 좋으나 가난한 집 아이들에게 돌아간 상은 교장상, 육성회장상 같은 상이었고 부상도 알파벳이 인쇄된 공책이나 주판처럼 값싼 것이었다. 육년 동안 단 한번의 결석도 없는 전학년 개근상 대상자만 해도 전체 졸업생의 삼분의 일 가까이 되었다. 그래서 그들에게는 공책 세권밖에 돌아가지 못했다. 일년짜리 개근상은 각자의 반에 돌아가면 따로 수여될 것이라고 했다. 그건 상장만 있었다.

시상이 끝난 뒤 교장선생님의 훈화가 시작되었다.

—이제 여러분은 정든 학교를 떠난다. 어떤 사람은 상급학교로, 어떤 사람은 사회로, 어떤 사람은 가사를 돕고 집안 농사를 짓게 될 것이다. 하지만 여러분은 영원히 우리 학교의 동창으로서 우리 학교의 구성원이 되었다. 이제부터 이 학교는 어미 모(母), 학교 교(校) 하여 여러분의 모교가 된다. 지금 여러분 옆에 있는 친구들은 죽을 때까지 동기동창으로서 친구가 될 것이다. 여러분의 선생님은 평생토록 선생님으로 남아 있을 것이다. 그러니 우리는 지금 헤어지는 게 아니다. 영원히 추억 속에서 함께 있을 것이다.

이어서 재학생 대표의 송사가 시작되었다. 5학년 5반 반장 박창원이었다.

—사랑하고 존경하는 선배님, 언니, 누나, 형님 여러분. 오늘 저는 이 자리에서 무엇보다 우리가 함께했던 지난날을 되돌아보게 됩니다. 봄이 오면 노란 병아리처럼 어여쁜 신입생을 맞이하고 손에 손을 잡고 노악사 솔밭과 북천 백사장으로 소풍을 떠났지요. 어버이날과 스승의 날이 있던 5월에 우리는 부모님과 스승님의 가슴에 꽃을 달아드리며 은혜에 감사했고 여름이 되면 산과 강에서 함께 뛰어놀며 심신을 단련했습니다. 가을이 되면 선의의 경쟁자가 되어 청군 백군으로 나뉘어서 최선을 다해 실력을 겨루며 목이 터져라 응원을 하지 않았습니까. 언니와 형님들은 언제나 저희 동생들에게 모범을 보여주시고 저희가 힘들어하고 어려워할 때마다 이끌어주시고 지켜주셨습니다. 군의 백일장과 사생대회, 도의 과학경시대회와 체육대회에 나가서 우수한 성적으로 입상해오셔서 학교의 영예를 높이셨습니다. 사랑하고 존경하는 선배님들의 자랑스러운 모습은 영원히 모교와 저희 동생들의 기억을 떠나지 않을 것입니다. 형님과 언니들이 우리들을 보살펴주셨던 것처럼 우리도 귀여운 동생들을 사랑과 열성으로 보살피겠습니다. 그리고 선배님들의 빛나는 전통을 이어가도록 최선의 노력을 다하겠습니다. 이제 형님과 누나, 언니들은 교문을 나서시겠지요. 오늘의 영광스러운 졸업은 새벽을 밝히는 샛별처럼 선배님들의 앞길을 영원히 비출 것입니다. 먼 훗날 다시 만나 서로 얼싸안고 웃으며 인사를 나눌 때까지 언제까지나 건강하고 행복하시기를 기원하겠습니다. 이제 헤어져야 할 시간이 되었습니다. 더 큰 세상으로 향하는 형님,

누나, 언니들이 내딛는 발걸음마다 영광이 함께하기를 빌며 이 동생들, 길고 힘찬 박수를 보내드립니다. 졸업을 진심으로 축하드립니다. 사랑합니다. 형님, 언니, 누나, 선배님, 안녕히 가세요.

누군가 써준 게 틀림없는 내용이었지만 창원은 하나도 틀리지 않고 꼬박꼬박 다 읽고 단상 아래로 내려갔다. 하지만 재학생들은 물론 졸업생들도 누구 하나 눈시울을 붉히지 않는 아이들이 없었다. 전교 학생회장이면서 졸업생 대표인 박진천이 답사를 하기 위해 단상에 올라서자 곳곳에서 흐느낌 소리가 새어나왔다.

—이놈들아, 누가 죽으러 가기라도 하느냐. 왜 울고불고 난리들이냐.

호랑이로 소문난 6학년 3반 담임 김중모 선생님이 애써 웃으면서 주변 아이들에게 말했지만 그 역시 콧등이 벌게진 지 오래였다. 바깥에 서 있는 학부형들도 눈가를 훔치는 사람이 많았다. 답사가 시작되었다.

—존경하는 여러 선생님, 사랑하는 부모님, 그리고 자랑스러운 아우들. 오늘 저희는 육년 동안 철없고 어린 우리를 받아들여 키워주고 안아준 정든 학교를 떠납니다.

졸업생들 가운데 여학생들이 먼저 소리 내 울기 시작했다. 진천은 잠깐 고개를 들어 여학생들이 있는 곳을 향해 잠시만 참아달라는 듯 눈길을 보냈지만 곧 답사 원고로 눈을 돌렸다.

—돌이켜보면 육년 전 우리는 얼마나 어리고 약하고 보잘것없었는지요. 그런 저희를 눈이 오나 비가 오나 바람이 부나 보살피느라 애쓰셨던 교장선생님 이하 여러 선생님들께 무한한 감사를 드

립니다. 또한 저희가 바쁜 집안일, 농사일을 거들지 못하고 공부를 한다며 학교로 나설 때, 그래 우리는 못 배웠지만 너희는 배워야 훌륭한 사람이 된다시며 등을 떠다미시던 부모님, 감사합니다. 고맙습니다. 당신들은 굶으시면서도 우리에게 정성스럽게 도시락을 싸주셨지요. 소풍이며 운동회 때 주머니에서 꼬깃꼬깃한 돈을 꺼내주시며 사이다 사 먹어라, 과자 사 먹으라고 하시던 할아버지, 할머님의 사랑을 저희는 영원히 잊지 못할 것입니다. 그 무한한 사랑과 염원으로 오늘 저희는 이 자리에 섰습니다.

장내는 이미 울음바다였다. 진천은 작정을 한 듯 멈추지 않고 읽어내려갔다.

—봄이면 우리는 때를 씻기 위해 선생님들의 인솔로 오리떼처럼 냇가로 몰려나갔지요. 씻으라는 몸은 씻지 않고 물장구를 치고 수제비를 뜨며 선생님들께 걱정을 끼쳐드렸지요. 방과 후에도 집으로 가지 않고 공을 차다가 유리창을 깨도 선생님들은 너그럽게 우리를 용서해주셨습니다. 그 유리창을 누가 끼워넣었는지 저희는 다 알고 있습니다. 선생님, 감사합니다. 죄송합니다. 여름이면 선생님들이 가지 말라는 철교며 계곡으로 가서 담력 시합을 하고 깊은 물에서 거북이처럼 헤엄을 쳤습니다. 가을이면 송충이를 잡고 잔디씨를 훑고 벼 이삭을 주워오고 메뚜기를 빈 도시락통에 잡아오는 숙제를 하면서 저희는 자연과 농사가 얼마나 귀중한지를 몸으로 배웠습니다.

다른 세상, 다른 학교에서는 좀처럼 겪지 못하고 배우지 못한 것들에 대해 조금 더 열거하자 장내에는 눈물과 함께 웃음소리도 터져나왔다. 그러나 그것도 잠시였다.

—우리는 이제 교문을 나서면 다시 돌아오지 못할 길을 떠나게 됩니다. 졸업생 여러분, 우리 중 누군가는 집으로 가서 가사를 돕고 농사를 거들겠지만, 누군가는 더 많은 것을 배우러 상급학교에 가겠지만 오늘 여기를 한번 떠나면 영원히 돌아오지 못한다는 것은 똑같겠지요. 중학교를 가지 못하는 사람들에게는 오늘이 인생의 마지막 졸업식이 될 겁니다. 아, 지난 육년 동안 우리는 서로 얼마나 즐겁게 뛰어놀았던가요. 도시락을 나누어 먹고 쉬는 시간이면 양지쪽에 나가 장난을 하고 점심시간이면 음악에 맞춰 포크댄스를 추었지요. 추운 겨울이 되면 학교는 우리를 얼지 않게 따뜻하게 감싸주었고 어디가 아프면 치료해주고 배고파하면 먹여주고 목말라하면 물을 줬지요. 학교는 우리를 키워주고 안아주고 사람이 되라 가르쳤습니다. 사랑하는 아우들아, 이제 우리가 너희를 떠나가지만……

마침내 진천도 목이 메어 답사를 더 읽지 못하고 눈물을 훔쳤다. 그게 신호라도 되는 양 졸업식장이 소리 내 우는 소리로 떠나갈 듯 시끄러워졌다. 여자 어린이들은 서로를 끌어안고 울었다. 남자아이들은 벽을 치며 울었다. 어떤 아이는 여기저기로 뛰어다니면서 울기도 하고 누워서 우는 아이도 있었다. 창을 향해 돌아서서 조용하게 우는 아이도 있었고 목 놓아 통곡하는 아이도 있었다. 선생님도 울고 학부형들도 울었다. 줄을 흐트러뜨리지 않고 서 있던 재학생들은 처음에는 다소간 혼란스러워하다가 모두 우는 분위기가 되자 합창을 하듯 높은 소리로 울기 시작했다. 울다 지쳐 바닥에 쓰러진 아이들이 속출했다. 도저히 더이상 답사를 읽기 어려운 분위기가 되자 교장은 진천에게 내려오라고 지시했다. 진천은 울면서 단하로 와서 아이들과 어깨를 겯고 둥글게 모여 서서 울었다. 그렇게 각자의 인생에 다시 없을 눈물의 졸업식은 지나갔다.

만수는 전학년 정근상과 일년 개근상을 받았다. 상장 두장과 졸업장을 안고 집으로 돌아왔다. 기념사진을 찍은 것도 아니고 꽃다발을 받지도 않았고 읍내의 중국집에서 청요리를 먹여주지도 못했다. 우리 부모는 우리 모두의 입학식과 졸업식에 한번도 오지 않았다. 이번에도 예외는 없었다. 이별과 슬픔의 졸업식이 지나갔지만 만수에게는 희망과 설렘이 있었다. 중학생이 입는 검은 교복, 교복에 달린 금속 단추의 반짝임이 만수의 설렘을 생산하는 발전소였다. 숫자가 거꾸로 가지 않게, 단추의 중(中)이 정면을 향하도록 나는 몇번이고 실밥을 동여매주었다.

사랑하는 동생 금희에게.

난데없이 월남에서 미싱이 한대 날아오니 많이 놀랐으리라 생각한다.

월남에 자원 파병 상신을 하고 나서 받은 월급은 공무원 월급하고 비슷하다. 앞으로 월급을 잘 모으면 대학에 복학해서 학자금으로도 모자라지 않을 것이다. 고향에 계신 부모님 앞으로 농토를 사드리는 능력 있는 파월 동기들도 있지만 우선 내가 할 수 있는 건 네게 미싱을 한대 사서 보내는 것뿐이구나.

이 미싱을 가지고 주변에서 일거리를 찾아보면 삯바느질에서부터 재봉일까지 맡아서 우선 먹고사는 데는 도움이 될 게다. 수백대의 재봉틀이 한꺼번에 돌아가는 공장에서 매일 코피를 흘리고 각성제 사 먹어가며 야근해 번 돈을 꼬박꼬박 고향 집에 부치는 갸륵한 여공들이 네 주변에 많이 있을 것이다. 너 또한 이미 그런 일을 하고 있을지도 모른다. 혹 내가 보낸 미싱으로 그들보다 조금 더 나은 환경에서 건강을 지켜가며 일할 수 있다면 네 동생들을 서울로 데려와서 공부를 하게 하는 방법을 생각해보기 바란다. 파월기간이 끝나고 내가 한국으로 돌아가 전역하면 서로 힘을 합쳐서 우리 동생들을 돌볼 수 있을 것이다. 지금처럼 별다른 교전이 없는 상황이 계속된다면 우리 서로 성한 몸으로 재회하여 얼싸안게 될 날도 멀지 않았다.

우리는 미군들처럼 야전에 나가면 C레이션을 받아서 고기를 먹는다. 깡통을 따서 파인애플 주스도 물처럼 마시고 있지. 정글에서 매복근무를 하다가 부대로 귀환하면 차가운 캔맥주로 파티가 벌어지고 이따금 고국에서 일선 위문공연단이 와서 공연을 하기도 한다. 가장 큰 낙은 고향, 고국에서 온 편지를 읽는 것인데 지금까지 집에서 편지가 다섯통이 왔다. 만수가 세통을 보냈고 명희, 옥희가 한통씩 보냈다. 편지의 내용을 보니 어른들 모두 무고하신 모양이다. 가족들의 가장 큰 근심은 사전에 상의도 없이 자원해서 이국으로 떠나온 나에 관한 것이지.

나 대신 미싱을 가져다주실 고마운 분은 시골서 무작정 상경한지 삼년 만에 서울 청량리역 역전 앞 나이트클럽에서 지배인을 지냈다는 재미있는 사람이다. 나는 대학에서 문학을 공부하며 여대생들과 맥줏집에서 인생을 논하다 뜻한 바가 있어서 자원입대한 걸로 되어 있지. 정글에서 보초를 서면서 지루함을 잊기 위해 우리는 그런 이야기를 수십 수백번 서로 지어내고 들어주고 있다.

오늘은 일요일이다. 부대 앞의 초목을 제거하는 작업을 하러 나간다. 화염방사기로 풀과 나무를 태우는 것처럼 뜨겁거나 힘이 들지 않고 훨씬 쉽다. 요 얼마 동안 미군들이 가지고 온 엄청난 장비들로 베트콩의 은신처이자 이동로, 보급로인 정글을 밀어버리고 트랙터로 평평하게 들판을 만들어놨다. 우리가 하는 일은 그 들판에서 다시는 초목이 자라지 않게끔 미군들이 준 제초제 농약을 살포하는 일이다. 이 농약은 첨단과학기술의 결정체라고 하는데 전우 가운데 농사를 짓다 온 친구들은 이런 게 자신들의 집에 진작에 있었더라면 농사는 진짜 거저먹기였을 거라고 감탄하곤 한다. 농사는 애초에 잡초와의 싸움인데 이 농약은 아예 식물을 이파리에서 뿌리까지 누렇게 말려 죽이는, 그야말로 발본색원의 초강력 효과를 가지고 있다. 이 약은 독하기는 해도 모기약처럼 인체에는 피해가 없다고 한다. 예전에 어릴 때 DDT를 뿌렸을 때처럼 가려움증 정도는 있지만. 이런 식으로 얼마만 지나면 참전기장과 함께 무공훈장을 받고 나 역시 귀국을 하게 될 것이다.

우린 언젠가는 꼭 만날 거다. 만나서 지금의 일을 옛일이라고 웃으면서 추억할 때가 있을 거다. 지금이 아무리 힘들고 견디기 어렵더라도 우리, 참고 노력해보자. 쉽게 절망하거나 노여워하지 말자.

사랑하는 동생, 금희야. 세상 누구보다 어여쁜 내 동생 금희야.

우리 금방 다시 만날 때까지 안녕.

하늘의 기둥이 무너졌다. 세상이 끝났다. 내가 왜 이렇게 오래 살아 이런 참척(慘慽)을 겪는단 말인가. 오호라, 백수야 백수야, 내 너를 잃고 어이 살아가랴.

남아로 태어나 학문을 닦고 세상을 바꾸는 것도 좋다만 그저 산골의 무지렁이로 살더라도 평온하게 오래오래 살라고 내가 네 이름을 그리 지었다. 그런데 이 무슨 일이란 말이냐.

읍에서 개운리까지는 절반이 자갈밭 산길이라 자전거를 끌고 올라오기가 힘들다고 며칠에 한번이나 오던 우체부가 웬일로 편지를 전하러 제시간에 왔더라. 머뭇머뭇 꺼내놓은 편지에 적힌 네 이름을 보고 월남에서 네가 돌아왔다는 소식을 전하는 줄 알고 잠시 기뻐한 그 어리석음이 뼈에 사무치는구나. 머나먼 땅 월남에서 용감하게 맡은 임무를 수행하고 귀국 명령을 받아놓고 너는 왜 쓰러져 누웠으며 만리타국에서 고혼이 되었느냐. 전사가 아니라 병사라니 그건 또 무슨 말이냐. 원인불명의 열로 인한 전신쇠약, 풍토병이 의심된다니 멀쩡하던 너에게 무슨 일이 있었더냐.

너에게는 아무런 흠도 없었다. 너는 금강석처럼 단단한 심신에 가족이 너 때문에 무엇을 희생할까 염려해 혼자 힘으로 입신하려는 의지로 뭉쳐 있었다. 그런데 그토록 강건하던 네가 왜 이국에서 풍토병으로 죽는단 말이냐.

군인이라면 전장에서 총검으로 생사를 결하고 눈먼 포탄에 혹 사지가 결딴이 나는 수가 있다. 전우를 구하기 위해 자신도 모르는 초인적인 힘으로 적탄 앞에 몸을 던질 수도 있다. 그렇게 죽어간 많은 병사들, 장군도 장교도 아니고 이름 없는 수많은 소모품 가운데 하나로 역사의 수레바퀴에 짓이겨진 존재라고 한다면 억울한 중에도 이해를 할 수는 있다. 그런데 젊고 건강한 네가 풍토병에 걸려서 죽었다니, 전장에서 죽지 못하고 병원에서 죽었다고 명예로운 죽음으로도 치지 않는 병사(病死)라는 걸 어찌 믿으란 말이냐.

너의 불쌍한 부모를 어찌하느냐. 너의 가련한 아우들을 어찌하느냐. 짐승과 초목들도 호곡하는구나. 비바람도 슬프게 흐느끼는구나. 온 식구들이 울고 온 집안의 생명이 울고 온 마을이 울고 하늘이 울고 땅이 울었다.

아, 하늘이시여, 어찌 늙은 내게 이런 참혹한 슬픔을 주시나이까. 어서 나를 데려가소서. 나를 죽이소서. 내 뼈를 꺾어 바수고 불로 남김없이 태워 재를 만들고 지옥의 바람에 날리소서. 나를 죽이소서. 제발 나를 데려가시고 우리 모두의 백수를, 귀하디귀한 금강석을 돌려주소서.

안녕하십니까. 고엽제 피해자 가족 준비모임입니다. 오늘은 고엽제에 대해 설명드리고자 합니다.

베트남 전쟁기간 중 미국은 베트콩의 은둔지와 무기 비밀수송로로 이용되어온 정글을 제거하고 시계를 청소하기 위해, 또 베트콩의 경작지 농작물 제거를 위해 1962년에서 1971년까지 330만 헥타르가 넘는 면적에 고엽제를 살포했습니다. 이는 베트남 전 경작지의 15퍼센트, 전 삼림의 30퍼센트에 해당합니다. 고엽제는 미 재향군인회 추산 약 8360만 리터, 스웨덴의 스톡홀름 국제평화연구소

추산 9100만 킬로그램이 살포되었습니다. 고엽제를 지상에서 사람이 직접 뿌리는 데는 시간이 많이 걸렸고 적의 공격을 받을 수 있었으므로 미군은 헬기 등을 통한 공중살포를 훨씬 선호했습니다. 하지만 일부는 인간의 손에 의해 직접 가루 형태로 구석구석 효과적으로 뿌려졌으니 그 인간 중에 상당수가 한국군이었습니다.

고엽제를 대표하는 것이 미국의 몬산토 사에서 생산한 '에이전트 오렌지'로 미국산 고엽제 전체의 60퍼센트를 차지하고 있습니다. 이 고엽제가 담겨 있는 드럼통에 쉽게 식별할 수 있도록 오렌지 색깔의 띠를 둘렀다 하여 이런 이름이 붙은 것입니다.

고엽제에는 인류 역사상 가장 독성이 강한 물질인 다이옥신이 함유되어 있습니다. 다이옥신은 치사량이 0.15그램인 청산가리(시안화칼륨)의 1만배, 비소의 3천배에 이르는 독성을 갖고 있습니다. 다이옥신 80그램을 식수원에 희석하면 인구 8백만의 도시를 죽음의 도시로 만들 수 있습니다. 다이옥신은 잘 분해되지도 않을뿐더러 용해도 되지 않아서 아무리 적은 양이 흡수되었다 해도 몸속에 축적되어 각종 암, 신경계 손상, 기형, 독성 유전 등의 치명적인 후유증을 일으키게 됩니다.

베트남에서 한국군에게는 고엽제를 사용하는 데 따르는 주의사항이나 지시가 별달리 전달되지 않았던 까닭에 일부 병사들은 미군이 고엽제를 공중살포할 때 모기에 물리지 않는다 하여 고엽제가 쏟아지는 곳을 쫓아다니면서 조금이라도 더 맞으려 했습니다. 부대 주변에서 제초작업을 하는 병사들은 고엽제 가루를 철모에 담아서 맨손으로 뿌리기도 하고 고엽제가 살포된 정글에 흐르는 물을 수통에 담아 마시기도 했습니다. 그리하여 다이옥신이 눈, 코, 입, 피부 등을 통해 온몸에 축적되기에 이르렀습니다.

베트남 국민 약 4백만명이 베트남전 당시 고엽제에 노출됐고 기형아 출산이 급증하는 등 부작용이 속속 보고되었습니다. 세계의 비난이 집중됨에 따라 1969년 11월 25일 미국의 닉슨 대통령이 '앞으로 미국은 어떤 종류의 세균전도 포기하며 현재 저장된 모든 생물학무기를 파괴하고 인간을 살상하는 화학무기도 선제사용하지 않는다'고 선언했습니다. 한편 이날 미 정부 관계자는 보충설명을 통해 '현재 미국이 초원을 태워 적을 수색하고 농작물을 말라비틀어지게 하여 적의 식량 공급을 막기 위해 대량으로 사용하는 제초용 약품은 제네바 의정서의 적용을 받지 않는다'고 말했습니다.

1970년대부터 참전국 장병들이 원인 모르는 병에 시달리며 고통을 겪고 죽기 시작했고, 미국에서는 이것이 엄청난 사회적 문제로 발전했습니다. 원인 모를 질병이 고엽제의 후유증인 것으로 판단한 미국, 호주, 뉴질랜드 3개국의 월남전 참전 환자 24만명이 미국 정부와 고엽제 제조회사를 상대로 소송을 제기하고 손해배상을 요구하기에 이르렀습니다. 그리하여 미국 연방법원은 2억 4천만 달러의 손해배상을 하도록 판결했습니다. 독재정권하에 있는 한국에서는 미국의 눈치를 보느라 소송 참가와 언론보도를 금지해 환자들 대부분이 그런 사실조차 모르고 있었습니다.

베트남 참전용사들은 원인도 모르는 '베트남 풍토병'이라는 질병에 시달리다가 아까운 나이에 세상을 하직하고 말았습니다. 그들은 왜 자기가 죽어가는지 몰랐고 병원에서조차 알지 못했습니다. 살아보려는 본능 때문에 병원을 전전하며 가산을 탕진했습니다. 전우들 중 상당수는 더이상 가족에게 고통을 줄 수 없다면서 스스로 목숨을 끊기도 했습니다. 세계평화 수호와 국가경제 발전의 초석이 되었던 수만의 참전군인들은 고엽제라는 맹수가 제 모습을 철저히 숨긴 채 먹이가 먹음직스럽게 자랄 때까지 기다리는 것을 모르고 살았습니다. 사람이 살면서 누리는 즐거움이 뭔지 알았을 무렵, 고엽제는 그들의 인생을 덮고 있는 한겹 허술한 거죽을 갈가리 찢어발기고 바깥으로 뛰쳐나와 당사자뿐 아니라 온 가족을 인정사정없이 덮쳤던 것입니다……

할아버지는 평생 술 한잔을 마신 적이 없었다. 한방울의 알코올조차 할아버지에게는 소화시킬 수 없는 독이었다. 그런데 오빠의 죽음을 전해준 우체부가 저녁에 다시 집으로 왔다. 늘 병석에 누워 있다시피 하던 할아버지가 동네 어귀에 있는 유태백네 집까지 가서 그 집 소주를 얻어 마시고 인사불성이 되었다고 전해주러 온 것이었다. 온 식구가 울고 있는 중에도 누군가는 할아버지를 모시러 가야 했다. 만수를 데리고 일어섰다. 할아버지를 양쪽에서 부축해서 집으로 돌아오는 내내 할아버지는 "백수야, 백수야, 이제 네 부모를 어찌하느냐. 불쌍한 어린 동기들을 어찌하느냐. 내 어찌 사느냐" 하며 우셨다. 집으로 들어서서 방에 눕혀드리기도 전에 할아버지는 만수를 앞에 불러 앉혔다.

—이제는 네가 이 집안의 기둥이다.

할아버지는 만수의 머리통을 끌어 당신의 주름투성이 이마에 만수의 이마를 맞댔다.

—네가 형을 대신하여 집안을 지켜야 한다. 비 새는 천장, 연기 솟는 방바닥 같은 네 부모를 떠받치고 수숫대 담벼락과 같은 형제를 이끌어줘야 한다. 형이 없는 빈자리를 채울 사람은 만수야, 오로지 너뿐이다. 내 말을 알겠느냐.

만수는 떨고 있었다. 그러면서도 고개를 끄덕거렸다. 나뭇가지처럼 엉성하고 비쩍 마른 몸에 믿고 의지할 구석이라고는 조금도 없었다. 다 같이 부축을 하고 왔건만 여자인 나는 그저 우는 일밖에 없는 것같이 여겨졌다. 기분이 이상해서 돌아보니 석수가 어두운 마당 한켠에 주먹을 쥔 채 서 있었다.

기둥이 부러지고 쓰러져가는 일밖에 남지 않은 집구석에 새 기둥이 무슨 소용이며 천장은 뭐고 바닥은 뭔가. 남자들은 이해하기 힘든 족속들이다. 나는 입술을 깨물면서 울었다.

대학에 다니던 형이 월남에 갔다가 한줌 재가 되어 돌아온 이후 우리 집은 납덩이같은 침묵에 둘러싸였다. 형에 관한 모든 이야기는 금기시되었다. 월남이나 군인에 관한 것도 마찬가지였다. 하늘로 가고 없는 형은 우리 육남매 중 유일하게 생생하게 살아 있는 사람이었고 남아 있는 우리는 살아 있어도 죽은 것이나 다름없는 상태로 서로를 무기력하게 바라보았다.

할아버지는 병환이 심해져서 하루 종일 자리에 누워 있기만 했다. 할머니는 그런 할아버지를 간호하는 데 모든 힘을 쏟고 있을 뿐이었다. 아버지는 쉬지 않고 일만 했고 어머니 역시 마찬가지였으나 자나 깨나 눈물을 흘리고 있는 게 달랐다.

저녁에는 어두워져도 불을 켜지 않았다. 석유를 사오곤 하던 형이 생각이 나서인지 아버지가 불을 켜지 못하게 했기 때문이었다. 어둠속에서 말없이 저녁을 먹은 우리는 숙제도 하지 못했다. 하지 않아도 뭐라 하지 않았다. 그렇게 상처를 핥는 짐승처럼 각자 웅크리고 바람 소리 같은 한숨과 신음을 내뿜었다.

공부를 아무리 잘하면 뭘 하나. 형은 공부를 잘했다. 아는 것도 많았다. 물어보면 모르는 게 없었다. 효도를 하면 뭘 하나. 형은 어떤 집에서도 부러워하던 효자였고 모범적인 아들이고 모범적인 손자였다. 글을 잘 쓰면 뭘 하나. 형은 국민학교 때부터 백일장에 나가서 빠짐없이 상을 타왔다. 어디에 가든 일기를 썼고 편지도 잘 썼다. 실험도 잘했고 호기심도 많았다. 동생들한테 잘해주면 뭘 하나. 형은 누나들이나 만수, 옥희한테 그럴 수 없이 다정하고 살뜰하게 관심을 가지고 보살펴주었다. 글이며 노래, 바둑, 한글을 가르쳐주고 하모니카를 사주고 책을 읽게 했다. 나무 이름, 풀이름, 별자리를 가르쳐주었다. 어릴 적부터 식구들을 대표해 아버지한테도 할 말을 했다. 우리의 우상이 되었다. 마침내 밤하늘에 올라가 영원히 변치 않고 빛나는 별이 되어버렸다.

형은 툭하면 꿈에 나타났다. 형은 군복을 입고 혼자 베트콩 일개 연대를 무찌르고 무공훈장을 탔다. 고시에 패스해서 판사가 되었고 나를 한심한 놈이라고 판결했다. 부모님의 기대가 얼마나 큰지 아느냐면서 그 기대를 배신하면 감옥에 처넣고 굶겨 죽일 것이라고 했다. 형은 비행기에서 낙하산을 타고 뛰어내리면서 삐라를 뿌렸다. 금빛 삐라가 공중에서 날아내리는 것을 보고 수천명의 아이들이 환호성을 지르면서 뛰어갔다. 형은 우주선을 타고 달나라로 날아갔다. 알약을 보여주면서 한알만 먹으면 일주일 동안 굶어도 된다고 했다. 형을 볼 때마다 약이 올랐다.

점점 집이 싫어졌다. 집에 가서 아버지, 어머니의 얼굴을 보는 게 무섭고 싫었다. 내가 날이 이슥하도록 늦게까지 밖에서 놀다 가도 잔소리를 하지 않았지만 관심도 없었다. 학교에서도 마찬가지였다.

가을이 왔다. 신품종으로 보급된 키 작은 통일벼가 베어진 논을 가로질러 학교에 갔다. 일반 벼보다 일찍 수확하는 통일벼는 밥맛이 없었다. 벼 줄기는 끈기가 없고 짧아 새끼를 꼬는 데도 지붕을 이는 데도 쓸모가 없어 고작 아궁이에 연료로나 쓸 수 있었다. 거기다가 흉년이 들어서 괜히 심었다고 후회하는 사람들이 많았다. 그런데도 통일벼만 수매를 해주고 농협에서 통일벼를 심는 농가에만 대출을 해준다고 하니 통일벼를 심을 수밖에 없었다. 산골짜기에 있는 우리 동네 논은 물이 차서 따뜻한 남쪽 나라에서 개발된 통일벼 품종은 제대로 자라지 않았다. 통일벼 심은 논에 들일 화학비료와 농약 또한 비싸서 살 수도 없었다. 결국 통일벼를 심지 않아서 정부의 지원 혜택을 전혀 받지 못했다.

어느날 조회에서 교장선생님이 엄숙한 얼굴로 “우리 민족의 중흥과 한국적 민주주의의 토착화를 위해 10월유신이 실시된다. 이제 유신헌법으로 헌법을 개정하는 투표를 하게 되었다”라고 했다. 투표권이 있는 어른들은 무조건 투표를 하게 해야 하고 그게 국민의 의무이며 애국이라는 것이었다. 그게 우리와 무슨 상관이 있느냐 하면 투표일에 투표를 하도록 독려하는 포스터를 만드는 것도 우리이고 그 포스터를 붙일 사람도 우리이기 때문이었다.

며칠 뒤 4학년 이상 각 반에서 분단장 이상 간부들이 운동장에 집합했다. 교장선생님이 오늘 내로 한 동네도 빠짐없이 각 반에서 만든 포스터를 붙이라고 지시했다. 선생님들이 포스터를 붙일 때 쓰는 못과 망치를 받아왔다. 우리 반 담임선생님은 자전거 짐받이에 포스터를 묶고 아이들을 향해 자전거 뒤를 따라서 뛰어오라고 했다.

가까운 동네부터 포스터를 붙이기 시작했다. 그 동네에 사는 아이에게 포스터를 붙이고 누가 그걸 떼거나 찢지는 않는지 잘 지키라고 했다. 그런 사람이 있으면 신고를 하라고도 했다. 그 동네에 사는 아이들이 남고 다른 아이들은 자기 동네가 나올 때까지 선생님의 자전거를 따라 뛰었다. 얼마나 많은 동네가 있는지 처음 알았다. 한번도 가보지 못한 동네도 많았다. 배가 고파오고 다리도 아프고 바람은 자전거가 앞으로 나가지 않을 만큼 세게 불었다. 개운리로 접어드는 저수지 둑 아래까지 왔을 때는 선생님과 나 둘만 남았다.

—네 동네가 여기서 한 십리는 더 가야 되지? 거기 아직 전기도 안 들어오는 동네가 맞지?

나는 그렇다고 대답했다. 선생님은 쿨룩쿨룩 기침을 하다가 내게 포스터를 내밀었다.

—선생님이 몸이 안 좋아서 그러니까 네가 이걸 가지고 가서 동네에 붙여라. 누가 물으면 내가 너희 동네까지 갔다고 꼭 대답해

야 한다. 안 그러면 네가 졸업할 때까지 매일 손바닥을 열대씩 때리겠다.

나는 그러겠다고 대답했다. 선생님은 자전거를 타고 뒤도 돌아보지 않고 가버렸다. 나는 포스터를 접어서 가방에 집어넣었다. 동네에서 놀다가 어두워진 뒤 집에 간 일은 많았으나 십리 산길을 땅거미가 내릴 때 혼자 가는 건 처음이었다. 바스락 소리만 나도 호랑이나 늑대가 나오나 싶어 깜짝깜짝 놀랐다. 무서움 때문에 힘든 것도 잊고 계속 산길을 뛰었다. 동네가 가까워오자 개 짖는 소리가 들렸고 조금 안심이 됐다. 그때 산에서 누군가 수숫단과 나뭇가지를 지게에 싣고 내려오는 게 보였다. 만수였다. 반갑지도 않았다.

—왜 이렇게 늦게 오냐?

만수가 물었다. 대답도 하기 싫었지만 나는 학급 부반장이고 만수는 아무것도 아니었으므로 모르는 것 같아서 '10월유신 찬반투표에 투표하는 사람이 애국자이고 이 포스터를 두고 무슨 짓을 하는 사람은 신고하라'고 일러주면서 포스터를 보여주었다. 만수는 포스터를 받아들고 펴보더니 고개를 끄덕거렸다. 그러면서 내 책가방을 지게에 얹으라고 했다.

집으로 들어서자 캄캄한 방 안에서 식구들이 저녁을 먹고 있었다. 할아버지와 할머니, 아버지와 작은누나가 상 앞에 앉아 있고 어머니는 부엌에 쭈그리고 앉아 있었다.

—뭐 하고 있다가 이렇게 늦게 와?

작은누나가 묻길래 나는 만수를 가리켰다. 상 앞에 다가가 앉자 만수가 내 책가방과 포스터를 들고 왔다. 할아버지가 물었다.

—네 손에 들린 거, 그게 뭐냐?

만수는 내가 가르쳐준 대로 10월유신 개헌 투표에 반드시 참가해 투표를 하라는 취지에서 학교에서 붙이는 포스터라고 했다.

—투표는 국민 된 자의 타고난 권리다. 투표를 하고 안하고는 각자의 판단에 따르면 되는 일이다. 왜 국민과 역사 앞에 부끄러운 짓을 하며 왜놈들 명치유신을 빼닮은 개헌에 찬성하는 투표를 하라고 강요를 하는 것이냐. 그것도 아무것도 모르는 어린 학생들을 시켜서 이따위 짓을 하고 있으니 국가 지도자요 대통령이라는 자가 한심하고 답답하기 짝이 없구나. 총칼로 권력을 잡고 젊은 목숨들을 남의 나라 전쟁에 팔아먹은 걸로 부족해 이제는 추악하게 종신 권력을 탐해?

나는 대통령을 욕하는 할아버지를 경찰서에 신고해야 되는 게 아닌가 싶어 숨을 죽였다. 만수는 언제부터인가 무릎을 꿇고 고개를 숙인 채였다.

—한국적 민주주의라고? 제가 민주주의가 뭔지나 알며 민주주의를 무너뜨린 역사의 죄가 제게 있는 줄이나 알더냐. 그걸 시킨다고 시키는 대로 하고 있는 너희도 무지몽매하기 짝이 없구나. 너희 나이가 몇이냐. 그렇게 아무 생각이 없더냐. 백수가 있었으면 절대로……

그때 갑자기 아버지가 숟가락을 집어던지더니 벌떡 일어섰다. 곰처럼 거친 발소리를 내며 나간 아버지는 발로 문을 걷어차 닫으면서 “씨부랄 거, 술 가져와, 술!” 하고 외쳤다. 할머니가 일어서려는 할아버지의 팔을 부여잡고 말렸다. 할아버지는 턱을 부들부들 떨었다. 허연 수염이 힘없이 흔들렸다.

―저런 고이헌!

밖에서 아버지가 술을 담그지 않아서 술이 없다는 어머니에게 "망해처먹을 집구석, 불 확 싸지르기 전에 술 가져오라고!" 하고 고함을 치는 소리가 들렸다.

옥희가 이이잉 하고 울기 시작했다. 만수도 주먹으로 눈을 훔치고 있었다.

―이런 데 애들 놔뒀다가는 죽도 밥도 안되겠다.

할아버지는 긴 한숨을 쉰 뒤에 말했다.

―소를 팔아라. 땅을 팔아라. 팔 수 있는 건 모두 팔아서 여기를 떠나거라. 모두. 가거라.

할아버지가 일방적으로 명령을 한 건 그게 처음이자 마지막이었다.

서울에도 아카시아 나무가 있었다. 학교 안에도 학교 밖 거리에도 공터에도 도로변에도. 식목일에 많이 심었던 아카시아 나무는 어린 싹도 먹지만 꽃이 제일 먹기 좋았다. 아이들은 생으로 꽃을 먹기도 했는데 꿀이 있어서 달콤했다. 절반 정도 핀 꽃이 향이 제일 좋았고 다 피면 향이 사라졌다.

하지만 내가 서울로 전학 간 봄철에는 아직 아카시아꽃은 필 생각도 하지 않고 있었다. 축대처럼 높은 학교 담장을 따라 운동장에 줄지어 심어진 아카시아 나무들은 커다란 가시를 바닥에 뿌려놓고 지나가는 아이들이 발바닥이라도 찔리기를 기다리며 심술궂게 내려다보고 있는 것 같았다. 거기에 꽃이 매달린다 한들 높아서 따 먹을 수 있을 것 같지 않았다. 떨어진 꽃은 쓰레기나 다름없이 더럽고 말라비틀어졌다.

집에 공장에 나가 돈 버는 사람이 누나밖에 없었다. 도시락을 싸 가지 못했으므로 견딜 수 없이 배가 고팠다. 아카시아 나무 가지에서 윙윙 바람 소리가 나고 운동장에서 흙먼지가 자욱하게 날아오를 때마다 배가 고프다 못해 아팠고 외로웠다.

중학교 2학년이 되던 해 3월 말에 한 학년이 다섯개 반인 시골 중학교에서 열두개 반인 서울 변두리 중학교로 전학을 갔는데 그때 내 번호가 69번이었다. 교실 하나에 예순명이 정원이고 열다섯 줄의 네개 분단으로 구성되어 있었다. 한달 사이 아홉명이 전학을 온 셈이었다. 일년 뒤 한 학년당 반의 갯수는 열여덟개로 1.5배 늘어났다.

전학 온 아이들은 각 분단의 뒤쪽에 복도에 쌓여 있던 책상과 의자를 들여 앉게 했다. 그다음 한달 동안 연달아 아이들이 전학을 와서 결국 교실 뒤로는 통행을 할 수 없게 되었다. 아이들은 분단과 분단 사이의 통로를 통해 교실 앞쪽으로 가서 앞문으로만 다녔다. 화장실은 3개 학년 50여개 반에 하나밖에 없었다. 매점 하나, 수도시설도 하나였다. 어디를 가나 아이들이 넘쳤다. 흔한 건 아이들뿐이었다.

새로 전학 온 아이들이 다른 아이들에게 깔보이게 되는 표면적인 이유는 사투리 때문이었다.

—야, 이 개씨바라, 니주가리 씹창 내기 전에 해골 디밀지 말고

아가리 처닫아. 네 곱창에서 올라오는 똥 냄새 때문에 오바이트 나올라고 하거든.

내가 아직 구하지 못한 국사책 표지를 살짝 보려고 하자 내 옆에 있던 아이가 이를 드러내며 말했다. 그러자 내 앞에서 샤프펜슬로 머리의 비듬을 긁어서 내 책상으로 날려보내던 아이가 몸을 돌렸다.

—해삼 멍게 말미잘 해파리 같은 놈이 이빨 좀 까네. 쪼다 촌놈 하나 갈구니까 똥창이 흐뭇하냐.

그들은 모두 나처럼 60번대 번호를 받은 아이들이었다. 그러니까 나보다 좀더 일찍 시골서 전학 온 아이들이었는데 벌써 표준말을 썼다. 생소한 단어로 만들어진 욕을 눈을 똑바로 노려보며 또박또박 쏴붙이니 머리털이 곤두서고 살이 떨릴 만큼 무서웠다. 나는 입을 다물었다. 입을 다물자 표준말을 배우는 게 더 어려워졌다. 알고 보니 시골서 온 대부분의 사람들이 입을 다물고 있었다. 표정도 없었다. 학교를 오가는 길에 만나는 사람들, 평상에 누워 있거나 걷거나 쓰레기를 뒤지거나 길바닥에서 뭔가를 늘어놓고 노는 어린아이들까지 모두 말이 없었다. 아침마다 군대처럼 제복을 입고 줄을 지어 공단으로 출퇴근하는 청년과 처녀들 역시 몸은 바쁘게 움직였지만 말을 하지 않았다. 말없이 떼 지어 몰려다니는 사람들은 언제든 잡아먹힐 수 있는 가축이나 물고기 떼처럼 무기력해 보였다.

—야, 너 우리 십이반이지? 나는 십이번 김만수라고 한다. 집이 이 근처냐? 나도 이 동네 사는데 우리 반에서 이 근처 골목 사는 게 너하고 나뿐인 거 같다. 삼반, 칠반에는 몇명 있어. 너는 어디서 전

학 온 거야?

어느 오후 집으로 돌아가는 길에 얼굴이 넓적하고 몸이 길고 마른 아이가 한 손에는 책가방, 한 손에는 비닐봉지를 든 채 내게 다가와 말을 걸었다. 그것만으로도 나는 가슴이 뛰었다. 눈물 나게 고마웠다. 정말로 눈물이 난 걸 보면.

—난, 나는 동해, 이동해.

—동해? 동해물과 백두산이 마르고 닳도록 할 때 그 동해? 동생 이름은 백두냐? 그 밑에 여동생이 마르고…… 헤헤. 너 「태권동자 마루치 아라치」 들어봤냐? 시골에서도 라디오는 나오잖아. 파란해골 십삼호 웃음소리만 들어도 얼마나 무서운지…… 아, 말만 해도 등때기가 다 뜨셔.

만수가 말하면 할수록 마음이 편해졌다. 바보처럼 웃음이 자꾸 터져나왔다. 하지만 쉽게 대꾸할 수는 없었다. 고향의 거름 냄새 같은 내 사투리가 어떤 반응을 불러일으킬지 두려웠기 때문이었다.

어느 골목 앞에서 만수는 내 가방을 잡아끌었다.

—여기 우리 집이다. 아버지 자전거가 안 보이는 거 보니까 지금은 집에 아무도 없어. 들렀다 갈래?

우리 집은 만수의 집에서 오백 미터쯤 떨어진 뚝방 바로 아래에 있었다. 해마다 장마철만 되면 뚝방 위로 물이 넘치거나 터진 틈 사이로 물이 밀려들어와 집들이 물에, 그것도 몇백명이 같이 쓰는 공동변소에서 토해낸 똥이 둥둥 떠다니는 똥물에 잠겼다. 판자나 시멘트 블록 같은 싸구려 재료로 대충 뚝딱뚝딱 지어 집값이 싸기 때문에 시골서 막 올라온 사람들, 가난한 사람들이 몰려들어 살긴 했지만 누구도 거기서 터를 잡고 오래 살 생각이 없는 그런 동네였다. 똑같은 재료, 똑같은 모양을 하고 있는 집 수백채가 장기판처럼 구획된 골목에 다닥다닥 붙어 있었는데 그나마 그 집도 우리의 소유가 아니고 세 든 것이었다. 제대로 된 부엌도 없어서 마당에 비닐을 치고 솥을 걸었다. 아침마다 공동수도, 공동변소 앞에는 수십 명씩 줄을 섰다. 새치기하지 말라는 고함이 시골 살 때의 닭 울음소리처럼 아침잠을 깨우는 자명종 역할을 했다.

그런 우리 집에 비하면 만수네 집은 천국 같았다. 만수네 여섯 식구가 빌려 쓰고 있는 두 방은 쪽마루로 연결되어 있었는데 방마다 연탄아궁이와 작은 부엌이 딸려 있었다. 마당이 있었고 마당 한켠에는 가죽나무가 한그루 서 있어서 빨랫줄을 걸 수 있었다. 물기가 남아 있는 차가운 빨래가 얼굴을 스치자 눈물이 날 것 같았다. 지하수를 모터로 퍼올려 쓰도록 만든 공동수도와 철대문 기둥에 붙여 지은 간이 목욕탕, 연탄광까지 있었다.

—목욕탕은 요새는 못 써. 빨래하고 세수만 해. 몇년 전만 해도 주인아저씨가 설치한 모터로 끌어올리는 지하수가 진짜 샘물처럼 차갑고 맛이 좋았대. 요새는 공장에서 나오는 산업 쓰레기 때문에 땅이 전부 오염이 돼서 물에서 이상한 화공약품 냄새가 나고 기름이 뜨더라. 좋긴 뭐가 좋아. 어차피 우리도 전세 들어서 사는 건데. 이거 빌리느라 우리 시골집 소, 돼지, 닭, 논 해서 팔 수 있는 거 다 팔았어.

재봉틀이 윗목에 놓여 있는 방에는 만수의 큰누나와 작은누나, 막내여동생이 기거하고 옆방은 만수의 아버지가 쓴다고 했다. 만수와 남동생 석수는 누나들의 큰 방에 딸린 다락방에서 잤다. 누나들은 공장에 갔거나 일감을 받으러 갔고 여동생은 소꿉장난을 하고 있을 것이며 남동생은 학교 도서실에, 아버지는 밖에 나가셨다고 했다.

—우리 아버지는 술집에는 절대 안 가셔. 고향에서부터 그래. 집에서만 술을 드시니까 다른 사람들보다 훨씬 절약을 하시지. 동생 석수는 어릴 때부터 공부를 무지 잘했는데 서울 와서도 계속 전교 일등이야. 그래서 아버지가 낮에는 석수를 데리고 있는 거야. 저녁때는 독서실 가고. 석수는 잘 때 되면 다락으로 올라와서 잠만 자고 가. 그래도 석수는 제 방이 있으면 좋겠대. 나는 같이 있어도 괜찮은데. 방해도 안하고.

만수는 나를 옥상으로 데리고 갔다. 텔레비전 안테나가 삐죽삐죽 서 있는 다른 집 옥상들이 바라다보였다. 전깃줄이 어지럽게 공중을 가로지르고 있었다. 만수 아버지가 주인집에 이야기해서 옥상 한켠에 흙을 가져다 작은 밭을 만들었다. 만수는 시골에서처럼 아버지를 도와 고추, 토마토, 상추 같은 채소를 심고 고구마와 무도 심고 가꾼다고 했다. 수확물은 집주인과 절반씩 나누는데 그래도 거기서 나오는 채소로 반찬값이 거의 안 든다는 이야기였다. 가끔 연탄불에 고구마와 감자도 구워 먹는다니 정말 부러웠다.

—여름에는 옥상에서 자는 게 훨씬 더 시원해. 다락방에서는 가만히 누워 있어도 땀이 줄줄 나거든. 일어나면 머리를 들 수가 없고. 여기도 서울인데 우리 시골집처럼 별이 보인다. 서울서 제일 변두리라서 그런가봐. 어머니는 시골집서 할아버지, 할머니 모시고

사서. 아버지? 뚝방 밑에 들마루에서 장기 두는 사람들한테 가셨을 거야. 박보장기 하는 야바위꾼한테 맨날 속아서 돈을 잃지만 않았으면 이 집 몇번은 샀겠다고 그러셔.

만수는 나를 내려다보면서 또박또박 말했다. 나는 만수에게 서울에 언제 왔느냐고 물었다.

—중학교 입학하고 전학 왔지.

—그런데 어떻게 사투리를 거의 안 써?

—우리 할아버지가 일제 때 서울에 유학을 하셨어. 형님도 유학했고. 할아버지하고 형님한테서 어릴 때부터 서울말 많이 배웠거든.

만수의 진지한 눈을 보면 거짓말 같지는 않았지만 믿을 수도 없었다. 그날 만수에게서 장기를 배웠다. 만수 아버지가 배터리와 라디오를 고무줄로 동여매고 벽에 못을 박아 걸어놓은 라디오를 틀자 정말로 「태권동자 마루치 아라치」라는 연속극이 흘러나왔다. 등골에 땀이 흐를 정도로 무시무시했다. 장기를 배운 지 몇판 되지 않아 내가 장기를 이겼다. 만수는 내가 실력이 대단하다면서 학교 특별활동반에 바둑반만 있고 장기반이 없는 게 아쉽다고, 그게 있었으면 내가 학교 대표가 됐을 거라고 했다.

문제는 배가 고프다는 것이었다. 이야기고 장기고 연속극이고 간에 배고픔 앞에서는 아무런 의미가 없어졌다. 내 배에서 꼬르륵 소리 정도가 아니라 하수구에 물이 빠질 때처럼 '쿠루루루루룩' 하는 소리가 나자 만수는 고민하는 표정으로 앉아 있더니 선반 위에 올려놓은 비닐봉지를 내렸다. 거기에는 소주가 한병, 그리고 윤기가 잘잘 흐르는 크림빵과 단팥빵, 소보루빵이 들어 있었다. 만수는 한참을 고민하다 크림빵을 집었다. 또 상당한 시간을 들여서 꼼꼼하게 절반으로 나누더니 하얀 크림이 많이 들어 있는 쪽을 내게 주었다.

—한번 먹어봐. 누가 오면 국물도 없으니까 빨리.

뱃가죽이 등에 붙을 듯하던 참에 달콤한 크림이 입속에 들어가자 귀 아래쪽이 찌르르했다. 나는 최대한 천천히 맛을 보려고 했지만 입안의 근육이며 혓바닥, 이가 말을 듣지 않았다. 각각 제멋대로 날뛰는 야생동물 같았다. 결국 어금니가 입속의 살을 씹어버렸다. 피가 나고 비릿한 맛이 났다. 그래도 씹고 입속으로 돌리고 맛보고 삼키는 동작을 멈출 수 없었다. 나는 마지막 빵 조각을 배로 내려보내고 나서는 식민지에서 끌려온 노예처럼 멍하니 앉아 있었다. 만수가 손톱만 한 크기로 조각을 내가며 먹던 자신의 반쪼가리 빵에서 남은 절반을 내게 내밀었다. 내 혀는 고맙다고 말하기보다는 빵을 처리하느라 바빴다. 목이 메어 컥컥대자 만수는 수도로 가서 물을 떠왔다. 물을 담아온 병에는 빨간 글씨로 '우유'라고 적혀 있었고 소독약 냄새가 났다.

—너 정말 좋은 집에 산다. 아버지도 누나들도 동생들도 다 좋은 사람일 거야. 너를 보면 알 수 있어. 네가 정말 부럽다.

나는 만수에게 서울로 전학 온 이후 가장 긴 말을 했다. 고마운 마음을 그렇게밖에 표현할 수 없었다. 평생토록 잊지 못할 맛, 그립고 아련하고 유혹적인 크림빵에 대해서도.

담임은 자신이 '교육봉'이라고 이름 지은 몽둥이로 교탁을 두드렸다.

—지금부터 아버지 직업에 대해 조사를 하기로 한다. 내가 직업을 호명하면 손을 들지 말고 해당이 되면 자리에서 일어난다. 아버지가 공무원인 사람? 일어서! 앞에서부터 번호!

대여섯명의 아이들이 자리에서 일어나 얌전하게 번호를 세었다. 이어 아버지가 회사원인 아이들이 일어서서 번호를 말했고 아버지가 공장에 다니는 아이들 또한 마찬가지로 행동했다. 그럼에도 여전히 절반 가까이 되는 아이들이 남았다. 담임은 칠판에 백묵으로 공무원, 회사원, 공업 하는 식으로 써나갔다.

—자아, 이번에는 상업이다. 집에서 아버지가 회사나 가게를 운영하거나 사업을 하시는 사람, 일어선다.

담임의 목적은 다른 데 있는 것 같았다. 촌지라도 들고 올 수 있는, 과외라도 받을 수 있는 집안이 유복한 아이들을 미리 파악해두자는 것이 아닌가 싶었다. 그러지 않고는 일어서 있는 아이들에게 일일이 아버지가 무슨 사업을 어디서 하는지 물을 이유는 없었다.

—예전에는 사농공상이라고 해서 장사하는 사람을 제일 낮게 쳤지만 지금은 장사하는 사람이 제일 빨리 부자 되고 자식들 교육도 잘 시킨다. 자랑스러워해도 된다. 보성이 아버지가 쌀집을 한다고? 좋다. 원주 아버지는 집을 지어서 판다고? 지금은 뭐든 건설을 하는 시대이니까 건설업은 아주 전망이 밝다.

담임은 화성이 자신의 아버지가 금은방 겸 시계포를 운영한다고 했을 때 시계의 종주국 스위스에 관한 이야기를 해주었다.

—미국 사람들이 세상에서 제일 가느다란, 눈에 보이지도 않는 굵기의 철사를 만들어서 독일에 보냈다. 너희들이 이런 걸 만들 수 있느냐고. 그러자 독일 사람들이 거기에 귀를 뚫어서 바늘로 만들어가지고 미국에 돌려보냈다. 미국 사람들이 그 바늘을 다시 스위스에 보내봤다. 스위스 사람들이 그 바늘의 처음부터 끝까지 구멍을 뚫어서 파이프로 만들어 도로 보냈다고 한다. 스위스는 그만큼 시계처럼 정밀한 과학기술이 발전한 나라라는 것이다. 강진이 아버지는 전파사? 그것도 좋다. 양구 아버지는 빵집? 야, 올해 우리 반에는 가정형편이 좋은 우수한 학생들이 많구나.

담임은 신이 났다. 자신의 꿈이 공군 비행사였다는 것까지 말했다. 어릴 때 입은 상처 때문에 생긴 흉터로 비행사가 될 자격을 잃어버렸다고도. 높은 고도에 올라가면 흉터로 피가 터져나와서 출혈과다로 죽을 수 있기 때문에 비행사가 될 수 없다고 했다.

부반장이자 솜털이 보송보송한 게 계집애처럼 예쁜 민정선은 아버지가 종합건재상을 운영한다고 말하고는 재빨리 앉아버렸다. 정선의 아버지는 우리 학교가 생기기 전부터 큰 과수원을 해왔고 가지고 있는 땅만으로도 우리 학교에서 가장 재산이 많은 학부형이었다. 거기다 공단이 생기면서 부동산 개발이 빠르게 진행되는 주변 상황에 맞춰 여러가지 사업을 운영하고 있었다. 담임 역시 학교 앞에 있는, 벽돌, 철근, 목재, 시멘트 등 엄청난 자재가 쌓여 있는 가게에 대해 이미 알고 있었으므로 별다른 말을 하지 않았다.

마지막으로 가장 오래도록 서 있던 만수 차례가 되었다. 만수는 정선이 자신의 몸이 닿는 것을 극도로 기피하는 것을 알고 정선에게서 최대한 멀리 떨어지기 위해 줄기가 휜 소나무처럼 비뚜름하게 서 있을 수밖에 없었다. 무릎이 달달 떨리는 게 보였다.

—만수는 아버지 직업이 농사라고? 농사? 그건 사업이 아니다.

만수는 자신의 할아버지가 농사야말로 사람이 할 수 있는 가장 정직한 사업이라고 가르쳐주었다고 말했다. 담임은 웃었다.

—시골 분이라 뭘 오해하신 것 같은데 농사는 농업이다. 현재 우리 삼천삼백만 국민의 칠십 퍼센트가 농업에 종사하고 있는데 그걸 사업이라고 하는 사람은 한명도 없다.

만수는 축산업이라고 정정했다. 그러면서 자꾸 히죽히죽 웃어 보였다. 약자들의 비굴한 웃음이 바로 그런 것이었다. 없으면 없다고 고백하고 앉을 것이지 자꾸 말을 바꾸고 변명을 해가면서 시간을 끄는 게 짜증스러웠다.

—양계? 양돈? 뭘 키우시나?

만수는 집에서 소, 돼지, 닭을 모두 키웠다고 대답했다. 말할 때 웃으면 덜 맞나? 웃다 맞으면 덜 아픈가? 나는 '하늘은 스스로 돕는 자를 돕는다(Heaven helps those who help themselves)'라는 격언이 적힌 영어 공책의 뒷면에 샤프펜슬로 썼다 지웠다. 자연도태는 왜 인간에게는 적용되지 않을까?

—그래? 그것도 나쁘지는 않다. 목장이 어디 있나? 양계장은? 축사는? 시내에는 없을 거고. 서울 근교도 땅값이 엄청나게 오르고 있으니까.

만수는 가족이 살던 동네 이름을 말했다. 기어들어가는 목소리였다. 등신 같은 놈. 아프리카의 초원에서 자연환경이 악화되면 한

집단에 속한 들소 가운데 약한 개체는 맹수들에게 사냥당해 죽고 만다. 그럼으로써 전체 집단의 안전과 건강함이 유지된다. 텔레비전의 「동물의 왕국」에서 본 내용이었다. 만수는 약하고 보기 싫기까지 한 들소였다. 곧 도태되고 말 운명이었다.

—개운리라니 무슨 동네 이름이 그러냐. 리 단위는 서울이 아니고 시골에나 있는 깡촌 이름이지. 너, 거짓말하는 거 아냐? 선생님한테 거짓말하는 건 최고 악질의 거짓말이다.

만수는 거짓말이 아니라고 했다. 무릎처럼 목소리가 떨렸다. 내짝인 희철이 손을 들고 일러바쳤다.

—만수 아버지는 남의 집 옥상에 코딱지만 한 밭 만들어서 농사짓는답니다. 소, 돼지, 닭이 한마리도 없습니다.

담임은 네가 그걸 어떻게 아느냐고 물었다. 희철은 자신의 아버지가 싸우디아라비아에 산업역군으로 가서 번 돈을 매달 꼬박꼬박 부쳐온 덕분에 자신의 어머니가 슈퍼마켓을 차렸으며 그 가게에 하루도 빠짐없이 아버지의 심부름으로 소주를 사러 오는 게 만수라고 했다. 며칠에 한번은 빵과 우유를 사가는데 그게 만수 아버지의 간식이라는 것도. 그리고 만수의 아버지에 대해 자신의 어머니가 한 말을 그대로 아이들 앞에서 이야기해 보였다.

—암만 손님이라고는 해도 저런 인간은 사내도 아니다. 식구들 피 빨아먹는 거머리다. 기생충이지.

만수는 무너지듯 주저앉았다. 하필 그게 정선의 무릎 위였다. 정선은 비명을 질렀다. 만수가 일어나자 정선은 붉고 작은 입술로 조그맣게, 최악의 경멸을 담은 말을 내뱉었다.

—더러워, 증말.

그 말을 듣자 어쩐지 기분이 좋아졌다.

내가 학교 건물 계단 통로의 삼층 베란다에 걸터앉게 된 것은 실험 때문이었다. 화학, 물상, 생물 시간의 실험이 아니라 마음의 실험이었다. 사람의 마음이 불가능한 일을 가능한 일로 바꿀 수 있는지 궁금했기 때문이었다. 나와 함께 나란히 베란다 끝에 앉은 아이들은 실험실의 쥐였다. 실험실의 쥐와 다른 점은 그들이 실험을 해보겠다고 자원했다는 것이었다.

—인간은 신념과 강한 의지만 있으면 산도 옮길 수 있다고 우리는 배웠다. 해외토픽에 보니까 교통사고가 나서 자기 아이가 차에 깔려 죽게 되자 엄마가 트럭을 번쩍 들어올려서 애가 살아났다. 우리 집 아랫집에 사는 아저씨는 양잿물에 발을 담가서 병원에서도 포기한 무좀을 고쳤다. 옆집 아저씨가 그러는데 좀 있으면 세상이 불과 물과 기름의 심판으로 망할 거다. 그전에 우리가 가지고 있는 모든 재산을 하나님한테 바치고 하나님이 지정해놓은 장소에 모여 있으면 천국으로 가는 양탄자가 내려온단다. 그걸 타면 천국까지 순식간에 날아가는데 양탄자를 타는 표를 따로 팔고 있다.

3학년이 되면서 지겹게 또 같은 반이 되고 옆자리에 앉게 된 이동해가 누런 이똥이 낀 이에서 썩은 냄새를 풀풀 풍기면서 그런 소리를 지껄여댔다. 평소 같으면 상관도 하지 않을 나였지만 그날따라 무식한 아이들을 깨우쳐주고 싶은 생각이 들었다.

—미친 소리 하지 마라. 그럼 네가 네 의지로 사투리를 안 쓸 수

도 있냐?

동해는 수업시간에 자신이 제대로만 잠들면 잠꼬대를 할 것이고 거기서 표준말이 나올 것이니 즉각 확인할 수 있을 것이라고 했다. 자신이 졸린다고 생각만 하면 칠판지우개가 날아와서 아직까지 잠꼬대를 해본 적이 없다고도 했다. 그보다 훨씬 더 불가능한 것을 가능한 것으로 바꾼 사례가 자신이 최근에 축구부에 들어간 일이라고 했다.

—네가 축구부에 들어가? 우리 학교 대표로?

—그래, 맞다.

뒤에 앉아 있던 만수가 나섰다. 하나는 얼굴이 길쭉하고 하나는 넓적해서 생김새는 안 닮았는데 어째 둘이 친형제같이 느껴지는 건 번갈아가며 똑같은 표정으로 비슷한 수준의 말을 하기 때문인 것 같았다.

—동팔이가 집에서 학교까지 나하고 같이 다녔는데, 내가 체력장 오래달리기 연습도 할 겸 집에서부터 학교까지 달려서 다니자고 했거든.

—동팔이가 누군데?

—어, 우리끼리는 동팔이하고 만두, 이렇게 부른다.

—그래, 참 가지가지 하며 논다.

—동팔이하고 내가 매일 아침저녁으로 일년을 뛰었다. 비가 오나 눈이 오나 바람이 부나 덥거나 춥거나 간에 하루도 안 빠지고. 동팔이는 처음 뛸 때는 옆구리 아프다고 두세번은 쉬고 가자고 했는데 지금은 한번도 안 쉬고 나보다 훨씬 빨리 뛴다. 지금 동팔이

가 우리 학교에서 제일 빠를 거다. 백 미터 기록이 십이초다. 체력장 만점 기록보다 0.5초 더 빠르다. 며칠 전에 체육선생이 동해를 축구부에 데리고 가서 시험을 봤는데 한번에 합격했다. 이제 동팔이팔이팔이는 공부 안하고 축구만 해도 된단다.

콧등에 땀까지 흘리면서 열심히 설명하는 만수를 보고 있자니 하품이 나왔다. 동해는 파리처럼 손을 비벼댔고 만수는 더부룩한 머리를 털어대며 비듬을 날렸다.

—호빵, 너는 달리기가 왜 안 늘었어?

—나 만둔데? 만두라고 불러주면 안되겠냐.

—싫은데? 싫다고. 찐빵이라면 몰라도.

—나는 시골서 국민학교 입학하면서 졸업할 때까지 하루도 안 빼고 집까지 이십리를 한시간에 뛰어댕겼다. 그때 이후로는 기록이 더 안 늘더라.

—왕복 사십리라고? 십육 킬로미터를? 하루에 두시간씩?

—응, 절반은 산길이고 나머지는 저수지 옆길, 밭둑길하고 신작로였다. 고무신 닳을까봐 양손에 들고 맨발로 뛰었어.

—쨍까지 마, 인마. 지금 나한테 아베베 이야기하고 있는 거지.

동해가 끼어들었다.

—그게 누군데?

—에티오피아의 마라톤 선수잖아. 맨발로 뛰어서 올림픽에서 우승했는데 그것도 몰라?

—나는 운동선수는 레슬링의 김일하고 축구황제 펠레밖에 모른다.

—펠레는 권투선수 아니야? 잘 패니까 펠레 아니고?

만수가 나섰다.

—둘이 끼리끼리 박자도 잘 맞는구나. 아예 세계에서 제일 무식한 듀엣 코미디로 나서봐라.

그러자 만수가 동해의 팔짱을 끼고 말했다.

—동팔이가 축구부가 되면서 사람이 마음만 먹으면 안되는 게 없다는 걸 보여줬다. 사람이 정말 열렬하고 간절하게 소망하면 바라는 대로 이루어진다는 것을. 마음은 거북이도 아베베로 바꿔놓는다.

—그런 걸 염력이라고 하는 거다.

—맞다. 인간은 염력으로 피라미드도 세우고 신대륙도 발견했다. 투명인간도 그렇게 해서 만들어진 거다.

두 녀석은 정말로 인간의 의지라는 것이 불가능을 가능으로 바꾼다는 신념을 공유하고 있다는 게 확연해 보였다. 겨우 일년 동안 달리기로 학교를 다닌 걸 가지고는 환상에 빠진 것이었다. 그들은 간절히 믿으면 믿는 대로 되게 해주는 염력의 힘을 입증해 보이겠다고 하면서 학교 건물 가운데 통로에 있는 베란다로 가자고 했다. 그날은 비가 온다는 예보가 있어서 우산을 가지고 온 아이들이 많았다. 동해처럼 만수 역시 까만 우산을 든 채 동행했다.

—어떻게 증명할 건데?

창문을 열고 베란다로 나간 뒤 나는 물었다. 운동장에서 공을 차고 있던 아이들이 우리를 보고는 멈춰 섰다. 동해는 대답 대신 아이들을 향해 손을 흔들었다. 이 방향 저 방향 손을 흔들어대자 아이들이 응답했다. “뭐냐, 저 새끼들?” 하는 소리도 들려왔다. 바로 옆에 있는 교실에서도 고개를 내밀고 우리를 주시했다. 만수가 말했다.

—지금 우리가 여기서 운동장으로 뛰어내린다. 그래도 우리는 전혀 다치지 않을 거다. 우리는 의지에 따라 공기처럼 가벼워질 수 있다는 굳센 믿음을 가지고 있으니까.

아래를 내려다보고 나서 나는 등골이 오싹해졌다. 흙과 시멘트 콘크리트가 뒤섞인 바닥이 어서 오라는 듯 음흉하게 빛나고 있었다.

—너희 재수없으면 목이 부러져 죽는다.

더이상은 저주가 될 것 같아서 입을 다물려고 했다. 동해가 대꾸했다.

—우리도 바보가 아니거든. 그냥 뛰어내리는 건 아니다. 이 우산이 낙하산처럼 떨어질 때 위험성을 줄여줄 거다. 라이트 형제가 그랬던 것처럼.

—이 구제불능 바보들아, 라이트 형제는 비행기를 만들었어. 낙하산 만든 게 아니라고.

—거봐, 넌 공부를 진짜 잘하잖아. 그러니까 물상시간에 배운 대로 우리 떨어질 때 속도와 무게를 계산해주면 좋겠다. 아니, 그냥 바로 옆에서 봐주기만 해도 돼.

—왜, 내가 왜?

둘 다 멋쩍게 웃었다. 동해가 입을 열었다.

—우리 솔직히 너를 참 좋아하거든.

—나보고 어쩌라고? 내가 언제 나 좋아하라고 했냐?

—그래, 네가 우리의 실험을 봐주고 증언해줬으면 좋겠지만 네가 싫으면 지금 가도 돼. 하여튼 우리 둘 다 너를 좋아한다는 것만 알아둬. 그건 진심이야.

그때 아이들이 베란다 안쪽 창에서 물었다.

—정선아, 쟤들 확실히 뛴대? 지금 안 뛸 거면 구경은 나중에 하고 매점 가서 보름달빵 사 먹고 오게.

—난 몰라.

—야, 니들 교무실서 꼰대들 올라오기 전에 빨리 뛰어라. 걸려서 작살나지 말고.

—걱정해줘서 고맙다.

두 아이가 삼층 베란다에서 아래로 우산 하나에 의지해 뛸 거라는 소식은 음속보다 빨리 학교 전체에 퍼졌다. 아이들이 운동장으로 몰려나왔다. 아이들은 침을 삼키면서 실험동물들이 학교 교무실 바로 위 삼층에서 뛰어내리기를 기다리고 있었다.

—나 먼저 간다.

인정하지 않을 수 없었다. 우산을 들고 베란다 끝에 서 있는 만수가 피사의 사탑에서 실험하던 갈릴레이처럼 멋있어 보였다는 것을. 그 순간 만수는 내 시야에서 사라졌다. 내가 눈을 감았기 때문에.

—이런 미친놈의 새끼들 좀 봐!

축구부 지도교사이기도 한 체육선생이 가장 먼저 추락현장에 도착해서 길길이 날뛰었다. 만수는 키가 이층 높이까지 닿는 히말라야시다 가지에 몸이 걸리며 비스듬하게 옆으로 떨어졌다. 그 바람에 허리와 어깨를 쓸리고 체육선생에게 사타구니를 호되게 걷어차여서 퉁퉁 부어오르기는 했지만 많이 다치지는 않았다. 하지만 우산을 손에 쥔 채 똑바로 떨어져 체조선수처럼 멋지게 착지하는 걸 보여주려던 동해는 다리뼈에 금이 가서 몇달 동안 목발을 짚고 다녀야 했다. 당연히 학교 축구대표로 뛸 수 없었고 축구대회에 나가서 좋은 성적을 올린 뒤 명문 축구부가 있는 고등학교로 진학하리라던 계획은 완전히 망가졌다. 우산은 두사람이 뛰어내리는 순간 낙화암에서 백마강으로 뛰어든 궁녀들 치마처럼 힘없이 훌러덩 위로 젖혀졌고 그나마 고쳐 쓸 수도 없게 박살이 났다. 나쁜 일이 하나 더 있었다. 내가 두 미친놈들의 친구가 되었다는 것이다.

만수는 중학교 다니는 내내 성적이 반에서 중간밖에 되지 않았다. 석수는 서울로 전학 와서 본 첫 시험만 3등을 하고—진도가 달라서 그런 것인데도 큰 충격을 받고 스스로를 벌한다며 하루를 굶었다—그뒤로는 계속 1등이었다. 나나 명희, 막내 옥희까지 아무리 시골일망정 학교를 다니는 동안에는 성적이 반에서 10등 이하인 적은 없었다. 라디오로 방송통신학교 중고등부 과정을 이수할 때조차, 산업체 부설학교 다닐 때도 마찬가지였다. 반에서 석차가 10등 이하, 그러니까 두 자릿수라는 기록은 우리 집 형제들 중에서는 만수 이전에도 이후에도 없었다. 공부만 가지고 따진다면 만수가 다른 형제들과 같은 핏줄이 맞는가 싶을 정도였다.

만수가 고등학교에 갈 나이가 되고 진로를 결정해야 할 시기가 되자 아버지는 만수에게 되지도 않을 공부는 때려치우고 공단 주변의 철공소나 시장의 가게에 사환으로 들어가라고 했다. 기술을 배우면 식구들을 잘살게는 못해도 굶기지는 않을 거라는 것이었다.

—나, 만수가 연합고사에서 떨어져서 고등학교 못 가면 간호전문학교 시험 볼 거야. 간호전문학교가 힘들면 간호학원에라도 갈 거야. 흰 가운 입고 의사 선생님을 도와서 아픈 사람들 치료해주는 게 내 소원이었어. 나는 더이상은 내 인생을 양보하면서 살지 않을 거야.

공장에서 매달 월급을 타와서 동생들 학비에 보태는 명희가 그렇게 선언했다. 석수는 만수가 어떤 학교에 가느냐에 따라 자신의 진로가 영향을 받게 될 것이라 말은 하지 않아도 만수가 실패하기를 바라고 있는 것 같았다. 내가 장녀라서 그런지 장남인 만수 편으로 자꾸 기울었다. 실력만 된다면 뒤를 밀어주고 싶었다. 어쨌든 고입 연합고사는 잘 보고 볼 일이었다.

연합고사 점수는 총점이 200점이었다. 그중 체력장에 배정된 점수가 20점으로 성적이 좋은 아이들은 체력장에서 점수를 잃지 않기 위해 과외까지 받는다고 했다. 만수는 다른 건 몰라도 몸 하나는 튼튼했다. 체력장 대비한다고 아침저녁으로 학교를 오갈 때 한 번도 쉬지 않고 뛰어다니고 있었으니까 당연히 체력장에서는 만점을 받을 걸로 알았다.

—큰누나, 배가 아프다.

체력장 시험이 일주일도 채 남지 않은 어느날 오후였다. 재봉실을 사가지고 돌아오자 만수가 방에 엎드려 있다가 말했다. 재봉 재료와 옷감을 파는 가게 옆에 자주 가는 약국이 있었고 그 안에 있던 남자가 자꾸 나를 쳐다보는 바람에 신경이 쓰였는데 뒤를 따라

오기까지 해서 뛰어오는 바람에 나 역시 숨이 차고 옆구리가 아프던 참이었다.

—뭘 잘못 먹었냐? 잘못 먹을 거라도 있으면 좋겠다. 배고픈 거보다는 아픈 게 낫다.

석수가 쏘아댔다. 석수에게 어릴 적부터 따라다니던 반항기가 사춘기가 시작되면서 형과 관련된 건 뭐든지 사사건건 트집을 잡고 시비를 거는 식으로 나타났다. 걱정이 될 정도였다.

—어디가 아픈데? 달리기를 너무 많이 해서 그런 거면 숨 크게 쉬고 좀 기다리면 돼.

—아니다. 옆구리가 아픈 게 아니고 여기 배 한가운데가 너무 아프다. 꽉 막힌 것 같다.

—석수 말대로 뭘 잘못 먹고 체한 거 아니니?

—오전 수업부터 배가 아파서 도시락도 못 먹었어.

—그래? 그럼 체한 것 같으니까 따보자. 아파도 참아.

바늘을 소독하고 만수의 손가락을 찔러 피를 냈다. 체한 사람의 피는 시커멓다는데 만수의 피는 맑은지 탁한지 잘 구별이 되지 않았다. 계속 아프다고 하길래 손을 뒤집게 해서 양손의 엄지손가락과 검지손가락 위를 모두 찔렀다.

—어때? 시원해? 안 아프냐?

만수의 눈에는 눈물이 가득 고여 있었다.

—큰누나가 손가락 따주니까 고맙고 안 아프다. 하나도 안 아프다.

석수의 비수가 가차없이 날아와 꽂혔다.

—간신. 아양쟁이. 비겁자.

소처럼 크고 맑은 만수의 눈을 보니 마음이 울컥했다. 아버지 술심부름을 못했다고 걱정하는 만수를 데리고 같이 잤다. 다음 날 아침, 야근하고 들어온 명희가 만수를 두들겨 깨워서 제 잠자리인 다락으로 올려보내려고 했는데 만수는 일어서지도 못했다. 가시 돋친 명희의 등쌀에 만수는 결국 두꺼비처럼 쪽마루를 엉금엉금 기어서 아버지의 방으로 갔다. 아버지는 학교 가기 싫어서 꾀병을 부리는 게 아니냐고 머리를 몇대 쥐어박더니 나가버렸다. 만수에게 일단은 학교에 가지 말고 쉬라고 했다. 흰죽을 끓여서 줬는데 제대로 넘기지도 못했다. 나도 밀린 일이 많아서 더이상 만수를 돌볼 여력이 없었다.

—나 약국에서 쬐끄만 병에 담아서 파는 소화멀미약, 먹으면 까스 나오는 그거 먹고 싶은데. 그거 먹으면 까스가 나오고 금방 나을 것 같은데.

이튿날 아침에 만수는 그 말을 하고 나서 눈을 감아버렸다. 속눈썹으로 눈물이 밀려나왔다. 약국에 갔더니 그 남자가 또 와 있었다. 잿빛 트렌치코트를 입고 코가 반짝거리는 검은색 구두를 신었으며 서류가방을 든 남자는 약국을 돌아다니는 영업사원처럼 보였다. 나쁜 사람 같지는 않았지만 유심히 나를 살피는 것 같아서 부담스러웠다. 허구한 날 방구석에 처박혀 재봉틀이나 돌리다가 후줄근한 운동복에 스웨터를 걸치고 다니는 여자가 뭐 볼 게 있다고 그러는가 싶었다. 사는 김에 소화제를 액체로 된 것 말고도 정제를 여러 종류 사고 진통제와 명희가 먹고 석수까지 밤샘 공부 한다고 이따금 먹는 각성제 '타이밍'도 샀다. 역시 남자가 따라왔지만 이번에는 뛰지 않았다.

—도대체 어쩌자고 이렇게 될 때까지 애를 방치한 겁니까? 부모 어디 있어요? 까딱하면 애 죽일 뻔했잖아요.

소화제 세병을 마시고도 만수는 트림을 하지 못했다. 진땀을 흘리고 신음 소리를 내며 앓다가 나중에는 방바닥을 뒹굴기 시작했다. 이웃집에서 리어카를 빌려와서 이불에 둘둘 만 만수를 실었다. 내가 리어카를 앞에서 끌고 석수와 명희가 뒤에서 밀고 해 겨우 병원까지 데리고 갔다. 의사는 맹장염이 악화되어서 복막염이 됐다고, 당장 수술을 해야 한다고 했다. 의사에게 혼이 나면서 수술동의서를 작성했다. 수술은 성공리에 끝났다.

문제는 돈이었다. 맹장염이 호미라면 복막염은 가래보다 훨씬 더 큰 비용이 들었다. 일주일은 입원해야 한다고 했다. 체력장 시험도 못 보게 생겼다. 만수가 다니는 학교 교무실로 전화를 걸었다.

—질병이나 입원 같은 특별한 사정이 있어서 체력장 시험을 못 보게 되면 진단서 첨부해서 제출하세요. 기본점수 15점이 나갈 겁니다.

담임선생님은 그렇게 말했다. 별다른 감정이 실려 있을 리 없는데도 어쩐지 매정하게 들려서 눈물이 났다. 어디를 가나 돈 없고 실력 없으면 이런 대접을 받게 되어 있구나 싶었다. 그러고 보니 동생들 다니는 학교에 단 한번도 가보지 못했다.

뜻밖에도 수술 이틀 뒤에 만수가 다니는 학교의 학생회장이라는 덩치가 커다란 학생과 만수와 같은 반 부반장이라는 여학생처럼 아주 예쁘게 생긴 학생이 학교 대표로 위문을 하러 왔다며 병원으로 찾아왔다. 담임에게서 만수의 딱한 사연을 듣고 학생회장이 3개 학년 모든 반을 돌며 모금을 했고 그걸 모아 가져왔다고 했다.

—사실은 모금이 잘되지는 않았습니다. 제가 반마다 연설을 하면서 다니는 걸 보고 담임선생님께서 교무실에서 모금을 해서 도와주셨습니다. 여기 있는 민정선 친구가 병원 오는 길에 자기 집에 가서 아버님께 사정을 잘 말씀드렸더니 아버님께서 김만수 군의 수술비를 전부 부담해주시기로 했습니다.

쓰고 있는 모자가 아기 모자처럼 작아 보일 정도로 큰 얼굴에 여드름이 더덕더덕 난 학생회장은 부동자세로 서서 이야기했다. 나도 모르게 정선이라는 아이의 손을 쥐었다. 손까지 예뻤다.

—세상에 이렇게 고마울 데가…… 한번도 본 적 없는 만수를, 친구를 도와주신다니 아버님은 어떤 분이시냐. 내가 가서 무릎을 꿇고 감사 인사라도 드려야겠다.

속눈썹이 긴 정선은 부끄러워하면서 고개를 돌리더니 아이처럼 작고 부드러운 손을 빼려고 애를 썼다.

—네가 만수하고 아침저녁으로 학교 다니면서 뛰었다는 그 친구는 아니지? 나도 얼굴은 보지 못했지만 동생 말이 비쩍 마르고 키 크고 한 애라는데……

정선은 뭐라고 말을 하려다 김태안이라는 학생회장이 먼저 말을 하는 바람에 입을 다물었다.

—아, 이동해 그놈요? 그놈은 모금할 때 돈 한푼도 안 냈어요. 돈이 많고 적고의 문제가 아니라 성의만 있으면 버스표라도 낼 수

있는데 말입니다. 우리가 대표로 만수 병원에 위문 간다고 갈 사람 손들라고 했을 때도 모른 척하고 딴짓하면서 가만히 있더라고요. 만수하고 안 친하던 애들도 열명이나 가겠다고 했거든요. 담임선생님께서 너무 많이 가면 오히려 환자나 가족한테 부담된다고 말리셔서 우리 둘만 왔지만 말입니다. 제가 봤을 때 만수는 교우관계를 바꿔야 합니다. 만수도 이번 기회에 많이 깨달을 겁니다. 누가 진정한 친구고 아닌지.

학생회장은 만수의 진정한 친구가 아닌 게 확실했다. 병실에 들어와서 핏기 없이 잠들어 있는 만수의 얼굴을 보면서 손도 내밀지 않았다. 일정한 거리를 유지한 채 한 손에는 책가방을 들고 한 손은 옆구리에 딱 붙인 게 전염병 환자를 대하듯 했다.

정선은 진정한 친구가 맞았다. 잠에서 깬 만수의 손을 잡고 입을 귀 근처까지 갖다댄 뒤에 무슨 말인가를 속삭였다. 그 모습이 얼마나 따뜻하고 정다운지 고마워서 눈물이 나올 정도였다. 둘이 가고 난 뒤에 보니 만수의 손바닥에 쪽지가 남아 있었다.

—만수야, 미안해. 정말 미안. 병문안 못 가서. 크림빵, 단팥빵, 소보루빵, 찐빵, 호빵, 왕만두, 야끼만두, 물만두, 통만두 다 사가고 싶었는데. 너에게 빈손으로 갈 수 없어서 못 갔어. 하지만 맹세할게. 영원한 우정을 너에게 바칠 거라고. 지금 우리는 가난하지만 마음만은 부자겠지? 빨리 나아서 학교에서 만나자. 영원히 마음으로 너를 사랑하는 친구, 동해가.

이런 친구들을 만날 수 있는 곳이 학교라면 내 몸이 일을 하다가 부서지는 한이 있더라도 만수를 학교에 꼭 보내야겠다고 나 또한 맹세했다.

나는 유물론자다. 내생이나 전생, 영혼의 존재 따위는 믿지 않는다. 나 자신의 생로병사에 연연하지도 않는다. 나는 이십대에 뜻을 펴보기도 전에 큰 좌절을 겪었다. 스스로를 던져 내 가족과 가정, 주변 사람들의 삶과 역사에 보탬이 되려고 노력했으나 결과는 미미하기 짝이 없는 것이었다.

내 평생에 가장 한스러운 일은 맏손자 백수가 머나먼 이역 월남에서 비명횡사한 것이다. 나는 백수를 죽게 만든 이데올로기와 전쟁을 증오한다. 백수처럼 무고한 청년들을 죽음의 전장으로 내몬 권력자들, 독재자의 나팔수가 된 언론과 사회지도층이라는 종자들, 동족의 목숨과 피땀으로 제 배를 불린 더러운 장사치들, 죽음의 독약을 만들어 뿌린 제약회사며 군수산업체며 군 지휘자며 죽음의 시공간을 만들어낸 모든 존재를 절대 용서할 수 없다. 백수가 이역만리의 병원에서 맞은 절체절명의 고독한 일순간, 영문도 모르고 가족의 얼굴도 보지 못하고 숨을 거둔 그 시공간을 생각하면 애가 끊어지고 간장이 녹는다. 어떻게 잊을 수 있겠는가.

이십대에 함께 공부하고 토론하던 벗들이 있다면 물을지도 모른다. 개체의 생물학적 연장인 핏줄에 집착하고 연연하는 것이 세계를 사람이 살 만한 곳으로 바꿔나갈 책무를 지닌 깨어 있는 인간으로서 온당한 태도인가. 자손이 번창하기를 바라는 것이야말로 자신의 생명을 영세불멸의 것으로 하려는 동물적인 욕망이며 봉건적인 세계관의 발로가 아닌가. 예전이라면 내 속내가 훤히 드러난 것을 부끄러워했겠지만 이제 나는 바로 그게 우리가 바꿔나가려 했던 세상에서 살아가는 인간이라고 반론할 것이다. 그러나 아름답고 뜨거운 마음을 지녔던 벗들은 이 누차하고 타락한 세상에 단 하나도 남아 있지 않을 것이라고 느낀다.

내가 일평생 가장 잘한 일은 식구들을 데리고 개운리 산골짜기로 들어온 것이다. 내가 두번째로 잘한 일은 개운리 산골짜기 밖으로 나가지 않은 것이다. 나갔다면 내 벗들이 그랬던 것처럼 옳은 뜻을 제대로 펴지도 못한 채 훼절하고 보도연맹 사건 같은 백색 테러에 어이없게 목숨을 버려야 했을 것이다. 소심한 자의 우연한 선택으로 일신을 지키고 분에 넘치는 자손을 얻고 일신의 기쁨을 누렸으나 제국주의와 자본주의의 악랄한 이빨과 발톱에 백수를 잃었다. 실로 통분하다. 억울하다. 나의 무력함이 뼈에 사무친다.

내 생의 마지막 순간에 내 아들은 내 곁에 없다. 서운하지 않다. 미안할 뿐이다. 나는 한때나마 착하고 순결한 아내를 의심했다. 아내에게 고백한 적도 내색한 적도 없지만 아내와 아들은 그것을 알았다. 그 의심이 어처구니없는 것임을 환하게 보여준 게 백수였다. 하찮은 내 목숨 열개와 바꾸어도 아깝지 않을 백수, 젊고 아름다운 그 아이의 죽음은 그 부당한 의심에 대한 벌이었다. 아, 평생의 후회로도 그 죄를 씻을 수 없구나. 슬프다. 슬프고 슬프구나.

내가 궁금해했던 것을 지금 곧 알게 될 것이다. 사람이란 죽을 때 등잔에 기름이 다해 불이 꺼지듯, 방 안의 전등이 꺼져 암흑에 잠기는 것처럼 의식이 스러지면 모든 것이 그만인 것인가. 그럴 것이다. 그러하리라. 내가 유물론자였음을 내 삶의 마지막 순간이 내게 입증해줄 것이다.

자 그럼, 사소하고 지루하게 길었던 나의 삶이여, 이만 안녕.

떠난 지 이년 만에 집으로 다시 돌아왔다. 나를 집에서 나가게 한 사람이 아버지였고 돌아오게 한 사람도 아버지였다. 떠나게 할 때 아버지는 살아 있었고 돌아오게 했을 때는 남긴 말이라고는 한 마디도 없이 저세상으로 먼저 떠난 뒤였다.

서울에서는 내가 할 수 있는 일이 없었다. 금희가 제 오빠가 월남에서 보내준 재봉틀로 일을 하고 돈을 벌어서 굶지는 않았다. 공장에 다니는 명희는 푼돈이라도 월급을 타와서 동생들 학비로 보탰다. 딸 농사는 잘 지은 셈이다. 딸들 덕분에 술도 마실 수 있었다. 술을 마시지 않을 수 없었다. 죽은 아들의 흔적이 남아 있는 고향집에서 도망쳐왔지만 서울에서도 죽은 아들 생각이 나기는 마찬가지였다. 맨정신으로는 견딜 수 없었다.

송충이는 솔잎을 먹고 누에는 뽕잎을 먹고 산다. 나에게 서울은 살 만한 곳이 아니었다. 좁아터진 곳에서 수많은 사람들이 복닥거리면서 아귀다툼을 벌이는 데가 서울이었다. 없는 놈들끼리 더 훔치고 못살수록 더 싸우고 서로 안된 처지에 서로를 욕하고 아프고 주리고 외롭고 힘들게 살았다. 서울은 무식한 내게도 너무도 노골적으로 느껴지도록 '물질이 주인인 세상'이었다.

마음에 드는 건 막걸리보다 훨씬 쉽게 취할 수 있는 소주뿐이었다. 고향에서는 농사일을 해서 몸이 힘들어진다는 이유로 술을 마셨는데 일을 하지 않아도 되니 오로지 술 마시는 게 일이 되어 술은 점점 더 늘었다. 내 나름대로는 덜 마시기 위해 술심부름시킬 때 소주를 한병씩만 사오게 했는데 다음 날 술이 깼을 때 몇번이나 술심부름을 시켰는지 잘 기억이 나지 않았다.

죽은 아들의 목숨값으로 얻은 재봉틀에서 나온 돈으로 술이나 처먹는다는 생각을 안한 건 아니다. 사지육신 멀쩡한 인간이, 고향에서는 상농사꾼으로 알려진 사내놈이 매일 술 처먹고 자빠져 자다가 동네 건달들 내기장기 구경이나 하면서 길거리에 앉아서 허송세월하는 게 한심하지 않았던 것도 아니다. 어쩌다 내기장기를 둬서 고물 자전거를 하나 딴 적이 있었는데 그 자전거를 타고 낯선 길을 이리저리 돌아다니며 많은 사람 보고 이야기도 듣고 사는 것도 보고 웃기도 하고 욕도 하고 그랬다. 내가 왜 여기서 이러고 있나, 나는 누군가 하는 생각을 많이 했다. 나중에 생각해보니 그게 공부 같은 거였다. 마음의 상처를 치료해보려고 한 거였다. 하루 이틀도 아니고 이년을 매일 술 처먹고 공부 비슷한 걸 하다보니 아버지가 서울에서 공부를 했을 때 무슨 생각을 했을지 짐작이 갔다. 서울에서는 사는 것 자체가 일이었다. 보통 일이 아니라 큰일이었다.

공부를 못하는 놈은 일이라도 배우고 기술이라도 있어야 먹고 산다. 공부는 어지간히 잘해서도 안된다. 백수처럼 처음부터 끝까지 1등을 해야 공부를 계속할 자격이 있다. 그런데 공부하고는 영 담을 쌓은 것 같던 만수 그 녀석이 나한테는 말도 안하고 고등학교 입학시험을 봤다고 했다. 금희가 뭐가 잘못 씌었는지 만수 공부는 제가 두배 세배로 일을 하더라도 꼭 시키겠다고 바락바락 고집을 세웠다. 금희가 만수하고 같이 어디를 가더니 집에서 버스를 두번이나 갈아타야 하는 곳에 있는 공업전문학교에서 합격증을 받아왔다. 일반 고등학교처럼 삼년도 아니고 고등학교 과정 삼년에 전문학교 과정 이년 해서 오년이나 다녀야 졸업하는 학교라고 했다. 이것들이 다 미쳤나 싶었다. 그때 아버지가 돌아가셨다는 소식이 오지 않았으면 절대로 그 망할 놈의 학교는 못 가게 했을 것이다.

장례 치르러 고향 집에 내려오는 버스 안에서 쪼르르 앉아 있는 오남매를 보니 내가 무능력하다는 게 실감이 났다. 아버지 장례가 끝나고 나면 내가 다시 서울 가서 살 것 같지도 않았다. 만수가 오년제 학교를 졸업하기까지 학생이 셋인데 서울서 좀 사는 집도 감당하기 버거울 것이 뻔했다. 한마디만 했다.

—집으로 안 돌아올 거면 이제 너희 사는 건 너희끼리 알아서 해라. 나는 모르겠다.

집에 왔더니 아버지는 돌아가실 때 그대로 병석에 누워 있었다. 내가 와야 장례 절차를 진행할 수 있다고 어머니가 고집했기 때문이었다. 아버지는 시골에 살면서도 방 안에서만 생활을 했으니 얼굴이며 손발이 언제나 희었다. 백발에 수염까지 하얀 아버지는 생각보다 자그마했다. 내 손발을 내려다보니 이태를 농사와는 담 쌓고 살았는데도 곰 발바닥처럼 시커멓고 커다랬다. 결국 나와 아버지는 평생 물과 기름처럼 서로 겉돌았구나 하는 생각이 들었다. 동네 사람들이 멍석이며 병풍, 그릇 같은 걸 들고 모여들어 포장을 치고 고복을 하는 식으로 도와주고 해서 비로소 초상집 모양을 갖추었다. 상주인 내가 문상객들 사이에 앉아 술이나 마시고 그리 덤덤하게 있으니 마누라도 아이들도 내 눈치를 볼 뿐 크게 소리 내

통곡도 하지 못했다. 허리가 굽은 어머니만 아버지가 불쌍한 양반이라고 되뇌면서 내내 눈물을 훔쳤다.

입관을 하기 전에 찬바람이 코와 입으로 밀려들고 머리 꼭대기가 쭈뼛쭈뼛하더니 온몸의 털이 곤두서면서 취기가 싹 달아났다. 마치 저승차사나 귀신이 집 안에 들어서기라도 한 것처럼 냉기가 돌았다. 해골이나 다름없이 비쩍 마른 아버지의 얼굴에서 감긴 눈 주변이 유난히 크게 보였다. 그것 말고는 아버지의 얼굴에는 눈에 띌 만한 게 아무것도 없었다. 그저 멀리서 바라보는 땅처럼 솟고 꺼지고 평평하고 갈라지고 합쳐진 흔적이 남아 있는 자리일 뿐이었다. 아버지에게 글자 하나 배우지 않은 내게도 '없을 무(無)'라는 글자가 떠올랐다. 없을 무, 없을 무, 없을 무…… 한때 있었지만 지금은 없는 것. 무, 무, 무, 무, 무. 무슨 주문처럼 '무'라는 한 글자가 내 입속에 가득 찼다. 쇠죽 끓는 가마솥처럼 입속에서 무의 거품이 부글부글 끓는 기분이었다. 이제 없는 나의 아버지, 이제 없는 나의 아들…… 갑자기 눈물이 쏟아졌다.

아버지와 나의 공통점이 있었다. 우리는 모두 맏이였다. 그리고 맏이를 잃었다. 아버지와 나는 같았다. 황소울음 같은 소리가 내 목을 타고 올라왔다. 나는 무릎을 꿇고 엉엉 울었다. 죽은 아들이 내 몸속에서 같이 우는 것 같았다. 옆에서 엎드리고 있던 만수가 따라 울기 시작했다. 만수의 울음은 온 식구가 소리 높여 울게 하는 신호가 되었다. 울음과 눈물로 집이 떠나갈 듯했다.

사건이 일어난 건 복도에 놓인 고무나무 화분 때문이었다. 그 화분이 복도의 창틀에 놓여 있었던 게 얼마나 되었는지, 왜 가져다놨는지 아무도 몰랐다. 누군가 복도를 지나가면서 연필 깎는 칼의 날끝으로 고무나무의 넓적한 잎사귀에 줄 서너개를 그어놓았다. 생명체인 고무나무는 표면이 벌어지며 다친 부위를 치유하기 위해 끈끈한 즙액을 분비했고 거기에 묻은 먼지 때문에 원래 그어진 실금보다 더 눈에 띄었다. 자극을 받은 다른 누군가가 그보다 더 굵은 금을 그었다. 고무나무는 더 큰 상처로 반응했다. 그런 식으로 십여번의 칼질이 고무나무 잎사귀에 가해졌다. 그 모습이 마침내 복도를 지나던 담임의 눈에 띄었다. 종례시간에 광을 낸 군화를 신고 빳빳이 줄을 세운 군복을 입고 다이아몬드 세개가 달린 계급장을 단 채, 광량에 따라 렌즈의 빛깔이 검게 변하는 첨단기술이 적용된 미제 안경을 쓰고 교실로 들어온 그는 처음에는 재미있는 장난감을 발견한 아이 같은 표정이었다.

—복도 창틀에 있는 죄 없는 고무나무에 누가 칼질을 해댔다. 고무나무는 곧 죽을지도 모른다. 이런 근거 없는 악랄함에 대해 나는 선생으로서뿐 아니라 한 인간으로서 도저히 이해할 수가 없다. 내가 가르치는 학생 중에 이런 놈이 있다는 게 수치스럽다. 하지만 나는 교육자다. 왜 그랬는지 동기에 대해 알고 싶고 어떻게 그렇게 마음보가 비뚤어질 수 있는지 이해를 해보고 싶다. 오해가 있다면 풀고 싶다. 누가 그랬나. 나와라. 열 셀 때까지 나오면 용서해주겠다.

담임은 우리를 죽 둘러본 뒤에 숫자를 세기 시작했다. 하나, 둘, 셋, 넷, 다섯…… 열을 셀 때까지 누구도 나서지 않았다. 담임은 다시 목소리를 낮춰 이야기하기 시작했다.

—나는 월남전에 소대장으로 참전했다. 바로 너희처럼 제가 한 일에 책임을 지지 않는 비겁한 놈들이 월남을 공산도배의 손에 넘겨준 것이다. 미군의 최신식 씩스틴 소총으로 총알 이만발을 쏴서 베트콩 한명을 잡았다는 통계가 있다. 총알 이만발에 베트콩 한마리. 대가리를 꿩처럼 밀림 바닥에 처박고 하늘로 총질을 해댔다는 거지. 그게 바로 너희의 아버지, 형, 아저씨들이 월남 가서 한 짓이다. 내가 권총을 뽑아들고 돌격 앞으로, 하면 삼분의 이는 겁에 질려서 바닥에 납작 엎드렸다. 나는 그런 놈들 엉덩이에 불이 붙도록 기관총을 쏴붙이라고 명령했다. 그러니까 죽을 둥 살 둥 앞으로 기어나가더구만. 그토록 너절한 게 인간이더라 이 말이다. 너희들은 사춘기를 통과하는 중이다. 사춘기에는 자신의 충동을 조절하기가 굉장히 힘들다. 나도 겪어봐서 다 안다. 나는 너희를 제자로, 내가 담임하는 반의 제자로 믿고 사랑한다. 일시적인 욕구불만이 너희를 그렇게 만들 수 있다. 하지만 이런 일이 반복되는 건 용납할 수 없다. 잘못을 알고도 같은 일을 저지르면 그건 교정이 필요하다. 댓가를 치러야 한다. 그러니 모르고 처음 그랬다면 죄를 묻지 않겠다. 손을 들어라. 누가 그러는 걸 본 사람도 마찬가지다. 손을 들어라. 손을 들어서 말하면 용서해주겠다. 다들 눈을 감는다. 이번에는 일곱을 세겠다. 손을 들어라. 눈 감는다. 하나, 둘, 셋……

복도는 누구나 지나갈 수 있었고 고무나무에 상처를 내는 건 전교생 누구나 가능했다. 담임이 왜 하필 우리 반에 범인이 있다고 자수를 하라는 건지 알 수 없었다. 자신이 담임을 맡고 있는 아이들을 믿고 사랑한다면 오히려 다른 반에서 범인을 찾는 게 맞지 않을까.

교련 교사인 담임은 원래 지방의 다른 학교에서 갑자기 만들어진 한문 과목도 같이 가르친 적이 있다고 했는데 지루한 교련시간에 공고생들에게 자신의 한문 실력을 자랑하느라 일주일에 세시간짜리 교련시간을 서른시간인 것처럼 만들기도 했다. 가령 학교가 있는 언덕 가리산동(加里山洞)은 그의 검은 손가락에 쥐어진 분필에 의해 '痂痢疝洞'으로 표기되고 '동네가 워낙 더럽고 비위생적이라서 옴, 설사, 허리앓이 같은 질병이 만연하기 때문'이라는 설명이 더해졌다. 주번이던 김만수의 이름에 대해서는 "네 이름을 지은 사람이 누군지 몰라도 정말로 단순무식하거나 무성의하구나. 만수무강(萬壽無疆)에서 앞 두 글자를 땄으니까. 네 동생 이름은 무강이냐, 요강이냐. 이름 때문에 네 팔자에 걱정이 많겠으니 네 호를 만가지 근심 걱정이라는 萬愁로 하여라" 하기도 했다.

그런 사람이 웬 고무나무 하나 가지고 그렇게 유난스럽게 그러는지 이해가 가지 않았다. 온갖 콤플렉스를 다 가지고 있는 그에게 무슨 다른 기분 나쁜 일이 있었고 고무나무는 그의 눈에 우연히 띈 화풀이용 연료였을 뿐이었다. 그런 생각을 하는 건 나뿐은 아니었을 것이다. 모두들 생각하느라 바빠서 그런지 아무도 손을 들지 않았다.

—눈 떠라.

눈을 뜨자 담임은 군모를 벗어서 교탁에 팽개치고 있었다.

—나는 너희를 믿고 사랑한다고 말했다. 순순히 자신의 잘못을

인정하고 다시는 그렇게 하지 않을 거라고 했다면 그냥 지나갔을 일이다. 그렇지만 지금 나는 인간적으로 배신감을 이길 수가 없다. 오늘 범인이 나올 때까지 아무도 집에 못 간다. 반장, 문 잠가라.

담임은 의자를 가져와 앉더니 입에 게거품을 물고 이야기를 늘어놓기 시작했다.

— 태어날 때부터 싹수가 노란 인간들은 교육만으로 고칠 수 없다. 가정교육 개판, 학교 개판, 사회 개판이니 선생이 아무리 애를 써서 가르쳐봐야 학생이 개보다 좀 낫기나 하면 다행이다. 사실 교사들 역시 수준 차이가 너무 난다. 군 장교 출신인 나 같은 사람 입장에서 객관적으로 볼 때 후진국인 우리나라는 최상의 교육을 받은 군인들이 국가의 엘리뜨로서 국민과 자라나는 세대의 교사 역할을 제대로 할 수 있다. 우리 군인들만이 신라 화랑과 이충무공을 이어 호국선무정신으로 나라를 지키고 경제를 건설하면서 썩어빠진 정치와 사회의 환부를 도려내왔다. 단적인 예로 지금의 교원 양성 씨스템은 너무나 비효율적이고 서울 등 대도시 교원 충원 방식도 이랬다저랬다 하며 믿을 수가 없다. 도대체, 도대체는 한자로 都大體로 쓴다마는, 교무실에서 내 말을 알아듣는 사람을 못 봤다. 그런 교사들한테 교육을 받으니 너희 수준도 어차피, 어차피 또한 한자이니 於此彼로 쓴다, 개판을 못 벗어나는 것이다. 변두리 삼류 똥개들의 난장판 말이다. 너희가 이 학교를 졸업하고 서울 사대문 안에 있는 고등학교 출신, 아니 그냥 이 동네 아닌 데에 있는 공고, 상고 출신만 만나봐도 내 말이 무슨 의미인지 실감을 하게 될 거다.

아이들은 몸을 뒤틀면서도 어찌할 수 없이 늘 하던 것처럼 개소리, 잡소리, 잔소리 종합세트를 듣고 있었다. 다른 반 아이들이 수업 끝나고 우리 반을 들여다보고는 실실 쪼개면서 지나갔다. 억울했다. 게다가 나는 과외학원을 가야 했으므로 마음이 급했다. 그 과외학원은 근처의 실력있는 교사들이 비밀스럽게 만든 것으로 공고, 상고에서 상위 십 퍼센트 이내의 아이들을 모아 국, 영, 수 세 과목을 집중 지도했다. 동일계 전형으로 사년제 명문 대학에 갈 수 있으리라는 기대를 품고 있는 아이들은 철저하게 비밀을 지키는 만큼이나 시간도 엄수했다. 담임은 그런 학원에 대해서는 전혀 모르고 있을 것이었다. 아니, 알게 되어서 기분이 나빠 고무나무를 걸고넘어지면서 학원에 못 가게 하는 것일 수도 있었다.

—아, 정말 개떡 같네. 학원 수업 한시간에 돈이 얼만데.

나도 모르게 그런 말이 새나왔다. 두 줄 앞에 앉은 김의성이 손을 들었다.

—뭐야, 너였어?

의성은 뒤통수를 긁적거리며 “오줌이 겁나게 마려워서라. 터질라 한당께요” 했다. 담임의 입가에 비웃음이 스쳐갔다.

—뭐, 오줌? 또 오줌 마려운 사람?

그러자 몇몇이 자신 없게 손을 들었다. 담임은 자리에서 벌떡 일어섰다.

—그 자리에서 싸도 좋다. 범인이 나오기 전에는 못 간다.

“아, 씨, 정말” 하고 여기저기서 불평이 터져나왔다. 하나는 범인 색출을 한답시고 억지를 쓰는 담임에게 향한 것이었고 하나는 누군지 모를 범인을 향한 것이었다.

—나는 너희들의 담임선생으로서 종례시간을 내 맘대로 할 수 있는 권한이 있다. 불만이 있으면 내 반을 떠나라. 단, 한번 저 문을 나가면 나간 사람 마음대로 다시 돌아올 수 없다는 것을 알려주는 바이다. 나는 또한 담임으로서 너희들이 올바른 심성을 가지고 공부할 수 있도록 환경을 만들어줄 의무도 있다. 누구도 내 권한과 의무를 침해할 수 없다. 나는 내가 할 수 있는 만큼, 하고 싶은 대로 하겠다. 하지만 지금 당장 자수를 하면 이 시간부로 모든 상황은 끝이다. 군인은 한번 입에 담은 말은 목에 칼이 들어와도 지킨다. 너희도 학생 신분이긴 하지만 교련을 받고 있으니만큼 나라가 위급하면 언제든 최전방으로 불려나가서 나라를 위해 목숨을 바칠 준비가 되어 있다는 점에서 현역군인이나 똑같다. 자, 군인답게 나와라.

마침내 아이들 사이에서는 "네가 그랬잖아" "너 나가" 하는 식의 이야기가 나오기 시작했다. 그런데 신음 소리가 났다. 임영동이었다.

—아 정말, 나 쌀 것 같애. 싸겠어.

내가 고개를 돌리지도 않은 채 대꾸했다.

—앉아서 싸래잖아.

다시 신음이 들렸다.

—순창아, 이건 진짜라고. 오부지게 큰 거야. 무지 굵은 놈이 밀고 내려온다. 지금 당장 가라고 해도 가다가 쌀 거 같다. 못 참겠어. 정말.

그때 만수가 손을 번쩍 쳐들었다. 담임이 반응을 보이지 않자 아예 손을 든 채 자리에서 일어섰다.

—뭐야? 만사가 걱정인 놈.

—선생님, 사실은 내가 그랬습니다.

—뭐야? 선생님한테 말을 할 때는 내가가 아니라 제가라고 하는 거다, 이놈아. 다시 해!

만수는 떠듬떠듬 말했다. 커다란 앞니를 드러내고 웃으면서.

—선생님, 제가 그랬습니다.

—뭘?

—제가 고무나무에 제도칼로 금을 그었습니다.

—왜 그랬어?

—그다음에는 어떻게 되나 궁금해서 그랬습니다.

—나와, 개자식아.

—예?

—나오라고, 이 개새끼야. 사람 말이 말로 안 들려?

하지만 담임은 만수가 나오기까지 기다리지 않았다. 만수가 있는 자리까지 군홧발을 쿵쾅대며 달려왔다. 엉거주춤 서 있던 만수의 배를 담임의 정권이 강타했다. 헉, 하고 쓰러지는 만수의 턱에 강력한 어퍼컷이 꽂혔다. 고개가 공중으로 들어올려졌다가 풀썩 주저앉는 만수의 등짝에 팔꿈치 가격에 이어 발뒤꿈치 공격이 가해졌다. 그런 동작을 할 때마다 담임은 말을 한마디씩 절도있게 끊어 이유를 설명했다.

—그러니까, 내가, 진작에, 나오라고, 했잖아, 새꺄, 좋은, 말로,

할 때, 용서해, 준다고, 했을 때, 나올 것이지. 사람 말이, 말 같지 않냐, 개놈의, 새, 끼.

만수는 교실 바닥에 완전히 뻗어 의식을 잃은 것처럼 움직이지 않았다. 바지의 허벅지 부위가 제주도 크기만 하게 잿빛으로 물들더니 이어 한반도 모양으로 젖은 부분이 넓어져갔다. 앞으로 넘어지면서 앞니가 부러져서 이를 해넣어야 했는데 담임은 치료비를 한푼도 대주지 않았다.

며칠 뒤 고무나무 화분은 누군가에 의해 잎이 조각조각 잘려 토막이 나고 창 너머로 내던져진 뒤 교무실 뒤편 시멘트 바닥에 떨어져 박살이 났다. 만수의 짓이 아니라는 것을 모두 알고 있었다. 담임은 난도질을 당한 채 뿌리째 뽑힌 고무나무를 보고도 아무 말 하지 않았다. 만수에 대해서도, 만수가 무슨 일을 하든.

새벽에 깼다. 머리가 깨질 것처럼 아팠다. 아랫도리가 척척했다. 오줌을 싼 것이었다. 부끄러움도 혼날 걱정도 머리 아픈 것 때문에 날아가버렸다. 머리에 금이 가고 그 금 사이로 가시 달린 철조망이 파고드는 것 같았다. 너무 아파서 참을 수가 없었다. 울었다. 엄마, 언니, 할머니를 찾고 할아버지, 부처님, 하느님을 다 찾았다. 아파서 숨이 넘어갈 것 같았다. 얼마나 오래도록 울었는지 몰랐다. 내 울음소리가 얼마나 시끄러웠는지 만수 오빠가 다락에서 계단을 타고 내려왔다.

—옥희야, 왜 우니? 언니들이 잠을 자야 일하러 가고 오빠들도 학교 가서 공부한다. 이쁘고 귀여운 네가 울면 쥐도 새도 잠을 못

잔다.

만수 오빠가 나를 달래려 했지만 나는 울음을 그칠 수 없었다. 누군가 사금파리로 내 머릿속을 사각사각 긁어대고 있었다.

—너 맞고 싶어? 빨리 뚝 그쳐, 그치라고.

석수 오빠까지 내려와서 내 눈앞에 주먹을 들이댔다. 그러더니 부엌문을 열고는 밖으로 나가다가 계단에서 바닥으로 굴러 넘어졌다. 냄비 뚜껑이 와장창 소리를 내며 날았다. 석수 오빠는 "이이 쒸이" 하고는 부엌에서 바깥 복도로 향한 문을 열더니 밖으로 나가버렸다.

—이상하다. 일어나봐라, 옥희야. 일어나.

만수 오빠가 소리를 질렀다. 나는 몸을 일으켰다. 일어나려고 했다. 하지만 낙지 같은 연체동물이 된 것 같았다. 팔다리에 힘을 줄 수가 없었다. 만수 오빠가 내 겨드랑이에 손을 넣고 나를 일으켜세웠다. 부엌문을 발로 차서 틈을 벌린 뒤 밖으로 나갔다. 만수 오빠는 내게 어서 신선한 공기를 들이마시라고 말했다. 나는 가죽나무 아래 맨드라미 줄기가 남아 있는 화단 옆에 앉아서 숨을 들이마셨다 내쉬었다 했다. 살을 꼬집어도 아프지 않았다. 백번쯤 숨을 크게 들이마셨다 내쉬자 정신이 조금 돌아오는 것 같았다. 만수 오빠는 석수 오빠를 향해 괜찮으냐고 물었다. 석수 오빠는 자신에게 신경 쓸 거 없다고 욕하며 화를 냈다. 석수 오빠는 침을 질질 흘리고 있었다. 만수 오빠는 가만히 뭔가를 생각하더니 소리를 쳤다.

—가스다. 연탄가스다. 가스! 가스! 아, 누나들, 누나들!

만수 오빠는 다시 방으로 뛰어들어갔다. 쿵쾅거리는 소리가 나더니 빨간 플라스틱 쓰레기통이 먼저 굴러나왔다. 이어 만수 오빠가 속옷만 입은 큰언니를 들쳐업고 나왔다.

—석수야, 석수야!

만수 오빠가 작은언니를 업고 나오라고 석수 오빠에게 시켰지만 석수 오빠는 들은 척도 하지 않았다. 만수 오빠는 내 발밑에 큰언니를 눕히고는 다시 방으로 뛰어들어갔다. 축 늘어진 작은언니가 만수 오빠의 등에 업혀 나왔다. 작은언니는 간간이 신음 소리라도 내고 있었지만 큰언니는 죽은 사람처럼 아무런 소리도 내지 않았다. 두 언니의 얼굴은 백지처럼 하얬다. 그때 주인집의 마루 불이 켜지더니 주인 남자가 잠옷 바람으로 나왔다.

—허이구, 또 가스를 먹었구만. 병원에 빨리 데리고 가야지. 학생, 들고 뛰어, 빨리. 살리고 싶거든.

만수 오빠는 주인 남자를 향해 고개를 꾸벅하고는 작은언니를 업은 채 철대문을 지나 밖으로 달려갔다. 나는 주인 남자의 팔을 잡고 매달렸다.

—아저씨, 우리 언니 좀 살려주세요! 언니 좀 병원에 데려다주세요!

주인 남자는 고개를 저었다.

—그렇게 말만 한 처녀를 어떻게 업고 가라고. 나는 군대 시절에 허리를 다쳐서 디스크가 있어. 여기서 걸어서 십분만 가면 병원 있으니까 병원 가서 조수라도 불러와. 하도 가스를 많이들 먹으니까 새벽에도 병원은 돌아가지. 근데 왜 벌써 방에 불을 넣은 거야? 그렇게 춥지도 않은데. 돈들이 썩어나나. 연탄값이 얼마나 올

랐는데.

석수 오빠는 작은언니가 전날 아침에 공장 가기 전에 머리를 감고 나가야 한다면서 연탄을 새끼줄로 꿰어 두개만 사오라고 했다고 대답했다. 연탄밥을 해 먹는 커다란 냄비에 물을 가득 넣고는 연탄 화덕에 올려놓았다고도.

—냄비의 물이 끓어서 넘쳐가지고 연탄불이 꺼진 거야. 다 꺼지지는 않고 반만 꺼지면 가스가 무지하게 나오지. 그렇게 목숨을 걸어가면서 머리를 꼭 감아야 되나?

그렇게 말하는 주인 남자의 눈이 이상했다. 속옷 바람인 큰언니를 음흉하게 훔쳐보고 있었다. 나는 석수 오빠를 향해 어떻게 좀 해보라고 소리를 질렀다. 석수 오빠는 자기가 뭘 어떻게 하느냐고 마주 소리쳤다. 주인 여자가 밖으로 나왔다. 무슨 구경이 났느냐고 하면서 남편의 등을 밀어서 안으로 들어가라고 하고는 입고 있던 스웨터를 여미며 말했다.

—다 큰 계집애들이 어떻게 그렇게 부끄러운 걸 몰라? 홑이불이라도 씌워주지 않고.

내가 홑이불을 꺼내와서 큰언니에게 덮어주고 나서 조금 있다가 철대문에서 덜커덩덜커덩 소리가 났다. 문이 잠긴 것이었다. 문을 열자 땀투성이가 된 만수 오빠가 뛰어들어왔다.

—옥희야, 석수야! 너희도 나 따라와!

만수 오빠는 힘겹게 큰언니를 들쳐업고는 달리기 시작했다. 나는 아무런 힘이 없이 팔다리를 출렁대며 자꾸 아래로 떨어져내리는 큰언니를 떠받치며 뒤따라갔다. 석수 오빠도 징징 우는 소리를 내면서 따라왔다. 새벽부터 일을 하러 가는 사람들이 우리를 돌아보았다. 많이 보아온 일이라는 듯 놀라는 기색이 없었다.

병원 입구에는 '가스중독 전문 치료 고압산소통 보유 24시간 운영 중'이라는 붉은 글자가 적힌 간판이 희게 빛나고 있었다. 다섯 개의 계단을 올라가야만 병원 문에 닿을 수 있었다. 만수 오빠는 힘이 빠진 기색이 역력했다. 큰언니를 놓치는 바람에 두사람 모두 계단에서 굴렀다. 큰언니는 계단에 부딪혀 얼굴이 까지고 멍이 들었는데도 정신을 차리지 못했다. 병원 안에서 흰 가운을 입은 남자가 나와서 큰언니를 안으로 데리고 들어갔다. 고압산소통이 들어 있는 방 앞에 긴 나무의자가 놓여 있었고 거기에 작은언니가 기대져 있었다.

—오빠, 명희 언니 왜 아직 저기 있어? 왜 안 들어갔어?

내가 묻자 만수 오빠는 땀으로 범벅이 된 얼굴로 말했다.

—산소통이 하나밖에 없단다. 두사람 중에 가스를 많이 마신 사람을 먼저 넣어야 한다고 해서 일단 놔뒀다.

그때 가운 입은 남자가 와서 말했다.

—부모님은 없어? 시골? 거긴 전화도 전혀 안돼? 너 몇살이야? 고등학생이야? 둘 다 네 누나들 맞지? 누구를 먼저 집어넣을래?

만수 오빠는 남자에게 물었다. 둘 다 치료할 수는 없는 거냐고. 남자는 고압산소 탱크가 두개 있는데 이미 다른 사람이 하나 들어가 있다고 고개를 저었다. 그럼 한사람은 넣고 남은 사람은 다른 병원에라도 데려가야 하지 않겠느냐고 하자 연락을 해봤는데 근처에 있는 병원은 다 찼다고 하는 것이었다. 그날따라 이상하게 가스

중독 환자가 많다, 병원 근처 다른 집에서도 가스중독 환자가 발생했다고 연락이 왔는데 데리러 갈 수가 없다고 했다.

—빨리 결정해. 가스 먹고 뇌에 산소가 부족한 상태로 오래 가면 깨어나도 후유증 때문에 사람 구실 못하니까.

만수 오빠는 나와 석수 오빠에게 어떻게 하면 좋겠느냐고 물었다. 큰언니는 마음씨가 착하고 제일 어른이었다. 엄마처럼 우리를 먹여주고 재워주고 보살펴주었다. 하루 종일 앉아서 재봉일을 해서 번 돈으로 살림을 꾸려나갔다. 작은언니는 똑똑해서 내게 공부도 잘 가르쳐주고 공장에 나가 우리 학비를 벌어왔다. 큰언니는 결혼을 하고 우리를 떠나갈 날이 얼마 안 남았다. 작은언니는 공무원 시험을 준비하고 있었는데 언젠가 시험에 합격하면 나를 대학에 보내줄 거라고 말했다. 큰언니는 형부가 될 사람이 외동아들이라서 결혼을 하면 형부가 우리를 잘 돌봐줄 것 같았다.

—빨리 정하라니까. 지금 너희 뒤에도 사람들 줄 섰어.

석수 오빠는 작은언니를 먼저 넣어야 한다고 했다. 자기한테 잘해줬으니까. 나는 큰언니를 살려야 한다고 했다. 만수 오빠가 울면서 큰언니를 선택했다. 그래서 고압산소 치료 탱크에 늦게 들어가게 된 작은언니는 평생 침을 흘리고 숫자도 제대로 못 세는 바보로 살게 되었다. 그렇게 똑똑하던 명희 언니, 해와 달처럼 빛나던 작은언니가.

"작은누나요, 미안하다. 미안해요. 정말 미안합니데이. 누나요, 누나요, 누나요."

만수 오빠는 큰언니가 고압산소 탱크에 들어가고 난 뒤 석고상처럼 하얗게 굳어버린 작은언니를 붙들고 몸부림치며 엉엉 울었다.

솔직히 남자 고등학생이 어릴 때부터 한번도 가지 않던 교회나 성당의 주일학교에 간다고 할 때는 한가지 목적밖에 없는 거다. 남학생, 여학생이 떳떳하게 일주일에 한번 이상 만나고 가끔 산이나 들로 야유회도 가고 방학 때면 하계수련회 같은 걸 갈 수 있어서다. '남녀칠세부동석'이 금과옥조처럼 적용되던 조선시대도 아닌데 대한민국의 교육과정에 따르면 중고등학교에 다니는 육년 동안 남자 여자 따로 지낼 수밖에 없게 되어 있었다. 주일학교는 그나마 숨을 쉴 수 있게 이성교제라는 숨구멍을 열어놓은 것 같았다. 안 그랬다가는 욕구불만인 아이들이 어떤 식으로라도 터져버릴 테니까.

그래도 혼자서 교회 문을 밀고 들어가 합창 연습을 하는 찬양대에 가서 주일학교가 어딘지 물어보고 주일학교 교실까지 들어가서 신청을 하기까지는 직접적이고 강력한 동기가 필요했다. 내게는 그게 박인혜라는 같은 나이의 여고생이었다.

인혜는 우리 동네에서 제일 부자인 새마을금고 이사장 딸이었다. 이사장은 그전에 갑자기 서울로 편입된 지역의 땅부자였고 공단 배후지가 된 그 땅에 '벌집'을 수십채 지어서 파는 집장사를 했다. 벌집으로 동네가 거의 꽉 차게 되자 알짜배기 벌집 십여채에서 나오는 수입을 바탕으로 나중에 새마을금고가 들어가는 오층짜리 빌딩을 지었다. 마침내 그는 우리 동네에서 손꼽히는 부자이자 유지가 되었다.

하지만 그는 땅 투기로 졸부가 된 사람들과는 여러모로 차이가 났다. 그는 자신이 남들에게 날림으로 지어서 팔아먹은, 지은 지 일 년도 되지 않아서 줄줄이 금이 가서 위로는 비가 새고 아래로는 연탄가스 중독자가 속출하는 '단기속성 주택'이 아닌, 담쟁이덩굴이 벽을 타고 오르는 이층 벽돌집을 지었다. 드넓은 뜰에 만발한 꽃이 내다보이는 거실에서 인혜가 피아노 레슨을 받으며 연주하는 「언덕 위의 하얀 집」 같은 곡에 어울리는 행복한 가정을 건설했다. 일요일이면 앙증맞은 양복을 입고 머리를 기름으로 발라 넘긴 아들, 공주처럼 성장한 딸을 기사가 운전하는 검은 자동차에 태워서 교회에 갔다. 교회 맨 앞줄에서 온 가족이 소리 높여 찬송가를 불렀고 십일조도 꼬박꼬박 내서 목사님의 축복을 받았다. 크리스마스나 부활절에는 가난한 사람들이 달걀과 우유, 빵, 과자를 나눠 가져갈 수 있도록 특별헌금을 했다. 소문이 나서 많은 신도가 몰려왔다. 인혜 또한 교회에 남학생들이 몰려오게 만들었으므로 부녀가 교회의 부흥에 지대한 역할을 한 셈이었다.

인혜 때문에 교회에 온 남학생 가운데 그 누구도 철옹성처럼 단단한 그 가족끼리의 결속을 뛰어넘어 인혜에게 말을 건네보지 못했다. 인혜의 한살 아래 남동생 인철은 복싱 도장에 나가서 권투를 배웠는데 웬만한 동네 깡패 수준의 싸움 실력을 갖춘 채 어설픈 도전자가 자신의 누나 주위를 배회하는 것을 철저하게 감시했다. 인혜 자신이 이성(異性)이라면 목사라 할지라도 최대한 거리를 두었고 고고한 아름다움과 냉철한 지성을 강력한 방어벽으로 삼고 있어서 우리들로서는 그저 인혜를 가끔이라도 볼 수 있다는 것 자체를 고마워할 뿐이었다. 그런데 바로 그 완벽한 박인혜와 멍텅구리 김만수가 오누이처럼 다정하고 가까운 사이라니 놀랄 수밖에 없었다.

주일학교에 들어가 처음 맞는 크리스마스에 나는 교회 내부의 성탄목에 솜과 별, 초를 장식하기 위해 만수가 잡고 있는 사다리를 타고 올라가는 인혜를 보았다. 다른 아이들은 감히 근처에 갈 생각도 하지 못하고 멀찌감치 서 있었다. 긴 교복 치마에 스타킹을 신었을망정 자칫하면 무릎 위쪽이 들여다보일 수 있는 인혜를 올려다볼 엄두를 내지 못했을 것이다. 하지만 두사람은 뭐가 그렇게 좋은지 하하하, 호호호 하면서 볶은 깨가 쏟아지는 소리를 내가며 성탄목 장식을 도맡아 해냈다.

만수는 같은 동네에 살고 같은 중학교에 다니기는 했지만 중학교 졸업할 때까지 말 한번 나눌 가치가 없는 멍청한 놈이라고 나는 생각했었다. 중학교 졸업하고 만수는 제 성적에 맞춰서 오년제 공전으로 가고 나는 서울 시내에 있는 공동학군의 인문계 고등학교로 갔으니 더이상 만날 일도 없었다.

하지만 만수에게는 그놈과 전혀 안 어울리게 예쁜 누나가 있었다. 연탄가스를 먹고 돌고래 수준인 아이큐 80의 바보가 된 명희누나. 헤픈 웃음에 침과 콧물을 줄줄 흘리면서 뻗정다리로 동네를 다닌다고 해도 예쁜 건 예쁜 거였다. 그 누나가 하루아침에 바보가 된 뒤로도 교회는 계속 다녔는데 거기에 남동생 만수가 동행했다. 인혜를 만나기 위해 나는 녀석에게 접근했고 몇번 만나지 않아서 세상에서 제일 친한 사이처럼 여겨지게 만들 수 있었다. 나는 만수에게 어떻게 인혜와 그렇게 가까워질 수 있었는지 물었다.

—인혜는 작은누나하고 교회에서 만나서 친해졌어. 지금도 일요일마다 집에 와서 놀고 가곤 한다.

만수에게서 직접 확인한 사실은 나를 더 큰 충격에 빠뜨렸다. 인혜는 일요일 예배가 끝나면 거의 반드시 만수의 집에 들렀다 가는데 갈 때는 그냥 가는 법이 없이 꼭 교회 앞에 있는 빵집에서 귤, 호빵, 카스텔라 등등을 사들고 가서 나눠 먹는다고 했다.

만수 큰누나의 분석에 따르면 인혜는 원래 외로운 아이였다. 부모 잘 만나 행복한 가정에서 그늘 하나 없이 성장했고 공부 잘하고 책을 많이 접해 교양이 넘치고 똑똑하며 누구보다 예쁘기까지 한데 실은 그렇게 완벽하다는 게 그녀를 다른 사람으로부터 멀어지게 만들었다는 것이다. 그녀가 교회 주일학교에 나간 것도 사실 다른 아이들과 교회라는 건전한 울타리 안에서 사귀어보고 싶어서였다. 하지만 다른 아이들과 친해질 수 없기는 마찬가지였다. 아니, 그녀의 부모와 가족이 가지고 있는 교회 안에서의 위상이 오히려 일반적인 아이들과 인혜 사이를 갈라놓았다. 그런 인혜에게 스스럼없이 접근해 말을 걸고 솔직하게 예쁘다, 귀엽다고 말해준 사람이 만수의 작은누나였다. 명희 누나와 인혜는 곧 친자매처럼 가깝게 지내는 사이가 되었다.

그러던 중에 갑자기 명희 누나가 연탄가스에 중독되어 죽을 뻔하다 깨어난 뒤부터 명희 누나가 교회에 모습을 나타내면 인혜가 함께 집으로 갔다. 그들은 친한 오누이처럼 방 안에 둘러앉아 인혜가 사간 빵이며 음료수도 나눠 먹고 큰 냄비에 수제비나 라면도 함께 끓여 먹곤 한다는 것이었다. 수제비나 라면을 끓일 때는 양을 늘리기 위해 마른 국수를 집어넣는데 국수 때문에 라면이 짜져서 훨씬 더 맛있다는 것이었다. 거기다 돼지고기를 넣어 만든 김치볶음밥, 김치전, 콩을 갈아서 만든 콩죽에 술빵까지 먹었다. 인혜는 자신의 집에서는 구경조차 한 적 없는 시골 산촌과 서민의 음식을 너무도 좋아했다.

—야, 너희 집에 나 놀러 가면 안되겠냐. 솔직히 네 방에 한번도 못 가봐서 어떻게 생겼는지 정말 궁금했다.

내가 말하자 만수는 자신의 방은 보여줄 만한 데가 아니라고 했다. 세 자매가 기거하는 방에 딸린 다락방에서 자신과 남동생 석수가 자는데 빈대와 벼룩이 들끓고 가끔 쥐가 발을 타넘고 다니며 앉아 있기조차 힘들게 천장이 낮다는 것이었다. 다락방은 여름에는 슬래브 지붕에서 내려오는 열로 참을 수 없이 무덥고 겨울에는 떠다놓은 물에 얼음이 얼게 추워서 이불을 턱까지 덮고 부들부들 떨다보면 날이 밝아오는 일이 비일비재하다고도 했다.

—야, 이 자식아, 친구가 뭐냐. 서로 숨기는 게 없는 게 친구 아니냐. 나는 세상에서 제일 의리있고 가까운 친구가 너라고 생각했는데 너는 나를 그렇게 생각하지 않는 것 같다. 솔직히 슬프다.

하지만 만수는 쉽사리 나를 초대하지 않았다. 나는 새벽에 만수가 신문배달을 할 때 같이 거들기도 하고 아버지한테 부탁해서 건물 신축현장에서 아르바이트를 하게도 해주었다. 우리 집으로 초대해서 냉면을 배달시켜 함께 먹기도 했다. 내가 여러 학교 아이들끼리 모여 만든 그룹싸운드의 보컬이라는 것을 알려주고 중고 앰프 기타로 레드 제플린, 블랙 싸바스의 음악도 연주해주었으며 카세트에 녹음해서 집에 가서 다 같이 들어보라고 주었다. 그렇게 애를 쓰고 공을 들인 끝에 드디어 만수의 큰누나한테서 고마워서 인사를 하고 싶다고, 한번 놀러 오라는 초대를 받았다.

만수의 집은, 아니 만수가 세 들어 있는 집은 우리 동네에 흔한 벌집이 아니었다. 깨끗하고 조용한 가정집이었다. 주인집이 있는 본채는 방 세개, 부엌 하나로 이루어져 있었고 세 들어 사는 사람들은 두가구였는데 만수 식구들은 방 하나와 부엌 하나를 빌려서 살고 있었다. 그래도 깨끗하고 조용하고 아담하고 예뻤다. 소금장수 막내아들로 서울에 올라와 버는 족족 아끼고 저축해서 장가도 가기 전에 자기 집을 살 정도로 자수성가한 것을 자랑으로 삼고 있는 아버지에게는 미안한 말이지만 내가 살고 싶은 집은 바로 그런 곳이었다. 사람 사는 냄새가 나는 집. 가난하더라도 소박하게 살아가는 그런 집. 집장사가 대충 때려지은 집 말고.

내가 떨리는 가슴으로 앰프 기타를 메고 휴대용 스피커를 든 채 만수의 집 녹색 철대문을 들어섰을 때 안에서 여자들의 높은 웃음소리가 들렸다. 막내 옥희만이 아이 같았을 뿐 세 여학생, 아니 세 처녀, 아니 세 여자는 전부 어른 같았다. 나는 세 여자 앞에서 고개도 들지 못하고 쩔쩔맸다. 만수가 나를 소개했다.

—아이 우드 라익 투 인트로듀스 마이 베스트 프렌드 신안 초이……

벽돌로 뒤통수를 제대로 맞은 것처럼 머리가 띵했다. 공부를 하도 못해 서울 외곽 후진 공전에나 들어간 미래의 공돌이 새끼가 어디서 저런 영어를 배웠을까. 정신을 차려보니 모두 나를 바라다보고 있었다. 영어 하나 못하는 옥희까지.

— 예스, 예스, 아이 엠 신안 초이. 아이 엠 어 스튜던트, 어…… 하, 하이스쿨, 하이스쿨 보이.

그러고 나니 할 말이 없었다. 그때 중3이라는, 잘 구운 적벽돌처럼 단단하게 생긴 석수가 건방진 어조로 내게 물었다. 물론 영어로.

— 당신은 어떤 과목을 좋아합니까?

다시 머리가 띵했다. 나는 그저 예스, 예스 하면서 고개만 끄덕거렸다.

— 당신의 취미는 뭡니까? 본인이 다른 친구들에 비해 잘한다고 생각하는 건?

마침 만수가 나를 살려주지 않았더라면 나는 그 집에서 헐레벌떡 뛰쳐나갔을지도 몰랐다. 앰프고 스피커고 다 팽개치고.

— 나의 친구는 기타를 아주 잘 연주합니다. 기타는 음, 바로 이 일렉트릭 기타입니다. 그의 취미는 그의 친구들과 함께 음악을 연주하며 노래를 부르는 것입니다.

그때 인혜가 물었다. "신청곡도 할 수 있나요?" 나는 콧등의 진땀을 닦으면서 "예스, 예스" 하고 대답했다. "난 영어로 안 물었는데" 하고 인혜는 높고 날카로운 웃음소리를 냈다. 그러고는 복음성가인 「주 하나님 지으신 모든 세계」를 부를 수 있느냐는 것이었다. 무슨 일이 있어도 해내야만 했다.

내가 기타 줄을 튜닝하고 선을 연결하고 볼륨을 맞추는 동안 그들은 '원 카드'라는 카드 게임을 멈추고 상을 치웠다. 일요일에 함께 점심을 먹고 난 뒤 늘 하던 대로 만수 다섯 남매와 인혜가 한 이

불을 덮고 빙 둘러앉은 것이다. 이불 위 쟁반에는 인혜가 사온 귤이 그득 들어 있었다. 그들은 그 귤을 까먹으며 이게 달다 저게 시다 하면서 서로의 입에 넣어주기도 하며 놀았다. 가끔 이불 속에서 그들끼리 다리가, 살이 닿기도 했으리라. 그런 상상을 할 때마다 살이 부들부들 떨렸다. 그 와중에도 나는 성가집을 펼쳐놓고 기타를 치며 최선을 다해 노래를 불렀다.

—내 영이 주를 찬양하리니 크시도다 주 하나님, 내 영이 주를 찬양하리니 크시도다 주 하나님.

맹인가수 이용복의 노래 「줄리아」, 윤형주의 「조개껍질 묶어」, 쌘드 페블즈의 「나 어떡해」, 은희의 「꽃반지 끼고」, 뉴질랜드 민요 「연가」 등등 내가 대중도 없이 이어지는 그들의 신청곡을 목이 쉬도록 부르는 내내 그들은 한 이불 속에 있었다. 그들은 음악다방에서 디제이가 틀어놓은 음악에는 전혀 관심이 없이 자기들끼리의 이야기에 열중하는 손님들 같았다.

큰언니는 꼭 결혼을 해야 했을까. 서둘러 결혼을 한 큰언니가 너무도 원망스러웠다. 큰언니가 결혼을 하고 나자 남은 우리 남매들은 비상사태를 맞이했다. 먼저 전세를 월세로 바꾸어야 했다. 작은언니를 시골집으로 보냈다. 우리와 떨어지기 싫다고 눈물 콧물을 흘리면서 차디찬 대문을 붙잡고 버티던 작은언니, 명희 언니의 손가락을 하나하나 떼어내며 많이 울었다. 만수 오빠가 우유배달과 신문배달을 같이 하는데도 전체 월수입이 반 이하로 줄었다. 석수 오빠도 그렇게 하기 싫어하던 신문배달을 하지 않을 수 없었다. 독서실도 끊었다. 만수 오빠는 수업을 야간으로 옮기고 오후에 석간 신문을 돌렸다. 신문지 사이에 광고를 끼워넣는 슈퍼마켓에 가서 배달 심부름을 하기도 했다. 혹시 배달사고라도 나면 수업을 빼먹어야 했다. 만수 오빠가 학교에 내는 등록금은 늘 한 학기씩 밀렸다. 언제 퇴학당할지 모르는 상황이었다.

만수 오빠는 어릴 때부터 먹을 것을 찾아서 산과 들을 종일 쏘다니다 밤이 이슥해 집으로 돌아왔다. 한번도 빈손으로 온 적이 없었다. 돌아가신 큰오빠가 만수 오빠를 칭찬한 것도 늘 자신보다는 식구를 먼저 생각하고 먹을 게 생기면 입에 집어넣기보다는 집으로 가지고 오는 천성과 태도 때문이었다. 서울에서는 먹을 것 대신 돈, 돈을 가지고 들어와야 했다. 아버지가 놓고 간 고물 자전거가 배달에 도움이 되었다. 하지만 아버지가 미웠다. 큰언니가 갑자기 결혼을 하게 된 것도 결국 아버지 때문이었다.

큰언니가 그렇게 우리를 힘들게 하면서 결혼을 할 바에는 큰언니를 그렇게 좋아하던 이명수 씨와 했더라면 좋았을 것이다. 대학을 졸업하고 큰 회사에 다니는 이명수 씨라면 오빠들의 학교 등록금 정도는 내주었을 터였다.

아버지는 이명수 씨가 큰언니와 결혼하는 것을 절대로 허용할 수 없다고 막았다. 당장 할 것도 아니고 오빠들 대학 가는 것을 봐가며 하겠다는데도. 인사를 하러 시골집으로 오는 것조차 막았고 하고 싶은 대로 하려거든 큰언니더러 호적을 파가라고 했다. 아버지는 서울에서 공부하는 우리 세 남매를 뒷바라지한다고 큰오빠의 유물이자 유산인 재봉틀로 재봉일과 삯바느질을 하던 큰언니가,

동생들 챙기고 밥 짓고 도시락 싸주고 설거지하고 빨래하고 하며 정신없이 살아야 했던 큰언니가 사실은 멀끔한 사내놈들과 연애질이나 하러 다닌 게 아니냐고, 그러지 않고서는 방송통신으로 고등학교 과정을 마쳤을 뿐인 큰언니가 번듯한 대학을 나온 이명수 씨 같은 사람을 어떻게 꼬셨겠느냐고 했다. 아버지는 우리 남매들을 책임지기 싫었고 그래서 최대한 큰언니가 늦게 결혼하기를, 아니 우리가 다 자랄 때까지 아예 결혼하지 않기를 바랐던 것이다. 큰언니에게 좋은 사람이 나타났다거나 두사람의 사랑이 얼마나 열렬한가 하는 것은 아버지에게 아무 의미도 없었다. 아버지의 반대를 알게 된 이명수 씨의 부모도 이명수 씨에게 큰언니를 만나지 말라고 했고 또 그 사실을 알게 된 큰언니는 이명수 씨가 찾아와도 만나려 하지 않았다.

큰언니는 주인집으로 큰언니를 바꿔달라는 이명수 씨의 전화가 와도 전화를 받지 않았다. 주인집 아저씨에게 혼이 날까 눈치를 보느라 대문에 달린 초인종을 누르지도 못하던 이명수 씨는 우리 방 뒤창에 공깃돌만 한 돌멩이를 던져 내가 창을 열게 만들었다. 큰언니는 이명수 씨가 온 걸 알고도 계속 재봉질을 할 뿐 고개 한번 들지 않고 눈 한번 돌리지 않았다. 석수 오빠는 완전히 아버지 편이어서 이명수 씨를 보려고 하지도 않았고 아버지한테 편지를 쓸 때도 뺀질뺀질한 바람둥이 영업사원이라고 나쁘게 썼다.

만수 오빠와 내가 나가서 이명수 씨를 만났다. 푸른 양복에 붉은 넥타이를 매고 잿빛 트렌치코트를 입고 온 이명수 씨는 주황색 공중전화기가 달려 있는 구멍가게 앞에서 우리를 기다렸다. 동네 어른들이 간이 파라솔 밑에서 꽁치 통조림을 넣은 김치찌개를 안주로 소주를 마시면서 우리를 지켜보고 있었다. 이명수 씨는 제발 언니를 한번만 보게 해달라고 만수 오빠에게 부탁했다. 만수 오빠는 아무런 소용이 없으니 그냥 돌아가라고 권유했다.

—이명수 씨는 아주 미남이시고 성격도 좋고 집안도 훌륭하시고 좋은 직장에도 다니고 계시고 부모님께서도 빨리 결혼하시기를 기다리시니까 큰누나보다 더 좋은 신붓감을 금방 만나실 거라고, 곧 행복한 가정을 이룰 수 있을 것이니 큰누나를 이제 그만 잊어달라고 했습니다. 그렇게만 해준다면 큰누나가 이명수 씨에게 정말 고마워하겠다고 합니다.

나는 만수 오빠가 그렇게 말을 잘하는 사람인 줄 몰랐다. 이명수 씨는 내 손을 잡고 앉아서 울었다.

—이 작고 고운 손이 내가 사랑하는 사람의 막내여동생, 눈에 넣어도 아프지 않게 소중하고 귀여운 막내처제의 손일 수도 있었는데. 왜 이런 시련을 우리에게 내리십니까. 하늘이시여, 제발 이 운명의 잔을 거두어주십시오.

이명수 씨의 눈물이 툭툭 떨어져 내 손등을 적셨다. 여름에는 내 손에 아이스크림을 쥐여주었고 찬바람이 불기 시작하면 군밤이 든 봉지를 건네주기도 했었다. 한 손에는 내 손을, 한 손에는 큰언니의 손을 잡고 「목장길 따라」 같은 노래를 부르며 포도밭 옆 흙길을 따라 걸어간 적도 있었다. 이명수 씨의 손은 언제나 따뜻했고 정다웠다. 그런데 마지막 순간, 그의 손은 차갑다 못해 얼음처럼 딱딱했다. 만수 오빠도 동네 어른이 일어서고 남은 의자에 앉아 고개를 숙인 채 눈물짓고 있었다. 뚱뚱한 구멍가게 주인아줌마가 연탄난로에 손을 쬐면서 우리가 뭘 하는지 지켜보고 있었다.

이명수 씨는 구멍가게에서 귤을 샀다. 하나씩 예쁘고 큰 것을 골라 종이봉지에 담으며 만수 오빠에게 말했다.

—귤은 껍질을 벗기면 여러개의 방으로 나뉘어 있어. 그 방을 싸고 있는 껍질을 다시 벗기면 아주 작은 방들이 수천개가 들어 있다. 이 봉지에 든 귤 속의 수많은 방보다 더 많은 금희씨와의 추억을 내가 영원히 간직하고 있을 것이라고 전해다오. 내가 살아서 숨을 쉬는 한 영원히 잊지 않을 것이라고, 우리가 비록 떨어져서 각자 살아갈지라도 내내 그리워하고 사랑할 것이라고. 그러면 우리는 헤어져도 헤어지는 게 아니라고.

이명수 씨는 귤이 든 봉지를 내 가슴에 안겨주었고 만수 오빠와는 악수를 했다. 집으로 돌아와 이명수 씨의 말을 큰언니에게 전하자 큰언니는 피식, 하고 웃었다.

—끝까지 개폼을 잡는구나. 누가 문학청년 아니랄까봐.

그로부터 한달 뒤 큰언니는 화물트럭을 운전하는 남자와 함께 시골집으로 아버지를 찾아갔다. 얼굴이 가무잡잡해서 내가 보는 즉시 '깜씨'라고 부르기 시작한 그 남자는 공업고등학교 중퇴 학력에 월세방에 홀어머니를 모시고 살고 아래로 동생 셋이 있는 사람이었다. 아버지는 화물트럭을 타고 집 앞에까지 온 두사람을 집 안에 들어오지 못하게 했다. 그 남자는 집 밖에서 마당에 있는 아버지에게 큰절을 했다고 한다. 큰언니는 아버지에게서 턱도 없는 개소리 하지 말고 썩 꺼지라는 말을 듣고는 남자의 몸을 돌려세워 돌아갔다. 그리고 그날밤 조카 영국이가 생겼다. 큰언니는 배가 불러오기 시작했고, 임신 육개월 만에 결혼식을 올렸다. 결혼식에 아버지는 끝내 모습을 보이지 않았다. 우리나 형부 양쪽 다 하객이 많지 않아서 부조금으로 겨우 예식장비를 냈다.

큰언니는 결혼하자마자 자수나 인형 만들기 같은 부업을 하기 시작했고 형부는 월부로 산 트럭으로 일을 하며 돈을 벌었다. 두사람 다 누구보다 힘들고 오래도록 많은 일을 하며 성실하게 살아가고는 있었지만 오빠들의 등록금을 내줄 처지는 되지 않았다. 그 집에도 동생들이 많았다. 무엇보다 영국이 할머니가 눈을 시퍼렇게 뜨고 며느리가 한푼이라도 친정으로 보내면 당장 쫓아내버리겠다고 했기 때문이었다. 영국이 할머니는 자신의 귀한 자식이 미래의 장인에게 길바닥에 꿇어앉아서 절을 하고도 어떤 푸대접을 받았는지 잘 알고 있었다.

아버지는 큰언니가 결혼을 하고 난 이후 단 한푼의 돈도 한톨의 쌀도 우리에게 보내주지 않음으로써 남은 우리 세 남매가 서로를 부양하고 책임지게 만들었다. 우리가 자신의 원칙에 위배되는 일을 하면 아버지는 절대로 용서하지 않았다. 어떤 이유도 통하지 않았다.

굶은 지 이틀이 되자 견딜 수 없이 배가 고팠다고 했다. 넉달째 밀린 월세 중 한달치를 가지고 왔던 그놈은 현관문을 두드렸는데 문이 그냥 열리더라고 했다. 그놈의 눈에 우리 집 부엌이 보였더란다. 그때 우리 집에는 아무도 없었다. 그놈은 다 떨어진 운동화를 벗고 조심스럽게 우리 집 마루에 발을 들여놓았다. 거실 구석에 있는 아이 책상에 한달치 월세가 든 봉투와 곧 나머지 월세도 갚겠다는 내용의 쪽지를 놓고 가려고 했었단다.

그놈은 그전에 우리 집 마루에 올라온 적도 없었다. 마루에는 노란 바니시가 칠해져 있었고 유리처럼 미끄러웠다. 아내가 매일같이 쓸고 닦고 하기 때문이었다. 거기서 러닝셔츠에 반바지만 입고 아내와 마주 누워서 오렌지 음료 분말을 찬물에 타고 얼음을 띄워서 나눠 마시기도 했다. 그곳은 나만의 영토였다. 내 허락 없이는 어떤 인간도 우리 가족만의 사적인 공간에 발을 들여놓을 수 없었다. 세입자는, 그것도 월세를 넉달씩이나 밀리는 세입자는 내 눈에는 인간으로 보이지 않았다. 두달이 밀리면 그냥 쫓아내도 되는 게 법이었다. 그럼에도 몇년 동안 세를 들어 있었다는 인연, 인정 때문에 봐주고 있던 차였다.

우리 집 부엌은 안방과 건넌방 사이 마루 안쪽에 움푹 파인 두평쯤 되는 공간을 입식 부엌으로 개조한 것이었다. 부엌을 개조하는 김에 큰마음 먹고 가스레인지와 냉장고까지 장만했는데 그런 부엌은 대한민국 전국민의 삼분의 이는 구경도 못했을 것이었다. 부엌이 거실과 바로 연결되어 선 채로 조리한 음식을 식탁에 가져다 먹을 수 있으니 그렇게 편리할 수가 없었다.

그놈은 부엌에 들어선 이유가 거기 있는 밥을 훔쳐 먹자는 게 아니었다고 변명했다. 그저 처음 보는 가스레인지가 뭔가 싶었고 그 위의 반짝반짝하는 새 압력솥에 그득한 밥을 보자 냄새만 맡아보아도 위안이 될 것 같았다고 했다. 뚜껑을 열고 냄새를 맡아보는 것이 큰 잘못이라고 생각하지 않았고 도둑질 같은 범죄라는 생각도 없었다. 도둑놈 심보는 그렇게 생겨먹었다.

압력솥에 들어 있는 밥은 아내가 점심 전에 지은 것이라 미지근했다. 그놈은 밥의 온기를 가늠하기 위해 손가락으로 밥알을 살짝 만졌다고 했다. 그랬는데도 자석에 딸려오는 쇳가루처럼 밥알이 손에 달라붙었다는 것이다. 그 밥알을 떼어 제자리에 돌려놓으려고 했지만 이미 밥알에는 그놈 손가락의 더러운 때가 묻었다고, 솥 가운데 시커메진 밥알이 몇개 들어 있는 것을 보면 아내가 이게 뭔 조화인가 의심을 할 것 같았단다. 밥알을 씻어서 원래의 색깔로 회복한 뒤에 제자리에 돌려놓는 게 순서였다. 그런데 손가락이 제멋대로 밥알을 입술 속에 밀어넣었다는 것이다. 그렇게 밥알 몇개가 녀석의 입속에 들어갔다.

제 생각과는 상관없이 혀가 밥알을 안으로 당겼단다. 이가 움직이며 밥알을 토막냈더란다. 이제는 영영 제자리에 돌려놓는 게 글러버렸단다. 밥알 하나하나가 그렇게 달 수 없었단다. 밥알이 설탕알갱이 같았단다.

압력솥에 남아 있는 밥을 절반 가까이 먹고서야 녀석은 제 행동을 멈출 수 있었다. 밥도둑은 내 집에서 허둥지둥 도망쳐서 제 방으로 돌아갔다. 그러고 나서 새로 쪽지를 썼다고 한다.

주인아저씨, 아주머님, 정말 죄송합니다. 제가 댁의 부엌에 있는 귀하고 소중한 밥을 훔쳐 먹었습니다. 저는 도둑입니다. 죄인입니다. 저를 용서치 말고 꾸짖어주십시오. 무슨 벌을 내리셔도

달게 받겠습니다.

7월 11일 15시 25분 세입자 김만수.

둘째아이를 낳고 도진 저혈압 증세 때문에 아내는 새벽에 잘 일어나지 못했다. 아이들이 학교로 가고 난 뒤에 새로 밥을 지어 도시락을 싸서는 내가 근무하는 은행 지점으로, 아이들 학교로 도시락을 가져다주었다. 오후에 집에 돌아온 아내는 그놈의 쪽지를 읽었다. 그런데 쪽지 내용이 너무 공손하고 그럴싸한 게 무슨 저의가 있는 것처럼 무섭게 느껴졌다고 했다. 아내는 내게 전화를 걸어 우리 집에 세 들어 사는 놈이 아무도 없는 새 집에 들어와 밥을 훔쳐 먹었다고 알렸다. 밥만 훔쳐 먹었겠느냐, 그동안 없어진 패물이나 돈은 없는지 생각해보라고 했다. 나는 내가 집에 돌아갈 때까지 일단 아무 말도 하지 말고 기다리라고 했다. 퇴근하자마자 운동구점으로 갔다. 야구 배트를 하나 샀다. 알루미늄으로 된 시합용은 비싸서 나무로 된 걸로 골랐다.

저녁을 든든히 먹고 나서 도둑놈을 불렀다. 마당에 무릎을 꿇게 하고 야구 배트를 휘두르며 도둑질을 한 경위에 대해 물었다. 막상 성질대로 패자니 무슨 일이 벌어질지 몰라 대문 옆 변소에 기대져 있던 대걸레의 자루를 빼들었다.

—이 도둑놈 새끼야, 네가 무슨 장 발장이냐? 내가 너 같은 쓰레기가 쓴 이런 편지를 보고 신부님처럼 용서를 해줄 줄 알았냐? 에라이, 이 날강도의 종자야. 밥버러지 같은 놈아. 내 다시는 네가 이런 도둑질 못하게 만들어주마.

대걸레 자루로 맞으면서 그놈은 잘못했다고 싹싹 빌었다. 어린 여동생이 모기처럼 앵앵 소리 내서 울고 남동생이라는 놈은 주먹을 쥐고는 그냥 서 있기만 했다. 그놈보고도 엎드려뻗치라고 했지만 때리지는 않았다. 한 오십대쯤 패고 났더니 자루가 부러졌다. 손이 발이 되도록 비는 것을 보니 그래도 사람이라고 불쌍하다는 생각이 들었다. 은행 옆에 있는 세차장에서 아르바이트생을 구한다는 광고를 써붙인 게 생각났다. 저렇게 손을 빨리 비빌 수 있다면야.

만수에게 덜컥 징집영장이 나와서 군대에 가게 되었을 때 정말 우리는 어쩔 줄 몰랐다.

—전문학교 졸업했다고 군대를 꼭 가야 하냐? 연기를 할 수는 없나? 꼭 삼년짜리 현역이어야 하나? 남들은 방위로 가서 낮에는 근무하고 밤에는 일해서 돈만 잘 벌더라.

내가 따졌다. 고등학교 3학년 때 합격 커트라인이 대한민국에서 가장 높은 국립대의 법대에 시험을 쳤다 떨어지고 나서 재수를 하기 시작했다. 재수학원은 평가시험에서 1등을 하면 학원비를 면제받았다. 하지만 만수가 군대에 간 사이 대학에 합격한다고 해도 입학금 때문에 수석이 아니면 입학할 수 없을 것이었다. 입학만 한다고 학교를 저절로 다니게 되지는 않는다. 월세, 책값, 교통비, 식비를 다 어쩔 것인가. 정부에서 금지한 불법과외를 한다면 그럭저럭 학교를 다닐 수 있을지도 모른다. 하지만 고등학생인 옥희는 누가 책임지나.

월세를 못 내 길바닥으로 쫓겨나게 생겼다. 보증금으로 몇달을 버틴다 해도 쌀이 떨어지고 전기료, 수도료 못 내고 연탄이 없어 춥고 캄캄한 방에서 굶어 죽고 얼어 죽게 생겼다.

수험생인 내가 만수처럼 세차장에서든 뭐든 돈을 벌어 생활을 꾸려나갈 수는 없었다. 일단 대학에 합격하면 들어가자마자 휴학을 하고 돈을 번다? 서울 주요 대학에 다니는 대학생은 특별한 사유 없이 휴학을 하면 곧바로 영장이 나와 전방으로 끌려간다고 했다. 전방에 끌려가게 되면 몸이 약한 내가 견딜 수 없을 것이었다. 모두가 잘난 형 만수가 무기력하게 군대에 끌려가기 때문에 생겨날 일이었다.

—미안하다. 내가 능력이 없어서 미리 돈을 많이 벌어놓지도 못했어. 그래도 너희를 조금 더 가까이서 자주 보려고 전투경찰에 지원했다. 해안선 같은 데 배치되더라도 전방에 있는 현역보다는 자주 보러 나올 수 있을 거야.

나는 핏대를 세웠다.

—전경은 네가 군대생활 편하게 하려고 지원한 거지, 우리를 위해서가 아니야. 너는 철저한 이기주의자야. 넌 애초부터 너밖에 모르는 인간이야. 형이고 오빠면 동생들이 제대로 학교에 다닐 수 있고 자립할 때까지 책임을 져야 하는 게 아니냐고. 몇해 먼저 태어났다고 형이고 오빠냐. 너는 책임회피의 천재다.

—미안하다, 석수야, 옥희야. 미안하다. 내가 못나서 너희가 고생이다. 정 힘들면 얼마간 시골 아버지 집에 가서 있는 것도……

나는 그 말을 듣고 손에 잡히는 대로 책이고 걸레고 쓰레받기고 할 것 없이 마구 집어던지면서 미친 듯이 날뛰었다. 죽으면 죽었지

아버지 집으로는 갈 수 없었다. 연탄가스 사고 이후 바보가 되어버린 명희 누나가 침을 질질 흘리며 이상한 걸음걸이로 동네 이곳저곳을 돌아다니는 광경이 떠올랐다. 그 뒤를 등이 구십도로 굽은 할머니가 따라다니는 것도.

할아버지가 돌아가신 이후 아버지는 제어장치가 전혀 없는 폭발물 같았다. 그런데 나 또한 그런 아버지의 폭군 기질을 물려받은 것 같아 걱정이 되었다. 물론 나는 아버지처럼 술을 마시지는 않았다. 맨정신으로도 아버지처럼 발작을 일으킬 수 있다는 게 아버지와 다른 점이었다. 술을 마시기 전에는 그래도 묵묵히 일을 하고 술을 마시고 미쳐 날뛰고 난 뒤 다시 조용해지는 아버지와 달리 나는 발작 전후에 침착하고 냉정했고 발작의 원인이 된 것을 기억해두었다가 다음 발작 때 보탰다.

—미안하다. 미안하다는 말밖에 할 말이 없다.

만수는 계속 미안하다고 중얼거렸다. 내가 소리쳤다.

—닥쳐, 아가리를 미싱으로 박아버리기 전에.

백수 형이 월남에서 사보낸 낡은 재봉틀이 우리를 지켜보고 있었다. 마치 무책임하게 우리를 떠나간 큰누나가 고개를 숙이고 앉아 있는 것 같았다.

—이건 월세하고 생활비 넣어둔 통장이고 도장이다. 이건 쌀하고 된장, 소금이다. 반년은 먹고살 수 있을 거다. 엄마가 보내준 참기름도 있다. 반찬 살 돈은 여기 있다. 떨어지면 간장에 참기름을 넣어서 비벼 먹어. 내가 최대한 빨리 돌아와서 너희가 걱정 없이 공부할 수 있도록 해볼게.

만수는 결국 울면서 집을 떠나갔다. 입영 전야에 머리를 깎고 남들처럼 생맥주 한잔 마시지도 못하고, 나한테 "너는 인간도 아니야!" 하는 욕은 배부르게 듣고. 만수의 대답은 이랬다.

—그래, 내일부터 난 군바리다. 인간이 아니라고 생각해.

대학병원 응급실에서 간호보조원으로 근무하는 중에 별의별 일을 다 보았다. 부부싸움 끝에 머리에 과도를 꽂고 걸어들어온 여성 환자를 맞은 적도 있었다. 절묘하게 두개골 사이로 난 틈에 칼날이 꽂히는 바람에 큰 상처도 출혈도 없었다. 교통사고 환자를 맞는 건 세끼 밥 먹고 커피 마시는 것보다 훨씬 더 잦은 일이었다. 그런데 이번 환자는 특별했다. 교통경찰이 환자였다. 나이가 마흔두살, 계급은 경장이었고 신호위반과 과속을 일삼던 승용차를 추적하던 중에 반대편에서 오던 오토바이와 충돌해서 오른쪽 정강이뼈가 골절됐다고 했다. 교통경찰을 보조하는 전경이 택시에 태워서 왔다.

—엑스레이를 찍고 치료를 해야 하니까 부츠를 벗어주세요.

내가 말했지만 환자는 부러진 다리가 부어서 부츠가 잘 벗겨지지 않는다고 했다. 골절 환자의 바지가 벗겨지지 않는 경우에는 가위로 바지를 잘라서 벗기는 게 보통이었다. 그런데 송경장의 부츠는 가죽이 워낙 두꺼워서 붕대나 천을 자르는 의료용 가위로는 턱도 없었다. 레지던트 이년 차인 송선생은 부츠를 벗기고 나서 연락하라고 다른 환자에게로 가버렸다. 전경에게 환자를 맡기고 총무과에 가위를 빌리러 갔다. 공업용 커터와 가위를 가지고 응급실로 돌아오니 환자가 사라졌다. 밖으로 나가보니 송경장이 전경의 부축을 받아 절뚝거리면서 병원 아래쪽으로 가고 있었다.

—저기요! 환자분! 지금 어디 가세요? 뭐 하시는 거예요?

두사람은 빨리 움직이려고 하고는 있었지만 다리가 부러진 사람과 성한 사람이 이인삼각 경기를 하는 꼴이라 금방 따라잡혔다.

—상부 지시로 급하게 처리해야 할 일이 있어서 출동해야 됩니다. 미안해요.

송경장은 골절 부위가 자극받아 통증이 극심한지 입을 딱딱 벌리면서도 가봐야 한다고 되풀이해서 말했다.

—이러시면 안되죠. 다리가 부러진 게 분명한데 지금 그걸 치료하는 것보다 급한 일이 어디 있어요.

내 눈에는 아무래도 두사람이 도망치려는 것으로 보였다.

—내가 솔직히 얘기할게. 간호사 아가씨, 나 말이야, 아니 우리 교통들이 잘 가는 단골 병원이 있어요. 그리로 가려고 그래. 병원에서 우리 교통을 잘 알거든. 교통사고에는 대한민국에서 최고로 빠삭해.

—응급환자를 그냥 보내드릴 수는 없어요. 최소한 응급조치는 하고 가셔야죠. 지금 출혈도 있으신데. 그 병원이 어딘데요? 차를 타고 가시면 돼요. 앰뷸런스든 소방서 구급차든 간에.

—아, 그, 젊은 아가씨가 왜 그렇게 빡빡하게 굴어. 내가 그냥 알아서 한다니까!

송경장은 시커먼 썬글라스를 약간 젖혀서 그다지 마주치고 싶지 않은 눈을 드러냈다. 눈가에는 땀이 맺혀 있었고 썬글라스와 얼굴이 닿는 부분은 기름때처럼 검은 먼지가 묻어 있었다.

—제가 맘대로 할 수 있는 게 아니에요. 일단 병원에 오셨고 접수가 됐으니까 나가실 땐 아까 진찰하신 응급실 담당 선생님 허락이 있어야 돼요. 그분께 말씀드리세요.

웬일인지 나도 그냥 보내주고 싶은 생각이 들지 않았다. 그렇게 맞서 있는데 경찰 순찰차를 앞세운 구급차가 달려왔다. 환자를 태운 구급차는 지나가고 순찰차가 멈췄다. 문이 열리더니 정복을 입은 경찰관이 우리를 향해 다가왔다.

—무슨 일이야?

무궁화를 두개 단 경찰 간부였다. 전경이 경례를 붙였다. 그 바람에 송경장이 비틀하면서 아이구, 하고 신음을 냈다. 경찰 간부는 다시 무슨 일이냐고 전경에게 물었다. 눈이 크고 맑아서 착해 보이는 인상의 전경은 답을 못하고 우물쭈물했다. 경찰 간부는 바닥에 주저앉아 에구에구 소리를 지르는 송경장을 보더니 내게 시선을 돌렸다. 나는 있는 그대로 이야기했다.

—교통경찰 전문병원? 그런 게 있나? 국립경찰병원 말이야? 여기서 경찰병원이 얼마나 먼데 다리가 부러져가지고 거기까지 가? 그것도 걸어서 갈 건가?

송경장은 한마디도 제대로 대답하지 못하고 계속 "아이고 아파라, 아이고" 소리를 질렀다. 정말로 통증이 심한 게 분명했다. 경찰 간부는 마치 병원 간부라도 되는 듯 내게 환자를 태우고 들어갈 환자 이송용 침대를 가져오라고 명령했다. 환자 이송용 침대가 남은 게 없어 휠체어를 가지고 와서 송경장을 태웠다. 송경장은 응급실로 돌아가는 게 도살장으로 들어가는 소처럼 싫은 모양이었다. 경찰 간부가 전경을 닦달하는 소리가 들렸다. 소속과 계급, 근무지역을 묻고는 수첩에 적었다.

응급실 안으로 들어온 뒤 경찰 간부는 송경장 주위를 커튼으로 둘러치게 했다. 침대에 올라앉아 다리를 늘어뜨린 송경장은 체념한 표정이었다. 경찰 간부는 내 손에 든 커터를 건네받고는 전경에게 "네가 해!" 하고 넘겼다. 전경은 송경장에게 "죄송합니다" 하더니 부츠를 자르기 시작했다. 오른쪽 다리의 정강이뼈 부분이 비스듬히 꺾여 있는 복합골절 상태였다. 기절하지 않고 있는 게 신기했다.

—내 이럴 줄 알았다.

경찰 간부가 말했다. 잘린 부츠 속에서 나온 것은 피 묻은 만원짜리 지폐였다. 꼬깃꼬깃 접힌 것도, 다발도 있었다. 운전자들이 면허증 밑에 넣어서 교통위반 단속을 하는 경찰에게 잘 봐달라며 뇌물로 건네는 돈, 또는 더 큰 용건으로 건넨 돈다발이었다.

—한번만 봐주십쇼, 제발 한번만.

송경장은 손바닥에서 싹싹 소리 나게 빌었다. 얼마나 철두철미하고 비굴하게 비는지 내가 다 불쌍할 정도였다.

—너 교통만 몇년 했냐?

경찰 간부는 아예 반말을 해댔다. 송경장은 칠년이라고 했다.

—집이 몇채야? 어떻게 교통으로만 칠년을 근무하냐? 어떤 놈이 뒤를 봐주는 거야? 욕심 많은 새끼. 딴 사람 생각은 안하냐?

왼쪽 다리를 감싸고 있던 부츠에서는 더 많은 돈이 쏟아져나왔다. 간부는 전경에게 검정 구두를 벗으라고 명령했다. 깔창 아래에서 오천원짜리 두장과 만원짜리 세장이 수줍게 고개를 내밀었다.

—안마, 너도 집 샀어?

그러자 전경은 기어들어가는 목소리로 월세를 전세로 옮겼을 뿐이라고 대답했다. 간부는 "에라이, 미꾸라지 같은 새끼야" 하고는 전경에게 부츠를 들고 자신을 따라오라고 했다. 그는 피 묻은 부츠를 순찰차의 트렁크에 넣게 하고 탕, 소리 내 문을 닫은 뒤 나를 향해 주름진 얼굴로 느닷없이 윙크를 해 보였다.

역사에 기록될 엄청난 일과 역사책에서 절대로 볼 수 없는 신기한 일이 내 집에서, 내가 보는 중에 일어나다니 내 눈을 믿을 수가 없었다. 레이건 미국 대통령이 방한하기로 예정된 날짜를 일주일가량 앞두고 수도방위사령부 특공부대에서 두명의 병사가 탈영했다. 레이건 대통령이 한국을 방문한다는 사실 자체만으로도 군 보안사령관 출신으로 하극상의 꾸데따를 일으켜 권력을 장악한 한국의 대통령과 그의 정권에 힘을 실어줄 수 있었다. 그 바람에 수도권 일대 군부대에 삼엄한 비상경계태세가 갖춰진 상황에서 특공부대의 특등사수였던 하사관이 상병 하나와 함께 개인화기와 실탄, 수류탄 등으로 무장한 채 부대를 빠져나온 것이었다.

그들은 소풍이라도 나온 듯 유유히 지나가는 택시를 잡아타고 가다가 우리 동네에서 산을 하나 사이에 둔 계곡의 유원지에서 내렸다. 택시기사가 신고를 할 것에 대비해서 지체없이 산속으로 들어갔고 산 중턱에 있는 무속인의 집 빨랫줄에서 옷을 훔쳐 입은 다음 산중에서 하룻밤을 보냈다. 새벽에 계곡을 따라 내려와서는 우리 동네의 여관에 잠입했다. 여관 주인은 오전에 보일러실에 들어갔다가 잠이 들어 있는 그들을 발견하고 여관에서 뛰쳐나와 경찰서에 신고를 했다. 이런 사실을 나는 물론 까마득히 모르고 있었다. 대한민국 99.99퍼센트의 국민들처럼 그들이 탈영한 사실조차 몰랐다.

신고를 받은 관할 경찰서에서는 기동타격대의 오분대기조가 십이인승 승합차에 나눠 타고 출동했다. 오분대기조가 탄 차량은 비상등을 켜고 싸이렌을 요란하게 울리며 여관 앞 대로까지 달려왔다. 그때까지만 해도 차들은 정상적으로 도로를 통행하고 있었고 도로변 이층에 있는 우리 식당에는 손님들이 네댓명 있었다. 싸이렌 소리에 창가로 가서 내려다보던 손님이 갑자기 고개를 숙이며 "옴마야, 저기 뭐꼬! 총이다, 총!" 하고 외쳤다.

—뭡니까? 왜 그래요?

내가 창가로 다가서자 처음 듣는 날카로운 금속성이 들려왔다. 기동타격대의 승합차가 길에 서 있었고 운전석의 문이 열려 있었는데 거기서 뛰쳐나온 운전자가 낮은 포복으로 도로 건너편으로 기어오는 게 보였다. 총탄은 무차별적으로 도로와 거리, 골목을 가리지 않고 쏟아졌다. 상당수는 기동타격대의 차량에 집중됐다. 몇 사람이 총에 맞았는지 모르지만 도로 바닥에는 기다란 핏자국이 여기저기 나 있었다. 지나가던 차량들은 물론 행인들도 순식간에 모두 사라졌다. 총소리의 계엄령이 지배하는 시공간은 순식간에 새 한마리 날지 않는 부동의 세계로 변했다.

계단에서 구둣발 소리가 요란하게 나더니 식당 안으로 정복 차림의 경찰관 예닐곱명이 들이닥쳤다. 그들은 손님을 모두 내보낸 뒤 여관이 가장 잘 바라다보이는 곳이라는 이유로 우리 식당이 대책본부가 되었다고 내게 통보했다. 내가 얼떨떨해할 사이도 없이 다시 총소리가 울려퍼졌다. 경찰관들이 들고 있는 무전기에서 쉴 새 없이 알듯 말듯 한 음어가 쏟아져나왔다.

—과장님, 지금 서대 정문에서 미하나께서 꽃잎들이 대열을 지어서 정문으로 엄청나게 하나여섯 중인데 탈영병 난동 때문에 통신 마비된다고 정보과 학원반 기동대 제외하고 무기 채널을 에프엠투로 바꾸라고 난립니다.

—아, 여긴 또 어쩌라고. 지원병력은 더 안 오나? 본서고 파출소고 할 것 없이 전부 다 지원 요청해.

—지금 여유병력은 하나도 없습니다. 거의 다 차출돼서 학생들 시위 막으러 갔습니다. 수사과, 대공과도 다 나갔는데요.

—이것들은 탈영을 했으면 제 고향이나 그런 데, 좀 멀리라도 가지 하필이면 우리 관할로 와, 오기를. 정말 미치고 팔짝 뛰겠구만.

우왕좌왕하던 경찰들은 별을 세개 단 장군이 십여명의 장교를 거느리고 들이닥치는 바람에 조용해졌다. 이어 소총만 한 카메라를 든 기자들이 들어왔고 식당의 탁자와 의자가 한쪽으로 밀어붙여졌다. 바깥의 스피커 달린 차량에서 미리 준비를 해둔 듯 탈영병들의 어머니와 애인이 탈영병을 설득하는 방송이 시작됐다.

—학수야, 보고 싶은 학수야. 너 거기서 왜 그러고 있니. 온 식구들이 다 걱정한다. 제발 자수해라. 나오기만 하거라. 네가 총을 버리고 나오기만 하면 아무런 죄도 묻지 않고 집으로 보내준다고 사

단장님, 연대장님, 대대장님, 중대장님이 모두 약속하셨다. 내가 보는 앞에서 맹세를 하셨다. 학수야, 제발 이 늙은 에미를 살려다오. 네 동생들하고 몸이 아픈 아버지를 생각하거라. 어린 동생들이 불쌍하지 않으냐. 네가 그리 좋아하는 막내 봉희가 오빠 보고 싶다고 그렇게 운다. 학수야, 학수야, 제발 이 에미를 살려다고. 살려다고. 나오너라. 제발 총을 버리고 나오너라.

이어서 젊은 아가씨가 울먹이는 목소리로 자신의 마음이 변한 게 아니고 오직 당신만을 영원히 사랑할 것이니 어서 나오라고 탈영병을 설득했다. 여관 쪽에서는 잠시 방송에 귀를 기울이는 듯 총소리가 멎었다.

그러는 동안 삼성장군을 비롯, 두명의 장성과 영관급 장교에 경찰 간부가 포함된 군경 대책회의가 즉석에서 열렸다. 최대한 빨리 탈영병을 제압하는 방법이 토의됐다. 군단 사령관인 삼성장군이 공병대를 불러서 여관 전체를 폭약으로 날려버리는 방안부터 강구하라고 지시했다. 정복에 무궁화 셋을 달고 있는 경찰 간부는 입을 떡 벌렸다. 별 두개짜리 사단장이 조심스럽게 공병대 부르는 데 시간이 다소 걸릴 거라고 난색을 표했다. 중고생이나 쓸 육두문자가 사령관의 입에서 쏟아져나왔다. 한미 두 나라 대통령의 정상회담이 날파리만도 못한 탈영병 둘 때문에 무산되게 생겼는데 한가한 소리나 하고 있다는 것이었다.

이어서 사령관의 군홧발이 부하들의 정강이를 강타했다. 먼저 정강이를 맞은 장군들이 아픈 정강이를 어루만지면서 물러서자 그 아래 영관급들이 우렁찬 목소리로 관등성명을 대며 정강이를 차이기 위해 사령관 앞에 다가들었다. 그들은 차인 정강이를 어루만지지도 못했다. 경찰들은 돌아서서 못 보고 못 들은 척했지만 웃음을 참느라 애를 쓰고 있었다. 마침내 대령 한사람이 나서서 자신의 예하부대에서 탈영한 병력들이니 자신들이 무조건 책임을 지겠다고, 이미 준비를 마친 특수요원을 투입하겠으니 기회를 달라고 했다. 이 모든 과정이 꽉 짜여서 돌아가는 연극처럼 느껴졌다.

내 옆에는 전경 하나가 무전기를 든 채 서 있었다. 언제 어떻게 들어왔는지 알 수 없었고 있는지 없는지 모르게 자연스럽게 섞여 있었다. 군인들처럼 그 또한 풀빛 군복을 입고 있었지만 '김만수'라고 명찰에 새겨진 흔한 이름과 견장의 작대기 네개짜리 계급장은 검은색이었다. 눈짓으로 누구냐고 묻자 그는 교통계 소속이라고 속삭이는 목소리로 대답했다.

잠잠하던 여관 쪽에서 다시 총소리가 나기 시작했다. 이번에는 방향을 정하지 않고 마구잡이로 연발사격을 가했다. 수류탄을 던진 듯 개천에서 엄청난 물보라가 일었다. 이어 천둥 치는 듯한 폭음이 연속으로 들렸다.

—생난리구만. 전쟁 난 거 같네.

나도 모르게 중얼거렸다.

—쟤들 쓰고 있는 총이 최신형 케이원 같은데. 명중률이 우리 군대 있을 때 쓰던 씩스틴하고 비교가 안된다고 하더라고. 소리가 다르잖아.

—수방사에서도 백발백중의 저격수 출신이야. 맘만 먹으면 다 쏴 죽이겠구만.

—무장탈영하면 순서가 다 정해져 있는 거 아냐. 저렇게 난리 치다가는 살아남기 힘들지. 죽은 놈은 말이 없잖아. 시기적으로나 사안으로 보나 잡혀서 시간 끌다 총살당하느니 화끈하게 끝내는 게 낫지. 재들도 충분히 알고 있을 거야.

창문이 있는 벽에 기대앉은 기자들이 낮은 소리로 말을 주고받았다. 찬밥 신세가 된 늙수그레한 경찰 간부는 바깥을 살피다가 신음 소리를 냈다.

—저기 하천 건너편에 주민들 완전히 사선에 노출돼 있잖나. 뭔 구경이 났다고 목숨 걸고 저러고들 있나.

별 하나짜리 장군이 경찰 간부에게 쏘아붙였다.

—어이, 경찰 나부랭이, 거기는 비 맞은 뭐마냥 중얼대지 말고 빨리 기어나가서 민간인들이나 철저하게 통제해. 도대체 뭐 하고 자빠져 있는 거야? 당신네들이 등신짓할수록 우리 일만 커진다고. 병력 있으면 오합지졸 같은 민간인들 죄다 쫓아내란 말이야. 새끼줄이라도 치고 못 나오게 해. 무슨 수를 써서라도 막으라고.

여관에서 대각선 방향으로 다리 건너 주택가 골목에 사람들이 나와 있는 게 보였다. 여관에서 직선거리로 이백 미터쯤 되는 곳이었다. 그들은 자신들이 특등사수의 조준사격 범위 안에 들어 있다는 것을 모르고 있는 게 분명했다.

십여명의 남자들은 각자의 군대 시절 경험을 돌아가며 이야기하고 있는 듯했고 예닐곱명의 여자들도 고개를 내밀고 각자의 호기심을 채우느라 부산했다. 그들 중에는 내 식당을 자주 드나드는 사람도 있었지만 당장은 눈앞에 있는 위험을 알릴 방법이 없었다. 식당과 그들 사이의 도로는 차도 사람도 볼 수 없게 씻은 듯이 깨끗하니 그곳을 지나가다가는 곧바로 탈영병들의 먹잇감이 될 게 분명했다. 저격수들의 주의를 끌지 않기 위해서는 또다른 다리가 있는 상류 쪽을 한참 우회해서 건너가야 했으나 그전에 그들에게 총알이 날아갈 가능성이 높았다. 한마디로 대책이 없었다.

그때 전경이 밖으로 소리 없이 빠져나갔다. 대책회의를 열던 사람들은 지도를 펴고 침투 루트를 짜느라 전경의 존재와 움직임 자체에 아무런 관심이 없었다. 기자들은 카메라의 줌렌즈를 끼웠다 뺐다 하며 신형 기종 이야기를 하고 있었다. 골목에 있는 사람들은 여전히 수다를 떨거나 팔짱을 낀 채 바깥 동정을 살피고 있었다. 식당과 골목, 탈영병이 있는 삼각점 사이 공간에는 고압선 주변의 공기처럼 엄청난 전하의 위험이 채워져 있는 듯했다.

나는 보았다. 여관의 삼층 계단실에서 반짝하고 빛나는 총신을. 그건 분명히 골목 안에 있는 사람들을 알아챘다는 신호였다. 나도 모르게 서쪽 창 바깥으로 고개를 내밀 뻔했다. 어떻게 하려는 것이라기보다는 자신들이 어떤 위험에 처해 있는지 무지한 사람들에 대한 안타까움 때문이었다. 내가 정말 고개를 내밀었더라면 탈영병의 총구가 식당으로 향했을지도 모른다. 마지막 순간에 나는 스스로를 제어했다.

그런데 갑자기 하늘에서 떨어지기라도 한 것처럼 전경이 골목 앞에 모습을 드러냈다. 식당에서 내려간 뒤 저격수들의 시선에 몸을 노출한 채 곧바로 차도를 따라 달려가지 않고는 다다를 수 없는 시간이었다. 하천의 상류에 있는 다리로 우회해서 갔다면 최소한 십분은 걸렸을 것이었다. 그동안에도 총소리는 계속 나고 있었으니 도대체 어떻게 무사히 거기까지 갈 수 있었는지 알 수가 없었다. 전경이 총알보다 빨랐거나, 투명인간이라도 되었다면 몰라도.

그는 주민들에게 집 안으로 들어가라고 설득하는 듯 무전기를 든 팔을 휘두르며 뭐라고 외치고 있었다. 하지만 사람들은 오히려 전경의 제지를 뚫으려고 몸을 더 앞으로 내밀었다. 그 바람에 전경의 몸이 밀쳐지며 골목 바깥으로 완전히 노출됐다. 철판을 쇠끌로 긁을 때처럼 까까가가가각, 하며 연발사격으로 긁어대는 총소리가 났다.

나는 보았다. 전경의 몸이 감전이라도 된 것처럼 펄쩍 솟아오르는 것을. 이어 소리도 없이 바닥으로 무너져내리는 것을. 그의 군복의 등 부위 빛깔이 짙어져가는 것을. 그제야 사람들은 썰물처럼 골목에서 빠져나갔다. 남자들은 포복으로 재빨리 기어갔고 여자들은 팔을 휘저으며 미친 듯 달아났다. 전경은 그들 뒤에 혼자 쓰러져 있었다.

—저 개자식들 저거, 전경 애 보고 저희 잡으러 온 줄 알고 쏜 거 아냐? 무기라고는 플라스틱 방맹이밖에 없는 앤데. 걔 죽은 거야?

사진기자 하나가 줌렌즈를 늘였다 줄였다 하며 말했다. 목숨이 걸린 줄도 모르고 구경하던 사람들을 목숨 걸고 뜯어말리다 총에 맞은 전경은 땅바닥에 그대로 엎드려 있었다.

그러는 사이 진짜 특수부대의 진짜 요원들이 도착해 작전에 들어갔다. 그들은 각자 개머리판이 없는 짧은 소총 하나를 몸에 바짝 붙인 채 시가지 전투의 모범을 보이듯 몸을 은폐해 여관으로 접근했다. 다시 방송이 시작됐다.

요원들이 여관의 계단으로 사라지고 난 뒤 방송은 중단됐다. 다시 끈적한 적막이 식당 안팎의 공간을 채웠다. 도로의 횡단보도 신호등이 푸른빛에서 붉은빛으로 또 푸른빛으로 바뀌었다. 전경은 여전히 쓰러진 채로 있었다. 잠시 뒤 투타타타, 하는 총소리가 들렸다. 이어 이삼분 동안 침묵이 이어지더니 옥상에서 수십발의 총탄이 발사됐다. 소리로 보아 일방적으로 밀어붙이는 게 분명했다. 신형 소총의 날카로운 총소리는 전혀 나지 않았다. 장군의 옆에 선 무전병의 무전기로 침투한 요원으로부터 짤막한 보고가 날아들었다.

—상황 종료.

모든 사람들이 한숨을 내쉬고는 악수를 나누고 각자의 서류를 챙기고 일어서던 그 순간, 나는 골목 끝에 방치돼 있던 전경의 손이 꿈틀거리는 것을 보았다. 오래된 가로등이 꺼졌다 켜졌다 하는 것처럼 손은 보였다 말았다 했다. 마치 손이 숨을 쉬는 것 같았다. 날숨 때는 사라지고 들숨 때는 나타나는 식이었다. 그렇게 멀리서 그렇게 작은 부분이 어떻게 그리 세세하게 보였는지 설명할 길이 없다.

—살았구나. 개죽음은 면했네.

나는 가슴을 쓸어내렸다. 방송을 하던 차가 자리를 떠나는 것과 함께 구급차가 달려왔다. 전경은 가장 늦게 구급차에 실렸다.

다음 날 신문에는 수도권 일대를 휘젓고 다니던 탈영병이 자살로 생을 마감했노라는 짤막한 기사가 났다. 얼마나 죽고 다쳤는지에 대해서는 언급이 전혀 없었다. 목숨 걸고 사람들을 구하고 대신 총에 맞은 전경 하나가 어떻게 되었는지에 대해서도.

만수는 군대에 간다고 집을 떠나간 지 여섯달 만에 첫 휴가를 나왔다. 그런데 전경 월급이 고시 출신 고위공무원 수준이라도 되는지 시퍼런 만원짜리가 든 돈봉투를 가지고 왔다. 그뒤로 만수는 수시로 집에 들러서는 돈을 놓고 갔다. 내게 앞으로 생활비 걱정은 안해도 된다고 했다. 옥희에게도 열심히 공부해서 꼭 대학에 가라고, 뒷바라지는 책임지겠다고 큰소리를 쳤다. 돈만 주고 간 게 아니었다. 삼수 끝에 국립대 사회계열에 합격한 내게 축하한다며 수제 클래식 기타를 사주었고 옥희에게는 학원이나 교회에 다닐 때 입고 다닐 사복을 사주었다. 동네 슈퍼 뚱뚱이 아줌마한테 돈을 맡겨놓고 양식과 반찬이 떨어지는 일이 없도록 잘 보살펴달라고도 했다. 웃겼다. 웃지는 않았다. 모르는 체했다.

가장 웃긴 건 교통경찰을 보조하면서 '삥땅'을 쳐온 돈으로 우리들을 월세방에서 전셋집으로 옮겨가게 한 것이었다. 날림으로 지은 연립주택이긴 했지만 방이 세개였고 좌변기가 있는 화장실에서 '순간 온수 가스보일러'로 데운 물로 샤워를 할 수 있었다. 거기다가 신혼집처럼 텔레비전과 세탁기, 전기밥솥, 전기다리미까지 들여놓았다.

어릴 때부터 집 밖에서는 쉽게 용변을 볼 수 없는 증세가 있어서—물론 거름이 될 똥오줌을 반드시 집에다 눠야 한다는 아버지의 강요 때문이었다—연립주택으로 이사를 가기 전에 나는 대학에 가서도 아침마다 대문간에 있는 재래식 변소를 썼다. 여름에 파리와 구더기가 기어나오는 변소에서 용을 쓰다 나오면 학교에 가서는 내 몸과 옷에 밴 냄새가 걱정되어서 여학생들과 멀찌감치 거리를 유지해야 했다. 이사를 하고 나서 뜨거운 물로 샤워하고 세탁기로 빨래하고 '짤순이(탈수기)'로 물을 뺀 뒤 다리미로 빳빳이 줄 세워 다린 옷을 입고 머리에서 레몬 향이 나는 샴푸 냄새를 풍기면서 마음껏 캠퍼스를 활보할 수 있게 되었다. 기분이 나쁘지 않았다. 사실 최고였다.

나는 진저리 치지 않을 수 없었다. 만수가 준 돈으로 얻은 작은 편익에 감지덕지하는 내게, 주인이 던져준 뼈다귀를 허겁지겁 핥으며 꼬리를 흔들어대는 강아지처럼 반응하는 나의 인간성에 대해. 어느 때부터인가 내가 만수를 형이라고 부르기 시작한 게 증거 중 하나였다.

대학에 입학해 만난 나이가 같은 선배들을 형이라고 부르는 일이 어색하게 느껴지지 않게 되었을 무렵, 만수를 형이라고 부르는 게 만수를 높이는 것이 아니라 호칭에 있어서만큼은 유아기 상태에 머물러 있는 나를 적당한 자리로 가져다줄 거라는 생각을 하긴 했다. 논리적으로는 그랬다. 하지만 가족관계, 특히 어린 시절부터 한핏줄이라는 울타리 안에서 아웅다웅 싸워가며 만들어진 동기간의 미묘한 감정에는 논리가 적용되지 않는다. 나는 되도록이면 만수를 부르지 않았다. 아예 부를 일이 없게 만들었다.

그러던 것이 군대에 간 만수가 휴가 때에 돈다발을 들고 금의환향함으로써, 툭하면 외박을 나와 돈봉투를 두고 가게 되면서, 근처 지나가는 길에 수시로 집에 들러 밥을 먹은 뒤 가계부에 만원짜리 지폐를 끼워놓고 가면서 완전히 상황이 바뀌었다. 조건이 환경을, 환경이 인간을 바꾼다. 돈이 세살 때부터 시작돼 이십년을 끌어온 버릇도 고친다. 호칭 역시 조건이다.

— 형, 그냥 가지 말고 다시 앉아봐. 할 말이 있어.

돈봉투를 방바닥에 내려놓고 일어서서 가려는 만수를 내가 부르자 만수는 놀라고 당황해했다. 제복에서 사삭, 소리가 나게 빨리 앉더니 모자를 벗고는 땀을 닦았다. 내 눈을 마주 보지 못하고 손바닥을 방바닥에 문지르면서 왜 그러느냐고 물었다. 그 순간 내 마음속에 상처의 딱지를 떼낼 때처럼 잔인하고 강렬한 쾌감이 느껴졌다.

'그냥 한번 불러봤다. 자식, 거 되게 좋아하네, 형이라고 한번 해주니까. 네가 나한테 형이라고 불릴 자격이 있다고 생각해? 너 자신을 그렇게 몰라?'

이런 식으로 또다시 '형'이라는 단어가 내 입으로 발음되는 걸 듣기 위해 귀를 곤두세우고 있는 만수에게 지옥을 경험하게 해줄 수도 있었다. 하지만 나는 만수를 '형'이라고 불러줌으로써 그에게 생겨나는 희열과 감동을 경멸하는 정도로 그치기로 했다. 그 또한 조건이 내게 영향을 미쳤기 때문이다.

— 형, 내가 그동안 형을 형이라고 부르지 않은 거, 미안했어. 내 마음 알지? 내가 형을 좋아하고 존중하지만 버릇이 잘못 들어서 그랬다는 거. 앞으로는 계속 형이라고 부를게.

만수의 눈이 빨개졌다. 눈에 물기가 돌았다. 몸이 앞으로 확 기울어지는가 싶더니 팔이 내 어깨를 감싸안았다. 이런 젠장.

—고맙다.

만수가 울먹거리며 말했다. 나는 속으로 이건 아니라고 외쳤다. 이런 개떡 같은 상황을 어떻게 수습해야 하나. 나 또한 만수를 마주 감싸안고 말았다. 만수의 실팍한 어깨와 가슴에서 전해지는 떨림, 몸에서 느껴지는 온기가 내 마음의 현을 진동시키는 것을 어찌할 수 없었다.

바로 그 형이 완전히 돌아왔다. 제대를 몇달 앞두고 총에 맞아서 의병제대를 할 뻔했는데 사회 나가면 불이익이 있을까봐 경찰병원에 누워서 만기전역을 맞았단다. 세상에 교통경찰 보조를 하던 전경이 총에 맞다니. 민주화를 요구하는 시위대에 맞서다가 돌에 맞고 화염병에 맞았다면 이해를 할 수 있었다. 그런데 총에 맞았고 입원치료를 받았다고 할 뿐, 어디서 누구에게 왜 총을 맞았는지에 대해서는 보안서약을 해서 말을 할 수 없다고 했다. 아무튼 총알이 머리를 뚫고 들어간 건 아니고 장기를 상하게 한 것도 아니며 팔다리를 못 쓰게 만든 것도 아니고 다소간의 출혈 끝에 치료를 받아서 후유증도 별로 없을 것이라고 했다. 쉽게 말해 형은 총에 맞은 것과는 아무 상관 없이 입대 전처럼 세차장에서 다시 일을 할 수 있다는 얘기였다.

큰누나가 자기 멋대로 결혼을 하고 우리를 떠나간 뒤 우리 남매들의 생계조차 막막해졌을 때 형이 제대로 된 일을 하기 시작한 곳이 세차장이었다. 은행에 다니던 주인집 아저씨가 소개해준 세차장은 은행 지점 바로 곁에 있었다. 무역을 하든 중소기업체를 운영하든 사업하는 사람들이 은행 같은 금융기관에 돈을 빌리러 갈 때는 과시용으로 최고급 승용차를 타고 가게 마련인데, 은행에 가기 전에 반드시 세차장을 거쳐갔다.

형은 뭔가를 씻는 것을 좋아한다고 말했다. 씻다보면 점점 물이 맑아지는 게 그냥 좋다고. 집에서도 우리 세 남매의 옷 빨래와 청소, 설거지를 도맡아 했다. 자기가 좋아서 한다니까 말릴 일도 아니고 콧노래에 엉덩이를 들썩거리며 신나게 하니 거들 일도 없었다. 그렇게 씻는 걸 좋아하더니 결국 세차장 아르바이트가 형이 전문학교에 다니는 동안 주업이 되었다.

형의 손은 늘 세제와 물 때문에 불어 있거나 부르트고 갈라져 있었다. 언젠가 지나가던 중에 형이 세차를 하는 것을 지켜본 적이 있었다. 바깥만 깨끗이 하는 게 아니라 엔진 룸이며 트렁크까지 말끔하게 청소했다. 그러고도 시간이 남으면 타이어의 바람을 넣고 엔진오일 빛깔까지 살폈다. 헐거워진 부분을 찾아서 조이고 눈에 보이지 않는 바닥의 염분, 녹을 제거하기도 했다. 결국 간단한 정비까지 해줄 수 있게 되었다. 그런 식으로 차를 돌봐주면 내가 차 주인이라도 팁을 주지 않을 도리가 없을 것 같았다.

형은 세차장 주인이 불안해할 정도로 손님들에게 인기가 있었다. 형이 제대를 하고 나서 세차장으로 돌아가자 과거의 단골손님들이 형을 다시 찾아왔다. 형이 자동차부품회사에 입사하게 되었다고 하니까 세차장 주인은 그깟 공장에 말단 직원으로 가봐야 쥐꼬랑지만 한 월급 가지고 동생들 공부시키고 장가가고 하겠느냐고, 세차장 규모를 두배로 늘리고 중소기업 간부 대우를 해줄 테니까 함께 일하자고 했단다.

군부독재정권은 계속되고 있었지만 수출이 급격하게 증가하고 국민소득 또한 높아지고 있었다. 무역업체니 오퍼상이니 하는 이름이 뭐든 어중이떠중이들까지 차를 사서 타고 다닐 가능성이 있긴 했다. 세차장 사업은 그만큼 전망이 밝았다. 하지만 형은 자동차 부품을 생산하는 중소기업에 들어가 평범한 부속이 되는 길을 선택했다. 군대 시절 알게 된 상관인지 경찰 간부인지가 자기 친구인 자동차부품회사 사장에게 소개해줬는데 고마워서 가지 않을 수 없었다고 한다. 그러면서도 그 잘난 회사가 주는 월급은 많지 않은지 주말에는 세차장에서 아르바이트를 계속했다.

세차든 회사 종업원이든 결국 씨스템 하부에 예속되는 종노릇을 하는 것이다. 나는 죽었다 깨나도 그런 일은 하고 싶지 않았다. 나는 정정당당하게 실력으로 경쟁해 위로 위로 계단을 밟고 올라가서 세상을 호령하고 싶다. 그렇게 되는 과정에 드는 비용을 대기 위해 형이 세차를 하든 공장의 부속품이 되든 남의 뒤를 닦아주든 상관없었다. 형에게 타고난 노예근성이 있다는 건 고마운 일이었다. 그런 형이 있다는 것 또한 나의 조건이다.

내가 나온 공고는 대한민국에서 제일 똑똑한 공돌이들이 모인다는 공립이었고 웬만한 인문계 고등학교보다 커트라인이 훨씬 높았다. 그래서 아이들 자부심도 대단했다. 학년이 올라갈수록 뭔가 손해를 보고 있다는 느낌이 든다는 게 문제이긴 했지만. 3학년 때 동일계 전형으로 공대에 가는 걸 완전히 포기하고 나서 방황을 좀 하다보니 성적은 좋지 않았다. 그래서 나보다 못하다고 생각한 동기들이 잘나가는 좋은 회사에 취직하는 것을 초조하게 지켜보다가 마지막에 얻어걸린 게 자동차 부품을 생산하는 구로공단의 중소기업 성일산업이었다. 말이 중소기업이지 생산라인 근무인원만 오백명이 넘었고 대학 졸업한 사무관리직과 경영진 등을 합치면 육백명 가까운 사원이 있었다. 게다가 자동차에서 없어서는 안되는 전기 배선을 독과점적으로 생산하고 있었으니 회사의 전망은 밝았다. 아는 사람은 많지 않아도 쇳덩어리처럼 단단한 회사라고 사장은 설명했다.

사장이 내가 다닌 공고를 이십년 전에 졸업한 선배이고 회사 전체가 생산을 중심으로 돌아갔기 때문에 기술직, 생산현장을 존중하는 분위기가 있었다. 생산라인에서 나 같은 일류 공고 출신은 군대의 사관학교 출신처럼 엘리뜨 대접을 받았다. 공돌이한테도 희망과 자부심을 안겨주는 분위기였다. 나라는 존재가 보이지도 않을 대기업의 공장보다는 이런 데서 더 빨리 출세할 것이라는 기대도 생겼다.

명색이 회장인 회사의 소유주는 회사에서 생산하는 부품을 전량 납품하는 완성차 회사의 설립자 딸이라고 했지만 먼발치에서 몇번 본 게 고작이었다. 그 설립자는 사장의 첫번째 직장 상사이기도 했고 칠년 전 자동차회사가 경영난에 빠졌을 때 회사를 남의 손에 넘긴 지 삼년 만에 죽었다고 했다. 내가 사장, 회장 될 것도 아닌데 그런 거야 나에게는 아무런 문제가 되지 않았다. 나에게 맞는 곳이면 되었다.

일은 쉽고 단순했다. 전기 계통이라고 해도 공고 다닐 때처럼 회로 따지고 설계도 보고 땜질할 일이 없었다. 구리선과 비닐을 조합하는 공정에서 삼분의 이는 기계가 맡았고 사람이 필요한 삼분의 일만큼의 일은 같은 동작을 반복하면 됐다. 선반이나 커터처럼 위험한 일을 하는 것도 아니고 깨끗하고 소음도 별로 없는 작업환경이었다. 암만 그래도 좋아서 하는 운동과 달리 일이니 고되기는 했다. 근무는 3교대라고 하지만 연장근무, 휴일근무, 출퇴근 시간, 준비와 정리 시간까지 하면 실제로 일과 관련된 시간은 하루 열두시간이 보통이었다. 옷 갈아입고 씻고 밥 먹고 잠자고 하다보면 일주일이 금방 지나갔다. 가장 큰 적은 졸음과 권태였다. 몇가지 동작만 끊임없이 반복한다는 게 사람을 바보로 만드는 것 같았다. 처음에는 또렷또렷하던 눈이 동태 눈깔이 되는 데는 몇달이면 충분했다.

회사에서는 제때 월급 나오고 추석, 설, 김장철, 연말 해서 일년에 네번 보너스를 주었다. 돈을 받아봐야 특별히 쓸 데도 없고 집에서는 장가갈 때를 대비해서 저축을 하라 했지만 나는 월급의 대부분을 입고 먹고 마시고 노는 데 썼다. 공장에서 기름때 묻은 작업복을 입어야 한다는 것 때문에 받은 스트레스를 돈가스 먹고 맥주 마시고 청바지, 운동화 같은 걸 사는 것으로 풀었다.

주말에는 공단 바깥의 디스코텍이나 나이트클럽에 가서 발바닥에 땀 나게 뛰고 놀았다. 잠깐씩이라도 여자들을 만나려다보니 술값, 밥값, 옷값이 또 만만찮게 들어갔다. 입대 전에 이런 식으로 먹고 마시고 입고 놀고 하다보니 돈이 모일 수가 없었다.

군대에서 만기제대하고 회사에 돌아오니 전에는 못 보던 김만수라는 친구가 있었다. 어디 붙어 있는지도 모르는 오년제 공업전문학교를 졸업하고 군대에 다녀와서 나보다 나이가 한살은 많았지만 나는 생산직 4급인데 그 녀석은 같은 4급이라도 관리직이었다. 그것도 생산관리부 소속이라서 품질관리니 공장 새마을운동이니 노사협의회니 하는 현장의 안건 때문에 안 볼 수 없었다.

만수는 처음부터 마음에 들지 않았다. 어디 하나 똑 부러지게 하는 것도 없이 희멀건 죽 같은 인상이었다. 실력이 있는 것도 말을 잘하는 것도 아니었다. 그 사람 아니면 안되는 일이 있는 것도 아니며 물에 물 탄 듯 술에 술 탄 듯한 그런 평균 수준의 인간이 어떻게 사년제 대졸 출신이 대부분인 관리직으로 들어오게 됐는지 이해가 되지 않았다. 내가 모르는 무슨 연줄이 있지 않고서는 힘든 일이었다.

같은 회사, 같은 장소에서 근무해도 생산직과 관리직은 각자 따로 놀고, 나이가 비슷해도 어중간한 인간은 비슷한 인간들끼리 어울리는 법이다. 나처럼 엘리뜨 의식이 있는 부류는 또 그런 사람끼리 어울리게 마련이었다. 그런데 만수 이 인간은 어쩐 일인지 관리직보다는 생산직, 그것도 나이가 있는 현장의 조장, 반장 같은 고참들하고 형, 동생 하며 친하게 지냈다. 관리직 사이에서 전문학교 출신이라 개밥에 도토리 취급을 받아서 그런가. 이렇든 저렇든 간에 싫으면 모른 체하면 그만이었다. 그런데 어느날 회사 앞 자주 가는 단골 식당에서 친한 사람들과 함께 온 만수를 만났고 생산직 고참 선배들의 강요로 소주잔을 한번 박고 말 까고 친구가 되었다. 만수하고 같이 온 품질관리과 계장이 한마디 거든 게 두고두고 생각났다.

—이름이 하나는 김만수, 하나는 이장수라 성은 달라도 어째 무슨 형제 같은 인연이 있지 싶다. 앞날이 창창한 젊은 두사람이 생산현장하고 관리직을 대표해서 잘 협조해가지고 우리 회사를 발전시켜봐라.

자기는 형제 같은 생산직 사원이 없어서 나이 마흔에 계장 달고 천덕꾸러기 취급을 받으면서 회사에 빌붙어 있는 건가. 아무튼 그날 그 식당에서 만들어 내온 안주가 돼지 두루치기였다. 비계가 달린 돼지고기를 두툼하게 썰어서 채소와 갖가지 양념을 넣고 매콤하고 달착지근하게 지지고 볶아서 먹는 것 말이다. 고기가 두툼하고 씹을 때 입에 반쯤 차게 푸짐해야 한다는 게 핵심이다. 국물도 좀 있는데다 고기 양도 많고 해서 배도 부르고 술안주로도 제격이었다. 결정적인 건 세상에 이런 음식이 있었나 싶게 맛이 있었다는 것이다. 공장 구내식당에서 군대 짬밥 같은 맛없는 밥을 먹는 게 고역이었는데 그다음부터는 그 식당에 이틀이 멀다 하고 가게 되었다. 거기서 만수와 마주치는 바람에 몇번 그 친구 밥값까지 낸 적이 있었다. 하도 맛있어서 그렇게 아깝지는 않았다.

만수하고 여기저기서 수백끼를 같이 먹었지만 나는 만수가 지갑을 먼저 꺼내는 것을 본 적이 없다. 좋게 보면 근검절약이지만 내가 보기에는 속이 밴댕이 소가지라 십원 한장에도 발발 떠는 인간이었다. 처음에는 '짠돌이'로 불리다가 결국 주변까지 짠돌이로 만든다는 의미에서 '왕삼겹짠돌이'로 정착했다. 왕삼겹짠돌이는 웬만하면 하루 세끼를 모두 구내식당에서 해결했다. 회사의 관리직들은 대부분 도시락을 싸오거나 바깥의 식당에서 사 먹는데 만수는 생산직 사이에 섞여 밥을 타 먹는 건 물론이고 한술 더 떠 남은 반찬을 얻어서 집에 싸가기까지 했다.

회사에서는 물론 출퇴근할 때 복장도 회사에서 지급한 점퍼와 바지 차림이었다. 공장장을 제외하면 대다수 관리직들이 양복을 입고 근무했다. 만수는 그런 사람들한테서 회사 마크가 찍힌 옷을 공짜로 얻어서 번갈아가면서 입는다고 하면서 이런 얘기도 했다.

—구두 한켤레를 계속 신으면 이년을 신기 힘들지만 두켤레를 번갈아가면서 신으면 두배가 아니라 세배는 더 오래 신을 수 있다고. 현명한 직장인이라면 반드시 알아둬야 할 상식이지.

내가 공장의 십여개 생산라인 가운데 최연소 생산반장의 물망에 올랐을 때 만수는 여전히 관리직 평사원이었다. 만수는 언제나 물렁해서 문제가 생겨도 늘 어정쩡하게 웃으며 대충 수습하고 넘어갔다. 그런 걸 두고 '인간성이 좋다'느니 '천생 양반이다' '인간관계는 김만수가 최고다'라고들 했다. 웃기는 건 내가 불량이 나지 않게 아득바득 다음 교대근무자까지 챙겨가며 올려놓은 생산성을 어물쩍하게 나눠먹는다는 것이었다. 눈에 보이는 실력과 노력의 차이가 있는데 결과가 비슷하다면 공평하지 않았다.

다시금 무능한 만수가 어떻게 관리직으로 입사해서 생산관리 일을 하게 되었는지 의심이 뭉게구름처럼 일어났다. 술집에서 작정하고 물어본 적이 있었다.

—개는 전문학교 나왔잖아. 대한민국에서는 전문학교라도 나와야 관리직이 될 수 있는 건데 뭘 복잡하게 생각해.

막 결혼한 김해남 조장이 대답했다.

—전문학교도 전문학교 나름이죠. 만수 나온 학교 이름이나 들어봤어요? 그런 똥통은 돈 주고 가라고 해도 안 가요. 그런 학교 나와서 어떻게 우리 회사에 관리직으로 들어왔겠냐고요.

—여기 있는 사람들 월급봉투 까봐. 같은 월급이 하나도 없어. 단 한사람도 같은 조건으로 입사한 사람 없다고. 개인 회사라는 게 다 그런 거지. 무슨 백이든지 썼겠지. 나는 하나도 안 궁금해.

만수와 자주 어울리는 회사 십년 차 이강진 반장의 대답이었다. 결국 그들은 혼자 힘, 자기 실력으로 세상을 헤쳐나가기보다는 서로를 봐주고 각자의 약점과 비밀을 모른 체한다는 점에서 한통속이거나 적어도 서로를 같은 편으로 여기는 것이었다.

그런데 마지막 순간에 중요한 정보를 입수했다. 만수 또한 나처럼 육남매 중 하나고 아래로 동생이 둘인데 남동생은 다른 데도 아닌 서울 국립대에 다니고 있으며 여동생 또한 그 국립대생들의 단골 미팅 파트너인 명문 여대의 재학생이라는 것이었다. 만수가 왕삼겹짠돌이가 된 것은 대한민국 최고의 명문 대학에 다니는 두 동생 때문이었단다. 똑똑한 동생들을 위해 허리띠 졸라가며 일하고 디스코텍 한번 가지 않고 절약하며 인생을 바치고 있다는 감동 스토리에 감명받아 무릎을 꿇을 나는 아니었다. 만수에게 그런 인내력이 있다는 것, 또 그런 것을 내게 한번도 내색하지 않았다는 게 충격적이었다. 만수가 나보다 더 나은 점이 있다는 게 아팠다. 그놈을 질투하게 될 줄은 몰랐기 때문에 놀랍기도 했다. 하지만 그건 시작에 불과했다.

나는 군대에는 절대로 가고 싶지 않았다. 백수 형이 군대에 가서 죽었다는 게 내게 어마어마한 충격을 주었기 때문에 군대에 가면 나도 죽을지도 모른다는 공포가 있었다. 만수 형 또한 총에 맞아 죽을 뻔했다. 우리 형제들이 군대와 어떤 악연이 있는지 모르지만 나는 누구처럼 바보가 아니고 개죽음을 당하고 싶지 않았다.

입대 연기가 가능한 대학생활도 끝이 보이기 시작하니 점점 초조해졌다. 행정고시를 준비하고는 있었지만 졸업하기 전에 합격을 하는 건 불가능해 보였다. 대학원에 가든가 군대로 가야 했다.

사법고시에 합격하면 군법무관으로 군대생활을 할 수 있겠지만 방향을 전환하기에는 이미 늦었다. 만수 형처럼 전경이 되는 건 꿈도 꾸기 싫었다. 시위를 주도하거나 학생운동을 하다가 검거되어서 징역형을 받으면 군 복무와 맞바꿀 수 있긴 했다.

나 또한 1학년 때 민주화를 요구하는 시위에 어영부영 끼었다가 경찰서 유치장에 끌려간 적이 있었다. 시키는 대로 반성문을 썼고 다시는 시위를 하지 않겠다고 각서를 쓰고 좀 얻어터진 뒤에 훈방으로 풀려났다. 본격적으로 학생운동에 가담하려는 생각은 하지 않았다. 조직에 들어가서 커리큘럼에 따라 공부를 하고 시위를 주도하고 감옥에 갔다가 노동현장에 투신하는 등의 민주투사 코스를 착실하게 밟아가는 친구들을 알고는 있었다. 그런 일이 나쁘다고 생각하지는 않았다. 내 가치관, 세계관과 달랐다는 것뿐이다.

나처럼 재수, 삼수하며 죽어라 공부해서 최고의 국가 엘리뜨를 양성하는 국립대에 들어왔으면 고시를 통해 관료가 되든 정치가가 되어서 사회를 바꿔나가는 게 더 낫다. 젊은 시절 사상공부며 학생

운동으로 세상을 바꿔나갈 수 있으리라 순진하게 생각하고 어설프게 행동에 옮기려다 패가망신하는 건 내 할아버지로 충분했다. 하지만 그들의 선택을 존중했다. 그들은 그들의 길을 가고 나는 나의 길을 가면 되었다. 그런 친구들 덕분에 엘리뜨들 간의 경쟁에서 이기기가 쉬워질 테니까.

그런데 군대가 골치였다. 인생이라는 긴 마라톤 시합에서 쌀알만 한 모래가 신발에 들어가 있다 치자. 레이스가 진행될수록 쌀알은 자갈로, 자갈에서 바위로 변한다. 남을 이기는 것은 고사하고 계속 뛸 수조차 없게 되는 것이다. 내게 군대 문제가 그랬다.

졸업을 일년 앞두고 결론을 내렸다. 일단 공장에 가서 '공활'을 하면서 시간을 벌어보자는 것이었다. 나중에 혹 내가 정계에 입문했을 때 기자가 '대학 다니던 이십대에 무엇을 했느냐'고 물으면 '그 엄혹한 시절의 산업현장에서 노동자들과 함께 고통과 눈물을 맛보았다'고 대답할 수 있을 것 같기도 했다. 옥희까지 대학에 입학한데다 정부에서 대학생 과외를 금지하는 바람에 경제적 압박이 커진 것도 계기가 됐다.

공장에 들어가는 것은 그리 어렵지 않았다. 같은 재수학원 출신이고 이미 공단에 투신한 지 오래인 친구 장성남이 주선을 해주었다. 금속과 플라스틱 소재로 된 관을 생산하는 곳이었다. 거의 다 기계화, 자동화가 되어 있어 비숙련 노동자도 큰 어려움 없이 일할 수 있었다. 임금은 공단 전체에서 평균을 넘는 수준이었다. 평생을 노동현장에서 운동에 헌신할 사람과 달리 내가 잠깐 있다가 갈 것임을 성남 또한 잘 알고 있었기 때문에 생각보다 괜찮은 일자리가 얻어걸린 것이었다.

나는 내가 버는 것을 오로지 나를 위해 쓰기로 작정했다. 첫 달치 월급을 받고는 곧바로 매일 밤 회합에 토론에 학습이 이어지는 성남의 방에서 독립해 나와 월세방을 하나 얻었다. 그러고는 마치 운명이 예정해둔 것처럼 오영주를 만났다.

영주 역시 대학을 다니다 공장에 들어와 노동운동을 하고 있었다. 성남의 방에서 벌어지는 토론에 참석해 얼굴은 알고 있었다. 활동에 적극적이지도 않고 어딘지 그늘이 져 있는 것처럼 느껴졌다. 대학 3학년이던 한해 전에 공단에 들어와 나름대로 경력은 인정받고 있었으나 자신의 선택이 옳았는지에 대해 회의하고 있었다고 나중에 말했다. 그녀의 발목을 잡은 것은 부르주아 출신의 순응적 사고와 서구적인 화려한 외모였다. 그녀는 여대 앞 클래식 음악다방에서 불어로 된 전공서적을 읽으며 까뿌치노를 마시는 게 어울릴 유형이었다. 어쩌다가 알게 된 운동권 남자 때문에 그 남자를 따라 공단생활을 하게 됐지만 남자가 떠난 후에는 더이상 공활을 이어갈 이유도 없고 체질에도 맞지 않는 상황이었다.

독약 같은 회의를 심중에 품고 있는 사람들끼리는 쉽게 알아볼 수 있는 법이다. 성남에게서 독립한 뒤 저녁마다 혼자 맥줏집에서 프로야구 경기를 보며 생맥주에 통닭을 먹던 나는 어느날 신호등 앞에서 멍하니 서 있는 영주를 보고는 말을 걸었다. 생맥주 오백씨시 몇잔에 잔뜩 취한 그녀를 자취방으로 데리고 왔고 자연스럽게 몸을 섞었다.

영주와 함께 살게 된 지 얼마 지나지 않아 그녀의 본색이 드러났다. 내가 국립대에 다니다 왔고 군대 때문에 갈등을 겪고 있다는 것을 안 뒤로는 둘이 결혼해 평온한 일생을 꾸려나갈 것을 희망했다. 하지만 나는 그녀와 결혼은커녕 함께 오래 살 생각도 없었다. 그녀는 단지 힘든 공단에서의 생활을 위로해줄 섹스 파트너일 뿐이었다.

—방아쇠 당기는 집게손가락 한마디만 잘라. 그럼 군대에 안 가도 되잖아. 요새 단순한 손가락 절단은 공단 병원에서 수술해서 접합할 수 있으니까 당신 공장에 있는 커터 말고 금속 표면 가공하는 고속 그라인더 같은 데 넣어서 아예 수술이 불가능하게 갈아버리는 게 좋아. 눈 딱 감고 손가락을 집어넣기만 해. 몇초면 끝날 거야.

그녀는 섹스가 끝난 뒤 나른한 여운을 즐기고 있을 때에 무슨 대단한 생각이라도 해낸 듯이 속삭이곤 했다. 내가 그녀에게 조금이라도 애착이 있었다면 그런 끔찍한 이야기는 꺼내지도 말라고 입을 막았을 것이다. 하지만 나는 그렇게 하지 않았다. 알았다고 고개를 끄덕였을 뿐이다.

—오늘도 그냥 온 거야? 왜 그렇게 결단을 내리지 못해? 나 사랑하잖아. 단 몇초야. 그것만 참고 견디면 우리는 헤어지지 않고 영원히 함께할 수 있어. 내일은 꼭 해야 돼. 약속! 안 그러면 오늘 그냥 떨어져서 잘 거야.

그녀는 내 오른손 검지 한마디가 자신의 젖가슴에 돋아난 사마귀라도 되는 듯 쉽게 말했다. 나는 그녀와의 섹스를 위해 다음 날에는 반드시 그라인더에 손가락을 집어넣겠다고 약속했다. 그녀의 몸은 형편없는 상상력, 음식 솜씨에 비하면 썩 괜찮았다. 빨리 달아

올랐고 절정에 도달한 뒤에도 내가 원하는 대로 나를 만족시키기 위해 열심히 애무를 해주곤 했다. 그외에는 모든 면에서 평범하고 단순한, 천생 여자였다. 내게는 배우자로서든 애인으로서든 전혀 어울리지 않는.

그녀가 내게 가르쳐준 유일한 진실은, 남녀 간의 열정과 사랑은 쉽게 식어버리지만 육정(肉情)이 각인되면 쉽게 헤어지기 어렵다는 것이었다. 영주는 몇십년을 살을 맞대고 살아야 알 수 있는 진실을 몇달 만에 깨닫게 해줬다. 운명의 그날, 그 일이 아니더라도 나는 그녀를 떠나려고 했다.

시위가 끝난 자리는 태풍이 덮치고 사라져버린 듯 황량했다. 투석전에 쓰려고 깨놓은 보도블록이 발에 차였고 공기에는 매캐한 최루가스가 섞여 있어서 가만히 있어도 눈물, 콧물이 줄줄 흘렀다. 전경 기동대 버스가 줄지어 서 있었고 갑충을 연상케 하는 진압복 차림의 기동대 병력들이 주위를 경계하고 있었다. 상황은 이미 끝나 있었다. 갑호 비상령이 내려진 경찰은 시위 군중에 맞먹는 병력을 동원해 시위를 막는 데 성공했다.

보도건 차도건 광장이건 가릴 것 없이 바닥은 삐라와 구호로 도배되다시피 했다. 교통표지판에도 지하철 환기구에도 죽은 새처럼 종이가 걸려 있었다. 종이에 적힌 구호는 민주주의, 독재 타도, 악법 철폐, 노동자의 해방을 외치고 있었다. 내가 국민이고 노동자인데도 그 구호들이 실감이 나지 않았다. 대통령을 향해 독재자라고 하는 게 주제넘은 것 같은 생각이 들었고 노동자의 해방이라는 건

용어부터 어쩐지 마음에 들지 않았다. 공돌이, 아니 그냥 근로자라고 불러주고, 노예도 아닌데 해방은 좀 그렇고 월급이나 올려준다고 하면 쉽게 알아들을 수 있을 것 같았다.

—이런 데서 네 동생이 찾아지겠냐? 남대문에서 김서방 찾기보다 힘들겠다.

길거리 가게의 깨진 유리창 뒤에서 불안하게 밖을 내다보고 있던 사람이 나와 시선이 마주치자 몸을 감췄다.

—미안하다. 미안해. 정말 미안해.

만수는 넋이 나간 표정이었다. 그러면서도 계속 미안하다고 중얼거렸다.

—왜 하필 나를 데려온 거야?

말은 그렇게 했지만 만수가 여동생을 찾으러 데모가 한창인 시내로 간다고 했을 때 따라나선 건 나였다. 공장 구내식당에 있는 텔레비전에서 이제는 일상 풍경이 된 시위 모습을 보던 중이었다. 뉴스를 진행하던 아나운서가 사회적 혼란을 조성하고 불법시위를 일삼는 대학생을 비롯한 불순세력의 시위를 엄단하겠다는 치안 관련 부처 장관 합동담화를 앵무새처럼 읽고 있었고 배경화면으로 난장판인 시위현장이 비쳤다. 그때 만수가 갑자기 "깨엑!" 하고 비명을 지르며 눈을 크게 뜨더니 내게 사무실로 가서 생산관리과장한테 조퇴한다고 말해달라고 하면서 뛰쳐나가려 했다. 마침 근무교대를 하고 난 다음이었던 나는 만수를 붙들었다. 역사의 거대한 수레바퀴가 구르는 현장을 보고 싶다는 생각이 들기도 했다. 만수와 함께 시위현장으로 전철을 타고 가면서 나는 만수에 관해 아는 것보다 모르는 게 훨씬 더 많다는 것을 깨달았다. 그걸 한마디로 줄이면 '어벙해 보이는 놈이 알고 보니 당수 팔단'이라는 것이었다.

만수가 생산직 고참보다 못한 월급에 관리직에는 거의 없는 야근, 휴일근무를 자청해 받은 수당까지 한푼도 쓰지 않는다 해도 대학생 둘을 학교에 보낸다는 건 불가능한 일에 가까웠다. 그래서 퇴근하고 아르바이트를 하고 있다고 했다. 입사 후에 하루 다섯시간 이상 자본 적이 없다는 것이었다. 그렇게 힘들게 뒷바라지를 해왔던 남동생이 온다 간다 말도 없이 가출을 하는 바람에 만수가 대신 그 녀석 다니던 대학에 가서 휴학 수속을 밟았다고 했다.

만수는 자신이 동생 아니면 어떻게 대한민국의 천재들만 간다는 국립대에 들어가볼 수나 있었겠느냐고, 정문을 들어서는데 가슴에서 북처럼 쿵쿵 소리가 나고 손발이 덜덜 떨리더라고 했다. 동생이지만 어렸을 때부터 존경심을 느껴왔던 이유가 저절로 이해가 되더라는 것이었다.

—너는 쓸개도 창자도 없냐? 그런 이기적인 동생 놈 뼈 빠지게 대학 공부 시켜봐야 나중에 첫 월급 받아서 내복이라도 하나 사들고 올 것 같애? 내 분명히 이야기하는데 그런 종자들은 아무리 한 지붕 밑에서 태어났다고 해도 우리하고는 종류가 달라. 그놈이 판검사, 대기업 사장으로 출세를 한들 네가 죽을 끓여 먹는지 밥을 끓여 먹는지 상관도 안할 거다. 정신 좀 차려라, 제발.

내가 만수를 걱정해서 하는 말은 절대 아니었다. 좋은 부모 만나 좋은 대학 나오고 좋은 머리 잘 굴려서 일찍 출세해가지고 결국 우리 같은 공돌이, 서민들 위에 군림하며 우리의 명줄을 좌지우지할 부류의 인간들이 그냥 싫었다.

그런데 만수의 막내여동생 옥희는 제 바로 위 오빠처럼 아주 싸가지가 없지는 않은 모양이었다. 만수가 혹시 시위현장에서 마주칠지 모르니 얼굴을 봐두라고 보여준 사진 속 옥희의 얼굴은 바로 내가 꿈꾸던 이상형 그대로였다. 예쁘고 당차고 똑똑해 보이고 부지런하며, 무엇보다 사람 마음을 잘 이해해줄 것 같은 인상이었다. 갑자기 만수가 훌륭하고 존경스러워 보였다. 잘하면 처남 매부 사이가 될지도 모르니까.

문제는 그 옥희가 며칠 전부터 가출 중이고 시위현장에 있는 것이 방송 화면으로 확인됐다는 것이었다. 옥희의 친구가 전화를 해서 형사들이 집을 덮칠지도 모르니 집에 있는 이상한 문건이나 서적을 미리 치워두라고 한 적이 있다고도 했다.

만수는 넓고 넓은 시내 한복판, 전쟁이 지나간 듯한 바닥을 헤집고 다니며 여동생의 흔적을 찾았다. 회색빛 제복의 넓은 등판은 얼마 지나지 않아 땀으로 젖어 몸에 달라붙었다. 아직 남아 있는 최루가스 때문인지 동생 걱정 때문인지 눈물을 줄줄 흘리면서, 시위대가 끌려가고 도망치며 바닥에 떨어뜨리고 간 신발이나 가방 같은 것 중에 제 동생의 것이 없는지 살피면서 만수는 걷고 또 걸었다. 그런 게 있을 리 없고 있다 해도 명찰이 달린 것도 아닌데, 참 답이 없는 바보짓이었다. 다리가 아픈 건 둘째 치고 코와 목이 따갑고 눈물이 나고 피부가 따끔거려서 견딜 수 없었다.

—야, 그만 가자. 아무 소용도 없다니까.

내가 몇번을 말해도 만수는 넋이 나간 것처럼 울며불며 걷고 또 걸을 뿐이었다. 내가 "야, 씨발아, 난 이제 때려죽여도 못 가" 하고 바닥에 주저앉는데 "뿌욱" 하는 재수없는 소리와 함께 꽉 끼던 바지의 엉덩이 부분이 완전히 터져버렸다. "야, 김만수, 거기 서봐. 씨발, 나 바지 나갔다" 하면서 손을 돌려서 만져보니 갈아입은 지 일주일이 넘은 팬티가 손에 잡혔다. 보나 마나 색깔이 호박색일 것이었다. 그제야 만수가 내게 오더니 "나는 무슨 일이 있어도 우리 막내 찾아가야 돼. 걔 못 찾으면 나는 사는 의미가 없어. 시골 있는 부모님 뵐 면목도 없고. 너는 별 상관도 없는데 따라다니기 힘들 테니까 먼저 들어가라"라고 했다. 맨날 바보처럼 속없이 싱글벙글하던 만수의 얼굴이 한번도 다리미 구경을 못해본 빨래, 아니 걸레처럼 완전히 삭아 있었다.

—지금 바지 궁둥이가 완전히 나갔다니까. 옷핀 같은 거라도 좀 사오라고.

—어, 그래? 그거 큰일이네. 어쩌지? 좀만 기다려봐.

만수는 근처에 있는 가게로 가서는 한참 만에 옷핀이 아닌 실과 바늘을 사왔다. 여전히 울상을 한 채로 꿰매주겠다며 엉덩이를 돌려 대라는 것이었다. 다 큰 사내놈 둘이서, 하나는 땅에 퍼질러 앉아서 남의 엉덩이를 쳐다보고 있고 하나는 엉거주춤 서서 엉덩이를 내밀고 있는 꼬라지가 남의 눈에는 어떻게 보일까. 정말 웃기는 상황이었다. 그런데 전혀 웃음이 나오지 않았다. 고맙지도 않고. 나는 만수에게 엉덩이를 돌려 댄 채로 충고했다.

—데모한다고 며칠씩 집에 안 들어오고 카메라에 데모하는 거

찍힌 대학생 애들이 한둘이겠냐? 그런데 왜 너 혼자 미친놈마냥 이러느냐고? 다른 사람들은 식구도 없고 집도 없대냐?

갑자기 만수가 "맞다!" 하면서 내 엉둥이를 철썩 소리 나게 쳤다.

—아, 뭐야, 새끼야. 너 주사 놓냐? 남의 엉덩이를 왜 치고 지랄이야? 방귀도 참아주고 있었구만.

만수는 내 엉덩이를 대충 꿰매고 벌떡 일어났다. 그러더니 길거리에 여기저기 주저앉아 식판에 배급받은 밥과 반찬을 먹고 있는 전경들을 살피다가 한 무리에게 다가갔다. 제정신인가 싶었다. 나는 멀찌감치 떨어져 지켜보다 언제든 도망갈 준비를 하고 있었다. 회사 마크가 새겨진 점퍼에 작업복 바지 차림이라 전형적인 공돌이로 보이는 만수가 곧 전경 버스 안으로 끌려들어가 얻어터질 거라고 생각하고 있었다. 하지만 전경들은 밥을 먹다 말고 만수의 말을 한참 듣고는 일어서서 어딘가를 가리켜 보였고 만수는 따로 떨어진 지프차로 다가가 거기에 있는 군복 차림의 지휘관과 이야기를 나누기 시작했다. 십여분 넘게 담배를 나눠 피우고 마주 보고 크게 웃기까지 하는 걸 보니 어이가 없었다. 현장에서 만수가 인간관계 좋다고 하던 게 다시 생각나지 않을 수 없는 장면이었다.

—나 참, 너라는 놈은 안면에 철판을 깔았냐, 성격이 사교적이라고 해야 되냐. 네 여동생을 잡아다가 개 패듯 팼을지도 모르는 애들하고 대화가 돼? 너는 경찰이 성고문했다는 얘기도 못 들어봤냐?

—어, 내가 원래 전경 출신이거든. 저기 있는 애들 다 내 후배 기수야. 내가 가서 수고 많다, 나 몇기라고 이야기하고 뭐 좀 물어보

자고 하니까 지휘관한테 데려다주더라고. 애들이 선배라니까 친절하게 해주네.

—그래서 뭐라는데?

—지휘관이 자기들은 뒤에 와서 잘 모르는데 잡은 애들이 너무 많아서 대학별로 분류해서 관할 경찰서로 보냈대. 그러니까 우리 막내는 서대문서나 마포서에 가 있을 거래. 별일 아니니까 훈방될 거 같다고도 하고. 근데 걔가 콘택트렌즈를 끼고 댕기는데, 세척액을 안 챙겨갔으면 눈이 안 보여서 며칠 고생할 텐데.

—콘택트렌즈? 멋 낼라고 안경 쓰기 싫어하는 기집애들이 쓰는 거? 비싼 거?

—응, 돈이 없어서 투과율 좋은 거 못해준 게 마음에 걸리네. 꼭 이럴 때 이런 일이 생겨. 속옷도 갖다줘야겠고.

—참 나 기가 막혀서. 이 새끼 정말 답이 안 나오는 놈이네. 오빠라는 게 뼈 빠지게 일해서 대학 공부 시켜주는 것만 해도 오감하지 뭐 멋 낼라고 콘택트렌즈 사달라는 기집애한테 좋은 거 못해줘서 미안해? 그렇게 멋 부리는 것들이 데모는 지랄한다고 해?

만수는 내가 씨근벌떡 소리치는 것을 한참 바라보고 있더니 또 미안하다고 하면서 경찰서에 같이 가줄 수 있겠느냐고 했다.

—내가 미쳤냐? 바지까지 이 꼬라지를 하고? 너희 바퀴벌레 같은 남매들끼리 잘 놀아봐. 너희한테는 인생이 장난 같지? 한번 죽어봐. 나는 간다, 이 씨부랄 놈아.

집으로 돌아오는 동안에도 왜 그렇게 화를 냈는지 잘 알 수 없었다. 아니, 알고 있었다. 내가 만수만 못한 게 또 있었다. 여동생은 내게도 있었지만 내 인생을 희생해서라도 무엇이든 다 해줄 수 있는 대상이 아니었다. 만수는 자신의 시간과 노력이 동생들, 제가 사랑하는 가족에게 투입되는 것을 조금도 아까워하지 않았다. 나는 그럴 수 없었다. 그들끼리의 강력한 결속에 내가 끼어들어갈 틈은 없었다.

또 하나, 나는 뼛속까지 공돌이고 노동자였다. 그놈은 곧 죽어도 관리직이고 먹물이었다.

결국 군대에 끌려왔다. 총 한방 쏘지 않아도 되고 훈련도 받지 않고 보초도 서지 않는다. 내 소속은 전방 부대지만 나는 그곳에서 근무하지 않는다. 사병이지만 머리를 기른다. 긴 머리에 어울리게 사복을 입을 때도 있고 제복을 입기도 한다. 제복에는 계급장이나 군번이 쓰인 명찰도 달려 있지 않다. 군인이지만 군인 같지 않고 학생이 아니고 민간인은 더욱 아니다. 휴가 때에도 나는 집에 가지 않고 친구들을 만나지도 않는다. 군 복무기간 동안 나는 사실상 군대에 있지 않다. 아니, '서류상'으로 존재한다. 나는 내가 존재한다는 것을 증명하는 서류를 스스로 작성한다. 서류가 없다면 나는 유령이나 다름없다.

나는 매일 서류를 작성한다. 정치인, 종교인, 언론인, 교수, 재야인사 등 사회 각계의 민간인을 대상으로 그들의 개인별 동향과 정보를 파악한 문건을 정리한다. 보안사 요원들이 가져온 정보를 바탕으로 만든 문건은 카드로 되어 있으며 인적사항과 친인척, 지인 등의 인간관계나 사회관계가 일목요연하게 정리되어 있다. 유사시에 이들의 도주로나 은신처도 수시로 업데이트하고 있다. 거의 비슷하거나 똑같은 내용을 매일 베껴 쓰고 폐기한다. 이런 문건이 실제로 쓰이는지 그저 시간을 보내기 위한 일로 내게 주어진 것인지 나는 모른다.

나의 임무 가운데 하나는 대학에 있는 친구들에게 편지를 쓰고 답장을 받아서 대학 내의 시위 동향이나 불순세력과의 연계 등에 관해 동향을 파악하는 것이다. 하지만 내 편지에 답장을 하는 친구는 없다. 그들은 나를 친구라고 생각하지 않기 때문이다. 그래도 나는 쓴다. 나는 편지를 써야 하는 존재이기 때문이다. 나는 최신 퍼스널 컴퓨터로 국민학교 시절 친구에게 보낼 편지를 쓰기도 하고 고등학교 때 알던 여학생에게 보여줄 시를 쓰기도 한다. 요원들이 일일이 내가 쓰는 편지나 서류를 검열하지 않게 된 지 오래되었기 때문에 부치지 않을 편지라면 쓰고 싶은 대로 써도 된다. 일기도 쓰고 살아온 날들에 대한 기억에 대해서도 쓴다. 그냥 아무거나 쓰기도 한다.

뭘 쓴다는 것은 살아온 날을 돌이켜볼 수 있게 해준다. 어떤 사람에 대한 생각, 감정, 어떤 순간을 문장으로 표현하면 조금 더 그게 선명하게 보이고 정리되고 객관적으로 보게 만든다.

이게 다 오영주 덕분이다. 뼈에 사무치게 고맙다. 만난다면 뼈가 으스러져라 껴안아주고 싶다. 그다음에는 눈을 마주 보며 심장에 칼을 천천히 박아넣을 것이다.

내 입을 통해 이름이 불려지고 그 때문에 경찰, 안기부 같은 정보기관에 끌려가 조사를 받고 학생운동, 노동운동, 민주화운동에 주도, 참여, 동조, 호응한 혐의로 재판을 받게 된 열몇명 가운데 가장 오래 실형을 살게 된 친구가 징역 이년이었다. 삼년을 썩어야 하는 군대보다는 감옥에서 보내는 이년이 짧긴 하다. 결과적으로 나처럼 군대 때문에 고민하던 친구들을 내가 도와준 셈일 수도 있다. 그들이 고마워하든, 원수로 생각하든.

내가 그들처럼 감옥에 가지 않고 군대에 온 이유는 간단하다. 내가 감옥에 갈 만한 잘못—범법행위를 하지 않았기 때문이다. 내 방에서 불온 유인물 몇장과 그들이 금서로 분류한 서적이 몇권 나오긴 했지만 경찰도 나처럼 깨끗한 사람은 없다고 할 정도였다. 그 깨끗함이 입증이 될 때까지의 석달 가량의 시간은 형기에도 군 복무기간에도 산입되지 않았다. 일각이 여삼추라는 말도 있지만 그 석달 동안은 그때까지 살아온 내 인생 전체보다도 길다는 느낌이었다.

그들은 내가 영주와 동거하고 있었다는 이유로 나를 영주가 그 전에 동거했던 남자와 같은 거물급 운동권 핵심총책으로 간주했다. 내가 한번도 그들의 수사선상에 오른 적이 없다는 게, 신선한 요릿감이라는 게 그들의 식욕을 돋우었다. 영주의 존재가 결정적이었다. 그것만으로도 나는 차마 떠올리고 싶지 않은 부끄럽고 욕된 고문을 당했다.

불문곡직 나를 끌고 간 경찰은 집회, 시위나 학생운동을 담당하는 정보과 형사들이 아니라 대공과 소속이었다. 공산주의나 공산당, 공산국가에 공히 들어가는 그 '공'을 상대하는 '대공(對共)'이라면 나는 간첩 혐의를 받았거나 국가보안법 사건에 연루된 것이었다. 하지만 실제로 국가보안법에 저촉되는 활동을 하던 친구들이 아는 나는 고시에 합격하고 엘리뜨 코스를 걸으며 부잣집의 외동딸과 결혼하는 식의 신분상승을 바라는 평범한 속물일 것이었다. 나는 그들이 함께 신명을 바쳐 세상을 바꾸자고 설득할 대상조차 되지 않았다. 내가 공활을 하고 싶다고 했을 때 성남이 몇번이고 "진심이냐" 하고 확인한 것만 봐도 그랬다. 그런 나를 국가보안법에 얽어넣으려는 것 자체가 말도 되지 않는 일이었다. 그래도 그렇게 됐다. '하면 된다'는 독재자의 슬로건대로.

그들은 스스로의 조직을 '회사'라고 했다. 계급에 따라 사장, 전무, 부장, 과장 등이 있었다. 물론 그들은 제복 같은 건 입지 않았다. 사장은 만나지도 못했다. 내가 모든 것을 털어놓고 전폭적으로 협조를 하게 되어 한식구처럼 행동한다면 만날 가능성이 있다고 했다. 차장이 해준 말이었다. 좋은 사람도 있었다. 과장이었다. 그는 남쪽 어디의 농고인지를 나온 것 같았는데 자신이 들어본 적도 없는 까마득한 산골 출신인 내가 다른 곳도 아닌 서울 국립대학에 합격해서 만점 가까운 학점을 받아온 것에 대해 감탄하고 칭찬했다. 그나마 나를 사람으로 봐준 건 그가 처음이었다. 그는 나를 고문할 때마다 내가 얼마나 아픈지, 힘든지 견딜 만한지 확인하기 위해 나를 살폈다. 전문적인 고문기술을 사용하는 부장이 내게 가한 혹독한 고문에 혹 내가 미쳐버리거나 치명상을 입지나 않을지 가장 신경 쓰는 사람도 그였다.

고문 가운데서도 가장 비용이 덜 들고 쉽고 효과가 좋은 방식은 몸을 매달아 자체 무게로 고통스럽게 만드는 '통닭구이' 같은 종류다. 주먹과 발길질로 때리고 차는 방식은 거의 쓰지 않는다. 고문하는 사람이 힘이 들고 감정적으로 동요하거나 흥분할 수 있기 때문이다. 몽둥이찜질, 젖은 한지를 얼굴 위에 덮어서 숨을 못 쉬게 하기, 물고문, 고춧가루 고문은 전통적인 방식이면서 효과 면에서는 중간 정도 되었다. 전기 고문, 관절 빼기처럼 전문적인 도구와 기술을 사용하는 전문가들은 상대를 인간으로 보지 않는 것 같았다. 사실 그럴 때는 내가 인간이 아닌 것 같기도 했다. 이성이 아닌 본능만 남아 그들이 하라는 대로 광란하고 울부짖고 길들여지고 복종하고 시키는 대로 다 하는, 조종되고 개조되는 짐승이었다.

그들은 지하실에 들어가자마자 옷부터 벗게 했다. 감옥이나 군대에서는 수의나 군복으로 갈아입게 하지만 그곳에서는 갈아입을 옷을 주지 않았다. 알몸으로 있는 게 기본이었다. 나는 알몸으로 땅을 기어다니는 이차원의 애벌레가 된 것 같았고 옷을 입고 서 있는 사람은 신처럼 느껴졌다.

—너에게 이곳에서 지켜야 할 규칙에 대해 알려주겠다. 밥은 준다. 숟가락 젓가락은 없다. 인간이 아니니까. 밥 먹을 때 수갑을 풀어줄 거라고 생각하지 마라. 배고프면 바닥에 있는 걸 아가리로 처먹어라. 처먹으면 싸야겠지? 변기는 없다. 저기 라디에이터가 보이나? 저건 너에게 난방을 해주려고 설치한 게 아니다. 네가 오줌을 싸면 저기서 젖은 몸을 말리라고 놔둔 거다.

그나마 말을 많이 하는 사람이 가장 인간적이었다. 고문 전문가들은 과묵했다. 욕설도 퍼붓지 않고 비웃지도 않았다. 잘 작동되는 기계처럼 고문을 수행했다. 그들에게서 나는 어떤 요구도 받지 않았다. 하기는 비명을 지르고 무조건 잘못했다 빌고 살려달라고 애원하는 것만으로도 나는 충분히 바빴다.

나는 고문을 받기 전부터 이미 그들이 원하는 대로 무엇이든 할 준비가 돼 있었다. 나는 그들이 만족할 만한 과거 행적이며 활동, 사상, 인맥 같은 것을 가지고 있지 않았고 또 그들이 무엇을 원하는지, 왜 나를 데리고 왔는지 몰랐으므로 자백하고 인정하고 싶어도 할 수가 없었다. 결국 나는 기초적인 구타에서 신경이 마른 실뿌리처럼 하얗게 타버리고 존재 자체가 소멸하는 듯한 전기 고문에 이르기까지 다양한 방식의 폭력을 모두 겪어야 했다. 나중에는 내가 기억하는 게 뭔지, 그게 맞기나 하는지, 내가 누구인지도 확신이 서지 않았다.

인간은 두종류로 구분할 수 있다. 고문을 경험해본 사람과 그러지 못한 사람. 뇌리에서 번개가 치고 천둥이 울리는 것을 경험해본 사람과 그러지 못한 사람. 불온한 가치관과 불순한 관념이 들어 있는 머릿속의 신경세포를 속속들이 씻어내고 인간성 자체를 개조하는 과정을 겪어본 사람과 그러지 못한 사람. 남에 의해 완전히 해체되었다 다시 재조립된 자신을 받아들인 사람과 그러지 못한 사람.

어느날 영주는 자신과 한때 연인 관계이자 동지였던 이정남이라는 자의 연락을 받는다. 이정남은 민주화를 요구하는 시위와 직선제 개헌을 위한 투쟁을 계기로 대세를 장악할 결정적 시기가 다가왔다고 하면서 공단에 지금까지 비축한 모든 자원과 역량을 총동원해 모월 모일 모처에서 열릴 노동자, 학생, 지식인, 민주화단체 등을 망라한 민주헌법 쟁취를 위한 범국민대회에 참가할 것을 지시한다. 하지만 이미 부르주아적 세계관으로 회귀해 나와의 행복한 앞날을 꿈꾸는 영주에게는 이정남의 지시를 수행할 의지가 결여돼 있었다. 영주의 변화한 모습을 보고 이정남은 내 존재를 알아채고 나를 버리고 와서 과업을 충실히 수행하지 않으면 내가 어떤 식으로든 처단을 당하게 될 것이라고 위협했다. 영주는 나를 위한답시고 이정남에게 돌아가서는 그의 지시에 따랐다. 귀고리를 달고 짙은 화장을 하고 하이힐을 신은 채 핸드백 속에 중요한 문건을 넣어 지하철로 운반하던 중에 불심검문에 체포됐다. 범국민대회를 앞두고 운동권 동향을 예의주시하고 있던 경찰과 검찰, 안기부 등 관계기관은 이정남을 체포하기 위해 출동하지만 이미 이정남은 간발의 차이로 도주하고 난 뒤였다. 어떻든 당일의 범국민대회는 실패로 돌아가고 말았다. 이정남과 오영주에 의해 나는 대공 용의점을 가지고 있는 주요 인물로 부상한다.

고문을 받으면서 나는 나라는 인간의 밑바닥, 속까지 그들에게 까발려 보였다. 극한의 고통과 수치감과 두려움, 무력감에 나는 울었다. 무릎을 꿇다 못해 바닥을 기어다니며 그들의 구두 밑바닥을 핥았다. 빌고 또 빌었다. 완전히 항복했다. 무엇이든 그들이 원하는 대로 했다. 마음으로부터 진실하게, 진심으로, 진정을 다해 그들에게 살려줄 것을 애원했다. 매일 나는 지나온 삶에 대해 반성했다. 민주주의와 역사에 대한 어설픈 이해, 국가와 정부, 체제에 대한 이유 없는 불신, 민중과 노동자와 사회적 약자 들에 대한 얄팍한 동정심이 나를 여기까지 오게 했다는 것을 깨달았다. 나는 내 생각이 잘못되었다는 것을 고백하고 다시는 철없는 짓으로 사회의 혼란을 조성하는 일에 한 발도 들여놓지 않을 것임을 간절한 언사로 다짐했다. 나는 정말 아무것도 아닌 철없는 어린아이에 불과했다.

나는 내가 알고 있는 불순한 세력, 존재에 대해 조금도 남김 없이 털어놓았다. 사실인지 아닌지 의심 가는 부분까지 진술했다. 그들은 내가 말하는 사람들을 하나씩 잡아와 조사했고 그중 몇몇은 나보다 훨씬 양질의 정보를 토해냈다. 그 정보에 의해 또다른 빙산의 하부가 발견되었다. 바깥세상은 민주화로 방향을 틀었다는데 고문과 밀실의 세계는 그와 무관하게 돌아갔다.

그들은 나를 철두철미하게 밑바닥까지 조사했다. 내가 살던 모든 장소, 고향 집은 물론 학교, 만수 형이 다니는 회사, 옥희의 고등학교 시절까지 샅샅이 다 뒤지고 흔들어보고 털어봤다. 일제 때 할아버지가 불온사상 때문에 재판을 받은 것까지 다 나왔을 정도였다.

그들의 조사는 역설적으로 나의 결백을 증명해주었다. 내가 별게 아니라는 게 밝혀지자 그들은 오히려 대단히 실망스러운 눈치를 보였다. 내가 그들에게 미안해지기까지 했다.

—너도 이때까지 위장취업해서 한 짓이 있으니까 여기서 두어 달 고생한 게 그렇게 억울하지만은 않을 거다. 이참에 군대나 갔다 와라. 옛날에는 강제징집이니 뭐니 해서 말이 많았지만 지금은 반성문이나 쓰고 정신수양이나 하면 된다. 국립휴양소에서 삼년 동안 편안하게 먹고 자고 쉬고 나온다고 생각해라. 여기서 살아나간 사람들하고 우리는 정말 형제나 식구처럼 친하게 지낸다. 너처럼 좋은 학벌에 머리 좋고 사상이 제대로 교정된 친구는 국가를 위해 큰일을 할 수 있을 거다. 너는 앞으로 평생 우리하고 같이 간다. 우

리는 언제나 너를 지켜보고 있을 거고 한가족이 되는 거다. 필요한 게 있으면 언제든 우리를 찾아와라. 너 같은 인재가 우리들한테도 꼭 필요하다. 곧 다시 만나자.

전무가 회사를 나서기 전 해준 말이었다. 나는 목이 메는 것을 느꼈다. 그의 따뜻하고 두꺼운 손이 내 손을 잡았을 때 눈물이 후드득 쏟아졌다.

—전무님, 감사합니다. 정말 이 은혜를 평생 잊지 않겠습니다.

스톡홀름 증후군이 아니었다. 정신분석에서 치료사와 환자 사이에 형성되는 감정에 가까웠다. 그들은 나의 순진한 사고와 가치관을 전면적으로 수정해주었다. 세상이 뭔지 알게 해줬다. 가족처럼 너절하고 오래 묵은 것들에 대한 애착, 아무짝에도 쓸데 없는 추억과 과거에서 떨어져나오지 못하고 마른 젖을 빨고 있던 어린아이 같던 나를 현실의 어른으로 만들었다.

지금 내 주위에는 얼빠진 망령들이 가득하다. 이들은 운 좋게 이곳을 빠져나간다 해도 주위 사람들을 괴롭히는 짐 덩어리, 암 덩어리가 되어서 부적응자로서 살아가게 될 것이다. 평생, 지루하기 짝이 없는 한평생을 그저 주어진 시간을 흘려보내는 미물처럼. 이들은 패배자다.

인간은 태어나면서부터 한정된 자원이라는 생존조건 속에서 치열한 경쟁을 벌이지 않을 수 없다. 누군가의 몫을 내가 빼앗기 위해서는 배신, 속임수, 회유나 설득을 위한 정치기술을 사용하고 폭력이나 살인 같은 범죄조차 불사해야 한다. 그런 인간만이 적자로 생존할 수 있다. 나의 피에는 그러한 적자의 유전자가 들어 있다.

그러므로 사람은 누구도 믿을 수 없다. 누구나 자신의 이익을 우선하게 되어 있다. 모두가 모두에게 이기적이고 자기중심적으로 대할 수밖에 없다. 가족, 친구, 연인 간의 사랑도 자신의 생존에 유리한 조건을 만들기 위한 장치일 따름이다. 내가 거기에 연연할 필요가 있는가.

사람은 그저 물과 탄소, 전기신호와 미량의 화학물질로 구성된 존재일 뿐이다. 조건에 따라 로봇처럼 움직인다. 사고를 하고 판단을 하고 의사소통을 통해 관계를 맺는답시고 시간을 보내지만 모든 것은 정해져 있고 조작될 수 있다.

이제 나는 고향이며 가족처럼 내가 선택하지 않은 족쇄에 속박되지 않을 것이다. 우연과 운명, 내가 만들지 않은 신념 따위는 거부한다. 나는 낡고 누추한 새 둥지 같은 과거로, 집으로 돌아가지 않을 것이다. 모든 것은 내가 선택한다. 내가 선택한 새로운 나, 나의 가족은 환경에 지배당하지 않고 환경을 지배할 것이다.

나는 오영주 같은 하찮은 존재에 의해 재수없게 똥물이 튀긴 채로 살아가지 않겠다. 가족, 공동체, 사회, 국가, 세대, 세상이 망하든 말든 영원히 지속될 씨스템 속에 들어가 씨스템의 일원이 될 것이다. 법과 권력, 자본이 그런 것이면 거기에 들어가겠다. 계급과 이념을 가리지 않고 내게 유리한 것, 나의 평안과 힘과 항상성을 지켜주는 편을 택하겠다. 카오스의 법칙, 엔트로피의 법칙이 그런 것이라면 나는 물리법칙이 되겠다. 씨스템을 훼손하려는 불순한 세력, 끊임없이 준동하는 벌레와 바이러스는 나의 적이다. 그것이 가족이라 하더라도.

나는 오로지 내 길을 갈 것이다. 나는 언제나 내 편일 것이다. 세상이 모두 망한다 해도 나는 살아남을 것이다. 어둡고 추운 무명(無明)의 우주 속에 임재하는 원소처럼 누구보다 길이 존재하리라. 그것이 나를 괴롭히고 힘들게 한 쓰레기들에 대한 복수일 것이다. 맹세한다. 나는 매일 맹세로 하루를 시작하고 맹세한 뒤 잠이 든다. 꿈에서도 나는 쓴다. 나는 너희 중 누구보다 오래, 드러나지 않으면서 힘을 가진 채로 살 것이다. 살아남음으로써 이기리라.

수도권에서 가장 큰 구로수출공단에서 알짜 기업으로 이름난, 그러면서도 노조 결성을 하지 못할 정도로 노동운동이 자리 잡지 못한 성일산업에 취업한 지 한달쯤 되었을 때, 회사에서 창립기념일을 맞아 전체 종업원이 야유회를 간다고 했다. 명목은 생산현장의 사기를 올리기 위해서라고 했으나 어수선한 사회 분위기 속에서 직원들을 회유하기 위해서인 게 분명했다. 하지만 공장을 하루 쉬면서 버스까지 대절해서 야유회를 간다는데 굳이 반대할 이유는 없었다.

버스에 오르자 옆자리에 김만수가 앉았다. 노사협의회니 뭐니 하는 가짜 노조를 비롯해 노사 관련 문제를 전담하기 위해 인사부에서 새로 분리된 노무부 소속인데다 사장의 심복이라는 소문이 있어 주의하던 인물이었지만 나란히 앉아서 몇시간 동안 서로 이야기를 해보기는 처음이었다.

만수는 관리직으로는 특이하게 생산직들하고 사이가 좋았다. 나도 인상 좋다는 말을 자주 듣지만 만수 역시 늘 웃는 얼굴인 게 사람 좋은 하회탈을 연상케 했다. 그런 점 때문에 노무부 창립 멤버가 되면서 사년제 대졸 직원보다 빨리 승진해 과장대리가 되었을 것이다. 승진을 하고도 전처럼 여전히 생산직 사원들하고 형, 동생 하며 지냈다. 구내식당에서 생산직들하고 섞여서 같이 밥을 먹고 식사 뒤에 족구도 같이 했다. 공장장도 그런 대접을 받지 못했다. 회사 입장에서 김만수는 그만큼 이용가치가 크다는 얘기였다.

김만수는 노무부 내에 경조사 전담 팀을 만들어서 예식장, 장의사와 연계하여 당사자를 대신해 완벽하게 일을 처리하는 씨스템을 갖췄다. 주말에 서너건씩 결혼식이 있었고 장례식도 잦았는데 만수는 언제나 그런 자리에 있었다. 심지어 부모의 회갑연, 아이들 돌잔치까지 대부분 참석했다. 누가 교통사고를 당해도 병원에 맨 먼저 갔다. 교통사고 가해자가 되었을 때는 당사자를 대신해 합의를 보러 가서 멱살을 잡히기도 했다. 피해자 가족에게 좀 맞아주고는 좋은 조건으로 합의를 봤다고 제 일처럼 좋아하는 인간이었다. 초상집에서 항용 벌어지는 고스톱 판에서 가장 화투를 잘 치는 사람이었지만 지나치게 잃거나 따는 사람이 나오지 않도록 조정하는 역할을 했다. 어떤 자리에서 진짜 실력을 보이는 걸 누가 봤는데 손놀림부터 잃고 따는 게 자유자재인 게 프로나 다름없다고 했다.

버스가 출발하고 이삼십분간은 고향이 어딘지, 군대는 어디를 갔다 왔는지 하는 한국 남자들이라면 흔히 하는 대화로 흘러갔다. 무슨 이야기 끝에 올림픽 이야기가 나왔다. 묻지도 않았는데 만수가 자신은 88올림픽을 유치한 이후 올림픽의 성공적 개최를 위해 모든 선거에서 계속 여당을 찍어왔다고 하는 것이었다.

—김대리님, 아니 김만수 씨, 나이가 몇이오? 솔직히 나보다 더 많은 것 같지는 않아서 그래요. 내가 네댓살 위구만. 미안하지만 내가 말 좀 편하게 할게. 싫으면 싫다고 해요.

—아닙니다. 안 그래도 꼭 제 큰형님 같아서 아까부터 그러시라고 하고 싶었습니다. 말씀 낮춰주세요.

느낌이 시골 출신에 순박하고 말 잘 듣고 정이 많은 스타일이었다. 감정 표현이 직선적이고 사고가 단순한 현장 노동자들에게 신망을 얻을 만한 인물이었다.

—팔팔 올림픽이 누구를 위한 건지, 그거 유치할 때 얼마나 많은 돈을 뿌렸는지 알고 있어? 군부독재정권이 국민들의 민주화 열망을 스포츠 같은 데로 돌리고 저희들 정권의 정당성을 확보하기 위해서 재벌이고 안기부고 외무부고 가리지 않고 총동원해서 유치를 한 거라고. 아시안게임도 마찬가지고.

—그래도 올림픽이나 아시안게임 같은 세계적인 행사가 우리나라에서 열리는 건 좋은 거 아닙니까? 우리나라가 얼마나 발전했는지 세계에 보여주고 하면 국가 이미지도 좋아지고 수출도 잘될 거고 그러면 우리 회사도 발전하고…… 월급도 올라갈 거 같은데요.

만수의 이야기는 회사의 노동자들의 평균적인 인식을 보여주고 있었다. 회사가 이웃한 다른 회사나 동종업체에 비해 조금 더 많은 급여와 복지를 제공하는 것은 사실이었다. 하지만 그 때문에 현장 노동자의 개혁, 투쟁 의지는 마비되고 순치되어 개인주의로 빠져들고 있었다.

—전두환이가 80년에 체육관 선거에 단독출마해서 99.9퍼센트 득표를 해가지고 대통령이 된 건 알죠? 그때 통일주체국민회의인가 뭔가 하는 허수아비들 이천오백스물다섯명이 딱 한명만 빼고 다 전두환을 찍었지. 그 한명은 반대를 한 게 아니라 어디 찍는 줄 몰라 실수를 해서 무효표가 된 거고.

—그런데 어떻게 그런 숫자를 다 외우세요? 정말 대단하십니다.

만수는 내가 '전두환'이라고 할 때마다 조심스럽게 주변을 둘러보았다.

—그냥 듣고만 있어요, 대답하지 말고. 그때부터 컬러텔레비전이 보급되기 시작했잖아. 스리 에스가 뭔지 아나? 스포츠, 섹스, 스크린이야. 컬러텔레비전으로 프로야구 중계하고 야간통행금지도 해제하고 밤새도록 디스코텍에 술집이 영업하고 「에마뉘엘」 같은 포르노 영화를 할리우드 직배로 들여와 심야극장에서 상영했지. 그런 게 다 국민들의 의식을 마비시키는 우민정책이야. 올림픽 유치한 건 바로 스포츠로 국민들 관심을 돌리려고 한 거라고.

—저는 집에 텔레비전이 없는 채로 군대를 가가지고 그때 텔레비전은 잘 못 봤습니다. 지금도 텔레비전도 프로야구도 안 좋아하는데요. 축구는 좋아합니다. 사실은 우리끼리 하는 족구가 제일 좋고요.

만수는 묘하게 논점을 바꾸었다. 나와 부딪치기 싫거나 문제와 직면하기 싫은 것인지도 몰랐다. 버스가 밀리기 시작했다. 앞에서 무슨 사고가 난 모양이었다. 그로부터 서너시간 가까이 버스는 제 속력을 내기는커녕 걷는 것보다 조금 더 빠른 정도로 가다가 서고 또 서 있다 움찔거렸다. 나는 계속 밀어붙였다.

—올림픽하고 아시안게임을 유치한 뒤부터 경기장 짓네 도로 공사 하네 하면서 얼마나 생돈을 썼어? 결국 국민이 낸 세금이지. 호텔이나 건설회사 가지고 있는 재벌들 아가리로 안 써도 될 세금이 다 들어갔지. 재벌들은 그 돈을 노동자들한테 나눠준 게 아니고 저희한테 일감 몰아준 권력자들한테 돈을 도로 갖다바쳤고. 군부독재 후계자들은 그 망할 놈의 올림픽을 업적으로 해가지고 역사적인 반민주, 반민족의 중대범죄에서 축재 같은 파렴치한 범죄까지 무슨 죄든 다 빠져나가고 있어요. 심지어 정권을 더 연장해서 평생을 국민들 위에 군림하고 있는 게 지금 현실이야.

—예예, 그렇게도 정리가 되네요. 확실히 이해는 못하겠지만요. 저는 서울서 학교 다니는 동생들 공부시키고 시골 사는 부모님 누나 할머니한테 돈 보내느라고 그런 일에 대해 생각을 할 여유가 없었거든요. 그냥 나라가 발전하니까 좋은 일이다 싶었지요.

만수는 자신의 판단과 가치관을 쉽사리 드러내지 않았다. 그러면서 상대의 논리의 경계를 흐릿하게 만들어버리는 자기 나름의 대응법을 가지고 있었다.

—몇년 전에 역사상 최초로 무역 흑자가 났다고 난리 쳤잖아. 전두환이 무슨 성군이나 되는 것처럼 박정희도 못한 수출 흑자를 달성했다고 지랄발광을 다 떨었지. 지금 우리나라가 수출이 잘되는 이유가 뭔지 알아요? 박정희, 전두환 덕분이 아니고 삼저현상 때문이야. 국제적으로 저환율, 저유가, 저금리의 삼저현상이 나타난 건 일본하고 서독을 견제하려고 미국이 달러 환율을 엔화나 마

르크화에 비해서 확 낮춰버린 플라자 합의 때문인 거고. 경제대국들끼리 치고받는 와중에 새우처럼 중간에 낀 우리가 콩고물 같은 이익을 조금 본 거예요. 그 대머리가 한 게 뭐 하나 있냐고. 그리고 수출을 뭘 가지고 해? 우리 노동자들이 저임금에 살인적인 작업환경에서 제대로 못 먹고 못 입고 못 자고 각성제나 진통제 먹어가면서 만든 제품들이야. 재벌이나 군바리 출신들이 제 손으로 가발 하나 만들어봤어? 라디오 하나 조립해봤냐 이 말이지. 민주화도 노동자, 학생, 넥타이부대, 시민이 해냈지. 우리가 죽고 다치고 불구되고 잡혀가고 고문당하고 하면서 이런 환경을 만들어놓은 거야. 인간답게 살자고 외치는 선량한 노동자, 학생, 지식인을 때리고 고문하는 놈들은 우리 월급에서 떼간 세금으로 잘 처먹고 잘살고 있어요.

내가 열을 올리자 불쑥 만수는 팔뚝을 걷어올렸다. 그러지 않아도 더운 날씨에 왜 긴팔 옷을 입고 있는지 궁금하던 차였다. 만수의 팔목에서 어깨까지 문어발의 흡반처럼 뭔가로 지진 자국이 여러개 나 있었다. 그는 작은 소리로 자신이 어떤 기관에 끌려가 고문을 받았는데 서울 국립대에 다니는 동생 때문이라고 했다. 회사에서 그걸 다 알면서도 자신을 자르지 않았다고, 자신은 회사에 충성할 수밖에 없다고 속삭였다. 그걸 왜 보여주는지, 나와 자신이 서로 통할 수 있다는 것인지, 과시라면 무엇을 위한 과시인지 잘 이해가 가지 않았다. 여전히 정체를 알 수 없는 인물이었다. 어쩐지 나보다 한수 위인 것 같은 느낌이 들 정도였다.

만수는 끝내 주도권을 놓지 않았다. 내 목소리를 만수와 비슷하게 낮추고 주변에 들리지 않게 속삭이게 되면서부터 조금씩 이야기가 트이기 시작했다.

—형님이 아는 게 많은 분이시니까 여쭤보고 싶은 게 있습니다. 일천구백육십년대 말에서 칠십년대에 월남에서 미군이 밀림에 있는 풀하고 나무를 싹 말려버린다고 무차별적으로 뿌려댄 독약이 있다는데요, 그걸 살포하면 풀이고 나무고 벌레고 싹 다 죽어버린다고 합니다. 사람도 마찬가지고요. 그게 뭔지 혹시 아세요?

—고엽제? 에이전트 오렌지 말이군.

더 이야기를 하려는데 버스가 야유회 장소인 속리산 계곡 입구에 도착했다. 만수는 다음에 자세한 이야기를 해달라면서 자리에서 일어섰다.

십리는 될 국립공원 끝자락의 계곡에 우리 회사 사람들만 빼곡하게 들어차 앉았다. 노무부 주관으로 모든 행사가 진행되었다. 부서별로, 생산라인별로, 친한 사람끼리 자리를 만들어 앉았다. 미리 준비한 삼겹살에 소주에 쌈과 된장, 쌀까지 합쳐 굽고 찌고 밥을 지어 먹고 마셔가며 겉보기로는 한식구 같은 분위기가 되어가고 있었다.

적게는 대여섯명에서 많게는 이십여명으로 이루어진 자리가 칠팔십개 가까이 되었는데 만수는 그 모든 자리에 가서 술을 한잔씩 받아 마시고 고기를 한점은 얻어먹었다. 어색한 분위기를 풀기 위해 먼저 노래를 부르든가 구호를 외치기도 했다. 그게 노무부의 일개 과장대리가 하는 일이었다. 계곡 최상류의 마지막 자리에 사장과 임원들, 부장들이 앉아 있었다. 거기에 이르렀을 때 만수는 목이 쉬었고 받아먹은 음식으로 배가 농구공처럼 튀어나와 있었다. 한 자리에서 소주 한잔씩만 받아 마셔도 열병이 넘을 것이었다. 만수는 사장과 임원들이 주는 잔을 다 받아 마셨다. 쓰러지지 않은 것만으로 감탄스러웠다. 사장이 자리를 둘러보며 말했다고 한다.

—이게 바로 임원급 과장대리야. 보고 느끼는 게 없나?

유학을 가기로 결정하고 나니 아기를 맡길 수밖에 없었다. 아버지는 유학 비용을 대주는 대신 결자해지라 하여 아기를 제 아버지에게 데려다주고 오라는 조건을 달았다. 선택의 여지가 없었다. 내가 유학을 가기로 한 프랑스는 한국에서 입양아를 가장 많이 받아들이는 유럽 국가이지만 내 아기를 입양 주선 기관에 맡기고 싶지는 않았다.

감옥에서 아기를 낳고 나서 대통령 특사로 가석방되었다. 아기의 아버지인 김석수는 군에 입대했다고도 하고 머리 깎고 절로 갔다느니 정보기관에 특채로 들어갔다느니 하는 등의 소문만 있을 뿐 종적을 찾을 수 없었다. 하기는 그의 얼굴을 마주 보려면 나 또한 엄청난 용기가 필요했으므로 차라리 잘됐다 싶기도 했다. 우여곡절 끝에 그의 친형인 김만수 씨의 직장을 알게 됐다. 미리 전화로 연락하고 아기를 안고 공장 앞에 가서 기다렸다가 근무가 끝나고 나오는 그를 만났다. 깔끔하고 신경질적인 김석수와는 전혀 다르게 수더분하고 착한 인상이라 형제인 것 같지도 않았다. 아기의 아버지가 김석수라고 밝혔을 때도 전혀 의심하는 기색이 없었다.

"죄송합니다. 죄송합니다. 저도 살아야겠기에 이렇게 사람의 탈을 쓰고 사람 같지 않은 부탁을 드려요. 제가 유학에서 돌아올 때까지만이라도 아기를 맡아주세요. 아기 아버지는 저를 만나려고 하지도 않을 것 같네요."

만수씨는, 어쩌면 내 시아주버니가 되었을 수도 있는 그 사람은 아무 걱정 말라고 오히려 나를 위로해주었다. 그는 자신의 아버지에게 첫번째 손주가 되었다고, 아기가 할아버지를 꼭 닮아서 자신은 금방 알아봤다고도 했다.

"제가 이름을 지어서 출생신고를 하긴 했어요. 오태석, 아니 김태석입니다. 사생아로 호적에 올라가 있고 성은 외할아버지 성을 따서 오씨로 되어 있지만요. 아기가 젖을 아주 많이 먹어요. 똥도 많이 싸구요. 하지만 아직 배탈이 난 적은 한번도 없습니다. 애가 욕심이 좀 많은 것 같아요. 누구를 닮았는지. 부탁드립니다. 잘 부탁드립니다."

눈물이 방울방울 흘러내렸다. 마치 가슴에서 젖이 방울져 흘러내리듯이. 믿을 만한 사람을 만났다는 반가움에 내 표정은 웃고 있었으리라. 문득 꼭 한번만 김석수를 보고 싶었다. 아기를 품에 안고 어르며 벙글벙글 웃음 짓는 이런 형을 가진 사람이라면 그래도 가슴속에 뜨거운 심장이 뛰고 있을 것 같았다.

무슨 일이 있어도 느긋한 게 백두산처럼 든든하고 늘 여유가 있는 표정을 짓고 있는 강철 형님은 노동자를 무식하고 단순한 볼트, 너트로 아는 독재정권에서 규정하는 대로라면 '외부 불순세력'이고 정권의 사냥개인 경찰이 갖다붙이는 법에 의하면 '근로자'가 아닌 '제3자'이며 불법적인 노동운동을 선동하기 위해 학력을 속이고 공장에 들어온 '위장취업자'이기도 했다. 내게는 사회에서 처음으로 만난 진심으로 존경하는 형님이고 세상을 제대로 알게 해준 스승이었다. 강철 형님 덕분에 난생처음 내가 어떤 사람인지, 내가 하고 있는 노동의 의미와 가치가 뭔지 진지하게 생각해볼 수 있었다. 노동법 해설서에 밑줄을 쳐가며 공부하고 노트에 옮겨적은 뒤 저녁 모임에서 토론을 했다. 결론이 미진하면 강철 형님이 따로 보충을 해주었다. 요점은 이랬다.

—헌법에서 보장하고 있는 노동삼권은 어찌 보면 자본가나 권력자 같은 강자에게는 불공평해 보일 수 있는 법조항이다. 노동자는 자본가에 대항해서 노조를 만들 권리가 있고 단체교섭을 하고 조건이 맞지 않으면 쟁의행위를 할 수가 있다. 그 과정에서 그들에게 피해가 발생할 수도 있는 것이다. 그렇다면 왜 자본가와 사용자의 편이어야 할 법이 노동자에게 이런 권리를 보장해주고 있는가. 산업혁명 이후에 노동자들이 너무도 안 좋은 작업환경에서 살인적인 장시간 노동을 하며 착취를 당한 나머지 유럽 산업도시 소년 노동자 평균수명이 15세밖에 되지 않았다. 공장을 돌릴 최소한의 노동력을 보충할 노동자마저 씨가 말랐던 거다. 노동자가 없으면 자본주의도 없다. 그래서 자본주의 편인 국가가 노동자에게 최소한의 법적 장치며 권리로서 노동권을 보장해주게 된 것이다. 그게 바로 노동법이다. 절대로 자본과 권력이 노동자들에게 은혜를 베풀기 위해 만든 것이 아니다. 우리의 요구가 받아들여지지 않을 경우에 투쟁을 하는 것은 노동자의 당연한 권리다. 저들이 뭐라고 하더

라도 우리가 맞다. 우리가 언제나 옳다. 하지만 우리는 아직 법으로 정해진 우리의 권리조차 다 찾지 못하고 있다.

내가 가족과 친구들 앞에서 은근히 자랑스러워하던 내 회사, 내가 청춘을 바쳐 땀 흘려 일하던 산업현장이 철두철미하게 가진 자들 편에서 가난한 사람과 못 배운 사람과 무지한 사람을 착취하는 수용소라는 것을 알게 되었다. 나는 내 노동의 양과 질에 비해 형편없는 월급을 받아가며 가난과 헐벗음을 운명으로 알고 살아가도록 세뇌당하고 있었을 뿐이었다. '잘되면 회사 덕이고 못되면 우리 탓'을 하던 이유를 알고 나니 허탈했다. 내가 나의 권리를 쟁취하지 않으면 쳇바퀴 속의 다람쥐가 되어 던져주는 썩은 도토리를 먹으면서 죽을 때까지 무한반복의 착취구조 속에서 살아갈 수밖에 없는 것이었다.

—요새 바빠? 잘 안 보이네.

이따금 만수와 마주치면 빠뜨리지 않고 인사를 건네왔다. 받아주려고 해도 보는 눈들이 있었다. 그놈은 다른 데도 아닌 노무부 소속이었다. 실력도 없는 오년제 공전 출신이 계장을 건너뛰고 과장대리가 된 건 사장에게 얼마나 잘 비벼댔길래 그럴까. 나는 대답도 하지 않고 건성으로 지나쳤다. 이젠 갈 길이 전혀 다른 인생이었다.

구내식당에서 일부러 나를 쫓아온 만수와 한자리에 앉아서 밥을 먹으면서도 노조와 조직원들 생각만 하고 있었다. 옆에서 밥을 먹는 만수의 입에서 나는 소리는 아무 생각 없는 돼지가 주인이 던져준 먹이를 먹을 때처럼 시끄러웠다. 쭈걱쭈걱, 쩝쩝, 후루룩후루룩,

슈릅슈릅, 으드득으드득…… 식판을 내동댕이치고 일어서고 싶을 정도였다. 추접스러웠다.

뜻이 맞는 사람들끼리 모여서 공부를 하고 토론을 하며 앞일을 계획할 때에는 방귀 냄새도 향기로웠다. 절차를 차근차근 밟아서 노조 설립신고서를 작성했다. 제일 위에 내 이름이 들어갔다. 공장에서 일 잘한다고 칭찬을 받았을 때보다 훨씬 더 뿌듯했다. 개가 집 잘 지킨다고 주인이 쓰다듬어주었을 때 느끼는 기쁨과 내가 인간임을 자각하고 나와 내 친구들, 동지들의 인간다운 삶을 위해 할 수 있는 일을 했을 때의 보람은 비교할 수가 없는 것이었다. 공돌이가 된 이후 나는 처음으로 스스로가 자랑스럽게 느껴졌다.

노조 설립신고서를 노동위원회에 제출하기로 정한 디데이 사흘 전에 만수가 나를 찾아왔다. 근무 끝나고 회사 앞 단골 식당서 조용히 둘이만 만나자는 것이었다. 노조 설립은 어차피 결정된 일이고 무슨 소리를 할지 궁금해서 한번 나가봤다.

—부장님이 그러시는데 외부에서 노동운동하는 인물들이 회사에 잠입하고 선동하는 바람에 거기에 부화뇌동해서 노조 설립을 한다고 하는 현장사원들이 있다는데, 너는 그거하고 아무 관계 없지?

식당에 먼저 와 있던 만수가 방에 들어가자고 하더니 문까지 닫고는 심각하게 말했다. 사장이 긴급 간부회의를 소집했는데 그 자리에서 사장이 주먹으로 책상을 내리치며 말했다고 했다.

—지금 회사가 망하느냐 마느냐 하는 비상상황이다. 공장 문을 닫으면 닫았지 노조한테 내줄 수는 없다는 게 회장님의 절대적인

방침이다. 노조 설립을 추진하는 핵심인물과 외부에서 잠입한 불순세력을 찾아내라. 회사 입장을 분명히 전달해. 노조 설립을 철회하지 않으면 사업장을 폐쇄하겠다고.

아무리 회장이라고 해도 회사가 제 집 대문간도 아닌데 멋대로 문을 닫네 마네 하는 것 자체가 말도 안되는 개소리였다. 똥줄이 타긴 하는 모양이었다. 어떻든 노조는 합법적인 것이고 설립 절차도 법에 따른 것이며 트집거리가 될 만한 일도 전혀 하지 않았다. 노조 설립을 이유로 회사 문을 닫는다는 게 명백한 불법이었다. 회장, 사장, 관리직 간부가 그렇게 무식한 인간들이라는 걸 처음 알았다. 그 무식한 자들의 똥개가 되어 뭘 염탐하려고 코를 벌름거리며 귀를 세우고 있는 만수를 보니 한심하다 못해 웃음이 나왔다.

—너는 뭔데? 네가 뭔데 나한테 그런 말을 하느냐고?

—그냥 물어보는 거야. 우리는 친구잖아.

—친구끼리 뭘 물어봐, 다 알면서. 그냥 알고만 있어라. 주둥이 함부로 놀리지 말고. 밤중에 길 가다 짱돌로 뒤통수 까이기 싫거든.

—나는 네가 다칠까봐 그러는 건데, 내 마음을 모르냐.

—지금 내가 하는 일을 너한테 하나하나 보고하라는 거냐? 야, 이 새끼 이거 중간에서 박쥐처럼 여기 붙었다 저기 붙었다 간첩질이나 할라구 나를 보자고 했구나. 꺼져. 가서 네가 그렇게 섬기는 사장인지 회장인지 하는 여자 구두 바닥이나 살살 핥아줘. 혓바닥 조심해라. 뾰족한 하이힐 굽에 뚫릴 수도 있으니까.

—장수야, 나 사실 사장님이 구사대를 조직하는데 나보고도 들어오라고 해서 고민 중이야. 내가 저쪽 편이고 내 장래만 생각하면

고민을 왜 하겠냐. 난 누구의 편도 아니야. 나는 회사도 너도 나도 우리 모두 잘되는 쪽으로 좋아졌으면 하고 이러는 거야.

—병신아, 그렇게 다 좋은 게 어디 있냐. 우리가 응당 챙겨야 할 권리를 저쪽에서 떡 주듯이 주네 마네 하고 있는데. 노조는 아직 설립도 안했는데 구사대 만든다는 꼬라지 봐라. 회사 문 닫는다고? 맘대로 하라 그래. 지금 우리가 정당한 우리 권리 찾아서 부자 되자는 거냐. 작업환경 바꿔서 산재 발생하는 거 줄이자는 게 우리 몸 아끼자는 거냐. 최소한 사람으로 대접받고 사람답게 살아보자는데 저놈들은 제 자식새끼 자가용 태워서 학교 보내지 못할까 봐 우리를 싹수부터 작살내려고 하는 거잖아. 내가 마지막으로 충고할게. 너처럼 여기 붙었다 저기 붙었다 하면서 살다가 양쪽에서 씹다 만 껌 신세 되는 거 순식간이다. 그러니까 너는 네 길을 가. 네 이쁜 여동생하고 똘똘한 남동생 데리고. 걔들이 너 호강시켜줄 때까지 뒤를 철저하게 잘 닦아주면서. 가보라고, 가. 잘 가라, 새꺄.

만수 여동생 이야기를 하고 나니 어째 속이 탔다. 나는 작은 소주잔을 엎어버리고 물잔에 소주를 따라 마셨다. 다시 술을 시켰다. 네병째부터는 그냥 나발을 불었다. 만수는 술에는 입도 대지 않았다. 무슨 말을 할까 말까 눈을 껌벅거리다가, 고개를 푹 숙였다 들었다가, 한숨을 쉬다가 결국 갔다.

—많이 속상하셨나봐요. 그래도 좀 천천히 드세요.

젓가락도 대지 않은 채 식어버린 두루치기를 다시 데우고 소주를 쟁반에 담아 가져온 여자가 말했다. 주인아줌마의 친척인데 주방에만 있어서 잘 보지 못하던 얼굴이었다. 나이도 나보다 몇살 많아 보였다. 술김에 이름을 물었다. 송진주라고 했다. 가버린 놈 대신 술친구 삼아 이런저런 이야기를 마구 쏟아냈다. 그날따라 식당에 손님이 없던 게 인연이라면 인연이 되었다.

일요일에 산에 같이 갔다. 진주는 국산 청바지에 티셔츠였고 국산 운동화를 신었다. 그때 나는 뒷주머니에 말대가리가 그려진 진짜 명품 청바지 '조다쉬'가 아닌 닭대가리가 그려져 있어서 '쪼다쉬'라고 불리던 가짜 청바지를 입었고, '나이키' 운동화의 번개 모양 상표를 거꾸로 그린 '사이키'를 신고 있었다. 그게 대비되면서 어쩐지 무안했다. 손맛이 뛰어난 식당 주인아줌마와 요리학원에서 제대로 요리를 배웠다는 그녀가 계곡에서 구워준 삼겹살은 기가 막히게 맛있었다. 술에 취해 빌빌거리는 나를 부축해서 산 아래까지 데리고 왔고 집에도 바래다주었다.

만난 지 두달 만에 우리는 여관에 들어갔다. 숨을 헐떡이며 나란히 누워서 손을 잡고 있던 그대로 불심검문을 당했다. 주황색의 낡은 베니어판 문짝이 불쑥 열렸고 정복을 입은 경찰관이 다짜고짜 들어오더니 휴지통을 뒤져서 정액이 든 콘돔을 찾아냈다. 이어 펑, 하고 플래시가 터졌다. 경찰관이 만족스러운 웃음을 흘리며 옷을 입으라고 했다. 기가 막혔다.

—경찰이면 다요? 영장 있습니까?

내가 항의하자 노조 설립신고 뒤부터 나를 따라다니던 사복형사가 등장했다. 정말 무슨 삼류영화의 한 장면 같았다. 그 쓰레기 같은 상황의 주인공이 나라는 게 도무지 실감이 나지 않았다.

—야, 이장수, 너는 영장 있는 줄은 알아도 경찰직무집행법이

있는 줄은 모르지? 수상한 놈들 검문검색하고 숙박업소 장부에 투숙객이 제대로 이름, 주소 적었는지 확인하고, 응, 우리한테는 그럴 권한이 다 있단 말이다. 아이구야, 노조 만들고 노동운동한다는 투사께서 대낮부터 여관에서 낮거리로 떡이나 치고 있구만. 니들 노동운동한다는 놈들은 다 그러냐? 동네방네 다 퍼뜨려줘?

—이것 보세요! 이건 노조하고 전혀 상관없는 사생활이에요. 우리는 서로 사랑하는 사이라고요. 대한민국에서 청춘남녀가 여관에 들어가면 안된다는 법이 어디 있습니까?

—이 자식이 입만 살아가지고는. 호치키스로 주둥이를 확 박아버릴까보다. 보자, 우리 아름다운 송진주 씨, 당신 결혼했어, 안했어? 젊은 놈하고 바람피우느라 바빠서 남편이 리비아에서 돌아온 것도 모르지?

진주의 얼굴이 하얗게 질렸다. 그녀는 남편과 별거 중이라고 했다. 어쨌든 법적으로 유부녀인 것은 사실이었다. 내가 정말 겁내는 것은 법적인 처벌이 아니라 같은 노동운동을 하는 사람들 사이에 퍼져나갈 수치스러운 소문이었다. 그들은 나의 약점을 정확하게, 확실하게 잡았다.

이틀 뒤 나는 더이상 노동운동을 하지 않을 것이라는 서약서와 사표를 쓰고 풀려났다. 나는 인생의 패잔병이 되어 내 이십대를 집어삼킨 회사와 공단을 떠났다.

단 한사람, 만수가 나를 전송했을 뿐이었다. 만수만이 내 사정을 모두 이해해주었다. 나를 알아주는 사람을 '지기(知己)'라고 한다고 들었다. 만수는 내 이십대의 진정한 지기였다. 우리는 말없이 악수를 나누고 헤어졌다. 나는 울면서 천천히 걸어 거대한 문어발 같은 공단오거리를 빠져나갔다.

나는 테니스를 대학 다닐 때 배웠다. 사회생활을 하면서 테니스를 계속 쳤다. 주말에는 주로 동호회에 나가서 쳤다. 테니스는 코트가 있어야 하고 상대가 있어야 하니까. 회사에 테니스 코트가 생긴 뒤로는 회사 사람들하고 쳤다. 그런데 테니스는 게임이니까 지고 이기는 게 있고 상대가 이겨서 좋을 일이 없는 상사이거나 성질 더러운 인간이면 같이 치기가 불편하기도 했다. 만만한 김만수를 불러서 테니스를 배우라고 했다. 내가 쓰던 라켓도 물려주었다.

—너도 이제 회사에서 간부로 계속 클 건데 언제까지 생산직 애들하고 족구나 하고 그럴래? 테니스는 상류층의 스포츠야. 테니스를 치면 건강에도 좋지만 높은 사람들하고 관계도 좋아질 수 있으니까 꼭 배워두라고.

테니스는 선수 출신 코치한테 돈 내고 배워야 기초가 잡힌다. 혼자 열심히 한다고 해서 되는 것도 아니다. 김만수가 왕삼겹짠돌이라는 소리는 들었지만 그 돈 내는 게 아까워 그러는지 계속 벽치기만 연습하는 것이었다. 일요일에 당직을 설 때 불러다가 테스트를 해봤다. 써브, 발리, 스트로크 뭐 제대로 할 줄 아는 게 없었다. 그런데 죽으라고 공을 쫓아가서 받아넘기는 거 하나는 잘했다.

—야, 인간아, 네가 지금 치는 거 테니스가 아니야. 탁구야, 탁구. 테이블 테니스. 알겠냐? 공을 받아넘기기만 하면 뭐해? 공격을 할 때 공격하고 수비할 때 수비를 해야지.

김만수는 온몸이 불덩어리처럼 빨개져서 땀을 줄줄 흘리면서 서 있었다. 코트로 다시 돌아가더니 또 똑같이 공만 보고 뛰어다녔다. 죽으라고 받아넘겼다. 부지런하기는 했다. 김만수는 이길 생각이 전혀 없는 사람 같았다. 언제나 박살을 내주었다. 그래도 그게 운동이 된다고 좋아하고 고맙다 꼬박꼬박 인사하는 인간이었다.

—담배 많이 피우나? 용돈이 많이 들 텐데. 건강에도 안 좋을 거고. 내가 담배를 안 피워서 그런지는 몰라도 나는 담배 피우는 사람이 어째 사회생활을 할 때 높은 자리에 가는 데 시간이 훨씬 더 걸리고 인정을 제대로 못 받는다는 생각이 들어.

만수 오빠를 만나기 전에 나는 강철원에게 단단히 준비를 하게 했다. 오빠가 셋인데 하나는 죽고 하나는 행방불명이고 남은 오빠가 집안의 기둥으로 시골 사는 부모님을 대신해 서울에서 부모 역할을 하고 있다고, 오빠를 설득하지 못하면 우리 두사람은 절대로 결혼을 할 수 없다고 하면서 오빠의 성격, 말투, 버릇, 직장 등에 대해 세세하게 일러주었다. 하지만 강철원은 듣는 둥 마는 둥이었다. 우리가 처음 만났던 야학에서처럼.

그는 대학 3, 4학년짜리 야학 교사들에게서 노동법이든 민주화에 관한 것이든 하나를 배우면 서너가지를 더 아는 것 같았다. 한 학기가 지나지 않아서 그는 야학 교사들에게서 '형님' 소리를 들어가며 오히려 그들에게 노동현장의 현실이 어떤지를 가르쳤다. 그는 야학 교사들을 순진한 맹탕이라고 불렀다. 대학생들이 가지고 있는 낭만적이고 현실성 없는 이론을 철저하게 까부쉈다. 지방에서 농고를 중퇴했다는 사람이라고는 믿기지 않았다. 하기는 지방이니 서울이니 편을 가르고 고졸이니 중퇴니 하는 학력에 얽매이는 것 자체가 순진한 발상이었다. 어쨌든 나는 그의 명석함과 유창한 논변에 호감을 가졌다.

하지만 강철원은 경양식 식당에서 만수 오빠를 처음 대면했을 때 입도 벙끗하지 못했다. 평소에 그렇게 말을 잘하는 사람이라는 게 믿기지 않을 정도였다. 기껏 애꿎은 담배만 피워댔다. 내가 오빠에게 담배를 피워도 되겠느냐고 양해를 구하기는 했다. 강철원이 세대째 담배를 피워물자 만수 오빠가 꺼낸 말이 그것이었다.

—형님, 보잘것없는 저의 건강과 출세까지 염려해주셔서 감사합니다. 오늘, 아니 이 자리에서부터 칼같이 담배를 끊겠습니다.

강철원은 말을 끝내자마자 피우던 담배를 동강을 내서 재떨이에 버리고 탁자 위에 있던 담뱃갑도 비틀어서 안에 들어 있던 담배를 모조리 부러뜨렸다. 오빠가 입맛을 다셨다.

—그것도 돈인데, 좋아하는 사람한테 갖다주지 그러나. 어쨌거나 끊고 맺는 게 분명해서 나는 좋구만. 내가 그러지 못해 그런가.

내가 강철원에게 매력을 느낀 부분이 그런 거였다. 내가 아는 남자들은 대체로 심약하고 생각이 많았다. 강철원은 생각보다는 행동이 먼저였다. 그것도 파격적이었다. 그는 분위기가 됐다고 생각했는지 곧바로 본론으로 들어갔다.

—형님, 저는 이런 단순한 인간입니다. 형님, 이 시간부로 담배를 끊은 저한테 옥희씨를 평생 반려자로 모시고 살 수 있도록 기회를 주십시오. 제가 가방끈도 짧고 백 없고 돈 없고 가진 거라고는

튼튼한 몸밖에 없는 놈이지만 제 한 몸 부서지는 한이 있어도 옥희 씨 절대로 고생시키지 않겠습니다. 세상 사람들 다 부러워하도록 알콩달콩 잘 살겠습니다.

거기까지는 정말 진심인 것 같았다.

—아니, 내 말은 담배가 건강이나 가정경제에 해롭다는 말이지, 자네를 한식구로 받아들이겠다고 이 자리에서 결단한 게 아니라네. 너무 김칫국부터 마시지 말게. 그러나저러나 두사람은 어디서 만났나?

단벌뿐인 오빠의 양복은 소매가 반질거렸고 와이셔츠 칼라는 낡아서 보풀이 일어나 있었다. 직장생활 칠년 차인데 아직 넥타이를 매는 게 익숙지 못해서 넥타이를 처음 산 곳에서 적당한 길이로 묶어달라고 한 뒤에 매듭을 풀지 않고 계속해서 사용한다고 했다. 하나뿐인 여동생으로서 그런 건 내가 돌봐줘야 했겠지만 나는 오빠가 다 알아서 할 걸로 생각했다.

어린 태석이 돌보기부터 청소, 음식, 설거지, 빨래처럼 보통은 여자들이 집안에서 하는 일을 나는 거의 다 오빠에게 맡겼다. 오빠는 내가 국민학생일 때부터 대학생이 되고 나서 가출을 할 때까지 엄마처럼 주부처럼 살림을 다 했다. 아버지처럼 가장처럼 학비와 생활비를 벌어왔고 식구를 부양했다. 오빠가 너무도 자연스럽게 그런 일을 해왔기 때문에 그냥 관성적으로 지나쳤다. 나는 그저 내 생각, 내 할 일에만 골몰했다. 새삼스럽게 미안했다.

—우리, 야학에서 처음 만났어요. 오빠, 기억나요? 내가 대학 들어갔을 때 하비루성전교회에서 하던 야학에 들어간 거요. '하비루'

가 성 바깥에 사는 사람, 신분이 낮고 천한 일을 하는 사람이라는 뜻인데 거기서 '히브리'라는 말이 나왔다고요. 그때 이 사람하고 야학 교사를 같이 했거든요. 교사들끼리 야유회도 가고 농활도 가고 하면서 친해진 거예요.

고맙고 미안한 마음은 속에 묻어둔 채 거짓말이 술술 나왔다. 강철원은 야학에 나온 지 일년이 지났을 때부터 야학에서 알게 된 학생과 노동자들과의 알음알음을 연결선으로 노동운동에 뛰어들었다. 지역과 업종, 투쟁 방향에 따라 종횡으로 조직된 노조들을 돌아다니며 현장교육을 맡았다. 그런 그에게 월급을 줄 기업은 없었다. 어떤 노조에도 소속되지 않았으니 지속적인 지원도 없었다. 신분을 잘 감춰오긴 했지만 국민 세금으로 월급 받으며 국민이 사람답게 살고자 벌이는 노동운동과 민주화운동을 탄압하는 것을 보람으로 아는 경찰에게 쫓기는 신세였다.

—그러면 앞으로 뭘 하면서 우리 옥희를 잘 모시고 살 텐가? 우리 형제 중에서는 저애가 막내라서 특별하기도 하지만 난 내 평생 가장 소중한 여자가 바로 우리 옥희라고 생각해. 어머니나 할머니한테는 죄송스럽지만, 그분들은 지는 해고 옥희는 떠오르는 해 아닌가. 그래, 앞으로 무슨 좋은 계획이 있는가? 그걸 들어보고 내가 부모님한테 잘 말씀을 드릴 테니.

만수 오빠는 정말 미래의 장인이 사위를 닦달하듯 몸을 앞으로 기울이며 진지하게 물었다. 그때 나는 강철원의 눈에서 빛이 반짝하는 것을 보았다. 어딘가에 켜져 있는 불이 비친 것이겠지만 그건 내게 그와의 첫 만남을 연상시켰다. 나를 보며 눈에서 반짝반짝 빛이 나는 사람을 처음 보았다. 그 반짝임이 그를 남자로 의식하게 만들었다.

그 때문이었다. 그랬다. 내가 혼자 며칠째 지독한 몸살을 앓고 있을 때 병문안을 하러 왔다면서 설렁탕을 냄비에 담아 왔다가 죽은 듯 잠들어 있던 나를 덮친 그를 용서한 것은. 외로웠다. 힘들었다. 무서웠다. 무릎 꿇고 비는 인간이 의지가 될 정도로.

강철원은 노동 관련 단체 몇군데에서 같이 일하자는 제안을 받았고 고르고 있는 중이라고 대답했다. 달라진 국내외 정세와 환경에 맞춰서 적절한 방향을 모색 중이라고도.

—나도 지금 우리나라의 미래를 이끌어갈 첨단산업인 자동차 부품회사에 다니면서 열심히 일하고 있고 산업역군으로 역사적인 발전에 동참한다는 자부심이 있지. 우리 옥희는 나하고는 또 차원이 달라요. 우리 집 육남매 중에서 내가 제일 공부를 못했어요. 같은 형제라도 나하고는 종류가 다른 사람들이었어. 내 형님, 두 누님이 모두 아이큐가 백오십이 넘었어. 남동생은 백육십. 나는 백이 되나 마나 그랬는데. 나는 우리 형제들이 나를 디디고 밑거름으로 삼아서 훌륭하게 되기를 바랐지. 혹시 나중에 뭔가 잘 안되어서 높은 자리에서 떨어지게 되면 어떻게든 떠받쳐서 재기하도록 도울 생각이고. 그런데도 나는 형제들, 식구들한테 분에 넘치는 사랑을 받았어. 그냥 형제라고, 가족이라고 말이에요.

—옥희씨 아이큐가 얼마인지는 말씀 안하시네요. 형님도 머리 좋으신데요.

—우리 옥희는 또 달라요. 머리만 좋은 게 아니라 정말 누구보

다 훌륭한 의지와 정신을 가지고 있어. 내가 사회생활해보니 나보다 힘든 사람이 정말 많아요. 특히 생산직 사람들은 나보다 더 열심히 노력하는데도 결과를 가져가는 게 나보다 훨씬 못하단 말이지. 그런 걸 볼 때마다 내가 참 미안해. 그래서 그런 사람을 돕고 싶다는 생각을 하긴 하지만 그게 마음대로 되나. 우리 옥희는 나 대신 그런 사람을 돕고 있는 거야. 그야말로 엘리뜨 지식인으로서 자신과 전혀 다른 처지인 근로자의 권익을 지켜줘야겠다, 민주화에 기여해야겠다 해서 과감하게 자신에게 주어진 특권을 뿌리치고 노동운동에 뛰어들었거든. 아무리 귀여운 막내동생이고 어리다 해도 참 존경스러울 뿐이야.

나는 온몸이 조그맣게 줄어드는 것 같았다. 강철원은 이미 평소의 자신만만한 표정으로 돌아가 있었다. 그만큼 만수 오빠는 남이 하는 말을 곧이곧대로 믿는 순수한 사람이었다. 아니, 만수 오빠 말대로라면 눈에 넣어도 아프지 않은 막내여동생의 말이니 믿었을 것이다. 내가 사랑하는 사람이라니까 강철원을 믿었다.

—자네는 아직 한창 젊으니까 어떤 분야든지 성실하게 부지런히 살면 반드시 성공할 수 있을 거야. 실패를 두려워하지 말고 도전하게. 인내는 쓰지만 열매는 달다고. 그게 다 경험이고 성공의 디딤돌이 되거든. 긍정적으로 쉼 없이 전진하는 사람에게 세상은 길을 활짝 열어주지. 두사람이 서로를 깊이 신뢰하고 목표를 향해 손잡고 전진하면 못 이룰 게 없을 거야.

—형님, 구구절절 맞는 말씀입니다. 피가 되고 살이 되는 명언으로 가슴에 새기겠습니다.

강철원은 말로는 누구에게도 뒤지지 않을 자신의 페이스에 오빠가 끌려오는 것에 만족스러워하고 있었다. 만수 오빠는 내게 윙크를 해 보였다.

—아, 오빠, 전 사실 자신 없어요. 이 사람이 어떤 사람인지 잘 모르겠구요. 그냥 지금은 저 사람 말고는 다른 대안이 없네요. 느닷없이 모든 걸 다 그만두고 결혼을 하려는 건 한번뿐인 제 인생에서 돌이킬 수 없는 잘못을 저지르는 일일지도 모른다는 것, 나도 알아요. 저 사람 아이를 가졌어요. 이번이 처음도 아니지만 더이상 아이를 지우고 싶지도 않아요. 저 지쳤어요. 저도 결국 어머니, 할머니, 할머니의 어머니의 딸인가봐요. 그냥 내가 믿고 있던 것들이 허물어지고 쓰러지고 내가 알던 사람들이 떠나가는 게 허탈하고 허망해서 그러는 건지도 몰라요. 오빠, 사람은 꼭 앞으로 나가기만 해야 될까요? 그냥 자신이 가지고 있는 믿음, 가치가 세상과 어긋난다 하더라도 그걸 가지고 그냥 살면 안되는 것일까요? 오빠도 어서 좋은 분 만나서 가정을 이루시기를 바라요. 오빠의 기대를 배반하면서 염치는 없지만 제가 원하는 건 그것뿐이에요. 오빠, 정말 고마웠어요. 미안합니다.

강철원이 화장실을 다녀온다며 구겨진 담뱃갑을 들고 일어선 뒤 만수 오빠가 내게 "너 정말 저 친구가 좋으냐? 당장 결혼하고 싶으냐? 네가 좋다면 내가 무슨 일이 있어도 성사시켜주마" 했을 때 나는 그렇게 대답하고 싶었다. 하지만 한없이 다정한 오빠의 눈길과 목소리에 나는 차마 나의 황폐한 속마음을 보여줄 수 없었다.

—네, 좋아요. 좋아해요, 오빠. 고마워요. 고마웠어요. 늘 감사

해요.

나는 울음을 삼키며 되도록 짧게 말하려 애썼다.

속이 상했다. 눈에 넣어도 아프지 않다는 막내딸을 웬 천둥벌거숭이 같은 본데없는 사내 녀석에게 넘겨주는 게 나라고 마땅했을 리 없다. 그렇다고 아예 그 먼 곳까지 인사하러 온 사윗감과 딸을 보려고도 하지 않고, 또 기왕에 다 정해진 혼사인데 결혼식장에 가지 않겠다고 뻗댈 것까지 있는가. 남편이 내놓은 이유는 아직 장가도 가지 않은 제 오빠들을 놔두고 어린 막내딸년이 그렇게 빨리 시집을 못 가 난리냐, 처녀가 애라도 배지 않았으면 무슨 까닭이 있길래 그러느냐는 것이었다. 그런 식으로 보면 모든 게 트집거리가 될 뿐이다. 맏딸을 결혼식장에 혼자 들여보냈더니 이번에는 막내딸까지 그리하게 생겼다. 일찍부터 허리가 꼬부라진 시어머니에게 낮에서 심술이 뚝뚝 떨어지는 남편이며 정신이 오락가락하는 명희를 맡기고 가려니 발걸음이 떨어지지 않았다.

서울로 가는 데는 이제 버스를 한번만 타면 된다고 했다. 그 버스터미널은 맏아들 백수가 중학교 때부터 타고 내리던 버스 차부가 있던 곳이다. 속이 상했다. 서울에 있는 대학에 입학하러 가던 백수를 마지막으로 전송한 곳이다. 가슴이 대바늘로 꾹꾹 찌르듯이 아파와서 한참이나 앉아 있었다. 백수 생각이 들기만 하면 그냥 제자리에 앉은 채 한동안 꼼짝할 수가 없었다.

버스터미널의 변소는 맏딸이 시집갈 때와는 다르게 수세식으로 바뀌었다는데 재래식일 때보다 훨씬 더 더러웠다. 재래식일 때와 다른 건 벽을 다 차지하는 거울이 걸려 있다는 것이었다. 거울에 비친 백발의 노파가 나인가, 소스라치게 놀랐다. 속상했다.

버스는 절반 가까이가 국도를 우회하는 것이고 나머지는 빠르고 편한 고속도로로 타고 갈 수 있다고 했다. 버스가 구불거리는 고개를 오르내릴 때, 생각할수록 내 인생은 왜 이렇게 기구하며 박복한가 싶어 눈물이 쏟아졌다. 손님이 가득 차서 서서 가는 사람까지 있었지만 아는 얼굴 하나 없었다. 식구가 많으면 뭐하고 경사가 있으면 뭘 하는가. 나는 어찌 이리 혼자 외로이 막내딸을 시집보내러 가고 있는가. 어디에 그렇게 많은 눈물이, 콧물이 숨어 있었는지 모르게 내내 소리 없이 흘러나왔다. 쥐고 있던 손수건에서 물이 짜질 정도였다.

결혼식장은 만수가 예약한 서울 변두리의 커다란 예식장이었다. 금희가 제 남편을 데리고 왔다. 가무잡잡한 얼굴에 몸에 꼭 끼는 양복을 입은 맏사위는 내게 구십도로 머리를 숙여 인사를 하고 만수와 악수를 나누었다. 금희에 비해 키가 작았지만 사람은 성실해 보였다. 여전히 트럭을 몬다고 했다. 그러면 뭘 하나. 아직 보름달처럼 훤한 맏딸이 아까웠다.

어디 근본도 없는 인간인지 신랑의 하객은 아주 가까운 친척을 합해서 스무명도 되지 않았다. 신랑이 민주화운동인지 노동운동인지로 오래도록 수배를 받고 쫓겨다니느라 친구들과 연락이 거의 끊어져서라고 했다. 남 탓할 것도 없이 신부 아버지가 멀쩡히 살아 있으면서도 오지 않았다는 걸 알 텐데도 사돈 쪽에서 아무런 말도 하지 않는 게 고마웠다. 하지만 무정한 남편의 말이 맞긴 맞았다.

만수의 팔을 잡고 식장에 입장하는 옥희의 배는 처녀의 배가 아니었다. 기념사진을 찍기 위해 신부의 곁에 섰을 때 부끄러워서 얼굴을 들 수 없었다.

옥희의 하객은 같은 예식장의 다른 결혼식에 온 사람들의 두배 가까이 되었다. 거의 전부가 만수의 회사나 회사와 관계된 곳에서 온 사람들이었다. 손님이 너무 많아서 식장의 자리가 모자랐고 준비한 식권이 부족하다고 입씨름을 벌일 정도였다.

부조금은 대부분 신부 몫으로 들어왔다. 그 돈을 신부에게 주어서 신접살림을 사는 데 보태게 할 것이라고 했다. 결혼하면서 신랑 측에서 준비한 것은 보증금 이백만원에 십오만원짜리 월세방을 빌린 것뿐이었다. 그 보증금마저도 만수가 빌려준 것이라고 했으니 부조금이 아니었으면 두사람은 신혼살림도 제대로 갖추지 못했을 게 뻔했다. 말을 듣고는 속이 상할 대로 상했다. 내 배 아파가며 낳은 세 아들 발꿈치에도 못 미치게 생긴 신랑이 꼴도 보기 싫었다. 남편이 오지 않아서 폐백까지 지켜볼 수 없다 핑계하고 나와버렸다. 어딘지도 모르게 걷다보니 만수가 태석이를 안고 허둥지둥 따라왔다.

—어머니, 기왕 오셨으니 며칠 주무시고 가셔야지요. 집에 담요, 이불까지 다 깔아놨습니다. 우리 태석이 많이 컸지요?

아이는 사람 품에서 떨어지려 하지를 않았다. 결혼식장에서 제 큰고모가 잠시 내려놓았을 때조차 도깨비풀처럼 달라붙으며 "안아줘! 안아줘!" 하고 귀 따갑게 소리를 질렀다. 제 말을 안 듣는다 싶으면 경기를 하고 넘어가버린다고 했다. 결국 원숭이 새끼처럼 아이를 목에 매단 만수가 신부 아버지 대신 신부를 데리고 입장했다. 정에 굶주려서 그런 모양인데 내가 할머니라고 해도 눈길 한번 제대로 주지 않고는 고개를 홱 돌려버렸다. 첫 손자지만 도무지 정이 가지 않는 아이였다.

이게 무슨 경우인가. 정작 맏아들은 죽고 없고 맏이가 된 둘째아들은 아직 장가도 못 갔는데 어디 가서 살았는지 죽었는지도 모를 동생의 아들을 키우며 맏손자요, 하고 있으니. 눈물이 돌았다.

—일없다. 소여물도 줘야 하고 닭들 살쾡이 밥 안되게 닭장에 모아들이기는 누가 하며 개, 돼지 밥은 누가 주겠냐.

—어머니, 집에 사람이 몇인데 그러십니까.

—사람이라도 다 사람이더냐. 옳은 사람이 사람이지.

만수가 싱긋이 웃었다.

—어머니도 학자십니다, 꼭 할아버지처럼.

역정이 났다.

—여기서 네 잘난 할애비는 왜 나오는 거냐. 그 어른 아니었으면 내 일찍이 집을 나가 팔자를 고쳤을 것을.

그런 수작을 하느라 시간을 괜히 끌었던가보았다.

—엄마! 엄마! 잠깐만요, 기다려요!

기어이 옥희가 긴 한복 치마를 질질 끌며 쫓아나왔다. 허우대만 멀쩡한 사위가 갑자기 길바닥에 무릎을 꿇더니 큰절을 올리는 것이었다. 옥희가 부른 배를 하고 땅바닥에 주저앉고는 같이 절을 했다. 배 속의 아기가 어찌 될까 겁이 나서 길바닥에서 절을 받으면서도 속상했다. 눈물이 흘렀다.

—장모님, 제가 이제 평생 장모님을 어머니로 모시겠습니다. 아들이다 생각하고 불러주세요. 철원아, 하고 불러보세요. 어서요.

막 사위가 된 인간이 나를 업고는 빙글빙글 돌면서 말했다. 본 지 얼마나 된다고 그리 곰살맞게 구는지 도리어 의심이 들 뿐이었다. 나는 "빨리 내려놓으시소, 지발 좋은 일 하느라고 날 내려놓으이소!" 하고 목이 터져라 고함을 질렀다. 사람들이 구경거리라도 난 듯 모여들었다. 눈물이 그치지 않았다. 큰사위가 자신의 차례라며 소매를 걷고 있었다. 아, 눈물이 났다. 태석이를 무동 태운 채 만수가 빙글빙글 돌고 있었다. 상처에서 나는 진물처럼 눈물이 흐르고 흘렀다.

수민이를 낳고 나서 남편의 고향에 혼자 살던 시어머니를 모셔왔다. 시어머니는 스무살에 결혼해서 마흔살에 남편을 잃었다. 시아버지는 월남한 분이었고 시어머니보다 스무살이 더 많았으며 이북에 이미 처자가 있었던 터에 이산가족 방송 이후 속병이 나서 환갑잔치 치르기 직전 세상을 버렸다고 했다. 남긴 것은 방 두칸짜리 집이었는데 남편이 십대에 집을 떠난 이후 그 집을 담보로 빚을 내서 생활하면서 알뜰히 다 들어먹은 끝에 우리의 결혼을 계기로 아기를 봐주겠다고 합류를 하게 된 것이었다.

만수 오빠가 준 돈으로 얻은 신혼집, 신혼살림에 보태 쓰라고 준 부조금이 달아나는 데는 일년이 채 걸리지 않았다. 그동안 남편은 일할 곳을 찾아보기는 했지만 좀처럼 자리를 잡지 못했다. 노동현장 분위기가 많이 가라앉아서 일이 될 만한 게 없었다. 노동운동하다가 대학 나온 여자와 결혼했으니 체면이 있지 전처럼 공장에서 전자부품 조립하는 생산직은 못하겠다고 했다. 키만 삐죽 컸을 뿐 정작 몸이 약해서 건축현장에 하루 갔다 오면 사흘은 앓아누웠다.

—네 잘난 오빠래 그리 좋은 회사 다닌다면서 매제 자리 하나 알아봐주지 못하간? 경비도 좋고 수위도 좋단다.

시어머니는 남한 출신이면서도 굳이 돌아가신 시아버지의 고향 평안도 사투리를 썼다. 듣기에 어색한데 내용은 직설적이었다. 하고 싶은 말은 거침없이 하는 성정이었다. 그 말 때문은 아니지만 살길이 참 막막하다 싶어 만수 오빠를 찾아간 적이 있었다. 하지만 공장 앞 커피숍에서 만수 오빠와 마주 앉고 보니 차마 입에서 취직자리를 부탁한다는 말이 떨어지지 않았다. 그 대신 엉뚱한 말이 나왔다.

—오빠 회사 일도 바쁘시고 총각 살림에 태석이 보기 힘들 텐데 아기 맡는 집에 보내는 셈 치고 저한테 맡기세요. 식구가 다 놀고 번갈아 보면 되니까 바쁠 것도 없어요. 수민이하고 똑같이 잘 키울게요. 주말에 데리러 오시면 되고요.

만수 오빠는 반색을 했다. 그렇지 않아도 회사 사정이 어려워서 태석이에게 신경을 많이 못 써서 미안해하던 참이라고 했다.

시어머니는 내가 수민이를 업고 태석이까지 혹처럼 안고 둘째를 밴 불룩한 배를 하고 집으로 들어오자 눈이 다래끼처럼 커다래졌다.

—아새끼 봐주는 게 공짜는 아닌 건 알고 있네? 식구 사이에서도 계산은 잘해야 하는 법이니까니.

시어머니로부터 들었던 말 가운데 가장 가슴 아픈 말이 그것이었다. 당신이 아기들을 봐줄 것도 아니면서. 한번도 아기를 웃는 눈으로 본 적이 없으면서.

다음 날부터 독하게 마음먹고 아이들을 남편에게 맡긴 다음 집 근처에 있는 골목시장 좌판에 나갔다. 근처 산이며 들에서 뜯어온 나물이며 채소를 비닐봉지에 담아서 파는 노점부터 시작했다. 그래도 몸뚱이가 젊고 눈이 밝아서 그런지 같은 푸성귀라도 조금 더 낫고 많고 야무지다 해서 갖다놓는 족족 잘 팔렸다. 나물 캐온 할머니들이 안 팔리는 채소를 내게 부탁하기 시작하면서 바빠졌다. 수현이를 낳고 나니 아이 셋을 장사하며 감당할 수 없었다. 남편은 아이 보는 일 말고는 시어머니 말마따나 누진뱅이(게으름뱅이)가 다 되었다.

새벽에 찬거리를 사러 나온 아줌마들과 십원 가지고 옥신각신하며 깎는다 못 깎는다 하고 때 묻은 돈을 만지던 손을 씻지도 못한 채 아기를 안아들고 젖을 물리고 양푼에 열무김치와 밥을 비벼 먹던 그때가 그래도 내 인생에서 제일 행복했던 시절인 것 같다. 이러려고 대학까지 가고 이론을 배운다며 원서 복사해 읽고 밤새 실천방안 토론하고 농활 떠나고 야학을 하고 공장에 들어가고 했는가 싶기도 했다. 하지만 내 품에서 배부르게 젖을 먹고 방긋 웃으며 잠든 아기 얼굴을 보면 만가지 시름이 다 녹는 기분이었다. 그리 오랫동안 이론이고 실천이고 떠들어봤자 머리에 아무것도 들어간 게 없는, 한심한 여자라고 해도 할 수 없다. 국민학교도 못 나온 우리 엄마, 산골짝에서 화전을 일구며 여섯 남매를 키운 엄마의 심정을 이해할 수 있었다. 그토록 힘들고 모진 삶을 꾸려간 데는 다 이유가 있었다.

그러나 행복한 시간은 짧았다. 남편이 경찰에 잡혀가던 날, 할머니와 아버지가 하루 차이로 돌아가셨다.

나는 결혼에 한번 실패했고 만수씨 친구 이장수와 사귀는 바람에 함께 만수씨를 만난 적도 몇번 있었다. 그때 만수씨는 나를 '제수씨'라고 불렀다. 두사람은 나이도 비슷하고 회사 입사도 비슷하고 형제처럼 친했다. 그 인간이 경찰에 잡혀간 이후 갑자기 연락도 끊고 사라지고 나는 나대로 식당 그만두고 이혼까지 당하는 바람에 서로 만날 수가 없게 되었다. 몇달 동안 속을 끓이다가 그래도 사람 사는 게 이런 게 아니지 싶어 만수씨를 찾아갔다.

만수씨 덕분에 회사 구내식당에서 일하게 됐다. 한달 월급 이십오만원에 의료보험밖에 안되는 자리였지만 그것도 어려운 일 있으면 찾아오라는 만수씨의 말대로 한 덕분에 얻어걸린 자리였다.

만수씨는 사장의 신임을 받고 있어서 말 많고 탈 많은 구내식당 운영까지 책임지고 있었다. 만수씨가 구내식당을 담당하고 있을 때는 분위기가 참 좋았다. 음식 가지고 절대 장난을 못 치게 콩나물시루, 두부 몇판 들여오는 업자들에게서 한푼도 뇌물을 받지 않았다. 음식 재료를 실으러 시장에 트럭을 가지고 갔다가 봉투를 들고 뒤쫓아오는 사람들을 피해 골목을 급히 빠져나오다 접촉사고를 낸 적도 있을 정도였다. 재료가 좋고 근무환경이 좋으니 음식이 맛있고 푸짐했다. 맛있다고 소문이 나서 이웃의 공장에서도 밥 먹으러 오면 안되겠느냐고, 공장 바깥으로 통하는 식당 문을 내고 음식을 팔라고 하는 요청까지 들어왔다. 먹는 게 맛있고 좋으면 노사문제 절반은 해결된다고 했다. 그래서 회사 분위기도 아주 좋았다. 노조가 있긴 했지만 분규 한번 없었다.

만수씨는 명절 앞두고 업자들한테서 들어오는 구두표 같은 상품권은 사양하다 못해 받아서는 자신은 가지지 않고 구두 많이 닳은 사람부터 순서대로 나눠줬다. 그것도 평소에 사람 하나하나를 잘 지켜보지 않으면 힘든 일이었다. 그렇게 시간이 흘렀다.

구내식당 아줌마들이나 여직원들 사이에서 만수씨는 노총각에 사람 좋고 하니 인기가 하늘을 찌를 듯했다. 공장 전체 인원 육백 명 중 여자는 서른명도 안되는데 그중 삼분의 일이 구내식당에 있었다.

그런데 어느 때부터인가 여자들 사이에 이상한 소문이 났다. 만수씨와 내가 전부터 사귀던 사이이고 둘 사이에 아기가 있는데 그 아이를 만수씨가 키우고 있다는 식이었다. 내가 딴 남자하고 바람이 나서 아기를 버리고 떠나갔다가 그 남자한테 싫증이 나자 다시 만수씨에게 빌붙어 피를 빨아먹고 있다는 것이었다. 소문이라는 게 원래 어처구니없는 것이지만 해도 너무한다 싶었다. 건드리면 더 커질 것 같아서 아예 아무 말을 하지 않았다. 하지만 몇달이 지나기도 전에 소문은 온 공장 안에서 기정사실이 되었다. 여자들 모두가 나를 질투하고 미워하게 되었다. 지옥이 따로 없었다. 내 칫솔에 새똥이 묻어 있기도 하고 면도날이 내가 조리를 담당한 냄비 속에 들어 있기도 했다. 도저히 견딜 수가 없어 만수씨를 찾아갔다.

—미안합니다. 저 때문에 오해를 받아서 많이 괴로우신 걸 잘 압니다. 제가 아무리 아니라고 해도 사람들이 의심을 더 하니까 어쩔 수가 없네요. 좀 잠잠해질 때까지 다른 데 가 계시면 어떨까요. 제 여동생이 결혼하고 나서 저 사는 동네 중학교 앞에서 분식집을 합니다. 거기를 좀 도와주세요. 월급은 지금보다 많이 드리라 할게요. 부탁합니다.

만수씨는 그렇게 말했다. 오래도록 생각했지만 다른 도리가 없었다. 사실 나는 만수씨를 좋아했다. 만수씨를 처음 봤을 때부터 좋아하고 있었다.

오빠가 그 여자를 데리고 와서 주방을 맡기라고 했을 때는 억장이 무너지는 것 같았다. 튀김, 오뎅, 떡볶이 같은 아이들 주전부리 음식 파는 가게 크기라는 게 어른 세사람만 서 있어도 꽉 차는데 어떻게 사람을 더 들이라는 것인가. 칼과 도마, 싱크대는 여자들한테는 양보할 수 없는 고유 영역 같은 것인데 하루아침에 물러나라니 말도 안되는 소리였다. 떡볶이나 오뎅에 무슨 솜씨를 부릴 일이 있는가. 어린 학생들 코 묻은 돈 받아서 월급을 주고 월세 내고 나면 남는 게 뭐가 있을 것인가. 내가 거기까지 얘기했을 때 오빠가 점퍼 안주머니에서 적금통장을 꺼내놓았다. 그동안 나온 월급을 모은 것이라며 건물 주인한테 이야기해서 가게를 키워가지고 제대로 된 식당을 해보자고 했다. 이제까지 무슨 생각으로 아무 말도 하지 않았는지 원망스러웠고 그다지 고맙지도 않았다. 오빠가 그 여자 앞에서 보라는 듯이 그러는 것도 싫었다. 오빠는 내 심정이 어떤지 아랑곳하지 않고 마냥 들떠 있었다.

그 여자는 손에 주렁주렁 검은 비닐봉지를 매달고 왔다. 그걸 가지고 주방에 들어가서 뚝딱 만들어 내온 것이 제육볶음이었다.

—내래 평생에 이렇게 희한하게 맛난 제육볶음은 처음 먹어보누만. 새댁 음식 솜씨가 덩말 보통이 넘는구나야.

부르지도 않았는데 내려와 있던 시어머니가 품평을 하고 나섰다.

—사돈어른, 이거 돼지 두루치깁니다. 진주씨 이모님이 우리 회사 앞 식당에서 만들어 팔던 메뉴고 진주씨가 회사 들어와서 구내식당 메뉴로 다시 만들었는데 정말 인기가 좋았어요. 사실 제가 회사 앞 식당에서 처음 이거 먹었을 때 천국에서 이런 걸 시켜 먹나 싶더라고요. 진주씨 요리학원에서 음식 하는 법을 정식으로 배웠대요. 요리사 자격증도 있고요.

—두루치기면 어떻구 제육볶음이면 어더래. 맛만 있으면 됐지. 에미가 새로 식당 내는 데 이거를 만들어 팔면은 식당에 손님이 드글드글하겠구만기래. 돼지고기 싫어하믄 조선 사람이 아니디.

—탄광 같은 데서 힘든 노동 하는 사람들이 돼지비계가 중금속 씻어낸다고 더 좋아하지요. 운전기사들도 좋아하고.

그렇게 해서 '24시 정다운 기사식당'이 태어났다. 우리 식당의 제육볶음은 택시기사들이 끼니때가 되면 일부러 우리 동네 오는 손님을 골라 태우고 올 정도로 인기가 있었다. 그 여자는 주방 일을 했고 나는 밖에서 써비스를 했다. 택시가 많이 오니 차량 정리를 해야 해서 낮에는 사람을 쓰고 밤에는 오빠가 그 일을 거들었다.

오빠는 시간이 나면 틈틈이 그 여자를 주방 밖으로 불러내 일이 힘들지는 않으냐, 도와줄 건 없느냐 하고 물었다. 주부습진으로 고생하는 것을 보고 연고를 사다주기도 하고 어릴 때 할아버지한테서 배운 것이라면서 인근 야산에서 약초를 캐다 찧어서 꿀에 갠 것을 쥐여주기도 했다. 회식이 있는 날에는 술 냄새를 풍기면서 장미를 가져온 적도 있었다. 오빠는 회사 실적이 좋지 않다느니 경영진과 종업원들 사이에서 힘들다는 등등의 이야기까지 그 여자에게 털어놓았다. 그럴 때 뭔가 짜릿한 감정이 느껴지지 않았다면 그 여자는 정말 석녀일 것이다. 이런 걸 나는 말없이 지켜보고 있었다.

마지막까지 공장에 남은 건 일곱명이었다. 우리는 일곱명을 '최후의 칠인'이라고 불렀다. 내가 중학교 때 본 영화 제목에 '새벽의 칠인'이라는 게 있었고 유흥으로 청춘과 재산을 탕진하는 철없는 재벌 2세들이 만들었다는 '칠공자 클럽'도 있으니 사업주가 버리고 간 공장을 지키면서 혹시 그들이 돌아오지 않을까 기다리는 일곱명도 있을 수 있었다. 속도 없고 대책도 없고 정신머리도 없는 일곱명을 '최후의 칠인'이라고 부르거나 말거나 알아주는 사람도 없었다. 그래도 우리는 끝까지 그렇게 불렀다.

회장이라는 여자는 진작 딴 주머니를 차고 있었다. 명목이야 회사가 발전하기 위해서는 전망이 밝은 신규사업으로 돌파구를 찾아야 한다고 했다. 사업 다각화라는 말도 썼다. 그러면서 뒤에서 증권투기며 부동산 투기를 했다.

우리 회사에서 생산한 부품을 납품받던 자동차회사가 되지도 않을 수출을 한다면서 분수에 맞지 않는 과잉투자, 과잉생산으로 위기에 몰렸다가 결국 비상 긴축경영 체제에 들어갔다. 재고를 줄여야 하니 당장 납품 물량이 절반 이하로 줄어들었다. 우리 회사처럼 계열사가 아니면서 중요한 협력사들은 자동차회사 주문에 따라 생산시설이며 물량을 크게 늘렸었다. 이 역시 과잉투자로 몰렸고 빚이 대폭 증가했다.

그러자 회사는 생산현장 노동자를 자르고 임금을 깎으려고 했다. 어림도 없는 수작이었다. 가만히 있을 바보는 없었다. 이렇게 된 게 누구 때문인데 피해를 우리가, 우리만 봐야 하느냐 말이다. 회사 설립 이후 처음으로 쟁의를 시작했다. 연장근무를 거부하고 태업을 하는 것으로는 별 효과가 없어서 회사 문을 때려잠그고 사무실에서 농성을 했다. 그렇지만 생산시설은 한번도 세우지 않았다. 한번 서면 새로 가동하는 데 엄청난 시간과 비용이 들기 때문이었다.

그러자 회장이라는 여자가 회사 재산에서 당장 돈이 되는 것만 쏙 빼가지고 날아버렸다. 제가 뭘 안다고 경제지 몇곳과 인터뷰를 하면서 이제 한국에서는 고임금과 노사분규 때문에 제조업을 하기가 힘들게 됐다는 식의 헛소리를 남겼다. 결국 쟁의는 원하는 사람을 퇴직시키고 수당을 줄이는 선에서 타협되면서 끝났다. 그런데 회사가 정상궤도로 돌아오자마자 금융권에서 대출을 회수하기 시작했다. 엎친 데 덮친 격이었다. 유동자산이 급격히 줄어들고 월급지급이 늦어졌다. 회사 사정이 어려워지고 있다는 게 누구의 눈에도 보였다.

재주 좋은 인간들부터 떠나기 시작했다. 일부는 동종업체에 이

직을 하고 새로 생긴 업체에 스카우트되기도 하면서 사람들은 하나씩 침몰하는 배에서 뛰어내렸다. 노조에 가입한 사람들 중 일부는 벌써 블랙리스트에 올라 공단 내의 다른 공장에는 취직하기 힘들 거라고 했다. 챙겨서 딴 데로 갈 수 있는 인간들은 쑥쑥 다 빠져나가버렸다.

항암치료를 받은 적 있는 조성환 직장 말대로라면 "내 머리카락 빠지는 것보다 애들 나가는 게 더 빠르네"였다. 사장은 회사를 붙들려고 안간힘을 쓰고 있었지만 사태는 걷잡을 수 없었다. 나가고 싶어도 갈 데가 없는 사람이거나 될 대로 되라는 식의 체념을 한 사람들만 남았다. 그것도 자꾸 줄어들었다.

—우리 회사가 망한다면 이건 완전히 흑자도산입니다. 우리 회사를 한번 둘러보세요. 장부상으로뿐만 아니라 실제로 우리 회사는 자산이 빚보다 훨씬 더 많아요. 매출채권도 많이 있고 공장 부지가 얼마나 넓습니까. 빚도 우리 회사 잘못으로 생긴 게 절대 아니죠. 흑막이 있습니다. 회사를 똥값으로 만들어서 거저먹으려는 세력이 있어요. 새로 자동차산업에 진출한 TY그룹 말이죠. 그런데 걔들도 우리 없으면 당장 제대로 된 차는 생산하기 힘들어요. 수입하는 것도 한계가 있지 품질이나 납기 때문에 오래 못 버텨요. 우리 회사는 망한 게 아니에요. 잠시 생산을 중단하는 거죠. 지금 무책임하게 가버린 오너 말고 다른 확실한 자본을 끌고 오면 회사는 금방 정상화됩니다. 한국에 없으면 일본, 미국, 유럽 어디에서든지 모시고 옵니다. 그때까지 여러분이 공장을 사수하면서 잠시만 기다려주세요. 부탁합니다. 부탁드립니다.

사장은 마지막에 정문 앞에서 주먹을 불끈 쥐고 회사 이름을 부르며 만세삼창까지 하더니 허리를 구십도로 굽혀 절을 했다. 검은 양복을 입은 운전사가 모는 그의 검은 세단이 천천히 정문을 빠져나가고 난 다음까지 조직장이 박수를 쳤다.

—사장이 절하는 거 처음 보니까 대가리에 소갈머리가 없는 게 나나 사장이나 매한가지더구만.

그게 이유였다. 박수를 쳤든 안 쳤든 사장의 연설 이후 떠나는 사람은 썰물처럼 늘어났다. 결국 회사의 운명은 채권단의 처분에 달렸다는 소문이 들렸다. 하지만 자세한 내용을 알 만한 임원이고 간부고 다 나가버렸으니 어떻게 돌아가는 판국인지 알 수 없었다. 임시로 공장 관리인을 뽑기로 했다. 회사가 멀쩡했을 때 직급으로 최상급자는 김만수였다. 관리직 출신도 김만수 단 한명이었다. 석 달 뒤 마지막까지 남은 사람이 일곱명이었다.

김만수는 가끔 사장이 연락해온 내용을 전해주었다. 여전히 물주를 구하러 다니는 중이라고, 어떤 일이 있어도 회사를 남의 손에 넘기면 안된다고 했다는 것이었다. 오너였던 여자가 헐값에 팔아넘긴 주식을 포함해 회사의 지분 삼분의 이가 자동차의 '지읒' 자도 모르는 사채시장의 큰손들이 가지고 있는데 그게 경쟁업체에 넘어가는 날에는 회사가 가지고 있는 기술이나 특허, 업계 최고 수준의 품질관리, 원가절감 기술 같은 것들이 그들의 것이 될 것이고 그러면 회사는 되살아날 수도 없을 것이었다. 그러면 회사를 끝까지 지킨 우리의 의리, 고생도 헛일이 돼버릴 수 있었다.

김만수는 사장이 한 말을 전하고 나서 모든 것을 회의를 통해 정하자고 했다. 자신은 회의의 진행을 맡고 기록을 했다. 회의에서 나온 의견을 모아서 모든 일을 처리하니 자신의 생각과는 다른 결정이 내려진다 해도 불만이 없었다. 충분히 토론을 했기 때문이었다. 그렇게 해서 첫째, 무슨 일이 있어도 회사를 지킨다, 둘째, 우리는 끝까지 함께 간다, 셋째, 나이와 직급에 관계없이 고생도 함께 하지만 나중에 보답도 똑같이 나눈다는 세가지 주요 원칙이 정해졌다. 운동, 청소, 식사 등 일과를 정하고 역할을 분담하는 문제도 모두 회의에서 정해졌다.

—민주주의가 뭔지 이제야 알 것 같네.

—정말 회의를 해보니까 말 많으면 공산당이라고 하는 게 민주주의를 못하게 하려고 만들어낸 말이라는 걸 알겠어요. 백성이 입도 벙끗 못하게 하고 시키는 대로만 하게 하는 게 진짜 독재고 철의 장막 같은 거죠.

—이게 다 우리 영도자가 훌륭해서야. 그전에는 회의를 안했나? 해도 헛방이던 걸 제대로 만든 거지.

빚쟁이가 올지 회사를 새로 집어삼킨 인수자가 올지 모르지만 경비는 돌아가며 다 같이 서기로 했다. 우리를 쫓아내기 위해 용역깡패라도 보낸다면 힘으로는 감당할 수 없겠지만 공장에 불이라도 싸지를 각오였다. 정문을 용접해서 못 열게 막아버리고 주방의 가스통을 가져다 사제 화염방사기를 만들어두기까지 했다. 몇번 양복 입은 사기꾼 같은 인간들이 몰려왔다가 우리가 정문에 매단 스피커로 귀가 터지게 "양심에 털도 안 난 도둑놈들아, 총 맞기 싫으면 꺼져버려라" 하고 욕을 하고 공장 마당에서 화력 시범을 보이자 무슨 종이쪽지를 붙여놓고 가긴 했다. 즉시 짝짝 찢어서 가루로 만들어버렸다. 그뒤로는 조용했다. 자동차산업 자체가 전반적으로 불황이어서 그런지 중국에서 싸구려 부품을 수입하는지 우리 회사나 생산시설에 크게 관심이 없는 것 같기도 했다. 사장도 연락이 끊겼다.

하루 세끼 밥을 모두 공장에서 해결했다. 한때 육백명 식사를 담당했던 주방은 유일한 여자이면서 요리사 자격이 있는 송진주 누님에게 돌아갈 수밖에 없었다. 한때 우리 회사 구내식당에서 일하다 나가서 식당에서 일을 한다고 했는데 우리가 공장 점거농성에 들어가자 그 식당을 때려치우고 우리에게 합류했다.

—만수 형님 아버지 돌아가셨을 때 진주 누님 아니었으면 몇백명 삼시 세끼를 어떻게 댔겠수. 그때는 정말 대단했지. 회사에서 간 버스하고 승용차가 그 시골 동네를 완전히 포위하고 모자라서 읍내까지 길가에 대놨잖어요. 경찰서장까지 나와서 교통정리하고 여기 무슨 장차관 초상이라도 난 거냐고 물으러 오고. 우리가 할 때는 확실히 한다 이거죠. 만수 형님이 우리한테 무슨 일 났을 때 해준 거 반만 하자, 그거였잖어. 화투 삼백목 준비한 거 다 나가고 육개장 하루 천그릇씩 끓여댔지.

—그때 김만수 저 인간, 우리는 자기 아버지, 할머니 줄초상에 오일장 동안 허벌나게 고생하는데 혼자 정말 동작 빠르게 아버지 이름으로 된 화전, 논하고 시골집을 등기 옮기고, 어머니하고 누나 짐 싹 챙겨서 다 모셔오고.

—그러면 뭐하냐고. 그게 다 합쳐서 오백이 돼, 천이 돼. 씨부랄.

한방에 이 지랄인데.

모든 사안은 회의를 거쳐 결정하는 '집단지도체제'를 표방했지만 어쨌든 우리의 대장은 김만수였다. 빨치산을 소설화한 베스트셀러 『남부군』을 본떠서 '보급투쟁'이라고 부르던 음식재료 구해오기부터 조리, 식사, 족구, 스케줄 정리까지 모두 대장이 하자는 대로 하면 틀림이 없었다. 대장의 말대로 하면 뭔가 질서가 잡힌다고 해야 할지, 그런 기분이 들게 만들었다. 낱낱인 사람들을 단결시켜 '우리'로 만든 사람이 김만수였다.

그래도 우리에게는 희망이 있었다. 우리가 공장을 빼앗기지 않고 잘 지키고만 있으면 언젠가는 사장이 돌아올 것이라는. 채권단이며 새로운 투자자를 설득해서 공장을 다시 돌리게 될 것이라는. 희망이 큰 만큼 다른 공장에 취직한 사람들도 잠깐씩 들러서 주스나 라면 박스, 족구용 네트와 배구공 같은 걸 놓고 가기도 했다.

공장은 일곱명이 아니라 칠백명이 팔 벌려 지키기에도 넓었다. 철이 여름으로 바뀌자 공장 마당에는 깨진 콘크리트 사이로 잡초가 고개를 내밀더니 사람 키만큼이나 자랐다. 설비에는 녹이 슬었고 복구불능 상태로 망가져갔다. 건물 천장에서 물이 새고 곰팡이가 무섭게 번지더니 가을이 되고 겨울이 되자 말라서 흔적만 남고 사라졌다. 전기와 공업용수 공급도 끊어졌다. 회사를 되살려낼 이유는 점점 줄어들고 있었다. 해를 넘겼다.

이제는 오기가 생겼다. 일은 많았다. 사람이 제 한 몸 건사하는데 드는 품이 그렇게 많을 줄은 몰랐다. 의식주는 기본이고 건강을 유지하기 위해서 하는 일은 또 얼마나 많은가. 각자의 가정경제를 어떻게 꾸려가는지에 대해서는 굳이 캐묻지 않았다. 안 봐도 뻔했다. '최후의 칠인'은 일곱 형제처럼 친해졌다.

—우리는 최후의 칠인, 죽어도 같이 죽고 살아도 같이 산다! 한번 물면 끝까지 놓지 않는다. 시작하면 끝을 본다!

구호를 외치다보면 가슴이 다 찌릿찌릿했다. 그렇게 세월이 흘렀다. 한창 일할 나이, 한창 돈 벌 나이, 한창 기반을 닦을 나이의 우리에게 금쪽같이 귀한 시간이 흘러가버렸다. 우리는 정말 대책없는 사람들이었다.

교도소 문 앞에서 아내가 들고 온 비닐봉지 속의 두부 한모를 다 먹고 버스 타고 집에 돌아오니 옛날의 집이 아니었다. 처남 살던 방 세칸짜리 전셋집에 어머니와 아내와 아이들 셋, 처남과 장모님, 연탄가스로 지능이 백치 수준으로 떨어졌다는 처형까지 와 있었다. 방 하나에 어머니와 수민, 수현, 태석이가 들어가고 방 하나를 장모, 처형, 아내가 쓰고 나머지 문간방에 집주인인 처남과 내가 기거하게 됐다. 하룻밤을 자보니 집보다 감방이 넓었지 싶었다.

내가 감옥에 들어가 있던 사이 처남은 망한 회사의 공장을 지킨다면서 하루도 빠짐없이 회사에 나갔다. 그새에 다리가 두번 금이 가고 부러지고 해서 목발에 깁스를 했다. 한번은 채권단 측 변호사들이 쳐들어오는 걸 보고 계단으로 급히 내려오다가 넘어져서, 한번은 족구를 하다가. 농성이 길어지고 먹는 게 부실하니 뼈가 많이 약해져서 그런다는데 같이 농성하던 사람 중에 다리가 부러진 사람은 처남밖에 없었다. 그것도 한번도 아니고 두번이면 그 방면에서는 세계신기록일 것이다.

망한 회사의 채권단이 명도 소송과 불법점거에 대한 손해배상 소송을 걸고 일심에서 승소하고 나서야 처남은 공장에 가는 걸 그만두었다. 계속 뻗대고 있다가는 재판에 불리해질 거라는 변호사의 충고 때문이었다. 다른 회사에 취직하지는 않았다. 받아주는 데도 없었지만 기사식당의 일손이 부족했기 때문이었다. 아내는 처남과 담판을 지으라고 했다.

—어디서 누군지도 모를 여자를 하나 끌고 와서는 돈봉투 안겨주고 기사식당을 하라고 하더니, 죽어라 고생해서 식당이 좀 될 만하니까 그 여자를 도로 끌고 나간 거예요. 공장에서 농성하는 사람들 밥해줘야 한다고. 식당 손님들이 맛이 달라졌다고 다 떨어져나갔어요. 할 수 없이 내가 공장까지 쫓아가서 사정사정 빌어가지고 도로 모시고 왔는데 유세가 장난이 아냐. 보통 여자가 아니라고요. 그 여자 때문인지 식당은 불난 호떡집같이 잘되는데 돈은 어디로 가는지 구경도 못해요. 애들 우유값도 오빠한테 말을 해야 주고.

왕년에 운동권에서 잔 다르끄 소리를 듣던 여자가 펑퍼짐한 몸에 월남치마를 입고 파마머리를 한 게 식당 사장이 다 되어 있었다. 아니, 사장이 아니라 부엌데기에 심부름꾼에 불과했다. 내가 감옥 들어간 뒤에 두 집 살림 합치자고 하더니 그 모양이라고 했다. 열이 뻗쳤지만 일단 처남 말을 들어보기로 했다. 두루치기와 막걸리를 앞에 놓고 마주 앉았다.

—그래도 이렇게 먹고살 만하지 않은가. 아이들도 별 탈 없이 잘 크고 있고 자네도 이제 자유의 몸이라서 걱정 안해도 되고 어머

니 두분도 정정하시고. 문민정부가 들어섰으니 정치도 앞으로는 지금보다 더 나아질 거야.

—형님, 문민정부 들어서고 육해공에서 다 대형사고 났죠? 기차가 전복되고 비행기 떨어지고 서해상에서 페리 가라앉고 한강 다리 무너지고 도시가스 폭발해서 애먼 사람들 얼마나 죽었습니까?

—우리는 별 탈 없이 살아 있잖아. 그게 어딘가.

—그거야 우리는 그 멀리까지 안 가고 못 가서 그런 일 안 겪은 거죠.

—아무튼지 간에. 안 아프고 안 죽었으면 그래도 복 받은 거라고 생각한다고. 우리만 성실하게 열심히 살면 다 잘 풀릴 거야.

—아니, 형님 다니던 회사가 형님이 게으르고 일 안해서 망한 겁니까. 망해도 그렇지, 자본가라는 놈들이 어떤 놈들인데 그놈들이 형님네처럼 아무것도 없이 나갔겠냐고요. 지금도 홍콩이나 하와이 해변 같은 데 가서 빼돌린 돈 가지고 떵떵거리면서 잘살고 있어요.

처남이 착하다는 건 인정한다. 성실하기도 했다. 그런데 방향이 틀렸다. 같이 해야 할 일은 같이 열심히 하겠지만 싸울 일은 싸워서 해결해야 하지 않는가. 또 싸울 때도 상대를 제대로 골라서 싸워야지 제 편, 제 식구에게 피해를 입혀가며 제 살 깎아먹기 식으로 하는 건 나부터 용납할 수 없었다. 그냥 놔두니까 처남은 계속 주절주절 말을 이어가고 있었다.

—우리 어릴 때 굶기를 밥 먹듯 하던 때를 생각해봐. 나는 원망

하는 사람이 없어. 내 팔자가 그런 걸 뭐. 또 원망해서 뭐해? 그 사람들이 잘못을 뉘우치고 제자리로 돌려놓을 것도 아니고 그럴 능력도 없고. 그 사람들이 그러고 싶어서 그러겠냐고. 부도내고 싶어 부도내는 회사가 어디 있겠어? 나는 이렇게 가난하지만 소박하게, 보통 사람 나름의 행복을 누리면서 살아가면 된다고 생각하네.

그런 건 내 알 바가 아니었다. 나부터 살길을 찾아야 했다.

—지금 저 주방에 있는 아줌마하고는 무슨 사이인 겁니까?

—진주씨? 우리는 같이 싸우고 있어. 투쟁.

—뭐 때문에 투쟁하는데요? 누구를 상대로요?

—우리가 공장을 지키기 위해서 싸우다보면 사장님이 투자자를 데리고 돌아오실 거야. 그럼 회사 주식을 담보로 가지고 있는 채권단한테 빚도 갚고 공장이 다시 돌아가는 거지. 우리는 희망이 있어. 희망 때문에 싸우는 거야.

—그런데 수민이 엄마가 저 아줌마하고 앞으로 어쩔 거냐고 자꾸 그러는데요. 계속 이렇게 살 수는 없다고.

—지금처럼 일이 있으면 투쟁현장에 가서 밥도 해주고 옛날 회사 사람들하고 일주일에 한번 만나는 데 같이 가고 끝나면 여기 와서 바쁠 때 음식 제대로 하는지 감독하고 하면 되지.

—우리 식당 하루 스물네시간 돌아가는 텝니다. 누구는 자기 하고 싶은 대로 멋대로 일했다 말았다 하고 월급은 사장보다 더 챙겨가고 누구는 하루 스물네시간 꼬박 일하고 있는데…… 수민이 엄마가 무슨 죄를 졌습니까. 그런다고 형님이 돈이나 많이 주는 것도 아니고. 집도 그렇지요. 지금 애들 자꾸 크니까 교육 문제도 그렇고

집을 옮겨야 되고 하는데 돈 생기는 데는 기사식당밖에 없잖습니까. 그런데 그 돈을 형님이 다 통장에 집어넣고 꼭 움켜쥐고 있다고……

—아니, 그건 아닌데. 여기 재료비하고 인건비, 월세 제하고 나서 또 우리 공장에서 같이 투쟁하는 식구들 먹고 자고, 각자 가족들 있으니까 최소한 앞가림은 해야 하고 그러느라고 다 썼지. 우리 공장 때문에 소송도 걸려 있고 거기도 돈이 엄청나게 들어가서 말이지. 내가 뭘 쥐고 있겠어. 내가 장부에 다 기록해놨어.

어처구니가 없었다. 아이들이 좁아터진 집 안에서 열대야가 기상관측 이래 신기록을 내고 있는 한여름에 온몸에 땀띠가 나서 잠을 못 자고 울고 아내는 손이 불어터지도록 설거지하고 일해서 번 돈을 엉뚱한 데 처넣어왔다는 말이었다.

—형님, 도대체 원하는 게 뭡니까? 이렇게 제 식구 개고생시켜가면서 남 좋은 일 하는 거요? 형님은 좋아서 한다고 하고 우리는 뭡니까? 우리 새끼들은 또 뭐고요? 지금 이건 아니잖아요. 말이 안 되잖습니까?

—어, 그래도 우리는 못 먹고 못 입는 거 아니잖아. 잘살지는 못해도. 정말 우리 아니면 굶어 죽을 사람 생각도 해야지.

—그걸 왜 우리가 책임져야 해요? 그 사람들이 우리 가족이에요? 부모 형제라도 되느냐고요?

언제부터인지 아내가 팔짱을 낀 채 우리를 지켜보고 있었다.

—야, 옥희야! 짐 싸라! 씨부랄, 우리가 나가자. 설마 굶어 죽기야 하겠냐. 더럽고 아니꼬워서. 허파 뒤집어져서 죽는 거보다는 낫

겠다. 빨리, 짐 싸! 씨부랄, 이런 개 같은 경우가 다 있어.

그러자 처남이 나를 주저앉혔다.

—아니, 그러지 말고. 안 그래도 내가, 우리가 나갈라고 했어. 우리 식구들이 자네 식구들한테 얹혀서 폐만 끼치고 하는 게 영 마음에 걸려서. 이제는 식구도 더 늘 거거든. 나 진주씨하고 결혼할 거야.

그러자 아내가 입을 열었다.

—누가 들고 나가든 간에 나는, 저 아줌마, 우리 가족으로 받아들일 수 없어요. 절대로.

처남은 당당했다.

—살아도 내가 산다. 벌써 결정했다.

아주 훌륭하고 위대해 보였다.

—왜, 오빠 식당에서 일만 하는 나는 자격이 안돼서? 엄마, 언니 다 오라고 해서 물어봐요. 내가 모를 줄 알아요? 이 남자 저 남자 걸치던 헌 여자가 어딜 감히 우리 집에 들어온다고 그래요.

어디선가 꺽꺽, 하고 고장난 하수도에서 물 빠지는 소리가 났다. 돌아보니 그 여자였다. 그 여자는 상으로 달려와 털퍼덕 주저앉더니 가족들이 반대하는 결혼은 하지 않겠다고 울면서 말했다. 방바닥을 두드리며 대성통곡을 하는데 처남은 그 여자의 어깨를 쓰다듬고 있었다. 웃기지도 않았다. 당사자가 아니면 참 재미있는 구경거리였을 것이다. 식사를 하고 난 손님들이 구경을 하느라 갈 생각을 하지 않고 있었다.

—이 사람은 나하고 결혼해도 당분간 애를 안 낳겠다고 하더라.

우리는 태석이를 정식으로 우리 아들로 호적에 올리기로 했다. 우리 태석이, 어떤 애보다 잘 키울 거다. 세상에서 가장 훌륭한 엄마가 되어줄 거야. 이렇게 착한 사람이다.

나는 조건을 제시했다. 기사식당 명의를 완전히 아내 것으로 하고 더이상 관여하지 말 것. 두루치기를 만드는 요리법을 완벽하게 알려주고 그 여자는 주방에서 완전히 손을 뗄 것. 다른 데 그 요리법을 가르쳐주지 말고 곧 죽어도 가까운 데서 식당 같은 건 차릴 생각 하지 말 것. 아내는 한동안 생각하더니 우리가 분가를 한다 해도 몸이 아픈 어머니 대신 장모가 아이들을 돌볼 수 있도록 해야 한다고 했다. 처남은 그러겠다고 했다.

—나는 원래 가진 게 하나도 없었잖아. 지금은 부자야. 아이도 있고 사랑하는 사람도 있고 셋방이라도 살 집이 있고. 나는 괜찮다. 옥희야, 네 신랑 고생 많이 했다. 잘해줘. 큰 집 얻어서 남부럽지 않게 살아봐. 부디 행복하게 잘 살아야 해.

처남은 그 여자와 결국 결혼식을 올렸다. 우리 결혼 때와는 대조적으로 하객은 그리 많지 않았다. 같이 일하고 경조사에 함께했던 사람들이 수백, 수천명이지만 오고 싶어도 미안해서 못 오는 거라고 최후의 칠인이라는 사람 중 한사람이 말했다. 알기나 하는지, 관심이나 있는지 모를 일이었다. 떡볶이집에서 기사식당으로 확장하고 나서부터 거기서 나온 수입을 다 합치면 웬만한 집 한채 값이 넘었겠지만 우리는 축의금 조로 형님에게 준 것으로 하기로 했다.

그때 그렇게 하길 정말 잘했다. 결혼식을 하고 나서 몇달 뒤 처남과 칠인조 무지개인지 난쟁이인지 하는 떨거지들한테 엄청난 빚이 핵폭탄처럼 떨어져내렸다. 채권단으로부터 회사 주식을 인수한 경쟁업체에서 공장과 시설에 대한 명도 소송과 불법점거에 대한 손해배상 소송을 이어받았는데 일곱명이 몇억원인가를 배상하도록 법원에서 판결받은 것이다. 그중에서도 처남이 불법행위를 주도한 사람이었으니 다른 사람들보다 훨씬 더 책임이 컸다. 어차피 죽었다 깨난다 해도 물어줄 수 없는 금액이긴 하지만. 우리가 분가를 하지 않고 가만히 있었을 경우 채권단에서 마음만 먹는다면 기사식당 보증금이든 주방설비든 뭐든 차압을 붙일 수 있을 것이었다. 같이 죽을 수는 없지 않은가.

낮이나 밤이나 세상이 어둡다. 눈앞이 흐릿하다. 아무리 제대로 보려 해도 초점이 맞춰지지 않는다.

지금이 언제인지 모르겠다. 어제가 오늘 같고 오늘이 내일 같다. 목소리로 사람을 분간할 수 없다. 가르쳐줘도 잊어버린다. 가르쳐준다는 게 뭔지도 모르겠다.

나는 그저 숨 쉬고 먹고 싸고 자고 하다가 이따금 엄마를 부를 뿐이다. 만수를 부르기도 한다. 엄마와 만수 빼고는 누가 누구인지 모르겠다.

엄마가 없다. 엄마 대신 누가 차가운 손으로 나를 붙잡고 씻기고 옷을 갈아입히고 밥을 먹인다. 엄마를 찾아도 대답해주지 않는다. 내가 숟가락을 집어던지니까 나를 혼자 있게 내버려두었다. 울었다. 그래도 오지 않는다. 엄마가 아니다.

엄마가 있을 때는 배고파도, 추워도, 옷이 젖어도 울 수 있었다.

울면 엄마가 와서 먹을 걸 주고 과자도 주고 기저귀를 갈아주고 이불을 덮어주었다. 노래도 불러주었다. 잘 자라고. 그냥 자라고. 자고 있으면 무서운 일도 배고플 일도 추울 일도 슬플 일도 없다고. 그런데 엄마가 없다.

엄마가 없는데 내가 울면 무서운 사람이 와서 나를 잡아갈지도 모른다. 나를 해칠 수도 있고 때릴 수도 있다. 그래도 나는 아무것도 할 수 없다. 엄마가 없으면 슬프다. 슬퍼도 눈물이 나지 않고 웃음만 난다. 내 마음대로 울 수도 없다. 더 슬프다.

엄마가 없다.

야반도주라는 게 남의 일인 줄로만 알았다. 평생 남의 가슴에 못 박을 일 하지 않고 내가 굶고 얼어 죽을지언정 빚지지 않고 살아왔는데, 평생 벌어도 갚지 못할 빚을 지고 도망을 쳐야 하는 신세가 됐다. 전셋집일망정 십년 넘게 살아온 집인데 그게 내 명의로 되어 있었다는 게 탈이 되었다. 내가 가진 것 중 가장 목돈인 전세금이라도 건지려면 도망쳐야 했다.

채권단과 회사를 새로 인수한 경쟁업체에서 제기한 손해배상 소송에서 불법적인 공장 점거와 그로 인한 공장 가동 중지, 설비 파손에 대한 손해배상금으로 우리 일곱명에게 연대책임으로 떨어진 금액은 사억 육천만원이었다. 연대책임이라는 건 돈을 갚을 때까지 모든 사람을 끝까지 따라다닌다는 의미였다. 그걸 내지 않으면 해마다 지연이자로 이십 퍼센트가 붙는다고 했다. 이십 퍼센트라는 이자는 복리로 사년만 되면 원금의 두배가 된다. 우리가 그 돈을 낼 수 없는 건 당연했다. 우리가 공장에 계속 다닌다 치고 한달 오십만원의 월급을 한푼도 안 쓰고 원금만 갚는다 해도 팔십년은 걸릴 것이었다. 도대체 그놈의 원금의 일년 이자 일억원은커녕 천만원을 현찰로 구경을 해본 사람이 우리 중에는 아무도 없었다.

—이걸 우리한테서 받아낼 거라고 생각하는 놈들은 아무도 없다. 우리를 쫓아내려고 겁주는 거지. 겁먹으면 지는 거야. 우리가 끝까지 버티고 있으면 저놈들이 협상을 하자고 올 거야.

재판이 진행되는 동안 현장 경험이 많은 조직장이 말했지만 그들은 한번도 오지 않았다. 우리 회사를 털도 안 뽑고 헐값에 인수한 데가 경쟁업체다보니 자기들에게도 전기 배선을 생산할 공장이 있었고 우리 회사를 그만둔 인력을 일부 흡수해갔으니 급할 게 없었던 것이다.

우리는 소송에 관련된 일은 우리 중에 가장 가방끈이 길고 직급도 높았던 만수 형님한테 떠맡겼다. 그들과 법정에서 싸울 변호사를 고용하고 비용을 마련하고 재판정에 서른번 넘게 쫓아다니고 변호사 사무장한테 밥을 사주는 일까지 모두 만수 형님이 했다. 우리 변호사가 노동법 전문의 젊은 변호사고 정의감이 투철하며 실력이 대단하다고 했는데 상대는 판검사 하다가 은퇴해서 저승 갈 날이 오늘내일하는 노인네라고 했다. 경과가 어떻게 됐는지, 돈이 얼마나 들어갔는지 물어보지도 않았고 물어볼 수도 없었다. 모든 걸 만수 형님이 부담했으니까. 다른 건 모두 회의에서 공개적으로 이야기했지만 소송과 돈에 대해서는 만수 형님은 전혀 입을 열지 않았다. 어차피 질 게 뻔한 싸움인데 결과를 미리 이야기하는 게 만수 형님한테도 괴로운 일이었을 것이다. 우리는 배 속에 암 덩어리가 자라고 있는 줄 알면서도 그걸 들여다보기를 두려워하는 환자들 같았다. 그리고 너무도 간단하게 졌다.

노조가 정당한 노동권을 행사하는 과정에서 생긴 사업장의 피해는 변상할 의무가 없다고 법에도 나와 있지만 현실은 전혀 그렇게 되지 않았다. 우리는 노동권을 행사한 것도 아니었다. 우리가 우리 회사를 지키기 위해서 공장에서 먹고 자고 싸운 모든 게 불법이라는 것이었다. 불법은 법으로 보호를 받지 못한다고 했다. 법은 어차피 가진 놈들, 힘 있는 놈들, 그들의 이익을 지켜주는 판검사, 정부, 정치가, 경찰, 강자의 편이었다. 회사를 인수한 업체, 채권단에게 우리는 그저 일년 가까이 불법적으로 생산시설을 점거한 자들일 뿐이었다. 사장은 죽었는지 살았는지 전혀 연락이 닿지 않았다. 결국 돈 있는 놈들은 그놈이 그놈인데 재수없게도 우리는 안되는 놈 편에 줄을 잘못 선 것이었다.

일심 판결이 나고 나서 우리에게, 우리가 점거한 공장에 아무런 희망도 가치도 없다는 것을 철두철미하게 확인한 다음 우리는 하루아침에 뿔뿔이 흩어졌다. 월급에서 갑근세를 떼는 회사에는 취직도 할 수 없었다. 기적적으로 취직했다고 해봐야 월급에서 최저생계비 빼고 나머지는 다 압류할 테니까 의미도 없지만. 어디를 가도 다른 사람 주민등록증으로 가서 일당 받고 일해야 했으니 날품팔이나 마찬가지였다. 젊어서 힘이나 되면 공사판에 나가고 마누라 잘 둔 덕으로 행상을 하는 사람도 있었다.

우리가 공장에서 나오고 석달 뒤부터 공장이 다시 가동하기 시작했다. 다시 석달쯤 지나니 그전에 공장에 다니던 다른 사람들 상당수가 공장에 돌아갔다. 그 잘난 공장을 지키겠다고 끝까지 싸우던 사람들에 대해서는 아무런 보상도 없었다. 보상커녕 손해배상 빚 폭탄이라도 면해줬으면 소원이 없을 것 같았다. 회사고 공장이고 동료고 빚이고 인생이고 간에 만 정이 다 떨어졌다.

확정판결이 나자 우편물이 집으로 날아들기 시작했다. 부동산과 급여, 통장 가압류 통지서니 청구서니 독촉장이니 하는 것들이었다. 회사에 들어갈 때 보증을 서줬던 가족이나 처삼촌, 학교 다닐 때 선생님, 선산의 산소에까지 가압류 조치가 들어가자 꼼짝달싹할 수가 없게 돼버렸다. 그 빚들은 평생 우리를 따라다니며 피를 말릴 것이었다. 우리에게 남은 일은 아무런 희망도 없이 비참하게 빚의 노예로 살아가는 것, 사회적으로 쓰레기가 되고 친구, 친척, 가족, 은혜를 베푼 사람들, 조상에게 죽일 놈이 되는 거였다. 우리를 제외한 온 세상이, 힘 있고 백 있고 돈 많은 인간들과 법과 체제가 한통속이 되어 우리의 명줄을 조르고 있었다. 화를 낼 기운도 없었다. 오히려 웃음이 나왔다. 우리는 무력했고 두려웠고 절망에 빠졌다. 마누라부터 매일 울고불고했다.

—몇달 동안 탱탱 놀면서 땡전 한푼 가지고 오지 않더니 이게 무슨 일이냐고. 현상유지는 못할망정 우리 애들 앞날까지 미리 망쳐놓은 거잖아. 빌어요, 싹싹 빌어요. 잘못했다고 빌어. 손이 발이 되도록 빌어봐. 자본주의사회에서 전과자 돼서 호적에 빨간 줄 가는 것보다 빚이 남는 거가 더 무섭다고 오빠가 그랬어요. 온 가족이 은행에 통장 하나 못 만들고 평생 집도 못 사고 전화도 내 명의

로 놓을 수가 없다고. 애들 학교라도 보내려면 이혼하래요.

시키는 대로 무엇이든 할 테니 제발 채무자 명단에서, 가압류 조치에서 빼달라고 빌고 또 빌고 싶었지만 우리를 상대해줄 사람이 보이지 않았다. 사람이 아니라 법이고 회사고 은행이었다. 그들에게 다가가는 법을 아는 사람은 만수 형님뿐이었다. 어떻게 해달라고 빌었다, 만수 형님에게. 집에 가서는 빌었다고 말했다.

결국 만수 형님이 자기 집 전세금에 시골의 토지문서, 아는 사람들한테 한푼 두푼 빌린 돈을 모두 모아서 신문지에 벽돌처럼 싸들고 회사 경영진을 찾아갔다고 했다. 그래봤자 전체 손해배상금의 사분의 일, 그러니까 일억원쯤 되는 돈이었다. 그들은 만수 형님을 포함해 우리 일곱명이 손해배상금을 끝까지 물어내야 한다고 하면서도 돈은 일단 받아서 챙겼다. 그들이 우리가 불법적으로 공장을 점거하고 회사를 인수하기 전에 시설을 돌아보러 온 사람들을 협박하고 모욕한 것, 설비를 못 쓰게 방치한 것, 사기꾼에 불과한 회사의 전 사장 편에 서서 시키는 대로 '세파트(경비견)' 노릇을 한 것 등등에 관해 마음에서 우러나오는 사과를 받는 걸 원한다 해서 각서를 쓰고 미안하다고 빌기도 했다.

—우리는 댁들한테 아무런 감정이 없어. 사실 관심도 없고. 합리와 상식에 따르는 법원의 판결을 존중하는 것뿐이지. 회사는 늘 미래를 바라보며 나아가야 하기 때문에 현재나 과거의 나쁜 짓, 잘못은 철저하게 찾아내서 바로잡자는 거야. 회사의 다른 종업원들에게도 저런 짓을 하면 벌을 받는구나, 하는 일벌백계의 본보기도 되고 말이지.

그렇게 반말지거리로 상무인지 이사인지 하는 놈이 제멋대로 떠들어대더니 점심시간이라고 가보라고 했다는 것이었다. 그냥. 영수증도 없이.

만수 형님이 확인한 것은 그들이 그만두고 싶을 때까지 우리의 명줄을 쥐고 있을 것이고 우리를 발바닥 아래에 깔린 버러지처럼 잡아 눌러놓고 죽일 듯 말 듯 하면서 즐기리라는 것이었다. 짚신벌레 같은 우리가 감히 신과 같은 그들에게 저항을 했던 것에 대해 피를 말리고 싹을 자르는 혹독한 징벌을 내리려는 것이었다.

그들은 우리 각자의 사돈의 팔촌까지 찾아가 땡전 한푼 없이 거덜낼 수 있고 모든 인간관계를 박살낼 수 있었다. 만수 형님이 그들을 찾아간 건 우리도 우리지만 자신의 가족, 자식의 앞날 때문이었다. 누이의 기사식당에 문제가 생기는 것도 바라지 않았다.

공장을 지킬 때 들어간 이런저런 비용에 최소한의 생활비, 재판비용, 손해배상금 해서 만수 형님은 주변의 아는 사람들한테 오백만원, 천만원을 빌리고 은행, 새마을금고, 보험회사, 사채까지 합해 결국 억대의 빚을 졌다. 일년 가까이 버티던 끝에 파산신청을 하기 직전에 금융기관의 빚만 남기고 개인들한테 빌린 건 조금씩이라도 돈을 들고 찾아가 갚고 미안하다 빌고 해서 탕감을 받아 피해를 최대한 줄였다고 했다.

만수 형님이 전셋집에서 나와 월세방으로 이사를 하던 날, 모두들 모여 이삿짐을 날랐다. 우리 중 야반도주를 하지 않고 당당하게 대낮에 이사를 하는 사람은 만수 형님뿐이었다. 만수 형님은 결혼하면서 들여놓은 장롱이 너무 커서 이사 갈 방에 들어갈지 모르겠다고 장롱 속의 물건을 몽땅 꺼내 따로 실었다. 짐 더미를 아무리 훑어봐도 돈이 될 만한 건 전혀 없었다. 트럭 한대를 못 채우고 빈자리가 남자 만수 형님은 포기했던 장롱을 다시 실었다. 결국 이사한 집에서 장롱은 방에 들어가지도 못하고 마당에 서 있게 되었다. 비닐장판을 지붕처럼 덮어쓴 채로.

—우리 할아버지가 젊을 때 빚을 져서는 증조할머니하고 할머니, 아버지 데리고 밤중에 도망쳐가지고 내 고향 개운리 산골짜기로 들어오셨다는구만. 그래서 아버지가 어머니하고 결혼해서 우리 육남매를 낳았지. 우리 할아버지가 빚 때문에 도망치지 않았으면 나도 세상에 없었을 거야. 나는 빚 때문에 태어난 거라고. 어떨 때는 빚도 고마운 거야.

이삿짐을 나르고 난 뒤 병풍처럼 장롱을 세워놓은 채 마당에 둘러앉아 짬뽕 국물 안주로 소주를 마시면서 만수 형님이 말했다. 모두들 잠잠하게 앉아만 있길래 내가 물었다.

—근데요, 형님, 전 정말 형님이 이렇게까지 안되는 일을 하는 이유를 알고 싶어요. 그놈들한테 왜 빚까지 내가지고 말도 안되는 돈을 물어준 겁니까? 힘 있고 돈 있고 법까지 제 편인 개새끼들한테 계속 갈굼을 당하면서 끝까지 포기하지 않는 이유가 뭐예요?

만수 형님은 웃으면서 대답했다.

—내가 우리 일곱명 책임을 져야 했으니까. 책임을 질 사람이 책임을 지는 게 올바른 거라고 생각했으니까. 내가 무식해서 정치도 모르고 법 같은 건 잘 몰라도 정의가 뭔지는 알아. 아, 이렇게 하는 게 맞다는 게 그냥 느껴지더라고. 할아버지, 형님 같은 가족들,

나중에 사회에서 만난 강철 선배님 같은 분들한테 잘 배워서 그렇지. 노래도 있잖아. 우리들은 정의파다 훌라훌라. 무릎 꿇고 살기보다 서서 죽기 원한다. 나는 죽어도 당당하게 서서 고개 들고 웃으며 죽고 싶어.

우리는 대학생 애들처럼 "훌라훌라"를 외치면서 잔을 마주 들어 올렸다. 그러면서 용기는 전염된다는 것을 알았다. 그게 마지막으로 만수 형님을 본 것이었다.

우리가 새로 이사한 집은 웬만큼 돈만 있었어도 갈 곳이 아니었다. 방이 스무개쯤 되고 세 들어 사는 집이 열다섯가구쯤 됐다. 이름까지 벌집이고 네모난 벌통처럼 생겼다. 주인은 욕심 많은 양봉업자처럼 최대한 셋방을 많이 넣기 위해 가분수처럼 이층을 올렸다. 하도 날림으로 지어서 그런지 콘크리트 건물에서 목조건물처럼 삐걱거리는 소리가 났고 한쪽으로 물건이나 사람이 많이 기울면 무너질까 겁이 날 정도였다. 어딘가는 늘 금이 가고 물이 새고 막히고 구멍 나고 했는데 집주인은 고쳐줄 생각을 전혀 하지 않았다. 그 대신 월세가 싸니까 알아서 고쳐서 쓰라는 것이었다. 그 골목이 모두 벌집인데 같은 골목에서 우리 집, 아니 우리가 사는 방의 월세가 가장 싸긴 했다.

남편이 손재주가 있고 기술이 있어서 수도꼭지 고장부터 방수, 도배, 장판, 보일러 수리까지 다 직접 했다. 일주일에 딱 하루 쉬는 일요일에는 온 집안의 수리를 도맡아 했다. 주인집 부탁으로 마당에 시멘트도 깔았고 화단에 맨드라미도 심었다. 맨날 웃는 낯으로 남 귀찮고 힘든 일 해결해주니 금방 인심을 얻었다.

벽이 얇아 옆방에서 뭘 하는지 다 들렸다. 어느 집 애 성적이 어떤지, 수입이 얼만지, 주로 뭘 먹는지, 얼마나 자주 씻는지, 부엌 바닥에 설사를 하는지 오줌을 누는지, 일주일에 몇번 부부싸움을 하는지 다 알게 되어 있었다. 그 집에서 사내라는 것들은 가족을 개 패듯 패고 없는 살림 다 두들겨 깨고 술과 노름으로 알량한 벌이를 다 날리는 짐승이 절반을 훌쩍 넘었다. 그래도 살았다. 그래서 살았다. 내 남편, 내 아버지, 내 가족은 저 인간에 비하면 천사구나, 패지는 않으니까 고맙다 하면서.

"똥 퍼!" 하고 똥바가지를 어깨에 메고 다니며 외쳐대는 인부가 일년에 두세번씩 다녀가는 푸세식 변소가 있었고 공동수도가 하나 있어서 빨래는 거기서 하고 주인집 보일러실 겸 창고에 연탄을 공동으로 넣어두고 썼다. 변소를 푸는 값, 수도료하고 대문 위에 달린 보안등하고 보일러실, 변소에 있는 오촉짜리 전구에 들어가는 전기료는 공동으로 부담했다. 어느 집이 식구가 많고 똥을 많이 누거나 자주 씻고 빨래 자주 하면 서로들 견제를 하고 눈총을 줬다.

문제는 연탄이었다. 방의 호수별로 구역을 표시하고 들여놓은 연탄을 쌓아놨는데 슬그머니 한두장씩 없어지는 일이 잦으니까 매일 숫자를 세어보게 되고 서로를 감시하면서 신경전을 벌여야 했다. 그러니 가난하고 가진 게 없는 사람들끼리 싸울 일이 더 많은 거였다. 그 연탄을 우리에게 팔아먹고 돈 많이 벌고 세금 많이 걷고 영원히 부와 권력을 물려주고 물려받을 인간들하고 싸울 생각은 하지도 않고, 쳐다볼 생각도 하지 못하고 비슷한 처지의 가난한 인간들끼리 머리 뜯고 대가리 깨지고 피 흘리며 싸우고 또 싸우는 것이었다. 그래도 서로 없이 산다는 공통점이 있기 때문에 정이 들어서 명절에는 서로 떡도 주고받고 어떤 집, 아니 같은 집에 사는 아이가 맞고 오기라도 하면 우르르 몰려가서 같이 복수를 해주곤 했다. 집에서 멀리 떨어진 데서 늦게까지 놀고 있는 애가 있으면 귀때기를 붙들어다가 데려다주기도 하고.

우리 방은 일층 삼호실과 오호실로 붙어 있었다. 여인숙도 아닌데 방문 위 문설주에 페인트로 써놓은 숫자대로 방 이름이 정해지곤 했는데 방 크기는 여인숙 방만 했다. 방마다 부엌이 붙어 있고 연탄 화덕이 달려 있다는 게 여인숙과 달랐다. 그래서 내 호칭은 '삼호 엄마'로 정해졌다.

처음에는 남편, 태석이, 나 세 식구가 보증금 백만원에 월세 십오만원짜리 방 하나를 쓰기로 했다. 나중에 정신이 온전치 않은 시누이를 떠안게 되는 바람에 두개를 쓰게 됐다. 오호실은 보증금 이백만원에 월세가 십만원이었다. 삼호실 보증금은 돌아가신 친정엄마 언니, 그러니까 이모가 시장에서 커피 팔아 번 돈을 빌렸다. 오호실 보증금은 시어머니를 애보개 겸 파출부로 쓰고 있는 막내시누이가 냈다. 월세 십만원 곱하기 일년 해서 백이십만원까지 부담했다. 그것 말고는 이사비 한푼 보태주지 않았다. 남편이 가져다쓴 돈이 벌써 수억대라는 것이었다.

시누이는 아침을 먹이고 나면 입술을 실룩거리고 팔을 흔들거리면서 비척비척 코딱지만 한 마당을 맴돌곤 했다. 사람들이 처음에는 간질 환자인 줄 알았다가 연탄가스 중독 후유증으로 그렇게 되었다고 하자 자기네 집 연탄보일러를 고친다, 방바닥 새는 데를 때운다 하며 바빴다. 그래도 시누이가 어디 가면 남자들이 돌아볼 정도로 이뻐서 공연히 제 남편들 단속에도 신경들을 썼다.

한번은 시누이와 목욕탕에 갔다가 같은 집 이층 육호실에 혼자 사는 할머니를 만났다. 시누이를 벗겨놓으니 허연 몸이 살까지 쪄서 엄청나게 컸다. 할머니가 그녀를 보고는 "하이구마, 우리 손자 미느리 삼았으면 좋겠다. 젖티가 저래 커다란 기 아도 쑥쑥 잘 놓고 잘 키우겠구마" 했다. 거울을 보니 시누이 옆에 서 있는 내가 고목에 붙은 매미 같았다. 목욕탕 안에서도 내 몸보다 훨씬 큰 시누이를 씻기느라 애를 먹었다. 시누이는 잠시도 가만히 있지를 않고 그 덩치를 흔들며 뜨겁다, 차갑다고 소리를 꽥꽥 질러댔다. 텔레비전의 「동물의 왕국」이라는 프로그램에서 안경원숭이라는, 세상에서 제일 작은 원숭이가 나왔는데 그때 내가 안경원숭이라면 시누이는 고릴라 같았다.

나와 동갑인 시누이는 밥상머리에서 수저도 쥐여줘야 하고 씻겨줘야 하고 옷도 갈아입혀야 했다. 어느 때는 고등어를 앞에 놓고 멍하니 앉아 있길래 뼈를 발라 한점 한점 넣어주다 못해 밥과 함께 씹어 먹여준 적도 있었다. 지능은 네댓살짜리 아이 수준이라 밥, 엄마, 응가, 아프다, 배고프다, 춥다, 이런 기본적인 말밖에 하지 못했다. 하지만 여자로서의 신체적 특징은 빠짐없이 갖추고 있었다. 가장 끔찍한 것은 성욕, 성적 흥분 같은 성인으로서의 생리현상을 나타낼 때였다. 내가 인간이고 여자인 것이 부끄럽고 창피했다.

남자들은 모른다. 말을 할 수도 없었다. 그것 때문에 남편하고도 관계가 멀어진 적이 있었다.

여자를 여자이게 하는 여러가지 일들을 맵시있게 처리하는 것은 친형제 친자매도 해주기 힘든 일이다. 그런 일을 남한테 맡긴다는 것 자체가 수치스러워 죽고 싶겠지만 시누이는 그런 걸 몰랐다.

그렇게 세상에 다시 없을 바보 공주를 모시는 충성스러운 시녀처럼 뒤처리를 해주었음에도 뭔가 제 맘에 들지 않으면 황소 같은 힘으로 나를 이리저리 끌고 다니고 머리채를 잡고 행패를 부렸다. 그릇을 엎어버리고 커튼을 끌어내리고 종이를 찢고 무슨 뜻인지 알 수 없는 고함을 질렀다. 한번은 옷에 똥을 매달고 덜렁거리면서 돌아다니는데 더러워 죽는 줄 알았다. 이웃의 애들, 특히 사내애들이 웃고 손가락질할 때 내 친자매거나 핏줄이었다면 붙들고 같이 죽자고 할 것 같았다.

그래도 남편이 있었다. 누구보다 부지런하고 자신이 할 수 있는 것 이상의 일을 했다. 내가 못 견디겠다 하는 만큼 위로를 해주고 언젠가는 좋은 날이 올 거라 했다. 하루도 빼놓지 않고 미안하다, 고맙다고 말했다. 그래 그 시절을 넘겨보낼 수 있었던가보다.

나는 비록 국민학교도 졸업하지 못했지만 걸어올라가기도 힘든 험악한 산판을 제 맘대로 오르락내리락하는 '지에무씨(GMC)' 트럭 조수로 출발해서 억대짜리 중장비까지 몰아봤다. 운전에는 도가 텄다. 운전으로 먹고살고 운전해서 장가가고 운전해서 식구들 먹여 살리고 운전해서 애들 남부럽지 않게 키웠다. 운전으로 어른 대접 받았다. 내 운전면허는 밥줄이자 박사학위 같은 거였다. 내가 가진 면허는 일종대형면허와 특수면허로 대한민국에서 엔진과 바퀴 달고 굴러다니는 모든 차량을 몰 수 있었다. 실제로 안 몰아본 차가 거의 없다. 어느날 그 모든 게 음주운전 한방으로 날아가기 전까지는.

남들은 일차로 삼겹살집, 이차로 생맥줏집, 삼차로 룸살롱 가고도 제 차를 몰아서 집에 가고 다음 날 그 차로 애들 학교까지 태워다준 뒤에 출근하던 시절, 나는 소주 두잔만 먹어도 반드시 대리운전기사를 불렀다. 그만큼 나에게는 운전면허가 중요했기 때문이었다.

그날도 그랬다. 하늘 같은 발주처인 종합건설사 이사하고 룸살롱 가서 잔뜩 퍼마시고 나서 '이차'까지 뛰고 온 길이었다. 웨이터한테 만원짜리 한장 주고 대리기사를 불러달라고 했고 룸살롱과 호텔이 같이 들어 있는 건물 앞 대로변에 서 있던 내 차에서 히터를 켠 채 대리기사가 오기를 기다리고 있었다. 나보다 훨씬 더 술을 처먹은 게 분명한 젊은 사내놈이 비틀비틀하면서 오더니 내 앞에 주차해 있던 차에 올라타고는 일초도 망설이지 않고 차의 시동을 걸고 후진기어를 넣는 거였다. 어어, 하는 사이에 그놈의 차가 뒤로 오려고 했고 나는 본능적으로 차를 후진하면서 경적을 울렸다. 그러자 제 실수를 깨달았는지 그 차는 다시 앞으로 가서 미꾸라지처럼 도로로 빠져나갔다. 그런데 내 차 뒤에 바짝 붙어서 외제차가 서 있었던 게 문제였다. 두 차 범퍼가 살짝 닿기만 했는데 국산차에는 없는 도난방지신호가 작동했고 그 바람에 차 주인이 밖으로 뛰쳐나왔다. 건드린 흔적조차 없는데도 머리를 오렌지색으로 물들인 젊은 놈이 범퍼에 멍이 들었다면서 변상을 해달라고 하는 것이었다. 결국 몇마디 험한 말이 오가고 있는데 경찰 순찰차가 대리기사와 비슷하게 왔다.

—그런데 이 아저씨, 술 먹었네? 음주운전한 거 아냐?

경찰의 반말 한마디가 내 인생을 뒤집어놓았다.

—어쩌라고? 그래서 대리운전기사를 불렀잖아. 여기 왔고.

—이 아저씨야, 지금 술 먹고 후진한 거잖아. 후진하든지 전진하든지 차를 도로에서 운전하면 무조건 음주운전이지. 사장님, 지금 술 드시고 운전한 거 맞죠?

나는 설명했다. 정말로 술 마시고 운전을 한 개자식은 차 빼가지고 이미 날아버렸다. 나는 그 인간 차에 받히기 싫어 후진기어에 손만 얹은 것뿐이다. 생사람 잡지 마라. 하지만 소용이 없었다. 내가 운전한 거리는 '후진으로 십 센티미터'였다. 그렇게 면허취소를 당했고 벌금까지 물어야 했다.

문제는 내가 새로 면허를 딸 수가 없다는 거였다. 몇십년 전 화물차 조수 경력으로 필기시험을 면제받은 이후 계속 경력을 인정받아 면허를 따왔기 때문이었다. 그 모든 면허를 다시 따기까지 얼마나 세월이 걸릴지 알 수도 없었지만 가장 큰 난관은 내가 국어를 제대로 배운 적이 없어서 필기시험에 합격하기가 힘들다는 것이었다. 마당에 있는 장비 수억원어치가 녹이 다 슬 때까지 멍청하게 놀고만 있다가 포기했다. 그래도 배운 도둑질이라고 세차장을 차렸다. 당시로서는 드물게 차 소유자가 동전 넣고 직접 세차하는 시설을 했다. 이름을 '십센치 셀프 세차장'이라고 붙였다.

세차장 차린 지 며칠 안되어 웬 복덩어리가 제 발로, 아니 뽀로로 소리를 내는 오토바이를 타고 나를 찾아왔다. 근처 동네에 이사를 왔다고 했는데 이름이 김만수라고 했다. 김만수는 기본적으로 대한민국에서 굴러다니는 모든 차를 세차해본 경험이 있었다. 내가 운전의 산증인이라면 만수는 세차의 산 역사였다. 셀프 세차를 하러 왔던 사람들도 김만수가 세차를 하는 걸 보고는 차를 맡기는 경우가 많았다. 김만수는 팀을 짜서 하루 세시간을 일했는데 힘은 덜 들이면서 남들 두배 속도로 일했다. 손세차해주고 생긴 수입은 처음에 오 대 오로 하다가 나중에는 내가 덜 먹는 삼 대 칠로 바뀌었다. 물값, 세제값, 걸레값, 세차 끝날 때까지 기다리는 동안의 커피값까지 내가 다 부담했지만 손님 끌어오는 걸 생각하면 내가 손해 보는 장사는 아니었다.

만수는 젊은 시절의 나처럼 뭐든지 한가지를 열심히, 성실하게 하면 언젠가 빛을 볼 것이라고 믿는 사람이었다. 제 손으로 일해서 식구를 먹여 살리고 남들처럼 애 학원도 보내고 제 집도 사고 심지어 제 차도 굴릴 수 있다고 믿고 있었다. 식구도 많지 않고 애도 하나뿐이고 어려서 돈이 많이 들어갈 일이 없고 주색잡기도 하지 않고 하다못해 담배도 피우지 않으니 불가능한 꿈이 아니었다. 세차장이 내 것이긴 하지만 실제로 세차를 하고 얼굴마담 노릇을 하는 건 만수였다.

내가 태석이를 무서워하게 된 것은 유치원 다닐 때부터였다. 그 전까지는 남의 아이라 어차피 정이 가지 않았고 엄마가 없이 자라다보니 조금 심하게 버릇이 없구나 했다. 한번 본 적도 없는 시동생의 아들임에도 남편은 그 아이를 친자식보다 더 사랑하고 잘 키워야 한다고 했고 그 아이 때문에 우리 사이의 아이를 미루자고 했다. 나도 여자이기에 내 아기를 낳고 기르고 싶은 본능이 있었다.

—태석아, 엄마다, 네 엄마다. 엄마, 하고 불러봐. 너도 좋지? 새엄마 생겨서.

만수씨가 아이에게 그 말을 했을 때, 만화영화에 나오는 사슴처럼 영리하고 귀여워 보이던 아이는 "싫어"라고 딱 잘라서 말했다. '그런 걸 왜 당신들이 결정하느냐'고 묻는 표정이었다. 삐죽삐죽한 날카로운 모서리가 주변 사람을 노리고 있는 유리조각 같았다. 그 날카로운 모서리는 세월이 가면서 닳아서 없어지기는커녕 더욱 날이 섰다. 씻길 때 아이를 만져보면 알 수 있었다. 아이는 떨었다. 추워서도 아니고 무서워서도 부끄러워서도 아니었다. 화가 나는데 내 손을 거부할 수가 없기 때문에 몸을 떨었다. 옷을 입혀서 밖에 나갔다 오게 하면 어디를 찢거나 흙이나 오물 같은 것을 묻혀서 나를 힘들게 했다.

태석이는 내가 제게 조금만 소홀히 하는 일이 있어도 남편이 돌아오면 낱낱이 일러바쳤다. 그럴 때는 "아빠, 아빠" 하며 내가 제 친엄마처럼 했어야 할 일을 조목조목 따졌다. 실상 태석이는 나를 엄마는커녕 한집에 사는 가족으로도 받아들이지 않았다.

유치원 들어가 처음으로 소풍을 따라서 갔다. 유치원 버스에 탔을 때부터 태석이는 내 옆에 있으려고 하지 않았다. 다른 엄마들을 좇아다니며 뻐꾸기 새끼처럼 그 엄마들의 아이를 내쫓고 제가 그 엄마의 아이가 되려고 했다. 그 엄마들이 좋아할 리 없었다. 아무리 태석이가 눈이 크고 속눈썹이 길고 코가 오뚝하고 얼굴이 희고 동화 속 왕자처럼 잘생긴 아이라고 해도 고슴도치도 제 새끼가 예쁜 법이다. 가서 떼내고 데려오고 앉히고 나면 곧 일어서서 다른 엄마한테 갔다. 어떤 엄마가 빤히 노려보면서 짜증을 냈다.

—도대체 누구네 아이길래 이래. 얘는 엄마 아빠도 없나봐.

보다 못해 내가 아이를 데리고 오려고 하자 아이는 내 손을 뿌리쳤다. 남몰래 할퀴고 꼬집었다. 나도 화가 나서 힘으로 아이를 눌러서 억지로 목덜미를 잡아끌어서 뒷자리로 데려왔다. 아이는 발바닥을 바닥에 대고 버텼지만 결국 못된 강아지처럼 질질 끌려왔다. 사실 그게 약간은 통쾌했다. 약간, 아주 약간 동안만. 아이는 자리에 앉았다. 나를 올려도 보더니 웃는지 우는지 모를 알 수 없는 표정을 지었다. 그러고서 아이는 울부짖기 시작했다. 아니, 소리쳤다. 숨을 다시 들이쉴 때 빼고는 계속 소리를 질렀다. 처음에는 다른 아이들이 흉내를 내며 재미있어했지만 그게 오분이 넘고 십분이 되자 지옥이 되어갔다. 모든 사람이 귀를 막았다. 차는 밀렸고 아이는 소풍 장소에 도착할 때까지 한시도 쉬지 않고 소리를 질렀다. 그러고도 전혀 목이 쉬지 않았다.

“오어어어어어워어어어아아오오오오오오오오우흐흐흐으으으으으흐으으흐흐아아아아아아하하아아ㄲ으으으으으으으으으으으이이이이이히이이이이이이히이이이애애애해에에이오어어어어어워어어어어하하아아……”

이가 떨리게 무서웠다. 이 아이와 앞으로 어떻게 살아갈까.

만수 오빠가 결혼하고 딴 동네로 이사를 간 뒤에 한동안은 손님이 줄었다. 복잡한 메뉴도 아니고 달랑 제육볶음 하나가 어려워봐야 뭐가 어려울까. 올케에게서 재료, 양, 양념, 조리시간 등등 음식을 만드는 데 필요한 정보와 기술을 전부 물려받고 표준화해서 누가 해도 비슷한 맛이 나게 만들었다. 음식 솜씨가 있다고 소문난 동네 아줌마를 시켜 철두철미 배우게 했다. 그런데도 어딘가 표시가 나는 모양이었다. 애초에 제육볶음을 만들었던 사람이 이제는 한식구가 되었다고 구구절절 이야기했는데도 손님들은 아주 사소하게 달라진 걸 귀신처럼 알아차렸다. 음식 장사도 타고나는 거고 손맛도 타고나는 거였다. 배워서 될 일이 아니었다. 내가 쩔쩔매는 것을 보고는 큰언니가 말했다.

—엄마가 음식 솜씨가 있잖아. 우리 어릴 때 엄마가 만들어준 거면 뭐든지 얼마나 잘 먹었나 생각해봐라.

물에 빠져서 지푸라기라도 잡는 심정으로 엄마를 부엌에 데리고 나왔다. 주방의 가스 조리기구며 대형 솥 같은 걸 한번도 다뤄본 적이 없는데 시골서 식구 입맛을 맞추던 솜씨로 되려나 싶었다. 그런데 정말 음식 솜씨는 타고나는 거였다. 엄마는 엄마 냄새가 물씬 풍기면서 모든 사람들이 좋아할 음식을 금방 만들어냈다. 콩자반, 두부조림, 고추볶음, 물김치, 생선구이, 시래깃국, 김칫국, 아욱국, 된장국, 파김치, 고들빼기김치, 냉이된장찌개 등 제철에 나오는 재료를 가지고 어떤 반찬이든 만들었다. 손님들이 다시 모여들었다. 기사식당의 첫 손님이면서 단골이 된 환갑 먹은 유기사 아저씨가 품평을 했다.

—진짜 거짓말이 아니라 고향에 계신 우리 엄마보다도 훨씬 더 솜씨가 좋으시네. 그런데 우리 엄마 생각이 나게 만드니 참 대단한 분이셔.

정다운 기사식당의 메뉴는 두루치기와 백반, 두종류가 되었다. 두루치기도 결국 밥을 곁들이는 정식 형태였으므로 밥을 맛있게 잘 짓는 것이 중요했는데 엄마는 평생 쌀밥을 지어본 게 몇번 되지 않는다면서도 금방 지은 밥처럼 차지고 고슬거리면서 적당히 씹히는 느낌을 주는 밥을, 남들 다 밥 짓는 압력밥솥으로 만들어냈다.

—이 밥 때문에 내가 공항까지 갔다가도 밥때 되면 빈 차로라도 무조건 여기로 온다니까. 눈물이 다 나.

사람들은 이구동성으로 엄마가 지은 밥을 칭찬했다. 그러면서 어쩌다 엄마가 다른 무슨 일로 바빠 내가 지은 밥은 금방 알아챘다.

—밥은 물이다. 물을 어떻게 쌀하고 맞추느냐에 따라서 맛이 달라져. 햅쌀은 쌀 속에 물이 많고 묵은쌀은 적어. 전기밥솥, 가마솥, 압력밥솥이 물 잡는 게 다 달라.

뜻밖에도 엄마가 방송에 나오는 요리사나 식품영양학과 교수 같은 말을 했다. 엄마의 물은 '수분'이고 엄마가 눈과 손으로 맞추는 것이 남들한테는 계량컵이나 타이머였다. 재료가 좋고 나쁜 것도 기가 막히게 구분해냈다.

—큰언니, 큰언니가 앞으로도 우리 식당을 도와주셔야겠어요. 아줌마들 맡겨봐야 믿을 수가 없고 종일근무 하는 게 힘들다고 언제 그만둘지 모르니 음식 장사는 식구들끼리 하는 게 맞아요. 큰형

부도 우리 식당 식재료 배달만 하시게 해요. 디스크 있어서 지방도 못 가시잖아요.

큰형부는 시골의 농산물 특산지를 돌아다니면서 싸게 구입한 제철 채소나 곡식, 과일 같은 걸 가져다 대도시 아파트 단지나 길거리에서 방송하며 팔곤 했다. 겨울에는 가스통 배달부터 동네 싸전의 쌀, 생수 배달까지 했는데 그러다가 엘리베이터도 없는 주공아파트 오층을 한겨울 동안 오르내리다 허리를 삐끗해서 쉬고 있던 중이었다.

사실 우리 식당에 식재료를 납품하는 일은 대단히 큰 특권이었다. 그것만 잘하면 알부자 되는 게 일도 아니었다. 만수 오빠에게 맡기려고 마음먹었다가도 예전에 오빠가 식당 돈 빼돌려서 남 좋은 일 한 거 생각하면 저절로 입이 다물어지곤 했던 일이었다.

엄마는 식당에서 주방을 맡고 큰언니는 주부처럼 우리 집 아이들 키우고 집 안 청소, 살림 하고 큰형부는 식재료 납품하고 시어머니는 그냥 하던 대로 하고 싶은 대로 했다. '시어머니'라는 호칭은 대단한 벼슬을 의미했고 그 자리는 특권을 누리는 자리였다. 해외여행 자유화 바람이 일었을 때 제일 먼저 일본으로 떠난 분이 시어머니였고 금강산 관광이 시작되었을 때도 맨 먼저 구경을 다녀왔다.

살림이 불같이 일어난다는 말이 남의 말인 줄로만 알았다. 내가 아는 사람 그 누구도 그런 경우가 없었다. 그 일이 나한테 일어났다. 기사식당 차린 지 오년 만에 나는 기사식당이 들어 있는 건물 전체를 인수했다.

처음에는 집주인이 자기가 식당 자리에서 무슨 가게를 하겠다고 나가달라고 했다. 뻔히 속 보이는 수작이었다. 내가 건물을 사겠다고 하자 갖은 명목으로 말도 안되는 값을 불렀지만 달라는 대로 주고 사버렸다. 서울 시내 택시운전기사들 대부분은 우리 집을 알고 있었는데 새로 다른 건물을 구하고 알리는 데 드는 비용보다 몇천만원 더 받으려는 집주인에게 미운 놈 떡 하나 더 준다고 아예 깨끗하게 줘버리는 게 쌌다. 그러고 나서 일년도 되기 전에 땅값이 두배가 되었으니 주인이 그걸 알았다면 배가 아파 수명이 줄었을 것이다.

우리 식당이 들어 있는 골목 전체가 '24시 정다운 기사식당' 때문에 사시사철 호황이었다. 골목 입구에 있는 담뱃가게는 물론 세탁소, 카센터, 세차장, 찜질방까지 우리 식당 덕분에 먹고살았다. '정다운 삼겹살' '정다운 호프'까지 생겼다. 서울 시내 어디서든 택시 타고 우리 식당 가자고 하면 올 수 있을 정도였다.

나를 대하는 동네 사람들의 태도가 달라진 건 당연했다. 그들은 개운리 고향에서 소 키우는 할아버지를 대하던 고향 사람들처럼 나를 어려워했다. 싫어도 할 수 없을 것이다. 당장 자기들 먹고사는 데 지장이 있으니까.

나는 장기적으로 봐서 골목 전체를 모두 사버릴 생각이었다. 내 땅 아니면 내가 밟지 않는 나만의 왕국을 만드는 게 소망이었다. 그러려면 아직 갈 길이 멀었다. 달나라로 가는 우주선에 탔다 치면 이제 겨우 대기권을 벗어난 셈이었다. 목표를 세우고 나서 나는 허리띠를 졸라맸다.

사람들이 밥을 먹고 내는 돈은 누구나 볼 수 있게 만든 계산대의 돈통에 모조리 집어넣었다. 오전 일곱시, 하루 결산을 마치면 모든 돈은 나만이 비밀번호를 아는 금고로 가져갔다. 금고가 다 찰 때가 되면 새마을금고 직원을 불러서 가져가게 했다. 동네 새마을금고지만 만수 오빠 친구가 이사장의 사위로 있고 내가 또 새마을금고의 가장 큰 손님이라 속속들이 사정을 파악하고 있기도 해서 떼일 염려는 없었다. 금액이 많아지면 은행으로 옮겼다.

나는 몸이 열개가 되어도 쉴 틈이 없었다. 애들 크니까 어떤 학원이 좋은지, 어떤 학군 어떤 학교에 보내고 어떤 선생에게 과외를 시키고 나중에 좋은 대학 보낼지에 대해서까지 연구해야 했다. 한참 뒤에 유행한 말이지만 '엄마의 정보력, 아빠의 무관심, 할아버지의 재력'이라는 삼박자가 갖춰줘야 아이가 대학에 간다고 했는데 우리 아이들 셋은 모두 '엄마의 정보력, 엄마의 재력, 아빠의 무관심' 덕에 대학을 갔다. 아침마다 식당 관련된 사업자들한테 돈 송금하고 전기세, 가스비, 보험료 체크하고 펀드에 투자한 게 어떻게 됐는지 증권회사 직원으로부터 보고받고 애들 학교에 데려다주게 하고 피아노, 태권도, 그림, 주산, 영어, 수학 학원 스케줄을 짰다. 밀려드는 손님 받고 음식 쓰레기 처리 제대로 하게 만들고 청소시키고 재료 충분한지 확인하고 주차장에서 접촉사고 난 거 수습하고 구청에서 위생검사 나온 사람 붙들고 시간 끌고 밥이 입으로 들어가는지 코로 들어가는지 모르는 채 점심 먹고 봉투 쥐여주고 파출소에서 나온 경찰들 백반 넣어주고 소방서에도 인사하고 하다못해 통장, 반장한테까지 전화를 걸고 받고…… 어떻게 하루가 가는지 몰랐다. 그런데 한 보름 전부터 남편이 보이지 않았다.

아니, 남편이 아예 보이지 않게 된 게 보름쯤 되었다는 걸 나중에 깨달았다. 보름 전에도 일주일 만인가에 잠깐 집에 다니러 온 것뿐이었다. 일주일 전에는 친구들과 뭔가 새로 사업을 하려 한다고 돈을 가져갔다. 그전에는 또…… 돈을 가져가는 일 말고는 집에 오지 않았다. 우리 사이에는 돈이 필요하다, 무슨 일 때문인지 말하고 가져가라는 이야기 말고는 대화가 끊어진 지 오래되었다.

남편은 아이들에게 친구 같은 아빠였다. 가령 학원을 빼먹고 친구들하고 놀이터에 공놀이하러 간다거나 하는 건 나는 절대 안된다고 하지만 남편은 '학원이야 나중에 보충 받으면 되지, 뭐. 기왕 가는 거 신나게 잘 놀다 와' 하는 식이니 나보다 인기가 좋을 수밖에 없었다. 그러니까 꾸중도 하지 않고 고함도 치지 않고 나 어릴 때처럼 술 마시고 무릎 꿇려놓고 잔소리를 퍼붓지 않는 매너 좋은 아빠였다. 하지만 아이들은 아빠를 존경하지도 사랑하지도 않았다. 그건 부부 사이에도 마찬가지였다.

우리는 한때 자본주의와 국가의 이빨과 독재의 칼날 앞에 놓인 민중을 구하겠다는 뜻을 같이한 적이 있는 동지였다. 민중과 하나가 되어 평생을 살겠다는 각오를 나눈 사이였다. 그런 중에도 동지가 몸살로 정신없이 앓는 틈을 타서, 술에 취한 틈을 타서 성폭력을 가하고 나서 '내가 도장을 찍었다'고 하던 인간이었다.

—우리 내부에서 이런 범죄적 사건이 일어난다는 걸 적들이 알면 우리는 완전히 코너에 몰리게 돼. 노동자 대중들한테도 신뢰가 무너질 거고. 학형, 깊은 반성과 참회로 무릎 꿇고 용서를 비시오.

그래, 실수다. 그럴 수도 있다. 한번은 그렇게 용서했다. 또 실수를 하고 또 기회를 줬다. 아이가 생겼다. 결혼을 했다. 실수투성이의 알량한 투쟁 경력 때문에 감옥에까지 갔다 왔다. 어쩌면 내 몫까지 합쳐서. 그리고 뭐?

동구권이 무너지고 나서 자기 세계관이 무너졌다고 했다. 그게 언제적 일인데! 한없이 게을렀고 줏대가 없었고 스스로 목표를 만들어낼 줄 몰랐다. 자신이 살고자 하는 삶은 이게 아니었다, 기사식당 바깥주인으로 경광봉 들고 형광조끼 입은 채 주차 정리나 하면서 인생을 보내려고 태어나지 않았다고 했다. 그럼 누구는? 내 인생의 목표는 어디 가서 찾나? 주방의 가스레인지 불꽃 속에서? 끓고 있는 돼지뼈 국물 속에서? 뭘 하나 희생하지 않고 제멋대로, 편한 대로 살려고 하는 이기주의자였다.

나는 눈치채고 있었다. 그가 다시 만난다고 하는 과거의 친구들 중에 그가 한때 '실수'로 건드리고 또 '용서'를 빌고 하는 과정에서 우리 곁을 떠나버린 어떤 여자가 끼어 있다는 것을. 세월이 지나고 감정의 칼날이 무뎌진 지금, 그 여자들은 그때의 분노와 억울함은 잊어버린 모양이었다. 이제 와서 그들은 재회하고 있었다. 한결 너그러워진 상태에서, 내가 민중에게 제육볶음과 백반을 팔아서 번 돈을 가지고.

아스퍼거 증후군, 틱 장애, 자폐증, 주의력 결핍 장애. 그런 이상한 이름을 가진 병은 어린 시절부터 외국 유학을 가는 부잣집 애들이나 걸리는 줄 알았다. 가난한 집 아이라면 그게 무슨 병인지도 모르는 채 치료도 못 받고 일찍 죽거나 바보나 미친 애 취급을 받으면서 살 테니까. 오래도 못 살 테니까.

태석이에게 그런 증세가 있다고 판명이 난 것은 초등학교에 들어가고 나서의 일이다. 어릴 때부터 원래 제가 싫으면 구석에 처박혀 있거나 소리를 지르고 손톱을 세우고 촘촘하고 날카로운 이를 드러내고 작은 주먹을 휘둘러댔지만 친부모의 애틋한 사랑을 받지 못한 채 이 사람 저 사람 손에서 키워져서 그런 줄 알았다. 말은 일찍 배웠고 못하는 말이 없었다. 제가 바라는 것을 얻을 때까지 계속 조르고 울고불고하는 것 또한 아버지, 어머니가 저를 버렸다는 것을 알고 있어서 그러는 것이라 생각했다. 불쌍한 아이라고 그냥 넘어갔다.

태석이는 이따금 남편이 수십번씩 이름을 불러도 돌아보지 않고 텔레비전 광고를 보면서 혼자서 미친 듯이 웃어대거나 탁자나 의자에 올라가서 비행기처럼 이상한 소리를 내며 그 위로 나는 시늉을 하기도 했다. 여러번 떨어지고 여러번 다쳤다. 그럴 때마다 제대로 돌보지 않은 내 잘못으로 계산되었다.

제가 하는 건 다 옳고 맞고 그에 반대되는 의견을 제시하는 건 용납되지 않았다. 자신이 좋아하는 것을 남들도 좋아해야 했다. 그러지 않으면 바보 취급당하고 무시당했다. 계산이 빨랐고 빨리 한다는 걸 자랑하기 좋아했다. 그림책 같은 걸 읽어달라거나 옛날이야기를 해달라거나 하는 일은 아예 없었다. 세상만사를 다 아는 척했다. 이상하게도 태석이가 한번만 훑어보고 만 책을 어른들 여럿이 여러번 읽고도 세세한 내용을 말할 때는 당해내지 못했다. 기억력이 비상했다. 남의 잘못은 결코 잊지 않았다. 특히 나에 대해서는.

바깥에 나가면 갑자기 손을 뿌리치고 차도 인도를 가리지 않고 마구 뛰어다녔다. 사람들이 많은 식당이나 극장에 같이 가는 건 거의 불가능했다. 어디서건 자신의 마음대로 되지 않으면 고함을 치고 괴성을 지르고 주변을 쾅쾅 내리치곤 했다.

그러다가 어느 때는 기이하게 조용히 구석에 처박혀 하루 이틀을 보내기도 했다. 단 한마디의 말도 하지 않고. 그럴 때가 더 힘들었다. 무슨 생각을 하는지 알 수가 없기 때문이었다. 확실한 것은 하루하루 지날수록 그전보다 더 다루기 힘들어지고 더 나를 힘들게 할 새로운 방법을 만들어낸다는 것이었다. 차라리 일이 터지면 수습을 하겠지만 그러기 전의 불안과 두려움이 나를 더욱더 옥죄었다.

초등학교는 어린이집이나 유치원과 달리 아이들을 정상, 비정상이라는 자기들에게 편리한 기준으로 구분했다. 평균적인 아이들을 길러내는 교육방식에 맞지 않는 아이들은 가차없이 걸러졌다. 태석이의 담임을 맡은 여교사는 촌지가 많이 생기지 않는 1학년 담임이 되자 다른 학년 담임으로 바꿔달라고 울면서 교장에게 하소연했다는 소문이 있는 여자였다. 촌지가 많이 생기는 반을 맡을 줄 알고 아파트 인테리어를 다시 했는데 그 비용을 뽑아야 한다고.

—김태석 어머니, 이 아이는 우리 같은 일반학교에 맞지 않아요. 아시잖아요. 특수학교로 보내세요. 썩은 사과 하나 때문에 성한 사과 마흔개가 같이 썩을 수는 없죠. 그 반대도 마찬가지구요. 김태석이하고 다른 아이들은 서로 종류가 다르고 다른 환경에서 각자

에 맞는 교육을 받아야 한다는 말이에요.

내 속에서 나온 아이였다면 참지 못했을 것이지만 나는 일단 고개를 끄덕거렸다. 그 말을 남편에게 전하자 그는 멀쩡한 걸 넘어서 천재인 애를 병신 취급한다면서 펄펄 뛰었다.

정상적인 아이임을 입증하기 위해서 검사를 받으러 간 병원에서 처음으로 무슨 증후군이니 자폐증이니 주의력 결핍 장애 같은 병명을 들었다. 부모가 모두 고학력자이고 고소득자, 전문직인 가정에서 태어난 아이들에게서 상대적으로 많이 나타나는 증상이라고 했다. 의사는 태석이가 정상아들과 생활하기는 어려울 것이니 일반학교가 아닌 데로 보내는 게 좋겠다고 했으나 외국 이름의 특수한 증상을 가진 태석이 같은 아이들만 따로 교육하는 특수학교는 외국에나 있었다. 특수교육을 해주는 기관이 있다고는 했지만 학교는 아니었다. 그 방면의 전문가를 찾아갈 수도 있었으나 우리가 사는 동네에서 너무 멀었다. 무엇보다 돈이 문제였다.

별수 없었다. 아이도 가기 싫어하고 학교에서도 오는 걸 반기지 않는 일반 초등학교에 보내는 수밖에는. 그 대신 매일 태석이를 따라가 교실까지 데려다주고 학교가 끝날 때에 가서 데리고 왔다. 성치 않은 시누이에 비정상적인 아이까지 돌봐야 하니 나는 주부는 물론 차 없는 운전기사, 보모, 간호사를 겸해야 했다.

어느날 아이가 교실에서 나오더니 전에 없이 내게로 빠르게 다가와 불쑥 물었다.

—우리 집 가훈이 뭐야?

반가워서 웃어주었다.

—가훈? 집에서 가족들이 같이 지키는 법 같은 거지. 그런데 그건 왜?

—숙제야. 담임이 집에 가서 아빠보고 종이에 붓글씨로 써달래서 내일까지 갖고 오래.

—아빠 오시면 물어보자꾸나.

—몰라? 가훈이 뭔지?

태석은 턱을 내밀고 깔보듯 말했다. 자격이 있느냐는 식이었다. 화증이 솟았다.

—그런 건 아빠가 정하는 거야. 엄마는 그걸 잘 지키는 사람이고.

—그럼 숙제 못해. 아빠가 집에 안 오잖아.

—아빠는 네가 눈뜨기 전 새벽 네시에 나가서 네가 한창 잘 때 밤 열두시에 들어오시는 거야. 아빠가 돈을 벌어야 우리가 먹고 입고 잘 수 있고 네가 학교에 가고 병원에 가서 의사 선생님하고 상담도 하지. 우리가 언제까지고 단칸방에서 살 수는 없잖아. 좀더 넓은 집, 아래쪽에 있는 데로 이사도 가야 하고, 그러려면 돈을 모아야지. 너도 이제 중학교, 고등학교 갈 건데 학원비는 어디서 나오겠니.

—아, 아빠는 정말 고마운 사람이구나.

태석은 어깨를 잔뜩 펴고는 수정처럼 맑은 눈을 하고 나를 바라다보았다. 비꼬고 비웃는 건 속이 배배 꼬인 어른보다 더 잘했다. 타고났다. 천재가 맞았다. 사람 속을 긁어 피가 철철 나게 하는 데는. 소름이 끼쳤다. 어른이었다면 등짝이라도 패주고 싶었다. 네가 뭔데 거둬주고 먹여주고 재워주고 입혀주고, 하나뿐인 내 인생을 잡아먹는 것도 모자라 복장까지 지르느냐고. 하지만 그날 나는 아이 숙제가 있으니 무조건 집에 일찍 들어오라고 남편에게 전화를 했다.

그날 저녁 아홉시쯤 집에 들어온 남편은 오랜만에 가족회의를 하자면서 태석이를 불렀다.

—우리 집 가훈은 말이다, 염치를 알자,란다. 염치를 모르면 사람이 아니라고 아빠의 할아버지가 어릴 때부터 가르쳐주셨지. 염치라는 건 부끄러움을 아는 거다. 동물들은 부끄러운 걸 모르잖아. 도둑질이나 거짓말처럼 나쁜 짓을 하면 고개를 들 수 없이 부끄럽고 다시는 그런 짓을 하지 말자고 반성을 하게 되잖아. 그게 염치를 아는 거야. 아들 생각은 어때?

그런 남편을 태석이는 흥미롭다는 표정으로 지켜보고 있었다. 태석이의 아버지, 시동생이 어떤 사람인지 짐작이 가고도 남았다. 아이가 조그만 입술을 놀렸다.

—남한테 돈 빌리고 안 갚고 안 빌렸다고 거짓말하고 도망가는 얌체는 염치가 없다. 우리 반 김민우, 이상민처럼.

—그렇지, 바로 그거야. 우리 태석이는 하나를 이야기하면 열가지를 이해하는구나. 천재야, 우리 아들.

—막내고모가 그러는데 아빠가 은행에 엄청난 빚을 지고 있다고 하던데? 그거 죽을 때까지 다 못 갚을 거랬어. 은행 돈 떼먹는 거는 염치가 없는 거야?

남편은 한동안 말이 없었다. 구멍이 숭숭 난 스펀지가 주인공으로 나오는 만화영화를 보고 있던 시누이가 끄극끄극 하고 웃음소리를 냈다. 남편이 느닷없이 태석이의 머리를 껴안았다.

—그래, 나는 오늘까지 그렇게 생각하고 있었다. 내가 아는 사람들한테 빚진 건 갚아야 하지만 아빠 다니던 회사를 팔아넘긴 은행 같은 데 빚진 건 어쩔 수 없다고. 내 책임이 아니라고. 하지만 이젠 그 빚도 갚을 거다. 우리 태석이 앞에서 떳떳하게 머리 들고, 나는 빚이 하나도 없다고 말할 수 있을 때까지 죽으라고 일할 거다. 태석이가 아빠한테 큰 가르침을 줬다. 우리 아들이 내 선생님이다.

그때부터 나는 의심했다. 태석이가 일부러 아스퍼거 증후군 환자처럼 연기를 하고 있는 건 아닌가 하고. 그러고도 남을 영리한 아이였다. 왜 그러는지는 알 수 없지만.

매일 밤 열두시, 김만수 씨는 천근만근 무거운 몸을 이끌고 집으로 들어온다. 하루 평균 네시간 정도 눈을 붙이는 그의 머리맡에는 커다란 자명종 시계가 놓여 있다. 그는 새벽 네시 반에 일어나 집을 나서서 신문보급소로 향한다. 거기서 신문별, 주소별로 배달할 신문을 분류하고 광고지를 끼워넣는 등의 작업을 한 뒤 두시간 동안 신문을 배달한다. 신문을 다 돌리고 나면 그는 다시 신문보급소로 돌아가서 배달사고가 났다고 연락이 온 집에 신문을 가져다주는 등의 마무리를 하고 주인집에서 아침식사를 같이 한다.

일곱시가 되면 그는 동네의 누구보다 먼저 폐지를 주우러 나간다. 오토바이 뒤에 수레를 매달아 넓은 지역을 빠르게 다니며 값나가는 고물과 종이를 모을 수 있다. 고물상에서는 신문지를 두꺼운 종이상자보다 이십 퍼센트 더 값을 쳐준다. 하지만 신문지는 많은 양을 모으기까지 시간이 걸린다. 그는 자신이 신문을 배달하기 때문에 그런 집들 위주로 다니고 남들보다 효과적으로 비싼 폐지를 수집한다. 수레가 꽉 찰 때까지 폐지와 고물을 모으고 그것을 고물상에 가져다주기까지 두세시간이 후딱 지나간다. 그의 수레에 담긴 종이는 실하고 값이 많이 나가서 폐지를 주워 생활하는 노인들의 부러움을 사기도 한다. 이따금 그들의 짐도 고물상에 갖다준다.

오전 열시, 그는 세차장에서 알게 된 오래된 단골이며 단골을 통해 소개받은 집으로 간다. 청소를 해주기 위해서다. 방이나 거실, 화장실을 청소하는 것은 물론이고 부엌 설거지에서 냉장고의 냉동고 성에 제거, 창문 닦기, 쓰레기 비우기, 분리수거, 못 박기, 전구 교환, 잔디 깎기까지 가사에 관련된 것은 웬만큼 다 할 수 있다. 그는 남들이 보통 네시간 걸리는 청소를 절반 이하의 시간에 해치운다. 그동안 쌓여온 노하우가 있기도 하지만 청소를 좋아하는 천성이어서 더 좋은 방법을 계속 연구하고 개발한다. 그러기에 힘과 동작의 낭비 없이 효과적으로 빠른 시간에 마칠 수 있다. 집 청소는 하루 한번 정도 예약이 되어 있다.

청소가 끝나고 주부들이 장을 보러 나오는 시간이 되면 인근 시장에서 오토바이로 각 가정까지 장바구니를 배달해달라는 주문이 시작된다. 쌀이나 배추단, 무, 떡시루처럼 무거운 물건을 주문한 손님의 집에까지 직접 배달해주고 시장연합회로부터 건당 얼마씩의 돈을 받는다. 이런 일은 있다가 없다가 하기 때문에 고정적인 수입이 되는 것은 아니지만 건수가 많아서 계속해야만 하는 일이다.

재래시장의 천원짜리 칼국수 또는 국밥으로 점심을 해결한 만수

씨는 오후에 자동차 세차장에 간다. 거기서 자동세차기가 할 수 없는 부분까지 꼼꼼하고 세심하게 씻어주고 간단한 정비까지 해준다. 고급 승용차나 외제차의 차체에 작은 상처도 나지 않게 손으로 하는 작업이라 인기가 높다. 다른 사람들에 비해 훨씬 빠르게 세차를 마치면서도 힘의 낭비가 없이 효율적이다. 손세차에 관한 한 그는 한국 최고의 달인이라고 할 만하다. 세차장 손님 중에는 오로지 만수씨 때문에 오는 단골들이 적지 않다.

저녁에는 다시 배달이 시작된다. 세탁소에서 세탁이 완료된 세탁물을 받아다 퇴근을 한 직장인들에게 배달한다. 개인은 물론 숙박업소나 이미용실 등 세탁물이 많이 나오는 곳에서 수거도 해온다. 때로는 세탁소 주인을 도와서 세탁을 할 때도 있다.

세탁 일이 끝나면 식당 등에서 열한시까지 야식을 배달한다. 거기서 저녁을 해결한다.

만수씨의 하루는 24시간 찜질방의 청소로 끝난다. 청소를 하면서 그 역시 몸을 씻는다. 모든 일과가 끝나면 집으로 향한다.

그는 하루에 스무시간 가까이 일하며 잠은 십년 동안 하루 다섯시간 이상 자본 날이 손가락으로 셀 수 있을 정도다. 제대로 된 밥상을 마주하는 경우는 일년에 몇차례가 될까 말까 하다.

그는 바빠야 잡념이 없고 마음이 편하다고 말한다. 또 바쁜 틈틈이 오토바이에 달아둔 라디오로 뉴스를 듣고 폐지 수집 과정에서 주운 신문과 잡지를 읽어서 세상 돌아가는 것을 알려고 애쓴다. 그는 술을 마시지도 않고 담배를 피우지도 않으며 취미생활도 하지 않기 때문에 돈을 쓰지 않는다.

그는 배달과 청소가 자신의 천직 같다고 한다. 어릴 때부터 소용이 되는 물건이나 음식은 무엇이든 집에 가지고 오거나 가족에게 가져다주는 게 버릇이 들었고 청소를 하면 자신이 씻는 것보다 더 기분이 좋아진다고 했다.

그는 신문, 장바구니, 세탁물, 야식 등의 배달과 가정집, 단골의 고급차, 찜질방 등의 청소, 폐지과 고물 수집 등으로 얻는 고정수입 말고도 성의있는 써비스의 댓가로 여기저기서 받는 팁, 부정기적인 심부름 같은 가외수입을 더해서 한달에 대략 300만원에서 400만원 사이를 벌었다. 이중 100만원을 가족의 생활비로 쓰고 나머지는 빚을 갚았다. 그렇게 해서 그는 칠년 만에 자신에게 붙은 신용불량자 딱지를 떼내는 데 성공했다.

시청자 여러분, 요즘 우리나라에서 하루에 몇백명의 사람들이 종적도 없이 사라지고 있다는 걸 아십니까? 그중 3분의 1은 장애인이나 노약자, 아동 등 사회적 약자이지만 나머지는 멀쩡한 사람들입니다. 이들을 다시 찾는 것은 경찰의 몫이지만 체계적인 업무처리가 이루어지지 않아 실종자 가족들의 속을 태우고 있습니다. 사회부 이종성 기자가 취재했습니다.

경찰청 자료에 의하면 어디서 무엇을 하고 있는지, 죽었는지 살았는지조차 알 수 없는 미발견 실종자가 최근 급격히 증가하고 있습니다. 가족과 사회로부터 갑자기 사라진 사람들이 모두 신고되는 건 아니지만 평균적으로 매일 2백명 이상씩 새로운 실종자가 발생하고 있으며 이 가운데 영영 종적을 알 수 없는 실종자만 매년

5천명씩 누적되고 있습니다. 최근 4년간 2만여명이나 됩니다. 이중 18세 미만의 미성년자는 9백여명이고 나머지가 성인입니다.

이처럼 하루아침에 한 집안의 가장이 사라진 어느 가족의 말을 들어보시겠습니다.

"너무 보고 싶죠. 지금도 눈만 감으면 악몽을 꾸어요. 어디 새우잡이 어선이나 외딴섬으로 끌려가서 노예처럼 일하다가 구해달라, 살려달라고 소리치는 걸 듣다 깨기도 하죠…… 차라리 죽었다고 하면 미련이라도 없을 것 같은데 죽었는지 살았는지 모르니 더 미치는 거예요. 생계도 막막하고 정말 사는 게 사는 것 같지 않아요. 차라리 내가 죽어 없어지는 게 낫겠다 싶을 정도예요. 자살 충동도 많이 느끼죠."

"아빠, 아빠, 어디 계세요? 제발 돌아와주세요. 아빠 많이 보고파요. 매일 아빠 꿈을 꿔요. 사랑해요. 방송 보거든 꼭 돌아오세요!"

물론 실종자 중에는 현실도피 등의 자진 가출도 상당수 있고 경제적 이유로 노숙자가 되거나 돈을 벌기 위해 집을 떠나는 경우도 있습니다. 하지만 아동이나 노인, 장애인처럼 사회적 약자의 경우는 자기방어능력이 현저히 떨어지므로 실종되는 순간부터 유괴, 납치, 살해 등 흉악범죄의 대상이 될 수 있습니다. 치매질환 실종자 가운데 거리를 헤매다 사망하거나 끝내 발견되지 않는 경우가 전체의 10퍼센트에 달하며, 특히 여성들은 실종이 곧 납치와 인신매매로 연결될 수 있는 만큼 최대한 신속한 추적과 구조가 이루어져야 합니다. 심지어 산 사람을 납치해서 장기를 적출해 판다는 식의 괴담까지 유포되고 있는 실정입니다. 이에 따른 사회적 불안 등으로 치러야 할 경제적 손실과 비용 역시 만만치 않습니다.

날이 갈수록 심각해지고 있는 실종자 문제. 그러나 이를 예방하고 해결하는 일은 전적으로 경찰에 의존하고 있는 게 현실입니다. 경찰은 전담 인력이 부족해 수많은 실종 사건을 처리하기에 벅찬 데다가 이들 역시 잦은 근무지 이동으로 전문성을 확보할 수 없다는 등의 이유로 어려움을 호소하고 있습니다. 그러는 사이 실종자 가족들은 시커멓게 가슴이 타들어가는 고통을 겪고 있습니다.

이제 실종자 문제를 가족과 경찰의 책임으로만 돌려서는 안됩니다. 국민의 생명과 안전을 책임져야 할 중앙정부와 지자체가 앞장을 서고 지역사회가 적극적으로 대응해야 합니다. 그리고 국가적 차원에서 전문가들로 구성된 범국민적 대책기구를 시급히 구성해 실종자들의 실태를 파악하고 이들을 가족과 사회의 품으로 되돌릴 수 있는 방안을 모색해야 할 것입니다.

일각에서는 민간 전문인력을 활용하는 사립탐정 제도 등을 법적으로 보장하고 경찰에 실종자를 찾는 상시조직을 구성할 것을 주장하고 있습니다. 전체 복지예산의 1만분의 1에도 미치지 못하는 현재의 실종자 관련 예산을 최소한 자살예방사업 수준인 1천분의 1 수준 이상으로 늘려야 한다는 요구도 적지 않습니다. 에스씨비에스 뉴스 이종성입니다.

—너 앞으로 절대 집에 오지 마. 내 눈앞에 나타나지도 마. 학교로 애들 찾아가거나 전화를 걸지도 말고 편지 따위도 할 생각 하지 마. 애들한테는 외국에 돈 벌러 갔다고 좋게 이야기했어. 애들 전화

도 모두 바꿀 거야. 접근금지명령을 신청하든지 손봐줄 깡패를 보내든지 합법적으로나 불법적으로나 내가 할 수 있는 일은 다 할 거야. 나 돈 있고 능력 있어. 네가 이런 조건을 다 받아들이겠다 하면 마지막으로 네가 말하는 돈 보내줄 테니까 지금 대답해. 아니, 맹세해.

강철원은 이번에는 진짜 마지막이라면서 내게 전화를 해왔다. 내국인 카지노가 세워진 강원도 어디라고 했다. 쉽게 말해 그는 도박 중독에 빠졌고 주변 사람들 모두에게 빚을 졌다.

그는 80년대 중반 나보다 먼저 야학을 하러 공단에 나왔던 어떤 여자와 만나 전국을 돌며 불륜을 즐겼다. 한적한 바닷가, 공기 맑은 산을 싸돌아다니던 끝에 카지노가 있는 불야성에 이르렀다. 음식값이 싸고 숙박비도 아주 쌌는데 시설은 그런대로 괜찮았다. 처음부터 도박을 할 생각은 없었다. 그냥 낯선 사람들 사이에서 시간을 보내려고 했다. 그러다가 카지노에 발을 들여놓게 되었다. 재미로 한번 해보자고 했다.

그런데 첫 판에서 여자에게 천만원짜리 잭팟이 터졌다. 놀랄 새도 없이 그의 앞에 있던 기계도 요란한 싸이렌을 울리며 빛을 번쩍거렸다. 사천이백만원의 잭팟. 그해의 신기록이었다. 카지노 종업원들이 기계를 테이프로 봉했고 이어서 홀 담당 직원이 양복을 입고 나타나 종이백에 든 현금을 그와 여자에게 전달했다. 사방에서 박수를 쳤다. 그들은 쑥스러운 표정을 지으며 그 자리를 빠져나갔다. 그날만은.

일년이 지났을 때 그들은 처음에 땄던 돈의 다섯배를 잃은 상태였다. 돈이 많은 사람과 결혼한 여자는 바람을 피운 남편과 이혼을 하고 받은 위자료와 친구들에게 빌린 돈을 모두 카지노에 쑤셔박았다.

내 남편에게 돈이 나올 데라고는 나밖에 없는 줄 알았는데 의외로 많았다. 시어머니에게 매달 넉넉히 드리던 용돈이 일년째 그 인간의 수중에서 뜨거운 커피 속의 각설탕처럼 녹아 없어지고 있었다. 큰언니, 큰형부도 내게서 나간 돈의 절반을 빼앗기고 있었다. 사업자금이라는 명목을 내세워 투자를 하라고 했다는 것이었다. 그리고 만수 오빠가 있었다.

—형님, 형님은 제가 이 세상에서 유일하게 형님으로 모시고 생각하는 분이에요. 형님, 살려주세요. 한번만 살려주세요. 이번에는 정말 한방 제대로 터집니다. 그다음에는 정말 손목을 끊어도 안하겠습니다.

만수 오빠는 도박에 들어가는 돈이라는 걸 알면서도 오백만원을 빌려주었다. 빌려주지 말았어야 했다. 그는 그 돈 때문에 모든 것을 정리하고 집으로 돌아오겠다던 나와의 마지막 약속을 어겼고 영영 우리 가족과 인연을 끊게 되었다. 만수 오빠에게 오백만원은 나한테 얼마쯤 되는 돈일까. 사오천만원쯤? 그럴 거다. 우리 식당 한달 매출이 오천만원쯤 되니까.

가출, 사기, 불륜, 도박, 알코올중독, 아이들에 대한 거짓말, 거짓말, 거짓말, 거짓말…… 나는 그 인간을 용서할 수 없었다. 그의 앞으로 되어 있는 모든 권리를 빼앗았다. 가족으로서의 위치, 아이들에 대한 양육권과 접견권, 부동산과 통장을 비롯한 모든 명의. 시어머니가 자기 아들과 인연을 끊겠다고 했을 때 마음대로 하라고 했다. 어차피 아이들에게 친할머니이니까 같이 살지는 않더라도 외할머니 집에 가듯 가끔 얼굴을 보는 건 나쁘지 않았다. 시골에 널찍한 텃밭이 딸리고 현대식으로 개량한 농가를 사드렸다.

그 인간이 만수 오빠와 어떻게 됐는지 궁금하지 않았다. 관여하고 싶지도 않았다. 우리 사이를 이렇게 만든 데는 만수 오빠의 책임도 있다. 처음 결혼하겠다고 했을 때 어른이라면 그런 나쁜 놈을 알아보고 쫓아버렸어야 했다. 그 인간이 엇나갈 때 타이르기라도 했어야 했다. 도박자금이라는 걸 알았으면 돈을 빌려주는 게 아니었다. 그게 결정적이었다. 내 결단으로, 내 힘으로 그 인간을 지워버렸다. 만수 오빠는 전혀 보탬이 안됐다. 그 인간이 죽일 놈이면 만수 오빠는 방조를 한 꼴이다.

카지노에 간 지 일년이 지나고 나서 그 인간은 완전히 내 인생에서 사라졌다. 죽었는지 살았는지, 언젠가 텔레비전에서 본 것처럼 카지노 아래 동네를 배회하며 온갖 허드렛일을 다 해주고 팁을 얻는 족족 도박장에 갖다주는 쓰레기로 전락했는지, 도박 빚을 못 갚아서 조폭들에게 장기를 팔았는지 유령이 되었는지 괴물이 되었는지 모른다. 알고 싶지도 않다. 중요한 건 더이상 내 앞에 나타나지 못한다는 것이다. 꿈속에서라도.

생각하면 카지노도 고마운 곳이다. 쓰레기장이 없으면 쓰레기를 어디다 버리겠는가. 쓰레기인 줄 판별하기까지의 시간을 단축시켜주기도 하는 것이다.

만수가 애 엄마가 신장이 극도로 나빠져서 혈액투석을 해야 한다고 했다. 지지리 복도 없는 여자다. 제 복이 없으면 남편 복, 자식 복이라도 있든지 몸이라도 튼튼하든지.

원인이 뭔지 잘 모르지만 결과는 확실했다. 투석을 하지 않으면 제 기능을 못하는 신장에서 독성을 걸러내지 못하고 독성물질이 체내에 쌓여서 온몸 구석구석이 호랑이가 깨무는 것처럼 아프단다. 허파가 붓고 물이 차서 숨을 제대로 쉬지 못하기도 하고 심장에 무리가 가서 갑자기 죽기도 한다. 뇌가 망가져서 환각을 보고 환청을 듣기도 하고 치매가 되는 일도 있다.

—이제 은행 빚은 어지간히 다 갚았습니다. 저축도 하고 적금도 들고 집도 늘려나갈 생각을 하고 있었어요. 애 엄마가 늦기 전에 딸이라도 하나 낳고 싶다고 해서 그러라고 했고요. 나이가 많아서 미리 검사한다고 병원에 갔는데 갑자기 이래 되네요. 도와주세요.

만수가 눈물 콧물 흘리면서 부탁을 했을 때 나는 이런저런 걸 따져볼 생각을 하지 못했다. 얼마 정도를 얼마만큼 언제까지 도와줘야 하는지, 의료보험이라도 되는지, 투석이라는 걸 하면 언젠가는 정상으로 돌아올 희망이 있는지 물어보지도 않았다. 그걸 내 불찰이라고 할 수 있을까. 만수의 경우는 모든 게 최악이었다.

의료보험료를 체납해서 의료보험 치료대상이 되지 않았다. 무식한 나도 하도 여러번 돈 빌려주고 그럴 때마다 설명을 듣다보니 혈액투석이라는 게 얼마나 골치 아픈 병이고 돈이 많이 드는지 알게 되었다.

신장은 한번 망가지면 영원히 기능이 회복되지 않으므로 신장을 갈지 않는 한 투석은 평생 해야 하는 것이었다. 혈액투석을 하려면 먼저 수시로 피를 뽑았다 넣었다 할 주삿바늘 꽂는 데를 만드는 수술을 해야 했는데 그 비용부터 하루 벌어 하루 먹고사는 사람한테는 장난이 아니었다. 만드는 데만 서너달 걸렸다.

투석을 하러 일주일에 세번 병원에 가야 하고 한번 할 때마다 네 시간씩 송장처럼 가만히 누워 있어야 했다. 온몸의 피를 빼고 투석기에 돌려서 깨끗하게 만들어가지고 도로 집어넣는데 그때마다 다른 장기나 심장에 엄청난 무리가 가고 사고도 나기 쉬웠다. 투석을 하다보면 빈혈이니 뭐니 여러가지 합병증이 올 수밖에 없는데 그것도 예방, 치료해야 했다. 투석 비용도 의료보험 처리가 안되면 매번 수십만원씩, 일반인은 감당하기 힘들 정도로 무척이나 비쌌다.

투석을 할 때는 보호자가 동행해야 했으므로 만수는 오토바이 짐칸을 떼내고 거기에 환자를 앉혀서 병원에 데리고 가곤 했다. 그러니 온 동네를 안 가는 데 없이 오토바이로 헤집고 다니면서 하던 일도 예전의 절반밖에 하지 못했다. 살림하고 아이 키워야 할 사람이 환자가 되었으니 그걸 누군가 대신해줘야 했고 그 모두가 돈이었다. 만수 같은 사람이 아무리 부지런하고 열심히 하려 한다 해도 못하는 일은 있었다. 정신이 오락가락하는 누나를 돌보거나 말썽 많은 아이를 건사하는 것 같은 게 그런 일이었다. 그 또한 맹수 같은 돈, 돈으로 메워야 했다.

빚을 다 갚았다던 만수가 다시 빚을 지기 시작했다. 그것도 나한테 맨 먼저.

내가 아무리 무식해도 아는 건 또 있다. 가난 구제는 나라에서도 못한다. 긴 병에 효자 없다. 내가 나라님인가, 효자이기라도 한가. 나는 내 세차장에 일 잘하고 착실한 사람 들어왔다고 좋아한 죄밖에 없었다.

나라도 집에 투석하는 환자가 있으면 곧 망할 것 같았다. 이천만 원까지 돈을 빌려주고 나서 나는 두 손을 들었다.

—사장님, 집사람 아파서 뒹구는 걸 정말 눈 뜨고는 못 보겠습니다. 꿈에서도 우는 소리가 들립니다. 그냥 다 같이 연탄불 피워놓고 죽고 싶어요. 제발 한번만 더 도와주십시오. 이렇게 무릎 꿇고 빌겠습니다. 빕니다.

—아니, 자넨 부모 형제가 하나도 없나? 사고무친의 고아냐고? 왜 나만 붙잡고 이러는 건가. 나도 좀 살자고, 제발. 자네 고마운 건 다 알아. 일 잘하고 내 일처럼 열심히 하고 고생했지. 그래도 우리는 엄연히 남남이야. 자네 지금 짤렸어. 이제 사라져줘. 제발 부탁이야. 더이상 내 눈앞에서 안 보였으면 좋겠네. 내가 이렇게 두 손 모아 비네. 나한테서 떨어져달라고.

입사시험 쳐서 뽑은 것도 아니니 사직서 주고받을 일도 없었다. 마침내 만수는 자르지만 말아달라고 했다.

결국 투석은 임시방편이고 해결책은 신장이식을 받는 것이었다. 그것도 조직이 맞는 사람한테서 받아야지 그렇지 않으면 면역억제제니 뭐니 해서 치료비도 많이 들고 오래 쓰지도 못한다고 했다. 만수가 제 신장을 떼주겠다 하고도 엄두를 내지 못하는 게 결국 돈 때문이었다. 그렇다고 조직이 맞는 사람을 만나는 것 자체가 하늘의 별 따기였다. 만수는 환자가 병원에서 투석을 하는 동안 다른 가족하고 이야기를 많이 했고 중국 가서 신장을 이식받는 방법을 알아냈다고 했다. 그러면 뭘 하나. 그것도 돈인데. 내 통장에 들어 있는 몇백만원밖에 안되는 잔고를 보면서 내가 나쁜 놈이 되는 기분이었다.

투석을 하러 가서 보면 병원에 누워 있는 여자 환자들 중에 옆에 남편이 붙어 있는 경우는 열에 하나도 안됐다. 반대로 남자가 누워 있으면 열에 아홉은 아내가 간호를 했다. 여자들은 자기가 스스로 간호를 하는 경우가 많았다. 그게 한국의 여자 팔자였다. 대부분의 여자들은 자기 간호를 하면서라도 병원에 편하게 누워 있을 처지가 아니었다.

탁한 피가 맑은 피로 바뀌는 것을 봐가며 투석을 마치고 남편이 모는 오토바이 뒤에 타고 집으로 돌아오니 시누이가 벽에 똥칠을 하고 앉아 있는 게 보였다. 기저귀를 채워놓아도 걸리적거린다고 벗어버리고는 굳이 제 힘으로 대소변을 해결한답시고 변소에 갔다가 뒤처리를 제대로 못해 그러고 있는 것이었다.

힘이 없어 일을 제대로 하지 못하니 설거지, 빨래, 청소가 늘 밀렸다. 한다 해도 손끝이 야무지지를 못해 그릇에는 때가 낀 채였고 빨래는 얼룩이 남았으며 덜 치워진 데가 있기 마련이었다. 그런 와중에 태석이는 내가 해준 밥을 먹지 않고 햄버거나 피자 같은 인스턴트 음식을 사 먹거나 짜장면 같은 걸 배달해 먹었다. 음식 때문인지 성격은 더 성급하고 감당할 수 없이 충동적으로 변했다.

쓰레기는 그치지 않고 나왔다. 음식점 광고 전단, 인스턴트 음식

용기와 시켜 먹은 음식 찌꺼기가 말라붙어 있는 그릇, 하루 두번 시누이에게 채워주는 기저귀로 매일 쓰레기봉투 하나가 찼다.

신장투석을 시작하기 전과 하고 난 후의 공통점은 여전히 할 일은 많다는 것이었다. 사람을 써야 했지만 돈이 무서워 쓸 수가 없었다. 벽에 똥칠하는 시누이를 돌봐줄 사람이 있을 것 같지도 않았다. 남편의 수입은 절반으로 줄었다. 나 대신 남편이 집안일을 했으나 그 일에는 수입이 없었다. 비용을 대신 치르는 것뿐이었다. 치료비는 치료비대로 들어갔으므로 생활비는 훨씬 더 늘어났다.

빨래를 들고 옥상까지 가서 너는 데도 죽을힘을 다 써야 했다. 초주검이 되어 옥상에 멀거니 앉아 있자니 무슨 미련이 남고 무슨 영화를 보겠다고 투석은 해서 이렇게 지옥 같은 고생을 더 하나 싶었다. 그리 고맙던 남편이, 일을 시키려고 나를 살리고 있는 게 아닌가 싶기까지 했다. 차라리 죽을까 싶어서 빨랫줄을 한참 쳐다봤다. 옥상 난간에서 뛰어내리는 것도 생각해봤다. 자살을 생각하니 모든 게 자살을 할 수 있는 도구로 보였다.

앞으로도 누군가 내 삶 앞에 쳐놓은 거미줄 같은 덫에서 벗어나지 못할 것 같았다. 앞으로도 남편이 가져다주는 알량한 수입을 쪼개 살림을 해야 하고 감당할 수 없는 아이를 감당해야 하고 내 한 몸 제대로 돌보지도 못하면서 시누이를 돌봐야 할 것이었다. 내 아이를 가지는 것은 불가능해졌다. 앞으로도 삶에 지친 사람들 사이에서 가장 지친 사람이면서 지쳤다 하소연도 못하고 그들이 배설하는 비정상적인 감정을 모두 받아내야 할 것이었다. 그게 제일 힘들었다. 나는 김만수라는 사람을 사랑하고 남편으로 맞아들였다는 죄로 이상한 방식의 희생을 강요받고 그것을 감내하고 있는 사람이었다. 앞으로도 영원히.

언제 왔는지 태석이가 방에 앉아 컴퓨터 게임을 하고 있었다. 컴퓨터 화면 속에서 벌거벗은 남자들이 주먹과 무기를 휘두르며 서로를 죽이고 있었다. 나는 태석이를 불렀다. 학교가 왜 이렇게 일찍 끝났느냐, 학원은 어떻게 했느냐, 도시락은 어디 있느냐, 가방은 어디다 뒀느냐…… 물을 건 많았다. 하지만 태석이는 나를 무시했다. 내가 투명인간이라도 되는 것처럼.

컴퓨터 속에서는 남자들이 "윽윽" 하고 비명인지 기합인지를 내지르고 있었다. 그것 때문에 나는 남자들의 도끼질, 칼질, 주먹질처럼 열번 스무번 반복해서 불렀다. 태석아, 태석아, 태석아, 태석아, 태석아, 태석아, 태석아, 태석아, 태석아, 태석아…… 귓구멍이 뚫렸으면 본 척이라도 해야지. 갑자기 참을 수가 없어졌다. 왜 참아야 해? 나만? 이 집에서 나만 하고 싶은 걸 못해? 나만 왜? 나만 다를 이유가 없었다. 나는 벽으로 달려갔다. 컴퓨터에 연결된 전선을 뽑았다.

"야, 이 씨, 니가 뭔데……"

이어서 개, 소, 닭 같은 가축과 가축이 새끼를 낳기 전에 하는 행동을 나에게 갖다붙인 욕설이 방 안 공기가 빽빽하도록 분사됐다. 시누이가 깔깔거리며 웃었다. 말을 알아들어서가 아니라 그렇게 말하는 태석의 표정이며 행동이 만화영화 주인공처럼 느껴져서일 것이다. 그건 늘 있는 일이었다. 그런데 나는 참을 수 없는 것을 참지 않기로 한 사람이었다.

—넌 왜 나한테 이래? 왜 이 집에서 제일 힘없고 일 많이 하고 너를 위해주는 나한테? 도대체 나한테 네가 이럴 권리가 있니?

태석이가 달려들었다.

—어쩔 건데? 응? 그러면 네가 어쩔 건데?

나는 태석이의 팔목을 잡고 몸을 최대한 가까이 붙여 움직이지 못하게 하려 했다. 늘 하던 대로 실패했다. 주먹에 눈을 맞았다. 나는 그런 채로 악다구니를 썼다.

—이 자식아, 난 네 엄마야, 엄마라고! 엄마다! 나는 네 엄마란 말이야! 너는 나를 너라고 부를 자격이 없어, 이 비겁한 자식아! 밖에 나가면 병신 취급받는 게 무서워서 나가지도 못하고 집 안에서는 대장 놀이를 하는, 넌, 넌, 넌, 뭐야, 도대체! 네가 무슨 왕자라도 돼? 이 거지 같은 자식아!

태석이가 놀랐다. 시누이는 나를 보고 미친 듯이 웃었다. 그래, 내가 하는 짓이 모두 허무한 연기처럼 보이겠지.

—닥쳐! 입 닥치라고! 너도 똑같애!

시누이가 내 말뜻을 알아들었다는 듯이 눈을 크게 떴다. 내가 처음으로 시누이에게 내 맘속에 있는 진심 어린 말을 했기 때문에.

—나는 너 같은 짐 덩어리를 평생 이고 날라야 하는 당나귀나 종이 아니라고! 사람을 존중할 줄 알라고! 짐승도 저를 먹여주고 재워주고 씻겨주는 은혜를 알아. 당신은 짐승과 뭐가 달라?

그날은 내가 태어나서 마흔네번째 생일을 맞는 날이었다. 태석이를 붙들었다. 중학생이 되었어도 아직 아이였다. 새가슴처럼 뼈가 드러난 어깨를 누르자 자리에 앉았다. 입은 쉬지 않고 욕을 퍼

부었다. 손바닥으로 입을 틀어막았더니 손을 깨물었다. 주먹을 휘두르고 발로 차고 꼬집고 할퀴었다. 아이를 방에 두고 시누이를 끌고 나온 뒤 문을 잠갔다. 분해서 미칠 것 같았다. 가슴을 아무리 두드려도 솜으로 입속이 꽉 채워진 것처럼 답답했다. 칼로 푹 쑤셨으면 시원할 것 같았다.

아이가 잘못했다고 할 때까지 열어주지 않을 작정이었다. 아이는 고함을 치고 비명을 지르고 뭔가를 집어던져 깨뜨렸다. 깨져봤자 아까울 것도 없었다. 한집에 사는 다른 엄마들이 들여다봤지만 아랑곳하지 않았다.

—저러다 애 숨넘어가는 거 아냐? 더 큰일 나기 전에 애 아빠한테 어떻게 해보라고 해.

걱정하는 것처럼 말하는 것도 고맙지 않았다. 가서 일들 보라고 몰아냈다. 죽여버리겠다는 저주와 쌍욕, 발로 벽과 문을 차는 소리로도 무사한 건 알 수 있었다.

그런데 어느 순간 모든 소리가 멈췄다. 거짓말 같은 고요가 찾아왔다. 또 기절이라도 한 것인가 싶어서 조심스럽게 문을 열었다. 어쩐지 추웠다. 한기 때문에 팔짱을 끼고 안을 세세하게 살펴봤다. 바닥에 널린 옷과 이불, 서랍 속에 들어 있는 물건, 부수고 집어던진 가방과 책, 노트, 장난감 따위로 방은 난장판이 됐지만 아이는 보이지 않았다. 창문은 방범 창살로 막혀 있었으니 빠져나갈 데라고는 문밖에 없었다. 내 눈에 띄지 않고 밖으로 나가는 건 불가능했다. 집 밖으로 뛰쳐나와 골목골목을 살폈지만 아이는 종적을 찾을 수 없었다.

멍하니 앉아 있다가 방을 치우기 시작했다. 내 운명이 왜 이런가 생각하면서 앉았다가 하나 치우고 언제까지 이런 식으로 살아야 하나 생각하다 하나 치우고 울다가 하나 치우고 아이의 입을 통해서 나온 욕설을 되씹으며 치를 떨다가 하나 치웠다. 그렇게 삼십분쯤 지나고 나서 다시 기운 없이 앉아 있는데 아이가 나타났다. 방바닥에 깐 담요 위에 누워 있는 채로. 수면 위로 떠오르는 것처럼 서서히 윤곽이 돌아오고 입체적인 형상이 갖추어졌다. 소름이 끼쳤다. 전열기 필라멘트에 빨갛게 열이 올라 방 전체를 데우는 것처럼 따뜻해졌다. 따뜻한데도 솜털이 곤두섰다. 쐐애 하는 소리가 들려왔다. 귓속에서 나는지 밖에서 나는지 구별할 수 없었다. 온몸이 떨렸다.

아이는 투명인간이었다. 제가 그런 끔찍한 존재인 줄도 모르는.

내 아이큐는 165다. 모차르트, 아인슈타인이 160이다. 박영현이 108. 이상민 112. 윤성은 110. 김찬우 107. 뒤에 두 자리를 다 합쳐도 나한테는 턱도 없는 쓰레기들. 이 새끼들이 나를 쫓아다니고 욕하고 때리고 내가 재수없다 이야기하고 아빠가 종이 줍는 양아치라고, 우리 집에 미친년 산다고 했다. 나 때문에 저희 수준 떨어진다고 했다.

나 혼자 왕따당하는 거 참을 수 있는데 내 옆에 앉아 있다고 임예경이 가방 찢고 도시락 빼앗아 먹고 하는 거 못 참는다. 걔네 엄마가 나보고 네가 안 그래도 된다, 네가 그러는 거 안 원한다고 했지만 나는 예경이 괴롭힌 치사한 새끼들 지옥 끝까지 따라가 죽여버리고 싶다.

선생들, 당신들은 내가 아프다고 괴롭다고 하니까 말했지. 친구들끼리 사춘기 때 치고받고 하면서 서로 미움도 생기고 사랑도 생기고 하는데 그거 아주 자연스러운 성장통이야. 니가 선생님들한테 뭐라고 이야기하기 전에 정말 솔직히, 너가 해결 못할 일인지 생각해봤냐. 그래도 안될 것 같으면 나한테 찾아오라고 하지. 내가 혼자서도 오 대 일, 십이 대 일로 붙어 다 개작살낼 수 있는데 당신들한테 왜 가서 해달래? 선생이라면 안정된 직장이고 돈 많이 받잖아. 그거 다 우리 아버지 어머니 주머니에서 나온 돈이야. 돈값 하라고.

교장부터 학교 다 썩었다. 학교발전위원회에서 돈 많이 내는 학부형 아들은 스무대 때리고 내 코뼈 부러뜨려도 아무 죄 없고 제 등에 볼펜 자국 길게 났다고 가해자 학부모 델꼬 오래냐. 우리 학교 다른 아이들하고 여러모로 안 어울려서 물 흐리고 원래 안 받으려고 했던 문제아고 장애자라서 더이상 학교에서 못 데리고 있는다, 다른 학교 소문 안 난 데로 전학이라도 보내고 싶으면 지금 서류 떼줄 테니까 가라고. 안 그러면 병원비, 보상금, 위자료 물리고 교육청 보고, 행정처분을 해서 인생 완전히 망가뜨려주겠다고. 나는 맞고도 의료보험 안돼서 약국서 솜 갖다 소독하고 파스 붙이고 밴드 붙인 게 단데. 가방으로 눌렀는데 어깨뼈 금 갔다 깁스하고 온 새끼하고 또라이 부모 말만 듣고 나보고 죽으라고.

3월 17일 14시 27분, 스타피시방 뒤에서 이상민이 내 바지에 구멍 내고 뒤통수 세대 때리고 오천원 뺏어감.

3월 22일 16시 보충 시작하기 전에 박영현 교실 앞으로 불러내서 수학 공책 달래서는 찢어버림.

3월 29일 11시 쉬는 시간 학교에서 김찬우가 내 폰 훔쳐서 애들 앞에서 문자를 읽었다. 예경이한테 보내는 문자를 좔좔 읽었다. 배정빈, 윤성은은 예경이가 밖으로 나가는 거 붙잡고 강제로 듣게 했다.

4월 14일 점심시간에 변소 뒤에서 보자고 했다. 다섯 새끼 모여서 있었다. 때렸다. 옷 찢고 빤쓰를 벗겼다. 매직으로 여자 그림 그렸다. 안경 깨지고 책 두권 변소로 들어감.

4월 19일 3시 보건실에서 상담받고 나오다가 다섯 새끼한테 걸려서 또 맞았다. 아이큐가 높은 게 죄다. 얼굴이 여자같이 생긴 게 죄다. 다 죽여버리고 싶다.

4월 27일 엄마가 두루치기 해준다고 일찍 오라고 했다. 2시에 집 앞 골목에서 김찬우하고 꼬붕들 네마리 와서 지난번 매직 그림 내가 맘대로 지웠다고 다시 그린다고 옷을 벗길라고 함. 암만 소리 질러도 아무도 안 왔는데 빤쓰 벗겨지기 전에 고모가 "엄마, 엄마" 하면서 밖으로 나왔다. "프랑켄슈타인이다, 우워." 새끼들이 돌 던지고 도망갔다.

4월 28일 학교 칠판에 "프랑켄슈타인 마녀! 빼큐 김태석!"이라는 글이 써졌다. 다른 반 애들까지 손가락질했다. 여자애들끼리 하는 말. "엄마가 계모래?" "저런 괴물이 어떻게 우리 학교에 같이 다니니?" 예경이 목소리.

내 아이큐가 165라고 내가 니들한테 먼저 깠냐? 민호 새끼가 생활부 훔쳐보고 그런 건데 내가 시켰냐? 레인 맨이라고 내가 먼저 자랑했냐? 일기에 아버지하고 엄마 혈액형 합하면 내가 안 나온다고 썼는데 그걸 어떤 새끼가 깠냐? 찐따 새끼 왜 야리냐고 돌림빵 당해봤냐? 문자로 변태라고 돌리고 내 몸에서 벌레 나온다고 뺑치고 쌩까고 의자 빼고 미안하다고 해놓고 크크크크 웃고 나한테는 친구 하나 없고 누구도 친구 되면 나같이 취급받을까봐 무서워 다가오지 않고 나는 죽을 것처럼 힘들고 외롭고 아줌마는 나 괴물이라고 무서워하고 가까이 오지도 않고 아빠는 나한테 잘해줄라고만 하고, 니네가 나를 아냐? 나는 매일 보건실에 갔고 책상에 엎드려 있고 담임은 '평균도 못 따라오는 너 같은 놈은 진작에 버렸다'고 하고 같은 반 애들이 안 오는 먼 데 있는 오락실, 피시방에 가고 혼자 먹고 혼자 욕하고 전화 한통 문자 하나 안 오는 폰은 닳도록 손에 들고 다니고 나는 내가 싫고 생긴 것도 싫고 옷도 싫고 신발도 싫고 세상이 다 싫다. 새끼들아. 니들이 그러기를 바랬던 대로 됐다. 새끼들아, 나는 찌질하게 이렇게 찌그러져 있다가 주유소 알바나 치킨 피자 짜장면 배달하다가 니들 나중에 출세해서 결혼하고 애 낳고 행복하게 살 때 밤길에 따라가서 뒤통수 벽돌로 까고 칼로 등 쑤시고 새끼들 다 죽여버리고…… 돈 물어줄게, 돈.

니들은 다 잊었을지 모르지만 너희들이 그런 줄도 모르겠지만 난 죽을 때까지 잊을 수 없고 영원히 친구 하나 제대로 사귈 수가 없었다. 나는 죽어서도 꼭 복수한다. 니들 때문에 망가진 내 인생, 니들도 나같이 좆망하게 복수해준다. 졸라 열라 영원히 저주받아라, 새끼들아.

한번도 만나지 못한 아빠, 어디에 있는지도 모르는 엄마, 당신들은 왜 나를 낳았어요? 왜 나여야 했어요? 아니, 이젠 됐어요. 모두 다. 나 키워준 아빠, 고마워요.

끝으로 나는 내 신장, 나의 몸 전체를 나를 키워준 여자한테 돌려준다.

갑자기 그게 됐다.

나방이 고치를 벗어놓고 기지개를 켜는 것처럼 나는 나에게서 일어나 앉았다. 언제나 무지근하고 무기력하던 몸이 솜털처럼 가벼워졌다. 껍데기 속의 나는 껍데기인 나보다 훨씬 나았다. 거울 속의 나는 연탄가스에 중독되기 전처럼 어리고 건강해 보였다. 예쁘고 젊었다. 죽은 뒤 영안실에 놓인 영정사진이 저럴까. 나는 내 삶의 어느 순간보다 나다웠다.

나는 기적을 믿지 않았다. 나는 힘들었고 불행했고 절망적이었고 좋아진 적이 없었다. 남의 눈에 보이지 않는 인간이 되는 것, 외면의 모습으로 어떤 평가나 동정을 받을 필요가 없는 존재가 되는 기적이 내게 일어났다는 걸 처음에는 믿을 수 없었다.

하지만 그 순간은 행복했다. 감미로웠다. 내가 나에 대해 가장 자신있어할 때의 느낌이었다. 누군가 나를 사랑하고 인정해주고 존중해줄 때의 느낌이었다. 그 누군가가 나를 절실하고 뜨겁게 사랑하던 때가 언제였던가. 나는 사랑받고 싶었다. 누구든 나를 사랑하지 않으면 못 배길걸, 하는 그런 자신감, 자존감이 생겼다. 좋았다.

그런데 그게 얼마 지나지 않아서 꿈처럼 깨버렸다. 그게, 그 느낌이 사라져버렸다. 나는 다시 무겁고 추악한 껍데기 속에 들어와 있었다. 투명한 얼음이 녹아버린 것처럼 좋았던 나는 사라졌다. 나는 똥 싸는 더러운 주머니였다. 역시 기적은 없는 거야. 꿈이었어. 나는 울었다.

돌아가고 싶었다. 지금의 누추하고 너절하고 지린내만 나고 아무것도 아닌 내가 아닌 그것. 누구에게도 보이지 않고 누구의 간섭도 받지 않고 누구에게도 관심이 없지만 나는 나대로 행복한 상태. 그런데 그게 내 마음대로 되지 않았다. 평소의 나는 괴롭고 짜증나고 화가 나고 외로운데 아무도 내가 그렇다는 걸 알아주지 않았다. 힘들었다. 견딜 수 없었다. 소리치고 울고 신음 소리를 내고 나뒹굴어도 나쁜 내 상황을 어쩌지를 못했다. 이제는 더 못 참겠다. 정말 죽고만 싶다. 지진, 홍수, 천둥 벼락, 무너지는 건물, 꺼지는 다리, 폭발, 침몰, 추락, 화재, 사고, 뭐든 좋으니 내 생명을, 삶을 없던 걸로 해줬으면, 지우개로 싹 지워줬으면 하고 간절히 소리치며 신음하며 몸부림치며 울며 울며 울며 울며 울며 바라고 있을 때.

갑자기 그게 또 됐다. 열반에 든 것처럼 행복했다. 그러곤 또다시 마약의 약기운에서 깬 중독자처럼 원래의 나로 돌아오곤 하는 것이었다.

오, 제발 제발 제발 제발 제발 제발. 이럴 바에는 나를 죽여주소서. 내 생명을 거두소서. 태우고 잿가루로 만들어 공중에 뿌리소서. 강물에 흘러가게 하소서. 저 광활한 우주의 한낱 티끌이 되게 하소서. 생각하지 않고 제가 존재하는 줄도 모르는 원소로 만드소서. 절망 속에서 엎드려 울부짖을 때에 그게 됐다, 또.

어떨 때는 아무리 해도 안됐다. 이럴 때도 있고 저럴 때도 있다. 어떻게 하면 되는지 모르겠다.

눈을 감고 있으면 어느 때 그 순간이 찾아온다. 지금이 나쁘지도 않고 좋지도 않고 미래도 과거도 느껴지지 않고 재미있지도 않고 가슴이 떨리지도 않고 두려움도 없고 기대도 없다. 그런 생각조차 없다. 그때 갑자기 가슴에서 얇은 날개가 돋아나오고 천천히 펴지며 나를 들어올린다. 나는 날아오른다. 바닥에는 뚱뚱하고 추하고 생기 없이 무력한 내가 기저귀 차고 정신을 잃고 누워 있다. 싫어! 저기에 다시 돌아가는 건 죽기보다 싫어! 그런 생각을 하는 순간 나는 거기에 돌아가 있다. 한번 날아올라 금빛 울음소리를 내기 위해 굼벵이는 몇년을 기다린다고 했나. 그러니 원래의 나를 미워하지 말자.

그게 된다. 가끔. 그래서 나는 살 수 있다.

태석이의 신장을 이식받았다. 이제 그 아이는 영원히 나와 함께 있다. 태석이와 나는 신장의 조직이 같았다. 이식수술을 하고 난 다음 조직이 달라서 생기는 증상은 전혀 없었다. 면역억제제 같은 약도 필요 없었다. 병원에서는 모자간이니 흔히 있을 수 있는 일이라 했지만, 그건 기적이었다. 남모르는 기적. 우리만 아는 기적. 얼마나 울었는지 모른다.

그날 태석이가 교실에 가방을 두고 갔다고 연락이 왔을 때 그냥 어디서 돌아다니다가 집에 들어오겠거니 했다. 학원이며 합기도장에는 오지 않았다고 했다. 평소에 어디를 자주 가는지 말을 하지 않으니 떠오르는 데도 없었다. 친구 집도 아는 데가 없고. 친구라고 데려온 적이 거의 없었으니까. 시누이에게 저녁을 해 먹이고 기저귀를 갈아 채워놓고 나서 학교와 집 사이에 있는 만화방과 오락실, 피시방을 하나하나 다 뒤졌다. 어디에도 보이지 않았다. 빈손으로 집에 돌아오자 태석이와 같은 학교에 다니는 민지 엄마가 내 손을 잡아끌었다.

—며칠 전 학교에서 아이들이 화장실 뒤로 끌고 가서는 돈 뺏고 바지를 벗기고 때리는 걸 봤대. 전에도 여러번 그랬는데 이야기를 하지 않아서 몰랐어.

태석이가 학교에서 집단 괴롭힘을 받아왔다고 해도 하필이면 오늘 사라졌을까. 걱정스러우면서도 알 수가 없었다. 휴대폰은 꺼져 있었다. 마지막으로 학교에 갔다. 당직을 서고 있던 선생님하고 수위의 뒤를 따라 태석이 교실에도 가보고 그날 맞았다는 화장실 뒤에도 가봤지만 흔적이 없었다.

태석 아빠는 늘 그러는 것처럼 자정이 넘어서 집에 들어왔다. 파절이처럼 피곤에 절어 있으면서도 태석이 이야기를 듣고는 왜 연락을 안했느냐면서 플래시를 들고 밖으로 뛰어나갔다. 그러고도 한시간쯤 있다가 병원에서 연락이 왔다. 택시를 잡아타고 달려가자 태석이가 응급실의 침대에 누워 있었다. 머리카락에는 피딱지가 엉겨 있었고 온몸을 움직이지 못하는 상태였다. 그렇지 않아도 얼굴이 흰 아이가 하얀 양초처럼 보였다. 불꽃이 꺼져가는 양초. 경추골절이 병명이었다.

—학교 건물 뒤 화단 속에 있었어. 기절해서. 학교 건물 사층에

서 청소하다 떨어진 거 같대. 나무에 걸리면서 떨어졌는지 나무 뒤에 쓰러져 있었어. 발견하기를 다행이야. 학교를 세바퀴를 빙빙 돌았는데 수위가 찾아줬어. 그냥 두면 암만 여름이라도 저체온증으로 위험할 수 있거든. 나도 애만 할 때 학교 베란다에서 뛰어내린 적이 있는데 우산이 낙하산 역할을 해서 그때는 거의 안 다쳤어. 얘도 곧 일어날 거야. 끽해야 목발 짚고 몇달 다니면 돼. 애들은 금방 뼈가 붙으니까.

남편은 말을 하고 난 뒤 허허허 하고 웃었다. 웃을 일이 하나 없는데도. 미친 사람 같았다. 태석이는 남편에게 가장 소중한 존재였다. 내가 아니었다.

의사는 어떤 상황이냐고 내가 묻자 고개를 가로저었다. 병원에서 할 수 있는 게 거의 없다고, 미안하다고 했다. 아이의 교복 주머니를 만져보았다. 종이가 손에 잡혔다. 공책을 칼로 자른 종이였다. 손으로 직접 쓴 "유서"라는 글씨가 보였다. 떨리는 손으로 종이를 펼쳤다. 빼곡하게 쓰인 글씨가 나왔다. 나는 내용을 읽고 남편에게 건넸다. 읽고 난 남편은 황소처럼 고함을 질렀다.

"죽여버릴 거야! 다 죽여버릴 거야! 이놈의 세상, 이놈의 자식들, 내가 절대로 그냥 안둬! 죽여! 죽여! 죽여!"

바닥에 주저앉아 있는 내게 제복을 입은 젊은 경찰이 다가왔다. 다른 사건 때문에 왔다가 우리를 눈여겨본 모양이었다.

—무슨 일이십니까?

남편은 침대 난간을 내리치며 울부짖고 있었다. 나는 태석이가 쓴 글씨가 적힌 종이를 경찰에게 건넸다. 내가 할 수 있는 일은 그것밖에 없었다. 태석이가 말한 대로라면 '나를 키워준 여자'로서.
경찰은 종이의 내용을 읽고 나서 다시 접고는 내게 돌려줬다.

—아버님, 고정하세요. 아직 애가 여기 있잖아요. 아버님이 이러시면 어떻게 되겠습니까.

친척이라도 되는 양 경찰이 말했다.

—당신은 뭐야! 당신이 뭐냐고!

남편은 경찰에게 달려들었다. 허깨비 같은 사람이 어디서 그런 힘이 났는지 경찰을 쓰러뜨리고 위에 올라탔다. 응급실에 의사와 간호사가 여럿 있었지만 어쩌지를 못했다.

—여보, 제발, 제발 그만둬요. 제발요.

내 힘으로는 어림도 없었지만 나는 남편의 어깨를 잡았다. 남편이 충혈된 눈을 내게 돌렸다.

—당신은 뭘 했어? 엄마가 돼가지고 뭘 했길래 애가 이 지경이 되도록 놔둔 거야? 자격이 있어?

비수처럼 가슴에 박히는 무서운 말이었다. 나는 남편에게서 손을 떼고 뒤로 물러섰다. 나는 아무것도 아니다. 나는 당신에게, 당신들에게 아무것도 아니었다. 그때 태석이가 말을 했다. "엄마" 하고.

돌아서 보니 태석이는 눈을 뜨고 있었다. 작고 붉은 입술로 엄마, 엄마 하고 불렀다. 나를 부르는 건가? 아니면 기억나지도 않을 생모를? 남편이 달려들었다.

—그래, 아빠 여깄다! 태석아, 태석아! 아빠다! 아빠야!

남편의 등 너머로 본 태석이는 웃는 것처럼 보였다. 눈으로는 눈물을 흘리면서.

—나 엄마한테, 엄마한테……

남편은 몸부림쳤다.

—그래, 조금만 기다려라. 내가 세상 끝까지 가서라도 네 엄마 찾아오마. 조금만 기다려, 아들아. 내 아들아!

나는 내 귀를 의심했다.

—저기 엄마, 저기에 있는 엄마한테 나 신장 주고 싶어. 엄마한테, 엄마한테 나를 데려다……

나는 달려들어서 태석이의 손을 잡았다. 아이는 웃고 있었다. 한없이 예쁘게 웃으면서 그렇게 갔다. 투명해지더니 사라졌다. 아니, 내 몸속에 남았다. 원래는 내 일부가 아니었으나 이제는 영원히 나의 일부가 되었다. 사랑하는 아들, 내 아들.

구급차가 경적을 울리며 한강변 둔치의 자전거도로와 보행자도로를 겸한 시멘트 포장도로로 달려오고 있다. 한강변 자전거도로에서의 제한속도는 시속 이십 킬로미터라고 정해져 있고 속도를 늦추라는 안내 표지가 곳곳에 붙어 있지만 자전거와 자전거, 자전거와 사람끼리 충돌사고는 자주 일어난다. 조금 세게 달리면 시속 삼십 킬로미터를 간단히 넘어버리는 자전거를 탄 사람들끼리 정면충돌이라도 하면 시속 육십 킬로미터로 달리던 차량이 헬멧 외에는 별다른 보호장치도 없이 서 있는 사람을 정면으로 받아버린 것과 같은 충격을 각각 받게 된다. 그런 미친 짓을 왜 하는지 도무지 알 수 없다.

보행자와 자전거를 타는 사람이 같이 이용할 수밖에 없도록 도로가 좁은 곳에서는 충돌사고가 다른 곳보다 잦다. 사고가 났을 경우 구급차는 당산철교 아래쪽의 주차장에 있는 도로를 통해 올 수밖에 없어 출동에 시간이 걸린다. 구급차가 오기까지 자전거 타던 사람들이 시뻘겋게 벗겨진 상처를 드러낸 채 땅에 내팽개쳐진 물고기처럼 쓰러져 숨만 쉬고 있는 상황이 연출되고 있는지도 모른다. 나는 사고가 난 사람들을 볼 때마다 안쓰러움과 짜증을 함께 느껴왔다. 하지만 당장은 사고가 난 자전거나 다친 사람은 보이지 않는다.

구급차에 이어 경찰차가 경광등을 번쩍거리며 출동한다. 강에서 모터보트의 엔진 소리가 난다. 공중에서 헬리콥터라도 날면 육해공 합동작전의 구색이 갖춰질 것 같다. 벤치에 앉아 있던 사람들이 강변 가까이로 몰려든다.

—또 어떤 사람이야? 매일 한강 다리에서 평균 한명은 떨어진다더니, 오늘은 서강대교가 당첨됐구만.

한강변 운동시설에서 하루의 절반을 보내는 노인네 한사람이 누구에게랄 것도 없이 소리친다. 나는 날벌레를 막기 위해 쓰고 있던 마스크를 벗는다.

—저런 미친 영감탱이. 당첨이라니, 그걸 말이라고 하고 있어?

어이가 없다. 나보다 몇살 위로 보이는데 나이를 거꾸로 먹는 게 분명하다.

—여보, 나 무서워. 안 볼래. 아이구, 불쌍해서 어째. 저 사람도 부모 자식 다 있을 텐데.

옆에서 걷던 아내가 반응한다.

—가만있어봐. 다리에서 떨어진다고 다 죽나. 우리가 오이씨디 국가 중에서 제일 자살률이 높다는 오명을 쓰고 있어도 해마다 삼십만이 자살 시도해서 죽는 사람이 만오천명뿐이래. 확률로 치면 오 퍼센트라고.

더 앞쪽으로 다가선다. 아내는 무서워하면서도 나를 따라온다. 수상구조요원을 태운 모터보트가 강변으로 다가든다. 저녁 바람이 참 따뜻하구나, 부드럽구나 하고 생각한다. 개똥으로 굴러도 이승이 좋다는 이유를 알 것 같다. 생명체에게 내려진 축복은 감각이고 감각의 지복은 쾌락이다. 그렇게 설계되었다.

구급차에서 내린 요원들이 바퀴가 달린 침대를 밀어서 강변에 갖다댄다. 무전기를 든 젊은 경찰관이 나이 든 동료에게 말한다.

—또 시신이 안 보인다는데요? 옷이랑 모자 같은 유류품은 있는데요.

나이 든 경찰관은 팔짱을 낀 채 구급차를 향해 걸어간다.

—사람이 투신하면서 옷만 벗고 헤엄쳐가기라도 하나? 시신이 나중에 떠오르든가 하류에서 나타나겠지. 아, 조금만 저쪽에서 떨어졌으면 여의도에서 금방 출동해서 확인할 수 있었을 텐데. 그럼 관할도 바뀌니까 우리도 편하고.

모터보트가 도착하자 수상구조요원이 흰 천이 덮인 빈 들것을 들고 내린다. 나이 든 경찰관이 다른 수상구조요원에게서 물에 젖은 남자 양복 상의와 유류품을 건네받는다.

—그게 뭐요?

헛소리하던 노인이 호기심 어린 어조로 묻는다. 경찰관은 대꾸

없이 투명한 비닐봉지를 꺼내 유류품을 담는다. 나도 모르게 그들에게 바싹 다가서 있다. 수상구조요원과 구급차에서 내린 소방대원 사이에 말이 오간다.

—아까 분명히 사람이 투신하는 거 보고 신고 들어온 건데요, 시체가 사라진 게 올해 들어 몇번째인지 모르겠어요. 다리 위에 있는 카메라는 투신하고 난 다음에는 추적을 못하니까 정말 죽었는지 살았는지 확인을 해주지 못해요. 카메라하고 씨씨티브이 수를 늘리고 각도를 입체적으로 바꿔야 문제가 해결된다니까요.

—지난달에 구조된 아가씨가 고맙다고, 우리보고 수고한다고 빵하고 우유 사가지고 왔더라고. 투신한 건 자기가 아니고 동생이라고 우기는데, 우린 눈만 봐도 알겠더구만.

나이 든 경찰관이 장갑을 벗기 위해 땅에 내려놓은 유류품을 본다. 양복저고리에서 꺼낸 통장이 들어 있다. 도장까지 옆에 놓여 있다. 흔한 지갑, 신분증은 보이지 않는다. 통장은 겉면이 젖혀져 있다. 무심코 통장 주인의 이름을 읽는다. 김만수. 참 흔한 이름이다. 가명이 아닐까 하는 생각이 들게 만드는. 그럴 이유는 없겠지만.

—통장 마이너스 잔고 보니 또 돈 문제겠네. 망할 놈의 돈이 다 어디로 갔는지 사람만 잡네.

—몇살이나 됐소? 그 사람.

노인은 묻는다. 경찰관은 대답하지 않는다. 그사이 빈 들것이 구급차 안으로 운반된다. 구급차 문이 닫히고 소리 없이 경광등 불빛만 번쩍이며 떠나간다. 모터보트 또한 떠나온 장소로 되돌아가고 있다. 경찰관은 비닐봉지에 묻은 물기를 손가락으로 튕기며 차로 향한다. 나는 아내의 어깨에 팔을 두른다. 아직 한시간이 더 남았다. 오늘 걸어야 할 목표량이.

나는 천천히 만수를 쫓아가다 만수가 가시거리 내에 들어온 뒤 자전거를 멈추었다. 한동안 만수를 지켜보았고 눈치채지 못하게 조금씩 접근했다. 어릴 적 모래밭에서 '두껍아 두껍아' 노래를 부르며 두꺼비 집짓기 놀이를 하는 아이처럼, 우리 사이의 거리가 한 번에 무너지지 않도록 조심하며.

만수가 무엇인가에 사로잡혀 주변을 살필 여유가 없다는 것을 깨닫고 나는 결단을 내렸다. 만수에게 가서 말을 걸고 그의 반응을 살펴보기로.

나는 배낭에서 썬크림을 꺼내 피부가 드러나는 부분에 다시 한 번 두툼하게 발랐다. 좀 꼼꼼한 사람이라면 밤중에 얼굴과 팔, 손에 허옇게 썬크림을 바르는 바보를 흥미있어하겠지만 상관하지 않았다. 그들이 볼 수 있는 것은 내가 아니라 썬크림이니까. 그러느라 잠시 주의가 분산된 것은 불가피했다.

잠깐 사이에 만수는 걸음을 옮기기 시작했다. 그리고 만수는 나의 시야에서 사라졌다. 원래 없었던 것처럼. 멍했다. 스텔스 비행기가 레이더에서 사라지는 게 이럴까.

자전거를 끌고 빠르게 걸음을 옮겼다. 원래 나와 만수 사이의 간격은 이십 미터쯤 되었다. 자전거 페달을 평소에 주행할 때처럼 분당 구십회 정도로 밟으면 일이초면 닿을 거리였다. 하지만 만수가 다리 난간과 차도 사이의 인도에서 사라진 것을 분별하는 데 십여

초가 걸렸고 지나는 사람들을 살피는 데 몇초, 보이지 않는다는 결론을 내리고 그게 어떤 의미인지 판단하는 데 몇초, 달려가는 데 또 몇초가 소요됐다. 그 시간이면 한사람이 다리 난간 위에 올라가 아래로 몸을 던지는 데 걸리는 시간의 서너배는 된다는 생각이 들었다.

이럴 줄 왜 몰랐나. 징조가 보였지 않은가. 바보 같은 놈, 바보 자식. 나는 만수가 사라진 곳에 다다라 난간을 붙들고 미친놈처럼 불러댔다.

—김만수 씨! 김만수! 어이, 김만수! 만수야! 야, 만수! 김, 마안, 수우!

눈먼 아비를 위해 공양미 삼백석에 몸을 팔아서 인당수에 몸을 던진 심청을 부르는 심봉사처럼 외쳐 부르고 있는데 놀랍게도 반응이 있었다. 누군가 대답을 해온 것이다.

—누구요? 누구길래 날 찾소?

소름이 끼쳤다. 보이지 않고 빈 공간을 텅텅 울리는 것 같은 소리만 났다. 유령인가? 아니라면 내 눈에 보이지 않는 투명인간? 소리가 들리는 쪽으로 고개를 최대한 잡아뺐다.

계단이 있었다, 계단이. 한강 고수부지를 따라 난 인도와 자전거 도로에서 보행자와 자전거 타는 사람들이 다리와 막바로 연결될 수 있도록 만들어둔. 계단은 두번 꺾어지게 설계되었고 만수는 꺾어진 부분에서 고개를 길게 빼고 위를 올려다보고 있었다. 그렇게 아래위에서 고개를 자라처럼 빼고 있는 인간끼리의 대면이라니. 정말 웃기지도 않았다. 나는 목에 힘을 줬다. 목소리를 반 옥타브쯤 낮췄다. 기관에 있던 시절 몸에 밴 말투, 색깔 없는 억양으로 말했다.

—김만수 씨? 맞습니까, 맞아요, 김만수 씨?

—누구냐니깐? 아까부터 자꾸 남의 이름을 강아지 이름처럼 불러쌓소?

—일단 올라와보세요. 나 도림동 살던 이재성인데.

말을 하면서도 막상 만수가 올라오려 하면 가버릴까 하는 생각을 하고 있었다. 하지만 만수는 까치발을 하고 비스듬히 서서 자라처럼 고개를 내민 채 이야기를 쏟아냈다.

—어, 이재성이? 내가 아는 이재성이가 둘인데. 중학교 동창 이재성, 키 큰 이재성. 도림동이면 중학교 때 같이 특별활동으로 산악반 했던 이재성인가? 야, 재성아, 얼마 만이냐. 너 이 시간에 여기 웬일이야? 하여튼 반갑다, 반가워.

—일단 올라와보라니까. 사람이 누군지 보지도 않고 반갑긴 뭐가 반갑다고 그러시나.

만수는 다리 위로 천천히 올라왔다. 느린 걸음과 시선 때문에라도 그냥 가버릴 수가 없었다. 나를 보고 그는 고개를 갸웃거렸다. 당연히 그럴 것이다. 마스크와 고글, 버프, 라이더 복장으로 완벽하게 가린 나를 알아보는 건 불가능했다. 밝은 데로 가서 얼굴을 보여주면 더 놀랄 것이었다. 얼굴이 없는 나를 어떻게 알아볼까.

오랜만에 보는 만수는 무척 말랐다. 다리 위로 불어오는 5월의 강바람에도 날아가버리지 않을까 염려스러웠다. 무슨 신나는 일이라고 팔을 흔들어댔다.

—그런데 키가 큰 걸 보니까 꼬마 이재성이가 아니네. 성일산업 이재성 차장님 같은데. 총무부 이차장님 맞지요? 저 테니스 가르쳐 주셨던.

—글쎄, 내가 누구라고 이름 말하기 전에는 보고도 몰랐을 것 같은데.

—아니, 알겠는데요. 하여간에 반갑습니다. 날씨가 좋으니까 자전거 끌고 나오셨네. 자전거 비싸 보이는데요. 그런 자전거 얼마나 하죠? 뭐라고 부르죠? 엠티빈가, 산악자전건가 그렇죠?

—글쎄, 다 알면서 묻는 거 같소.

—우와, 우리 같은 서울에 사니까 오늘 천만분의 일이 천만분의 일을 만나는 거네요. 확률로 따지면 백조분의 일이에요.

이런저런 이야기를 하면서 걸음을 옮기다보니 다리 한가운데까지 왔다. 아까 지나쳐간 동상이 다시 나왔다. '한번만 더' 동상. '동생' 아닌 '동상'. 한 남자가 한 손으로 실의에 빠진 친구의 뺨을 꼬집으며 한 손으로 친구의 어깨를 감싸안고 있다. 그 남자의 등 뒤에 "여보게 친구야, 한번만 더 생각해보게나"라는 문구가 적혔는데 외국인이 알아보지 못할까 싶었는지 한글과 함께 영어로 번역된 글이 새겨진 동판도 달았다.

한번만 더 가보자
한번만 더 만나고
한번만 더 맛보고
한번만 더 듣고

한번만 더 안아보자
그렇게
한번만 더 생각해보자

아까 읽었던 것도 같은데 만수는 다시 한번 입술을 움직여가며 내용을 읽었다. 크나큰 감동이라도 받은 사람처럼 고개를 끄덕거렸다. 나는 자전거를 세워놓고 나무의자에 앉았다. 축축했다. 단도직입적으로 물었다.

—내가 보여요?

—왜 그러세요? 잘만 보이는데.

만수는 손을 내 얼굴로 뻗어왔다. 손이 닿지도 않을 거리였지만 나는 뒤로 얼굴을 물렸다.

—벗겨봐야 어차피 일반인한테는 안 보여. 난 눈에 안 보이는 사람이니까. 투명인간이라고.

—아, 그거? 우리 식구들이 다 그런데……

—나 참, 개나 소나 다 투명인간이 되는 줄 아나.

—나도 내가 왜 이래 됐는지 잘 모르는데, 하여튼 우리는 온 가족이 다 그래요.

—가족이 누구누군데?

—작은누나하고 집사람하고 아들인데…… 아들이 제일 먼저 됐구요, 그다음에는 작은누나가 보였다 안 보였다 했는데 지금은 맨날 그냥 보여요. 집사람도 그렇고. 아들은 내가 투명인간이 됐기 때문에 자기를 볼 수 있는 거라고 하더라고.

—그럼 지금 그쪽에서 나를 볼 수 있다고?

—보이는데? 얼굴 좀 보게 마스크 한번 벗어봐요.

—마스크라고 안 그러고 버프라고 해. 그런데 거기서 나를 어떻게 그리 쉽게 보지?

—이상하게 다른 사람들도 그러더라고. 나는 안 보이는 사람이 없는데. 잘 보여. 난 못 보는 사람이 없다니까.

믿을 수가 없었다. 내가 집요하게 하나씩 캐묻자 만수는 전말을 이야기하기 시작했다. 이따금 하하하하, 어허허허 하고 웃으면서. 이야기 내용으로는 웃음이 왜 들어가는지 모르겠고 웃을 만한 일도 아닌데 버릇이 된 것처럼 그랬다. 옛날부터 그랬던 것처럼.

—어떤 사람이 투명인간이 되는지 정확하게 잘 모르겠다. 우리처럼 한가족이 전부 투명인간인 걸로 봐서는 유전적인 게 크게 작용하는 것 같다. 아, 따로 떨어져 사는 여동생이나 엄마는 투명인간이 아니다. 또 피 한방울 나누지 않은 집사람이 투명인간이 된 거 보면 일단 한가족끼리 모여 산다는 게 중요한 거 같다.

—같이 사는 환경이 결정적이다?

—집사람은 아들이 투명인간이 된 거 보고 엄청나게 놀랐고 그때부터 뭐가 좀 이상해지는 기분이 들었다고 한다. 한집에 살면서 매일 서로 대화하고 듣고 거울을 보듯이 보니까 영향을 받는 게 있는 것 같다. 사람은 보고 듣고 말하고 먹고 마시고 생각하고 믿는 대로 변하지 않는가. 우리 식구 가운데 아들이 제일 먼저 투명인간이 되기도 했지만 됐다 안됐다를 어느정도 조절할 수 있는 능력도

있다. 소질이 제일 뛰어나다고나 할까. 집사람이 신장이 안 좋아서 아들의 신장을 이식받았는데 그다음부터 집사람도 가끔 투명인간으로 변했다. 그래서 그런 생각을 해봤다. 우리 식구들 몸 안에 투명인간을 만드는 유전자가 기본적으로 있고 거기에다 결정적으로 투명인간을 만드는 바이러스 같은 게 작용한 건 아닐까.

—투명인간이 되는 건 자연적인 현상일 뿐 이해(利害)와 선악이 없다. 그러니 투명인간이라고 해서 특별히 착하고 나쁜 부류로 나뉘어서 싸울 일이 없다. 싸움이라는 말이 나왔으니 말인데 군사적으로 투명인간이 실용화되었다는 증거는 없다. 그랬다면 아마도 전쟁 자체가 없어져버렸겠지.

—군사적으로 어떻다는 건 무슨 말인지 모르겠다. 작은누나처럼 몇십년을 살면서 남을 속이거나 해코지를 안하면 착한 투명인간이 되는 것 같다.

—잘 모르고 있는 것 같은데 투명인간도 여러 종류다. 신체의 일부만 안 보이고 나머지는 다른 사람과 같은 경우부터 하루에 한두시간만 투명인간이 되거나 몇초만 지속되는 경우, 일년 삼백육십오일 몸의 모든 부분이 안 보이는 완전한 투명인간도 있다. 일반인이나 자신보다 미개한 단계의 투명인간을 다 볼 수 있지만 반대의 경우는 성립하지 않는다. 당신의 모든 가족이 투명인간이라면 하루 스물네시간 서로를 볼 수 있다는 것인가?

—그렇지는 않다. 가족이라도 늘 눈으로 보이는 거리에 있는 건 아니니까. 하지만 어디에서 뭘 하고 있을 거라는 느낌은 있고 느낌이 잘 맞는다. 살아 있고 서로 사랑하는 사람들은 보이지 않아도

서로를 안다.

—일단 믿어보기로 하겠다. 투명인간이 되고 나서 전과 달라진 점은?

—좋은 점이 많다. 몰랐던 걸 많이 알게 됐다. 그전에는 죽은 줄 알았던 사람, 안 보이던 사람도 보이고. 나는 내 형님이 혹시 월남에서 투명인간이 되었던 건 아닐까 궁금했다. 투명인간이 되고 나서 다른 투명인간들을 만날 때마다 물어봤다. 아직까지는 형님이 살아 계신다는 증거를 찾지 못했다. 예전에 소식이 끊어진 내 친동생은 어딘가에서 잘 살고 있는 것 같다. 투명인간이 된 뒤에 그걸 확신할 수 있게 됐다.

—그뿐인가? 경제, 사회적으로는 달라진 점이 없나?

—나는 오래도록 신용불량자였고 그때 은행이나 장사하는 사람들이 나를 사람으로 보지 않는 것 같았다. 그러니까 경제적으로는 투명인간이었다. 사실 돈 모아서 부자 될 게 아니고 남들한테 자랑할 게 아니면 돈 많이 필요 없다. 투명인간이 되면 어차피 보이지 않는데 사람들에게 옷 자랑, 돈 자랑, 피부 좋다 자랑할 일이 뭐 있는가. 기본적인 생활만 해결되면 끝이다. 나는 시간이 나는 대로 여전히 사회생활을 하고 댓가를 번다. 다른 식구들도 마찬가지다. 그게 편하고 사람 사는 노릇을 하고 산다는 기분을 안겨준다.

—행복은 성적순으로 매겨지고 부는 상위 일 퍼센트가 독점하며 권력은 세습된다. 정경유착, 금권언(金權言) 유착, 초국적기업, 신정주의(神政主義), 광신적 테러가 그런 현상을 적나라하게 보여준다. 나 혼자 깨끗하게 산다고 문제가 해결되지는 않는다. 그것도

상관이 없다는 건가.

—지금 이 세상이 이렇게라도 굴러가는 것이 그냥 저절로 되는 것이라고 생각하는가? 누군가는 노력하고 있다. 어떤 식으로 그렇게 하는지는 말하지 않겠다. 당신도 잘 알고 있을 것이다.

—지금 세계가 신음하고 있는 것은 그런 무책임하고 공상적인 생각 때문이 아닌가. 당신들이 뭔가를 하고 있다 한다면, 참 오지랖도 넓다고 할 수밖에 없다.

—자세한 건 아들에게 물어봐야겠다. 투명인간도 사람이고 투명인간이 되고 난 뒤에도 보통의 세상처럼 해도 되는 일, 안되는 일의 한계가 있더라. 우리는 천사나 악마 같은 초월적인 존재가 아니다. 그냥 인간이다. 뭔가를 바꾸기 위해서는 서로를 알고 다 같이 노력을 해야 한다. 교통사고가 나기 직전에 브레이크를 밟아야 하는 것처럼.

—보이지 않는 인간은 스스로를 투명하다고 믿는 것뿐일지도 모른다. 착각, 맹신, 오해이거나 그저 이야기에 불과하거나. 사람들은 그런 데서라도 희망과 위안을 찾으려 하니까. 신화와 동화, 민담은 그래서 생겨났다. 이룰 수 없는 희망을 이야기로 바꾼 것이다. 이야기는 비록 이루어질 수 없다 해도 달콤한 위로가 되어준다. 그래서 허망한 줄 알면서도 인류는 아직 이야기로부터 젖을 떼지 못했다.

—내가 이야기하는 것은 내가 아는 한 진실이다.

—내 경험으로는 절망적인 상황에서 자살을 기도하거나 아는 사람들로부터 떨어지기로 선택한 사람들 중에 투명인간이 된 사례

가 더러 있다. 당신은 그런 생각을 한 적이 없는가. 죽는 게 낫겠다, 아니면 아무도 모르는 데로 가서 새로운 생을 개척해보자든가. 그래서 다리 위에서 투신을 했다든가.

—아니다. 나는 그렇게 하지 않았다. 죽는 건 절대 쉽지 않다. 사는 게 훨씬 쉽다. 나는 한번도 내 삶을 포기하지 않았다. 내게는 아직 세상 누구보다도 사랑하는 가족이 있으니까. 그 사람들은 나 같은 평범한 사람이 지지하고 지켜줘야 한다. 내가 포기하는 건 가족까지 포기하는 것이다. 내 생명보다 더 귀한 사람들, 어머니, 누나들, 나의 아내, 동생들, 나의 아들, 그리고 돌아가신 나의 조부모, 아버지, 형님까지 모두 그렇다.

—가족, 가족, 가족…… 왜 그렇게 가족에게 집착을 하는가. 혹시 아직 한 인간으로 자립하지 못한 건가? 어릴 때부터 가족지상주의에 세뇌가 되었거나.

—단지 가족이라서가 아니라 정말 훌륭하고 고귀한 사람들이기 때문에 저절로 좋아하고 존경하게 된 거다. 태어나면서부터, 타고나기를 그랬던 것 같다. 그들은 나의 뿌리이고 울타리이고 자랑이다. 나는 그들이 정말 좋다. 지금도 그렇다. 눈을 감으면 언제든 복숭아꽃 살구꽃이 환하게 핀 고향의 집에서 어머니가 나 오기를 기다리며 마당에 서 있는 게 보인다. 형님은 하모니카로 「클레멘타인」을 불고 아버지는 가마니를 짜고 새끼를 꼬고 있다. 어서 와, 어서 와. 누나들은 산나물이 담긴 바구니를 옆에 끼고 나를 향해 손짓한다. 할아버지의 글 읽는 소리. 할머니의 다정한 말소리. 동생들이 달려나온다. 석수다. 옥희다. 나는 마주 달려간다. 부엌에서 달

그락달그락 소리가 난다. 햇볕이 따뜻하다. 소가 운다. 밥 짓는 연기가 피어오른다. 내 아들 태석이가 까르르 웃는 소리가 들린다. 앞치마를 한 아내가 손을 닦으며 나를 바라다보고 있다. 보고 싶은 사람들이 모두 모였다. 사랑하는 사람들이 거기 다 있다. 보인다. 지금 같은 순간이 있어서 나는 행복하다. 내가 목숨을 다해 사랑하는 사람들이 나를 부르는 소리, 기쁨이 내 영혼을 가득 채우며 차오른다. 모든 것을 함께 나누는 느낌, 개인의 벽을 넘어 존재가 뒤섞이고 서로의 가장 깊은 곳까지 다다를 수 있을 것 같다. 이게 진짜 나다.

만수는 다리 반대편을 가리켜 보였다.

—저기서 식구들하고 있다가 왔어요. 제 아들 녀석이 갑자기 돼지껍데기가 먹고 싶다는 거예요.

—무슨 애가 돼지껍데기를 다 찾아요?

—우리 아들 어렸을 때부터 내가 하도 돼지껍데기, 돼지껍데기 하니까 애도 좋아하고 지 엄마도 되게 좋아해요. 돼지껍데기가 알고 보면 칼로리가 낮은 다이어트 식품이거든. 콜라겐이 많아서 여자들 피부에도 엄청 좋고. 정말 좋은 건 싸다는 거예요.

만수와 나는 어제 만나고 오늘 만나는 사람들처럼 대화를 주고받았다.

—이 다리 건너에 돼지껍데기 전문식당이 있어요. 싸고 많이도 준다고. 내가 그 이야기를 하니까 우리 아들이 나보고 그걸 사오라네. 그래서 운동 삼아 걸어서 갔다 올라고.

— 애 녀석이 아빠를 막 부려먹는구만.

투명인간들이 끼리끼리 한강 다리 아래 고수부지에 소풍을 나와서 단란한 한때를 보내는 광경이 떠올랐다. 조선시대 여인네의 가르마처럼 단정한 길이 뻗어 있고 버드나무는 부지런히 연둣빛 잎을 피워올린다. 풀밭에는 은박지 자리를 깔았다. 운동화를 벗은 채 자리에 올라앉아 있는 안경 쓴 남자아이, 챙이 크고 베일이 어깨까지 내려오는 모자를 쓰고 썬글라스와 마스크를 쓴 여자, 흰 얼굴에 고운 눈썹이 눈 위에 걸려 있으며 마늘처럼 단정한 코에 붉고 작은 입술을 한 젊은 여자, 영원히 나이를 먹지 않는 여자도 있다. 그들은 김밥을 나눠 먹고 컵라면 용기에 뜨거운 물을 담아오고 탄산수를 돌려가며 마시기도 한다. 행복해하는 투명인간 가족이 다리 너머에 있다. 이 세상 어딘가에는 투명인간들만 모여 사는 평화로운 마을이 있을지도 모른다. 아픔도 슬픔도 없이 모두가 평등한.

만수는 벤치에서 일어서서 돼지껍데기 전문식당이 있다는 다리 너머를 향해 걸어가기 시작했다. 나는 자전거를 끌고 그의 뒤를 따랐다.

— 이렇게 하루하루 최선을 다하고 식구들 건강하고 하루하루나 무사히 일 끝나고 하면 그게 고맙고 행복한 거죠. 도저히 참을 수 없을 것 같을 때에도 가만히 참고 좀 기다리다보면 훨씬 나아져요. 세상은 늘 변하거든. 인생의 답은 해피엔딩이 아니지만 말이죠, 난, 난……

만수는 토끼처럼 커다란 앞니를 드러낸 채 웃으며 내게 말했다. 아니, 말이 채 끝나지 않았다. 손을 들어서 뭔가를 가리키려는 듯했으니까. 다리 끝에 거의 다다른 상황이었다. 다리에서 갈라져 강변 도로로 나가는 일차선 차도 앞이었다. 만수가 뒤돌아서 손을 든 순간 무엇인가 달려들어 우리 사이를 차단해버렸다. 유령처럼 예고가 없었다. 순식간에 만수의 몸이 포탄처럼 튕겨져 다리 아래로 사라져버렸다.

만수를 들이받은 것은 낡고 커다란 승용차였다. 운전자는 자신이 무슨 짓을 저질렀는지 모르고 있었다. 하지만 차에 뭔가 부딪치며 충격이 느껴지는 바람에 급히 차를 멈춘 상태였다.

—이런 개 같은 자식이!

나는 승용차로 달려가 운전자의 멱살을 잡을지 만수를 구하러 다리 아래로 뛰어가야 할지 판단할 수 없었다. 그저 반사적인 반응이 내 입을 통해 흘러나왔다. 자전거를 팽개치고 다리 난간에 붙었다. 다리 아래 강변 잔디밭에서는 사람들 몇몇이 운동을 하고 있었다. 콘크리트로 다져놓은 넓은 광장은 강물보다 훨씬 치명적이었다. 다리 위에서 떨어져서 거기에 부딪힌다면 투명인간이든 강철인간이든 살아남을 수 없을 것 같았다. 그런데 누가 떨어진 흔적은 없었다.

문득 물리법칙을 초월해 사람들 눈에 보이지 않는 투명인간이 있다면 죽어도 흔적을 남기지 않는 인간은 왜 없을까, 하는 생각이 떠올랐다. 죽지 않는 인간은? 그건 최고 수준에 도달한 투명인간일 것이다. 승용차에서 엔진이 헐떡거리는 소리가 들렸다.

—무슨 일 있어요?

늙은 운전자는 허공을 향해 장님처럼 외쳤다. 그지없이 날카로운 칼에 베인 상처에 얼마 동안은 피가 보이지 않듯이 내 가슴에도 한동안 아무런 느낌이 없었다. 그리고, 그리고, 그리고, 그리고.

마음속에서 무엇인가 뚝, 하고 부러지는 소리가 났다. 나는 자전거에 다시 올라 미친 듯 페달을 밟았다. 다리를 더이상 움직일 수 없을 정도가 되었을 때 형이 했던 말이 떠올랐다.

—죽는 건 절대 쉽지 않아요. 사는 게 오히려 쉬워요. 나는 포기한 적이 없어요.

형. 만수 형.

작가의 말

현실의 쓰나미는 소설이 세상을 향해 세워둔 둑을 너무도 쉽게 넘어들어왔다. 아니, 그 둑이 원래 그렇게 낮고 허술하다는 것을 절감하게 만들었다.

소설은 위안을 줄 수 없다. 함께 있다고 말할 수 있을 뿐. 함께 느끼고 있다고, 우리는 함께 존재하고 있다고 써서 보여줄 뿐.

이 소설의 첫 문장을 쓰기 시작한 이후 깨달은 것은 이것이다.

2014년 초여름, 갑장산 아래에서.

투명인간

초판 1쇄 발행 • 2014년 6월 30일
초판 38쇄 발행 • 2024년 11월 21일

지은이 / 성석제
펴낸이 / 염종선
책임편집 / 이상술
펴낸곳 / (주)창비
등록 / 1986년 8월 5일 제85호
주소 / 10881 경기도 파주시 회동길 184
전화 / 031-955-3333
팩시밀리 / 영업 031-955-3399 · 편집 031-955-3400
홈페이지 / www.changbi.com
전자우편 / lit@changbi.com

ISBN 978-89-364-3414-4 03810

* 책값은 뒤표지에 표시되어 있습니다.